韃靼の馬　上

辻原　登

集英社文庫

目次

韃靼《だったん》の馬　上

プロローグ

わたしの名は利根《とね》、阿比留《あびる》利根です。

対馬に生まれ、育ちました。まだ一度も対馬を出たことがありません。

対馬と書いてツシマと読む。あるいはツシマと発音して対馬と書く。ふしぎでなりませんが、日本から新羅《しらぎ》に渡るときの津（寄港先）であったところからと聞くと納得がゆきます。

また、古代、朝鮮半島西南部の地名、馬韓《ばかん》に対面する位置にあることから対馬と書くのだといいます。すべて兄からの受け売りですが……。

ツシマは美しい島です。ですから、ツシマという地名のほんとうの由来はウツクシキシマにあるのではないでしょうか。ご覧なさい、浅茅《あそう》湾に沈む夕日を、五月、鰐浦《わにうら》の岬を雪化粧したようにおおうヒトツバタゴの白い花群《はなむら》を。

天気の良い日には、棹崎《さおざき》の端《はな》に立てば釜山《プサン》の山並みがみえます。時には町並みが、兄のいた倭館《わかん》の楼閣が蜃気楼のように浮かぶことがあります。でも、決して渡って行くことはできません。

朝鮮のことはよく聞いております。あちらは学問がさかんで、国も富み栄えているということです。さらに朝鮮の先には広大な草原と砂漠がどこまでもつづき、天を突く山々が万年雪をいただいて連なり、山脈の向こうがわには馬に乗って暮らす青い目の人々がいることなど、小さい頃、兄が絵地図をひろげて教えてくれました。

兄の名は克人《かつんど》。阿比留克人です。

阿比留《あひる》。めずらしい苗字でしょう。対馬にしかない姓ではないでしょうか。

阿比留文字というのをごぞんじですか。

古代、漢字が渡来する以前にあったといわれる神代《じんだい》文字のひとつで、日文《ひふみ》とも呼ばれる、ヒフミヨイム……ではじまる四十七音文字です。いまの「いろは」も四十七音文字ですね。

遠い遠い昔、漢字が入ってきて、わたしたちの祖先が書き文字として漢字を採用して以来、日文は衰え、やがてまったくといっていいほど使われなくなり、消えてゆこうとしていたのですが、いつの頃よりか、この対馬で卜占《ぼくせん》をなりわいとする神祇官を務めていた阿比留が日文を守り、大切に継承してきたことから阿比留文字と呼ばれるようになったのです。

わたしと兄は阿比留文字で手紙のやりとりをしていました。母は阿比留文字を知りません。

いま、この島で阿比留文字が判読できるのはわたしひとりになりました。

兄、克人によると、海の向こうの半島にも諺文《おんもん》というものがあるそうで、ともに表音文字というだけでなく、文の法《のり》なども似ているところが多く、阿比留文字のもとはそちらにあるのではないかとも考えられます。

阿比留文字も「いろは」文字も諺文も音だけの表記ですが、漢字はひとつの文字がその言葉の音を表すと同時に、その意味内容をも示します。たとえば、森という字は、音はシン、木が三つでもりの意味を表しているでしょう。

すべて兄から教わったことで、わたしは父の顔を知りません。

阿比留の家は、対馬の占部《うらべ》として阿比留文字の伝承に務めながら、祖父の代より対馬藩に儒官として仕えてきました。

父、阿比留泰人《やすんど》は江戸詰で、江戸家老平田直右衛門さまの祐筆補《ゆうひつほ》として仕え、二人扶《ぶ》持《ち》金十両をたまわっていました。湯島の昌平黌《しょうへいこう》に通っていたのですが、ほんとうの師と仰ぐ先生にめぐりあえずにいたところ、偶然、若い、とても優秀な青年と知りあうことができました。新井白石さまです。父十五歳、白石さま二十一歳のときでした。

白石さまの父君はその頃、召し抱えられていた土屋家の内紛に連座して、封禄を召し上げられるという不幸に見舞われていました。白石さまご自身も仕官の道を絶たれ、生活が窮迫していたのですが、意気は軒昂だったと申します。

阿比留泰人はまだ十五歳という若輩でしたが、すでに朝鮮語をよくし、漢詩文の力もなみなみならぬものがあるうえに、神代の日文、阿比留文字の継承者であることから、白石さまは泰人に深い興味を抱かれたようです。

「いつか私にも阿比留文字を教えてくれたまえ」

「喜んで、お教えしましょう」

白石さまはのちに、有名な自叙伝『折たく柴の記』で次のように記されたのでした。

> 此比《このころ》よりぞ、対馬国の儒生、阿比留といひし人をば相識《あいしり》ける。……ことしの秋、朝鮮の聘使《へいし》来れり。かの阿比留によりて、平生《へいぜい》の詩百首を録して、三学士の評を乞ひしに、「その人を見てのちに序作るべし」といふ事にて、九月一日に客館におもむきて、製述官成琬《せいえん》・書記官李聃齢《りたんれい》ならびに裨将洪世泰《ひしょうこうせいたい》などいふものどもにあひて、詩作る事などありし。其夜に成琬、我詩集に序つくりて贈りたりき。

朝鮮の聘使とは、天和《てんな》二年（一六八二）、第五代将軍綱吉様襲職祝賀の目的で来日した朝鮮通信使のことです。そのとき、父は、通信使一行が江戸滞在中、通詞《つうじ》をつとめ、通信使の方々と友誼を結んだのでした。

父が白石さまの詩を通信使の方々に紹介したことをきっかけに、ふたりで一行の客館をたずね、互いに詩を作って交流したというのです。そのうえ、製述官の成琬という人から序文までいただいたというのは、漢学を志す者にとってこれ以上の幸運、栄誉はないこと。製述官とは、李氏朝鮮政府の中でも最も文才ある人が選ばれ、任命されて、一行の文事《ふみごと》いっさいを代表して担当するお役目です。

『折たく柴の記』のつづきにこうあります。

此年、恭靖木《きょうせいぼく》先生も、公《おおやけ》にめし出され給ひ、かの阿比留彼門《かのもん》に入《いり》てものまなぶ。そののち、我出羽国山形といふ所にゆく事ありし時、紀行一巻あり。阿比留其巻をもて、木先生に見せまゐらせ、朝鮮の人の序の事など申せしかば、「あはれ、其人をあひ見ばや」とのたまひぬとて、阿比留が媒《なかだち》して、はじめて木先生に見えまゐらせし事あり。

この年、恭靖木先生、つまり木下順庵先生が、将軍様に召されて江戸に下りました。父はさっそく順庵先生の門、木門《もくもん》をたたきます。というのも、父は昌平黌の講義に不満を持ち、盛名高い木下順庵先生の教えを受けるため、何度か先生がおられる京都、あるいは金沢遊学を願い出ていたのですから、これほどの喜びはありません。

あるとき、父は、製述官の成琬から詩集に序文をもらった友人のことを話しました。

「ああ、それはすごいね。ぜひその人に会ってみたいものだ」

こうして順庵先生と白石さまの対面が実現したことは、先に引いた『折たく柴の記』にあるとおりです。

でも、父にとって何よりも大きな収穫だったのは、京都から下ってきて木門に入った雨森芳洲《あめのもりほうしゅう》先生との出会いでしょう。

貞享《じょうきょう》二年（一六八五）のこと。ちょうどこの年、白石さまも木門に入ります。白石二十九歳、父二十三歳、雨森十八歳。木門には他に、室鳩巣《むろきゅうそう》、祇園南海《ぎおんなんかい》といった俊秀が綺羅《きら》、星のごとく並み居たり。

父の結婚もこのころのこと。対馬藩江戸屋敷は下谷にあります。木下順庵先生のお屋敷は九段下ですから、その通いの途次、古書堂に立ち寄ります。時々、奥の勘定台に、美しい少女がすわっておりました。ある日、父は両側の書物の山などに目もくれず、勘定台まで突進してゆきました。いきなり結婚を申し込んだのです。

百合という名でした。生まれたお子が兄、克人です。でも、産後の肥立ちが悪く、兄を生んで間もなく、お母さまはお亡くなりに。

悲しみに暮れる父を、雨森芳洲先生が励ましつづけたと聞き及んでおります。

芳洲先生はこのころ、順庵先生と父の推挙で、対馬藩に儒官として召し抱えられることになりました。先生と対馬との長い深いかかわりの端緒です。

しばらくして、父は朝鮮方佐役《ちょうせんかたさやく》に任ぜられ、対馬に帰ることになりました。兄、三歳のときです。

先に、対馬は美しい島と述べました。それはほんとうですが、土地は決して豊かではありません。けわしい山が多く、水田はごくわずかで、耕地のほとんどは畑と木庭《こば》ばかりです。木庭とは焼畑のことで、麦、蕎麦《そば》、粟《あわ》、豆などを作ります。

兄に聞いたところでは、これらを合わせて石高にすると、せいぜい一万石程度にしかならないとのこと。それにもかかわらず対馬は財政上豊かな藩といわれています。どうしてかというと、朝鮮には主に銀を輸出し、朝鮮から薬用の人参《にんじん》や清国の白糸（生糸）を輸入する貿易によって繁栄を築き上げてきたからです。

釜山にある倭館というところで、それらの交渉と取引きが行われています。敷地が十万坪もあるお館で、高い石塁に囲まれ、ひとつの城市《まち》のようだといいます。

貿易ばかりではなく、日本と朝鮮政府との外交交渉も、幕府に代わってすべてを取り仕切っています。これらの仕事から上がる利潤と権益をお米の石高に換算すると、知行二十万石以上に相当するのだとは兄の見積り。

朝鮮との外交と通商を担当し、倭館に指示を発する役職が朝鮮方で、その長には家老が就き、佐役は補佐、次官という大切な役目なのです。

府中のまちなかにある阿比留の屋敷は質素なものでしたが、庭に杏《あんず》の木と、樹齢百五十年という大きなホルトの木がありました。やがて世話する人があり、父は鰐浦の網元の大浦家から後添えを迎え、生まれた女の子がわたしです。

父は元禄十一年（一六九八）、不意の病に倒れ、三十六歳という若さで帰らぬ人となりました。同じ年の暮れに木下順庵先生が七十八歳で亡くなられますが、父の生涯は先生の半分にも充たなかったのです。兄は九歳になったばかりでした。

わたしには父の記憶はありません。ものごころつく頃、いつもわたしを守ってくれる人として兄がいました。わたしがひとつ歳を取るごとに兄もひとつ歳を重ねてゆきます。追いつくことはできません。それどころか、どんどん歳の差が開いて、兄は父に近くなってゆくばかりのように思えたものでした。

雨森芳洲先生は、父が対馬へ帰任した年、唐語《からことば》研修のため長崎へ派遣されていたのですが、研修を無事終えられ、対馬へ赴任することになりました。唐語とは漢文ではなく、話し言葉としての漢語のことです。

芳洲先生は、父のあとを襲って朝鮮方佐役にお就きになりました。兄は、芳洲先生の薫陶を受けて、ひたすらその期待に応えようと努力したと思います。

何と楽しい日々だったことでしょう。

兄や、兄の友だちと木渡り鬼ごっこをして遊びました。言葉どおり、木の上の鬼ごっこです。

じゃんけんで鬼が決まると、子供たちはいっせいに木にのぼって隠れひそみ、のぼってきた鬼につかまりそうになれば、木を揺さぶって隣の木に逃げます。

つかまったらもちろんのこと、地面に足をついたり、木から地面に落ちても鬼にならなければなりません。わたしがつかまったり、落ちたりすると、兄が代わって鬼になってくれます。

まるで猿と同じです。わたしたちも猿になった気分ですし、子供って、そのことがとても痛快で、うれしくなるのはどうしたことでしょう。

対馬は森の国ですから、対馬の子は、北の鰐浦から南のはしの豆酘《つっ》までの三十里（百二十キロ）を、木から木へ、一度も地面におりることなく移り渡ることができるといわれるのはうそではありません。だって、兄がそれを成し遂げたのですから。
まだまだ楽しい思い出があり、数えあげればきりがありません。ひとつといわれれば、やはり兄と阿比留文字で詩の競作をしたことを挙げておきましょう。それは漢詩でも和歌でもない、独自の韻を踏んだ阿比留抒情詩なのです。ご覧なさい、次の兄の詩を。

閏《うるう》四月
しだれ柳は老いぼれて
井戸の底には　くっきりと
碧空《あおぞら》のかけらが落ちて

いもうとよ
ことしも郭公《かっこう》が鳴いていますね

つつましいあなたは　答えないで
夕顔のようにほほえみながら
つるべにあふれる　碧空をくみあげる

径《みち》は麦畑のなかを折れて
庭さきに杏の花も咲いている
あれはわれらの家
まどろみながら　牛が雲を反芻《はんすう》している

ほら　水甕《みずがめ》にも　いもうとよ
碧空があふれている

わたしは、兄の詩をもう一度読み返し、いもうとよ、というところで思わず涙があふれて止まりませんでした。見上げると、背の高い兄がやさしくほほえみながら、

「これは阿比留文字で書かれているからね。利根以外、誰にも解読できない、誰にもおしえない」

わたしはすっかりそらんじて、いまも忘れていません。どうして忘れることがありましょう。

わたしの詩は、アケビがたわわになっている秘密の場所についてのものでした。アケビは高い木のてっぺんに蔓《つる》をかけます。子供たちにとって、それは神様からの贈り物のように思えるのです。

でも、わたしの詩は、兄のとは比較になりませんから割愛しましょう。

兄との楽しい思い出はこれくらいに。

兄の時間の大半は、藩校での生活に費されるようになりました。

藩校では四書五経を中心に、詩や歴史が講ぜられ、他に算術、医療、天文・地理なども学びます。武芸も怠ってはなりません。剣術、槍術、砲術、馬術などもあります。兄はほとんどの課目で同学に抜きん出た成績をおさめました。

芳洲先生にとって何よりのたのしみは、克人の成長。兄もまたその期待にたがわぬ成果を挙げていたと思いますが、彼には時に、先生のおしえやいましめを逸脱するような激しさがありました。

兄十四歳の頃。天草から来たという僧が慶雲寺の離れで佗《わ》び住まいして、折ふし裏山で木刀をふるっている姿をみかけることがありました。天草で人を斬り、出家の身になったという噂です。

ある日、兄は慶雲寺の奥の木立から弓弦《ゆづる》をはじくような音がひびくのに足を止め、しばらく耳を傾けたのち、勇を鼓して声をかける。

「木刀の素振りがあんな音をたてるなんて！」

あとで、兄はそのときの驚きをそうもらしたものです。

以来、毎日のように兄は慶雲寺に出かけ、剣術の指南を受けるようになりました。

藩校にも剣道場がありますが、兄にかなうひとはいなかったため、あんななまくら剣法、と吐き捨てる口ぶりです。

そのお坊さんの流派は薩南示現流《さつなんじげんりゅう》。基本の型は、トンボのかまえと呼ばれるそうです。子供が右手で棒をふり上げ、トンボを打つそのかまえ。

「それならわたしにもできそうね」

というと、兄は苦笑していました。

先に述べたように、家の庭には大きなホルトの木がそびえていて、兄は僧にならい、木に向かって打ち込みの稽古をはじめました。これを朝に千回、夕に三千回。それは稽古というより苦行です。息を詰めて、左右から袈裟がけに打つ。これを立木打《たてぎう》ちといいます。ホルトの幹の一点を打ちつづけると、木が熱をおびて煙を上げ、やがて熾《おき》のように赤くなる。ついには木刀の尖《さき》がへし折れて、吹きとびました。痩せて色白の兄の、どこにあんな力がひそんでいたのでしょう。

お坊さんはいつしか対馬から姿を消していました。

「克人、武張《ぶば》るでないぞ」

ある日、立木打ちにうち込んでいる兄をみて、芳洲先生がきびしい声を放ちました。

はい、と兄は木刀を地面に置き、頭を垂れる。

「一体、お前は何とたたかっているんだ？」

兄は答えられません。先生のうしろ姿を見送りながら、

「先生はああおっしゃるが、もし先生が斬られそうになったら、だれがお守りする？」

「どんな危険が待ちかまえているの？」

「朝鮮に対する先生のやり方が生ぬるいと批判する連中もいる。雨森を斬れ、と口走ったご重役もいると聞いた」

むずかしいことはよく分かりませんが、兄によれば、藩の存亡にかかわる問題が生じており、それをめぐって藩内の意見がまっぷたつに割れる騒ぎになっているのだ、と。

銀貨をめぐる騒動のことです。

これまでの銀貨は慶長銀と呼ばれるもので、純銀の含有率が八割だったのを、ご公儀は六割四分にまで落とした。これが元禄銀。

対馬藩は、朝鮮の薬用人参や白糸を一手に購《あがな》っていますが、その代金の支払いには銀をもってします。朝鮮政府はその銀を溶かして吹き分け、取り出した純銀を清国に売っているのですが、対価を元禄銀で受け取ると、純銀の量が目減りして大きな損を蒙《こうむ》ることになるわけですから大変。

これまでどおり、対馬が朝鮮と取引きをつづけてゆくには、元禄銀での支払いの場合、それまでの慶長銀百貫目について元禄銀百二十五貫目でなければなりません。朝鮮側との厳しい交渉に加え、幕府に対してはこの悪鋳《あくちゅう》を中止していただくためにどのような働きかけを行うかなど、藩をあげて侃侃諤諤《かんかんがくがく》の議論。兄のいうように、斬る斬らぬの激しい局面もあったと聞き及びます。

先生は、そうした嵐の只中におられたのです。

でも、ある日、府中の港から「お銀船」が次々と出てゆくのがみられましたから、どうやら解決をみたのでしょう。「お銀船」とは、対馬藩から釜山の倭館へ向けて銀を運ぶ専用船のことです。

そんな折も折、藩主様が亡くなられました。第二十一代藩主宗義真《そうよしざね》、天龍院さま。宗家中興の祖といわれ、対馬をお金持の国にされたお殿さまです。藩校の整備にも力を注がれました。対馬は米の穫れぬところなればこそ、人材が命である、財であるとのお考えから、文武両道の教育の充実をはかられた。時折、教室に出向かれ、みずから講義などなされる。

――対馬にとって朝鮮との外交と通商が、最も大切であることは論を俟《ま》たない。外交とは対等の立場においてなされるもので、相手への敬意と己れに対する矜持なくしては成り立たない。我々は友誼に最善を尽くすが、たとえば、通信使とのかかわりで、もし朝鮮側に非がありながら打擲《ちょうちゃく》などされた場合、その場で相手を討ち捨てるくらいの気概がなければ外交官はつとまらぬ。恥辱を受けながらそのままに捨ておくのは対馬藩士の名折れ、国元へ帰ること相ならぬ、などと厳しい口調で申されたとか……。

秋、よく晴れた日のこと。わたしがつるべで水を汲んでいると、うしろで足音がして、

「いもうとよ　ことしも郭公が鳴いていますね」

すきとおって柔らかな声がひびき、驚いてふり向くと、そこに小百合《さゆり》さまが!

「……つつましいあなたは　答えないで　夕顔のようにほほえみながら　つるべにあふ

「れる　碧空をくみあげる」

　小百合さまが詠いながら近づいてくるのです。

つるべの中に水を半分残したまま動作を止めてしまったわたし。なぜって、兄の詩は阿比留文字で書かれていて、それを知っているのは兄とわたしのふたりだけのはずなのですから。

　小百合さまは、府中から一里ばかり離れた阿須《あす》の町医、篠原《しのはら》さまのお嬢さまで、兄と同い歳。わたしが四歳の頃、ひどい高熱と発疹が三日もつづいて、府中の漢医も首をかしげるばかりだったとき、兄がわたしをおぶって阿須まで走ったのです。

「心配ない。二、三日、ここで寝ていなさい」

　大きな口ヒゲを生やした篠原先生はおっしゃいました。そして、先生の処方のお薬と、奥様やお嬢さまの看護のおかげで、ほんとうにわたしは三日で恢復《かいふく》することができました。

　これが小百合さまとの出会いです。おやさしくて、おきれいなかた。

　……でも、どうしてあの詩を小百合さまが？

「利根さん、すてきな詩ね」

「兄から？」

　小百合さまがほほえみながらうなずきます。次の瞬間、わたしの心に言いしれぬよろこびが泉のように湧き上がってきました。

……このかたも兄が好きなのだわ。そして、兄もまたこのかたを。そう思うと、跳びはねたくなるほどうれしくて、わたしは急いでつるべから残りの水を桶にあけ、その詩を小百合さまとふたり、手を取りあって吟詠したのでした。

兄の身に大きな変化がありました。倭館勤務の命令が下ったのです。

その前に、兄と芳洲先生とのあいだに次のようなやりとりが……。

「克人よ、世界は広い、とてつもなく広いぞ。朝鮮語が話せるだけではだめだ。朝鮮語できちんと読み書きができるようにならなければ。漢語も正式に学ぶ必要がある。昌平黌だって、木門だって、漢文を日本語で読み下しているだけだが、やはり漢語を漢語として読まなければ、孔子様の教えだって本当に分かったことにはならない。どうだ、克人？」

「はい。おっしゃるとおりだと思います。思いますが……」

「何だ……、いってごらん」

「朝鮮語を学ぶにしても漢語を学ぶにしても、彼の地においてこそ、充分に理解できるものではないでしょうか」

「そのとおりだ。わたしは三年前、義方《よしみち》様襲位を朝鮮政府に通知するための『告襲参《こくしゅうさん》判使《はんし》』副使としてはじめて朝鮮へ渡ったが、驚いたのは、倭館にいる対馬人が、朝鮮語は話せても、漢文や諺文《おんもん》の読み書きがまるでできないということだった。府中にいる幕府から派遣された以酊庵《いていあん》の外交僧たちをみると、彼らは漢文を日本語として読んでいるだけで、正式な漢文が書けない。これではほんとうの外交も通商もできない。どこかでごまかしを積み重ねているから、あとで辻褄合わせに四苦八苦、結局相手の不信を招くことになる。わたしはいまこそ、きちんとした朝鮮語と漢語を学ぶための教科書が必要だと思い、それをつくろうと考えている。さらにもうひとつ。わが藩は、朝鮮との外交と通商を幕府にかわって一手に引き受けている。これがわれわれの存立の基盤であることはいうまでもないが、近頃、つくづく思うのは、その重要な立場のわりには、朝鮮、さらに清国についての正確な、系統立った情報が不足しているということだ。まず相手を知ることより始めよ。どうだ、克人、朝鮮へ行かぬか?」

兄の返事には何のためらいもありません。参ります、このひと言でした。こうして兄は倭館に派遣されることに。このとき、兄は十七歳。

わたしと母、小百合さまが、佐須奈《さすな》の港から兄を見送ったのは宝永《ほうえい》三年（一七〇六）、秋のこと。

その後、兄は長いあいだ対馬に帰ることはありませんでした。わたしと小百合さまは、姉と妹のように慈しみあいながら兄の帰りを待ちました。小百合さまと兄は和文で、私と兄は阿比留文字でしょっ中、手紙のやりとりをしていましたからさびしくはありません。

その間の出来事といえば、五代将軍綱吉様が薨去《こうきょ》され、六代将軍を家宣《いえのぶ》様が襲位、生類憐みの令が廃止される、赤穂浪士の討入りなど、あわただしいことでした。

父、阿比留泰人がわたしの母を後添えにもらった年、それはまた芳洲先生が対馬藩に召し抱えられた年ですが、白石さまは木下順庵先生の推挙で甲府藩主徳川綱豊様に仕えます。この綱豊様が、綱吉将軍薨去によって、六代将軍家宣様となり、白石さまは将軍侍講《じこう》から側用人《そばようにん》、執政の役に就かれたのです。芳洲先生と白石さまは、かつてわたしの父と共に木門で机を並べた学友同士。このお二人にいずれ対決の時がやってくるなど、いったい誰が予測できたでしょうか。

あの事件が起きたのは、いまからちょうど十五年前のことです。

元号も正徳《しょうとく》とあらたまったその年、立春の頃のうららかなある日、ふらりと芳洲先生がお庭に入ってこられ、

「利根、通信使が来るよ」

先生の言葉が何を意味するか、ご想像のつくかたなら、激しく動揺したわたしの気持を察していただけるでしょう。

兄が帰って来るのです！

以前から芳洲先生は、兄の帰国を待ちわびるわたしたちに、もうしばらくだ、次の通信使のとき、必ず倭館随行者として加わるはずだから、と。

わたしは先ずこのことを母に伝えたあと、駒下駄をわらじにはきかえ、脚絆《きゃはん》を巻くと、阿須の集落をさして駆け出しました。小百合さまがこの知らせをどんなに心待ちしていたことか！

日を置かずして、わたしたちに兄から手紙がまいりました。予想どおりのうれしい知らせです。ほんとうに兄が帰ってくる。克人さまが帰ってくる。わたしと小百合さまが何度手を取り合って、ほほえみを交わしたか分かりません。

でも、その数日後、芳洲先生があわただしく釜山に向けて発ったと聞いたとき、わたしの胸に奇妙な不安が……。

わたしは必死になって、藩のお役に就いている兄の友人たちに、先生の突然の出立のわけをたずねて回りました。みなさん、一様に口ごもって、要領を得ません。頭を精一杯つかって、きれぎれの言葉をつなぎ合わせてみると、どうやら今回の通信使を迎えるにあたって、幕府のほうから厄介な問題が持ち出されたもよう。それについて急遽、朝鮮政府と話し合わなければならなくなった。もしこの問題が解決できなければ、朝鮮は通信使の派遣を取りやめるかもしれない。

「新井さまにも困ったものだ」

兄の幼馴染で、馬廻り組におられる椎名さまがもらされる。

「新井さまって、……新井白石さまのこと？」

椎名さまは、うん、……いや、とあいまいな返事しかして下さらない。

わたしはこうつぶやきます。……白石さまにきまってるわ。いまは将軍様の側用人にまで上がられ、幕府の指揮を執っておられる。厳しい「武家諸法度」を発布されたばかりの白石さまが、対馬にどんな難題を？

不安な気持で過ごしたひと月でしたが、ある日、芳洲先生が再びふらりと庭に入ってきて、

「利根、いよいよ通信使が来るぞ」

まるでこの前とそっくり。あれは夢だったのかしら、いえ、いまが夢なのかしら、と思うほど。

「克人に会ってきたよ。頼もしくなった。日本側の通詞も兼ねた警固隊長補佐として帰ってくる」

開きはじめた杏の花を見上げながら、

「私がはじめて対馬へやってきたときも、この庭に花が咲いていた。阿比留の死に目には会えなかったが……。克人があちらへ行ってから、花は何回咲いたかな?」

「五回です」

わたしは即座に答えることができました。というのも、わたしも胸の内で同じことを考え、かぞえていたからです。

先生はうなずき、

「克人は、杏の花には間にあわないが、ヒトツバタゴの花をみることはできるだろう」

ひとりごとのようにおっしゃられると、さっと踵《きびす》を返されました。

ヒトツバタゴの花は五月のはじめ。そのとき、兄が帰ってくる!

わたしたち、母と小百合さまの三人は、兄を迎えるために半月も前から鰐浦の母の実

家に泊まり込んだのでした。

朝鮮通信使が来るのは、前回が綱吉将軍ご襲位のとき、天和二年でしたからおよそ三十年ぶり。わたしどころか、兄や小百合さまさえ、まだ地上にかげもかたちもないころ。御一行は、六百名をこえる人々。大きな六つの船と百隻以上の伴船に乗ってこられます。これに対馬からの迎えの船五、六十隻が随行して、鰐浦に入って来るのですから、島全体が天と地が引っくり返るような大騒ぎ。

鰐浦は奥深い入江で、昔から漁港として、また潮待ち・風待ち港としてにぎわった港です。ふたつの岬は自生のヒトツバタゴの木におおわれ、五月になるとまっ白い、蝶のような四つの花弁を持つ花がモクセイに似た香りを放ちながら、樹冠いっぱいに開きます。

わたしたちは毎年五月になると、六里以上もの道のりを馬に乗って、母の実家へ花見のために出かけてゆくのですが、今年はそれが兄の出迎えと重なるうれしさ。花は、それはそれはみごとな美しさで、鰐浦全体が雪化粧したようですし、花の色が海面をまっ白に染めてしまいますから、ヒトツバタゴのことを「海照らし」ともいうのですよ。

朝鮮や唐土《もろこし》には多いと聞きますが、本土では大変めずらしく、ナンジャモンジャの木と呼ばれているとか。

わたしたちは花かげを踏んで、毎日、岬の端に立ち、背伸びし、ひたいに手をかざして海をみつめます。

朝ぼらけ、火《ひ》の見櫓《みやぐら》の鐘が鳴りわたりました。つづいて、

「みえたぞォー！」

ひびきわたる時番の昇平爺さんの声。

わたしたちはとび起き、身繕いもそこそこに岬へと駆けのぼりました。浦の人たちもどんどん集まってきて、口やかましく、

「どこや、どこや？」

やがて、雲と水平線のあわいに、虹の彩りの船団が夢のように現れたのでした。でも、なかなか大きくなりません。わたしと小百合さまはしっかり手を取り合って船団をみつめます。そうすれば、二人の視力がひとつに綯《な》いあわさって一本の綱になり、兄の乗った船をぐんぐん引き寄せることができるとでもいうように。

でもやっぱり待っているときの船足の遅さといったらありません。

やっと海栗《うに》島のそばまで来ました。何と大きく美しい船なのでしょう！　ヒ、フ、ミ、ヨ、イ、ム……、五隻も六隻も。

わたしたちは岬をおりて、桟橋へと駆けつけます。先頭と二番手の船だけで、鰐浦の港はふさがってしまいました。船首で燦然《さんぜん》と金色に輝く龍の飾り。船べりにひるがえる色とりどりの旗や幟《のぼり》。屋形の高さは、昇平爺さんがいる火の見櫓まであります。

船からおりてくる兄の姿の凛々《りり》しさ。とても大人びて立派になり、わたしも小百合さまも、ひと目では兄だと分からないくらいでした。無理もありません。大きくなったと

いうばかりでなく、新しい何かを、そう、異国ふうのふしぎなかがやきを体から発散していて、思わず、声をかけるのをためらってしまったほどでした。

「やあ！」

兄の声を耳にしたとたん、彼を包んでいた異国ふうのかがやきが魔法が解けるように消えて、昔どおりのやさしく、人なつっこい兄が目の前に立っています。

でも、兄とはそれ以上、言葉を交わすこともできないまま、わたしたちは警備の人たちに乱暴にうしろに押しもどされてしまいました。

湾口より先の沖合いまで、数百隻もの朝鮮と対馬の船でびっしり埋め尽くされているのですが、鰐浦で一行が上陸するわけではありません。入国のための手続きと簡単な聘《へい》礼《れい》の式があるだけで、それが終わると、再び船は港を離れ、取り舵一杯、島の西海岸ぞいに浅茅湾に入り、大船越の瀬戸を掘り切った水路を抜けて府中へと向かうのです。

府中湊では、御家老さまたち、御重役のみなさんが勢揃いで迎えます。藩主様は桟《さじき》原城《はらじょう》で一行をお待ちになって、ご挨拶を受けられる。

わたしたちは手を振って船団を見送ると、府中へ引き返すため半月前にたどった道を急ぐのでした。兄と会えた喜びに胸を躍らせながら。

「お元気そうでよかったわ」

「ええ、ほんとうに。でも、最初は兄だと分からなかったくらい。見違えてしまった」

「そうね、五年ぶりですものね」

「小百合さま、うれしいでしょう?」

小百合さまの頬がぽっと染まります。

わたしたちが府中に着くと同時に、日が沈みました。あわただしいったらありません。

翌朝、早くからまちは異様な興奮に包まれ、湊も通りも人でごった返して、桟橋に近づくのも容易ではありません。対馬じゅうの人たちが集まっているのです。三万人は下らないでしょう。

船団が入ってきました。人々は船のあまりの大きさときらびやかさに度胆を抜かれ、息を呑むばかり。

突然、船から勇壮な音楽が響きわたります。甲板に勢揃いした喇叭《らっぱ》手、鼓手、笛手たち。五十人はいるでしょう。

いよいよはじまる上陸――。みたこともないきらびやかな服装に立派な口ヒゲの方々はみなさん、黒い漆に螺鈿《らでん》のほどこしの輿《こし》に乗って、国分寺の中にある宏壮な客館へ向かいます。客館の室内は、朱、黄、黒の漆塗りで、灯《ともしび》を鏡のように映しだすとか。

下々の方がたは湊近くに新しく、大急ぎで建てられた幾十棟もある宿舎へ。

すらりと姿のいい朝鮮馬は、隊列を組んでひとまず藩主様専用の厩舎に落ち着きます。

これは将軍様への朝鮮国王からの大切な贈り物。

人の背丈ほどもある大きな籠に入れられたまっ白い鳥や、何十羽もの眼光鋭い鷹狩り用の鷹。これも将軍様へ。

通信使一行が滞在した二十日間、対馬は、島じゅうの祭りをすべて合わせてもかなわないほどの興奮の坩堝《るつぼ》に。とりわけ三日目に行われた、まちの目抜きを湊から桟原城まで練り歩く見世《みせ》行列は、大きなため息が出るほど壮麗でした。曲馬、音楽隊の演奏行進、曲芸、舞踊などの催しが五時間近くつづきました。

でも、人間、二十日間ものお祭りさわぎに堪えられるものではありません。まちのあちこちで喧嘩《けんか》ざたが起き、夜は遅くまで酒を飲んでうろつき回る若者の騒々しいこと。もともと対馬は、木戸番も夜間の外出には鷹揚《おうよう》だったのですが、ついに夜間外出禁止の厳しいお達し。

……いったい兄はどうしているのでしょう？

わたしたちは、鰐浦で短い言葉を交わしたきり。兄がすぐ近くにいるというのに、わが家に帰ってくることもなければ、音沙汰もありません。

不安がつのります。兄に何かお咎《とが》めでも……。以前は折にふれ、お庭にふらりと現れて、良い知らせを運んでくれた芳洲先生の姿もぱったり。

いったん阿須のお家にもどった小百合さまは、どんなお気持でわたしからの知らせを待っていることでしょうか。思い切って、馬廻り組の椎名さまをたずねました。あるとき、わたしと椎名さまがまちかどで親しげに話しているのをみたどなたかが、わたしたちについてあらぬ噂を立てたものですから、以後は慎重にふるまっていたのですが、いま、そんなことを気にしてはいられません。

椎名さまも詳しくごぞんじではありませんでしたが、まずきっぱりとこうおっしゃったのです。

「克人がお咎めを受けているなどということは絶対にない」

数日後、縁側でキタタキの音をぼんやり聞いていたとき、

「利根」

と呼ぶ声。

ふり返ると、そこに兄が立っているではありませんか！

わたしは兄の胸にとび込んでゆきました。それから、ふり返って、大声で母を呼びます。

暗い戸口から出てきた母に向かって、兄が駆け寄り、

「母上、ただいまもどりました」

「まあ、立派になって！」

母に対する兄の慈しみようは格別で、わたしはうれしさのあまり涙ぐんでしまいました。生《な》さぬ仲なればこそ、このような兄の思いやりは、わたしにとって何にもまさる喜びなのです。

わたしは、兄が呼び止めるのもきかず街道へと走り出ていました。むかう先は、この知らせを心待ちにしている小百合さまのお家《うち》。

……わたしが息せき切って阿須からトンボ帰りすると、あれからもう半時《はんとき》以上たって

いるというのに、兄はまだ庭にいました。母は台所でご馳走のしたくにおおわらわのようす。

「小百合さま、まもなくおみえよ」

「そうか、ありがとう」

兄が立っているのは、立ち枯れたホルトの木のそばでした。手で幹を撫でたりしています。

「利根が手紙に書いていたとおりだね。やはり枯れてしまったのか」

兄の立木打ちは、ホルトの木にとってよほど酷い仕打ちだったのでしょう。兄が朝鮮に発った翌年、葉っぱが変なちぢれかたをしました。次の年には花も咲かず、黒い実もつけません。三年目に、とうとう銀ねず色だった樹皮が茶褐色に変わってしまった。立ち枯れたのです。

「父上はいつもこの木の下で本を読んでおられた。父上にもこの木にも申し訳ないことをした」

「兄さん、その言葉だけで充分よ。お父さまもホルトの木もきっと許して下さるわ」

兄が悲しそうな目でうなずいたのが忘れられません。それから五年後の秋、大風の日に倒れてしまって、いまはもうホルトの木は影もかたちもありません。

兄が家でゆっくりできたのは、この日と翌日だけでした。でも、この二日の間にはとても貴重な、忘れがたいできごとがいろいろと。

……わたしが阿須からもどってまもなく、小百合さまがご両親と共に到着します。やがて庭先に芳洲先生の明るい声が。

しばらくすると、兄が台所にやってきて、先生が母とわたしをお呼びだ、と。まいりますと、床の間には、江戸の絵師が画いた若い頃の父の肖像が飾られています。兄はますます父に似てきました。

そのとき、門のほうでおたずねの声。

「雨森芳洲先生はこちらにおみえでしょうか?」

「やあ、唐金屋《からがねや》さんだ。待っていたんですよ」

唐金屋さんは対馬で一、二を争うお商人《あきんど》で、藩の貿易方や京の豪商越後屋の信頼も篤く、人望のあるお方。

唐金屋さんがおみえになったのにはわけがありました。じつはこのとき、芳洲先生の肝煎《きもい》りで、兄と小百合さまの婚儀が整ったのです。ご媒酌人が唐金屋さん、芳洲先生が兄の父親がわりをつとめます。

その夜、母とわたし、そして小百合さまのお手伝いですばらしい御膳が並びました。対馬料理にろくべえは欠かせません。さつまいもの澱粉《でんぷん》から作るものですが、兄の大好物。いりやき鍋、鰤《ぶり》やいかのおつくり、ひおうぎ貝と椎茸の煮付けなどなど。馬廻り組の椎名さまも駆けつけて、みなさんは舌鼓を打って、大喜び。兄はお酒もすっかりいける口になっていました。

兄は、日本と朝鮮のあいだに横たわる問題と、それを解決するための交渉の難しさについて、わたしたちにも分かりやすく話してくれました。芳洲先生も相槌を打ちながら、ときおり言葉を挟みます。

大変なんだなあ、と小百合さまとわたしは顔を見合わすことしきり。

翌日午前、阿須に使者が立って、兄と小百合さまは結納を交わしました。

通信使一行が江戸で任務を果たされて帰国の途次、兄と小百合さまは対馬で祝言を挙げる。一行を無事本国まで送り届けたあと、兄はいったん対馬に帰任し、江戸藩邸か京都藩邸で貿易方佐役を約束されていましたから、そのどちらかで幸せな新婚生活をはじめる予定でした。でも、それはとうとうかなわぬ夢となったのでございます。

第一部

第一章　事件

1

「突然のおこしですね。よほどのことが……」

阿比留克人は、差し出がましい口をきいてはならぬと言葉を途切らせた。彼の声とまなざしには、雨森芳洲に対するなつかしさと敬慕の念、再会することのできた喜びがあふれんばかりだ。

雨森は重い心を抱いて、昨夜遅く釜山・倭館に着いた。このことは、館守の平田所左衛門と東向寺筆頭僧の玄紡《げんぼう》以外、誰も知らない。

このたびは、朝鮮通信使聘礼《へいれい》をめぐる幕府との、主に側用人新井白石との職を賭しての強談判《こわだんぱん》に加え、藩内における意見対立による心労のはての特使拝命である。

側用人は、難題を対馬藩に突きつけてきた。それは、これまで朝鮮国王から徳川将軍への国書の称号が、「日本国大君《たいくん》」であったのを、「日本国王」と変更するよう申し入れよ、というものである。通信使聘礼の中で、江戸城本丸における国書交換の儀は最も重要な行事だった。すでに定着している称号を、急に変えさせろというのだ。

芳洲は、ただちに新井白石に再考を求める書簡を送った。――今般の「称王の挙」は、われわれに耐えかねる驚きと痛みをもたらしました、云々……。

しかし、白石には聞き入れられなかった。のちに、白石は、『折たく柴の記』で、このときの芳洲との論争に触れて、

対馬国にありつるなま学匠等が知るにも及ばで、とありかゝりといふ事によりて……


と記している。なま学匠とは、未熟な学者という意味だが、かつての学友とはいえ、よほど芳洲の反論が不快だったのだろう。

通信使に関する交渉はいっさい対馬藩を通じて行われる。問題は、通信使一行がすでに漢城《ソウル》を出発したという知らせが倭館からもたらされていたことだ。それは、朝鮮国王の国書はすでに作成され、正使が携行しているということを意味する。

対馬藩の対応策はいくつもに分かれ、議論は白熱した。刀の柄に手がかかることも一度や二度ではなかった。いまさら朝鮮政府に称号を書き替えろなどといえた義理ではない。いっぽう御公儀は、あの新井白石だ。翻意はありえない。対馬としては朝鮮政府の機嫌を損じてはならないし、むろん幕府の不興も買いたくない。朝鮮との外交と通商でしか生きられない対馬は弱い。

この難局を切り抜けるのに、いっそのこと、およそ百年の昔、豊臣秀吉の朝鮮侵攻に

よって中断していた朝鮮通信使を、国書の偽造で再開にこぎつけた第十九代藩主義智《よしとし》様のひそみにならってはどうか。一行が対馬に到着したとき、藩主による国書あらためがある。そのとき、国書の内容を正確に写して、称号だけ「日本国王」とした別のものを作り、その場ですり替える、という案だ。家老や他の重役たちの考えはこの案に傾く。芳洲は怒りに身を震わせて、断固反対する。

このとき、藩主宗義方《よしみち》は国元にいた。通信使来聘の折、藩主は必ず対馬で彼らを出迎え、江戸まで陪行しなければならないからだ。義方はいった。

「国書の偽造など、二度とやってはならぬ。雨森、ご苦労だが、朝鮮へ行ってくれぬか」

――今回の使いが失敗に終わったら、芳洲は腹を切るつもりでいる。

しかし、いまこうして阿比留克人と連れ立って、広大な倭館城市をそぞろ歩きするうちに、新たな、思いがけない気概が身内に湧き上がってくるのを覚えた。しばらくみないうちに、克人はたくましくなり、何気ない挙措の中にも、対馬、いや日本のような島国ではどう転んでも身につけようのない大陸的な風格が漂う。

「克人、きみの成長と活躍ぶりは平田館守から聞いているし、他のいろいろなところからも耳にしているよ。うれしいかぎりだ」

克人が顔をあからめるのをちらとうかがって、

「お母さんも利根も元気だ。……小百合さんもね。もうすぐ会えるだろうが、その前に片付けておかなければならぬことが生じた」

前方から、道具箱をかついだ大工たちが通りかかって、芳洲と克人に挨拶する。

「おや、先生、お久しぶりですねえ」

棟梁らしき老人が立ち止まる。

「やあ、頭《かしら》、相変わらず元気そうだ」

「へい、おかげさんで。いつ、お着きで？」

「ゆうべだ」

普請組頭、駒井の倭館暮らしはもう三十年余りになる。

もと豆毛浦《トウモポ》にあった倭館が手狭なうえに、二度の火災で建物の大半が焼失したこともあって、朝鮮政府よりいまの草梁《チョリヤン》地区に十万坪余の土地の提供を受け、新倭館を建設することが決まったのが、いまから三十八年前の延宝《えんぽう》元年（一六七三）十月。

新倭館建設に当たって、対馬藩は普請奉行に佐治杢左衛門《さじもくざえもん》を任じて、大工、左官、人夫ら百五十人を釜山・草梁に渡らせた。工事には朝鮮側より大工千人、人夫五百人が加わって、三年がかりでいまの草梁倭館が完成した。

当時やってきた対馬の大工で、いまなお残っているのは駒井ひとりである。

大工の一団が遠ざかると、克人がいった。

「先生、ちょっと窯場のほうへのぼってみませんか。あの道は静かですし、じつは私、この頃、やきものに凝っていて、きょう、私の作が五、六点、焼き上がって、窯出しされるところなんです」

「そうか、そいつは是非みたいね」

芳洲はどこかうわの空の調子で答える。二人は米倉《こめぐら》庫通りから代官町を右に折れて、川ぞいの道をのぼりはじめた。

ゆるやかな曲線を描いている坂道に、木漏れ日がだんだらに差し込む。二人はすがすがしい空気を胸一杯に吸い込んだ。青年にとってはいつもと変わらぬ朝の気配だが、芳洲には、対馬とひと味もふた味も違う、この国特有の乾いて凛《りん》とした気が、五臓六腑にしみわたるのを感じる。そっと右側を並んで歩く青年をみて、……彼はもう対馬のすだ椎《じい》や楠《くすのき》やホルトの木などの照葉樹がかもしだす、仄かに甘い緑の香りを忘れたかもしれないな、とつぶやく。

克人の声がひびく。

「……このたびの通信使聘礼については、新井白石さまより改変の提議があったと伝ってきておりますが、詳しいことは存じません」

「私が来たのは、まさにそのことなのだ。包み隠さず話そう。きみの協力が必要だから……」

坂をのぼるにつれて眺望がひらけ、倭館城市のたたずまいが明らかになってゆく。屋根に日本瓦を葺いた整然としたまちなみ、船だまりを囲む白壁土蔵の連なり、東向寺の朱塗りの鐘楼などがたしかめられ、その上にのしかかるように、強烈な朝日を照り返している海があった。

大小の船が、波よけの石塁の向こうから姿を現す。胡椒、銀、銅、漆などを積んだ対馬からの船だ。桟橋では、対馬向けの米、人参、生糸などの積み込み荷役がはじまっていた。その先の守門では朝市が立って、黒山の人だかりの中から朝鮮人の呼び売りの声が響きわたる。しかし、多くの人間が動きだした倭館の朝の風景の中に、女性の姿がひとりもみあたらないのはどうしたわけか？

倭館には、畳屋、豆腐屋、蒟蒻屋《こんにゃくや》、酒屋、細物屋《こまものや》、仕立屋、紺屋《こうや》、万《よろず》修繕屋、医院などが軒を並べている。れっきとしたひとつの町だが、女性だけでなく、庭や通りで子供たちが無邪気に遊ぶ光景もみられない。

倭館に駐在する館守以下の役人、その下働きの者、料理人、先にあげた商店主、貿易商人、水夫らはみな単身赴任だった。鑑札を持って出入りする朝鮮商人も男ばかり。儒教を国教とする李王朝政府は、特に男女関係において人々に厳しい倫理を強制したが、外国人居留地である倭館に対してはより仮借ない態度で臨んだ。倭館への女性の入館はいっさい認めない。

女性の入館と密通が発覚すれば、男女とも死罪、仲介した者がいればそれも死罪。この他に死罪とされる違法行為には、闌出《らんしゅつ》、潜商・のぼせ銀などがある。闌出とは、許可なくして倭館の外へ出ること、潜商とは密貿易、のぼせ銀は、密貿易資金を受け取ったり渡したりすること。

倭館全体は堀と石塁に囲まれている。石塁の高さは六尺（一・八メートル）。石塁の外側、東と南と西の三カ所に、朝鮮側の見張り所「伏兵所」がある。

門は東に守門、北に宴席門、南に不浄門が設けられ、宴席門は外交儀礼用、守門は日常用と使い分けられる。守門には二つの頑丈な扉があって、外側のかんぬきの錠と鍵は朝鮮側が、内側は日本側が管理する。倭館は隔離された、殺風景な男だけの町なのである。


芳洲と克人は小声で話を交わしながら、窯場への坂道をのぼってゆく。

ふと立ち止まって、ふり返った場所があまりに静かなので、足下に展開する倭館のまちが実際よりうんと遠くに、まるで遠眼鏡を逆さに当てたようにみえた。

芳洲が視線を遠くに届かせようとして目を精一杯細める。

「おや、不浄門から棺が出てゆくぞ。ヒ、フ、ミ、四つもある。それにくくられた罪人もいる」

「……きのう、二ツ獄で四人の処刑があったんです。下人《げにん》は、銀と人参の潜商を行った鷹番と水夫ら。くくられていく人間は酒屋で、女性斡旋組織の日本側の連絡役をやってたんです。朝鮮側は関与した自国人の男女をすでに処刑していますが、どうもわれわれには厳しすぎるように思います。こういう問題は、罰を厳しくすればなくなるというものではないのでは」

倭館の死者と罪人は不浄門から出て、弔船《ちょうせん》に乗せられ、対馬へと送られる。

「罪人であっても、死ねば仏さまだ」

芳洲が、船の甲板に並べられた点のように小さな棺に向かって合掌する。克人もそれにならう。

「たしかに厳しすぎる。約条の見直しを朝鮮側に提案してみてはどうだろう。通信使の一件が終わったら、ひとつ働きかけてみよう」

「ええ、ぜひ」

再び坂の上へと向かって、二人は歩きだす。

「……御公儀は、通信使を迎えるに当たって、七項目の改変策を打ち出してきた。そのうちの六項目については、聘礼・接待行事の簡素・合理化と経費の削減を図ろうとするものだ。前の綱吉様襲位祝賀のとき、通信使の接待にかかった費用は、幕府だけで百万両にのぼったといわれている。幕府の歳入が六十万から七十万両なのだから、いかに途方もない冗費であるか！　わが国にとって、通信使の来聘が重要であることの証しでもあるのだが、沿路に当たる諸藩、民の労役、馬役の負担も大変なものだ。従って、今回の改変には概ね賛成だ。しかし、筆頭の策だけは承服しがたい……」

それは？　という表情を克人が向ける。

「『国王号への復号』だ」

「国王号への復号？」

「朝鮮国王から将軍へ出される国書で、将軍の呼称をこれまでの『大君』から『国王』

に変更させよというのだ」

「まさか！　釜山浦《プサンポ》では通信使の船団はすっかり艤装《ぎそう》を終え、団員、水夫らも続々と港に集結していますし、正使、副使、従事官の三使も国書を携えてすでに漢城を出発しております。いまさらそのような……」

「そう、いまさらなのだ。江戸家老平田さまより至急便が来て、御公儀の通達に接したのが二十日前。私はただちに、これが理《ことわり》なき変更要請であり、外交上、いかに好ましからざることであるかを書簡にしたため、新井白石どのに送った。変更の理由をしたためた返事がきて、私もまた反論を書き送った。その結果、いま、私はここにいる。私が論争に敗れたわけではないが、あちらは幕府の執政、こちらは小藩の一儒官にすぎない。それが政《まつりごと》というものだ。だが、いっておくが、今回の『王号復号』問題について、私の論拠が正しいのと同じように、新井どのの論拠も決して間違ってはいない。彼はまことに希有な知力の持主だからね」

芳洲の声には独特の張りとつやがあったから、ひそめられているにもかかわらず、克人は耳を凝らす必要がない。声は自然に頭の中に入ってきて、彼の知性を震わせ、共鳴を呼び起こす。

「新井どのときみの父上は親友同士だった。彼の詩集に朝鮮通信使が序文を書いてくれたのも父上の尽力だし、順庵先生のところへ連れて行ったのも父上だ。阿比留泰人なかりせば、白石の今日はあらず。そのことを彼が忘れているはずはない。

新井どのの主張するところを説明する前に、以下のことを知っておいてほしい。――文禄・慶長の役の後、徳川様と朝鮮との間で講和があり、国書が交換された。だが、日本側の署名が『日本国　源《みなもとのひでただ》　秀忠』となっていることを朝鮮側が問題にしたため、対馬藩は止むなく、幕府に無断で『日本国』の下に王の字を加えて、国書を偽造・改竄《かいざん》することをくり返した。それが『柳川の一件』と呼ばれているんだ。だが、この件について話していると、いま、ほら、まだ東の空にある太陽が西の水平線に沈むまでかかってしまう」

「国書の偽造・改竄ですか……、そのお裁きは？」

「何とか切り抜けることができたから、現在も対馬宗家《そうけ》がある。このことがあって、御公儀は、国書における将軍の称号をそれまでの『日本国王』でなく、『日本国大君』とすることに決せられたのだ。以来、四度にわたる通信使はすべて『日本国大君』を使用している。

新井どのはこうした経緯《いきさつ》を無視して、二つの点から称号変更を主張している。一つは、『日本国王』号は室町時代以来、使われていたことがある。二つは、天皇は中国の皇帝に等しく、その臣下である征夷大将軍を皇帝より下位の国王で呼ぶのは名分論においても妥当である、と。

私はそのようには考えない。なぜなら、日本の主権者は天皇であり、位が将軍の上にあることは明らかだ。日本国王と称すれば、当然日本国の王を意味する。日本天皇の下に、越前王というように諸国の王があるのはいいが、日本国の王といえば、当然、日本における至高の存在を指す。これは天皇の尊号を蔑《ないがし》ろにするものといわなければならない……。

外交において、二つの異なる意見があり、双方にしかるべき根拠のある場合、前例にならうというのが賢明な策であろう」

「しかし、ご公儀に逆らうことはできない！」

克人は嘆息とともに声を上げた。

「おや、郭公が鳴いているね」

芳洲が立ち止まり、頭をめぐらせる。

「どこにいるのだろう？」

「ほら、あそこですよ、槐《えんじゅ》の木の枝先に」

「いるね。しかし、えらく早いな。対馬ではまだ聞いていない。だいたいヒトツバタゴの花が散ったあとだ。朝鮮のほうが北なのに……」

「私も聞くのはきょうがはじめてです」

しかし、克人は別の耳で、別の声を聞いていた。

いもうとよ

ことしも郭公が鳴いていますね

つつましいあなたは　答えないで
夕顔のようにほほえみながら
つるべにあふれる　碧空をくみあげる

利根と阿比留文字で詩の競作をしたとき、克人がつくった詩だが、いま彼が思い出し、聞いているのは利根の声ではない。遠く海の中までつづいている和多都美《わたつみ》神社の石の鳥居は、潮が引くと一ノ鳥居まで歩いてゆける。克人が倭館に赴任する以前、篠原小百合とはじめて二人きりで逢うことができて、一ノ鳥居を手をつないでくぐりながら、この詩を吟唱した。利根に対するうしろめたい気持を引きずりながら、いもうとよ、と呼びかけた相手は小百合だった。

芳洲の声が克人を現実に引きもどす。

「……もはや四の五のいってはいられない。われわれは、釜山に着く前に正使一行をつかまえ、国書の称号を書き変えてもらわなくてはならないのだ。彼らはいまどのへんだろう？」

「十七日に漢城を出発したとのことですから、たぶん忠州《チュンジュ》のあたりではないかと……」

「上京路を下って来るわけだね。彼らを最も早くつかまえるにはどうすればよいのだ？　われわれは正式な手続きなしには倭館から一歩も出られない。手続きに数日は要するだろう」

そのとき、克人の目が鋭い光を放った。

「先生、窯場がみえてきました」

芳洲が克人の指さす方をみると、日本にはない立派な龍窯（登り窯）が小高い丘をなしている。

「いつ、あんな立派なものが！　以前に来たときはちっぽけな茶碗窯しかなかったのに」

「まあ、ご覧下さい」

克人は誇らしげにいった。

阿比留克人の目が鋭い光を放ったとき、彼の頭に何かがひらめいたようすだ。芳洲はそれを見逃さなかったが、ひとまず無言で龍窯をめざして坂道をのぼってゆく。

このあと、窯場では意外な展開が待っているのだが、その前に、急いで、さきほど芳洲が克人に詳しい説明をはぶいた「柳川の一件」について。

これは、歴史上、「柳川事件」として知られている。

十四、十五世紀、東アジアの近海を倭寇《わこう》が暴れ回っていた。朝鮮半島では近海だけでなく、内陸深くまで襲撃、略奪されることもあった。手を焼いた朝鮮政府は、倭寇の最大の巣窟となっていた対馬に出兵してこれを抑えようとしたが（一四一九年・応永の外寇)、功を奏しなかった。

武力では限界があるとみた朝鮮政府は、その頃、対馬における支配権を確立したばかりの島主宗氏に倭寇の取り締まりを依頼し、その見返りに、毎年相当量の米・豆の援助と、朝鮮との独占的な交易権を与えた。これによって宗氏は、日本を代表して朝鮮と交渉する唯一の窓口となる。

だが、豊臣秀吉の二度にわたる朝鮮出兵が、この関係を一挙に粉砕する。対馬もまた朝鮮出兵の前線基地となった。

秀吉の窮極の野望は、明の征服にあった。朝鮮出兵はその足がかりとなるものだ。彼は大陸に君臨する夢をみた。明征服のあかつきには、天皇を北京に移し、京都は皇太子にゆだね、自分は寧波《ニンポー》に城を建て、天竺《てんじく》を含めた世界の王になる、といっている。誇大妄想か。しかし、アレクサンダー大王はバルカン半島南部の小国から打って出たのだし、チンギス・ハーンもモンゴルの小部族の長《おさ》の息子だった。そして、秀吉の夢を継承するかのように中国東北部の狩猟民女真《ジュシェン》が起って、大明帝国を倒す。

日本の朝鮮出兵がはじまると、朝鮮の宗主国、明は援軍を送って参戦し、戦争は泥沼化してゆく。

対馬島主宗義智《よしとし》は、秀吉の重臣でキリシタン大名小西行長とともに和平工作に動いた。義智の妻マリアは行長の娘。二人は、朝鮮の背後にいる明と交渉を開始する。

努力が実を結んで、慶長元年(一五九六)、明使が日本にやって来る。彼らは大坂城で秀吉に拝謁した。宗義智と小西行長は講和のため明使を呼んだのだが、明の目的は日本冊封《さくほう》にあった。

明使は、冊封のための書類と「日本国王」印（金印）を秀吉に下賜しようとする。明を征服するつもりではじめた戦争であったから、秀吉は怒って、彼らを追い返した。このとき、明使は冊封書類と「日本国王」印を大坂城に遺したまま帰国した。

こうして、和平工作は失敗したが、慶長三年、戦半ばで秀吉が死ぬと、徳川家康、前田利家らは、彼の死を伏せて、朝鮮半島に展開する日本軍の撤収作戦を開始した。兵は疲弊している。もうこれ以上、戦をつづけることはできない。

戦争が終わると、対馬島主宗義智はすぐに朝鮮との国交回復に動いた。使者を数度送ったが、みな捕えられ、帰ってくることはなかった。国土と民を蹂躙《じゅうりん》された朝鮮の怒りは大きい。倶《とも》に天を戴《いただ》かざる仇敵、と日本をみなした。

義智は挫《くじ》けず、国交回復を働きかけ続ける。戦役で連れてきた朝鮮人俘虜《ふりょ》の送還を積極的に押し進めたことが朝鮮側の怒りを柔らげ、ようやく交渉に応じる姿勢をみせはじめる。北では、急に勢力を伸ばした女真の脅威が拡大しつつあった。

関ヶ原の合戦を制し、ほどなく征夷大将軍職に就いた徳川家康は、国内政治の安定を最優先課題に掲げる。朝鮮との講和は、そのためにも必要だ。

朝鮮政府から対馬に講和の条件が届いた。
一、先の戦中に漢城府内の王陵をあばいた犯人（犯陵賊）の引渡し。

二、家康のほうから「日本国王」として、朝鮮国王に国書を送る。

明の冊封体制下にある東アジアの外交慣習では、先に国書を差し出すことは相手国への恭順を表明することになる。家康が応じるはずもない。

藩主宗義智と家老柳川調信《やながわしげのぶ》は必死で方策を立て、大きな博打を打つことにした。

まず、対馬にいる二人の死刑囚を犯陵賊に仕立てて縛送する。

そして、国書の偽造である。その内容は、先の戦争への謝罪を表明し、講和を願うというものだ。差出し人、徳川家康には日本国王の称号が用いられ、「日本国王」の印が押された。

この印こそ、秀吉のとき、明使が来て、置いて帰った金印だった。これがなぜ、どのような経路で宗家の手に渡ったかは分からない。

犯陵賊と国書が、対馬の使者によって朝鮮政府に届けられたのは慶長十一年十一月。国書は受理され、二人の縛送者は必死に無罪を訴えたが処刑された。

翌年、朝鮮政府は日本へ使節団を派遣することを決めた。使節団名は「回答兼刷還使《かいとうけんさつかんし》」。家康国書に対する回答使、そして、先の戦役で俘虜となって連行された朝鮮人を連れ帰る目的の刷還使を兼ねる。

慶長十二年四月、彼らはやってきた。総勢五百名余の大使節団である。

対馬の悲願はかなったのだが、問題は使がもたらす朝鮮側の国書である。

朝鮮政府にとっては、日本から国書が来て、それに対する返書であるから、頭書には、

「奉復　日本国王殿下」

と記される。

これでは国書を偽造して先に送ったことが明らかになり、大変な事態を招く。さらに、本文にも、そのままでは都合の悪いことが多々書かれている。どうすればよいか……。

今度は、朝鮮の国書を改竄しなければならなくなった。朝鮮国王印も必要だ。これは府中の職人に彫らせた。

改竄した国書を本物とすり替えなければならない。使が対馬滞在中にはなかなかチャンスを見出せなかった。

使の江戸到着は閏四月二十四日。六月六日、将軍秀忠謁見の当日――家康は将軍職を秀忠に譲って、駿府に隠居していた――、使が登城途中、家老柳川調信が袖の中に隠し持った偽書を、すきをみて取り替えることに成功する。

江戸での日程を終えた使は帰路、駿府城で大御所家康に謁見した。このとき、興味深いできごとがあった。

正使呂祐吉《りよゆうきつ》、副使慶暹《けいせん》、従事官丁好寛《ていこうかん》の三使が下段の床に並び、三使の通詞役の上々官、金僉知《きんせんち》、朴僉知《ぼくせんち》、喬僉知《きようせんち》の三人は後方の広縁《ひろえん》に控える。上壇に家康が着座すると、まず三使が、つづいて上々官三人が二度半の拝礼をする。ただそれだけである。書類の奉呈もなく、茶も酒も出ない。

彼らが退出したあと、家康はすぐ、左右に控えた本多正純ら近臣をかえりみて、

「縁にいた三人目の上々官に見覚えはないか」

とたずねた。

使に陪行している宗義智が答える。

「三人目の者は喬僉知と申します」

「いや、あれは佐橋甚五郎《さばせじんごろう》じゃ。まちがいない」

回答兼刷還使の上々官の一人が、日本人佐橋甚五郎だと家康はいうのである。

家康の言葉が残っている。

「御目見《おめみえ》の後、上官の中の一人は見知《みしり》たるやと、老中へ御尋ねありしに、不見知《みしらず》候《そうろう》よし、各《おのおの》言上あり。其時、あれは佐橋甚五郎なり、ふとき奴めかな、と御意《ぎょい》あり」（『続武家閑話』）

佐橋甚五郎は、それより二十四年前、家康がまだ浜松の城に拠って三河守を名告《なの》っていた頃、家康の嫡子信康に小姓役として仕えていた。武芸、遊芸共にひいで、殊に笛を上手に吹いたが、知、怜悧《れいり》にして、性は狷介《けんかい》だった。ある折、家康の不興を買い、逐電する。杳《よう》として行方が知れず、二十四年たって、朝鮮通信使の上々官として家康の前に現れたのである。少なくとも家康はそうみた。

本多正純ら近臣は、はて？　と顔をみあわせる。思い出せない。陪行の宗義智はあわてて正使のもとに問い合わせに走ったが、そんな馬鹿な、と朝鮮側は全否定する。喬僉知は両班《ヤンバン》出身、科挙に合格した優秀な進士である、との答え。

宗がもどってその旨を報告したが、家康の確信は揺るがなかった。

「わしの目に狂いはないぞ。不届きな奴、よう朝鮮人になりすましよった」

家康は、翌日、使節を駿府から立ちのかせるよう命じた。

喬僉知という通詞が佐橋甚五郎であったかどうかは分からない。だが、この使節団に数人の日本人が、まさに家康のいうように、「朝鮮人になりすまし」、軍官・通訳として加わっていたことは確かなようだ。彼らは文禄・慶長の役で兵として渡った残留帰化人であったり、また日本からの亡命者だったといわれているから、あるいは喬僉知、即ち佐橋甚五郎だったかもしれない。

佐橋甚五郎がどのような理由で家康の不興を買ったかについては諸説ある。

「後、同僚の者の刀を奪ひし事露顕せしにより、甲府にのがれ去《さり》て武田勝頼に属し」（『寛政重修諸家譜』）

というのがひとつである。武田は家康の仇敵。

回答兼刷還使は、戦時の俘虜、男女千三百四十余人を連れ、任務を終えて帰国したが、持ち帰った日本の返書に「日本国王」の署名がなかったため、正使らが処罰されるということがあった。

だが、両国の講和はなった。

これに伴い、釜山の豆毛浦に正式に倭館が設けられ、対馬藩と朝鮮政府のあいだに己《き》酉《ゆう》約条が結ばれた。

対馬藩主宗義智に、重臣の柳川調信、そして、調信が亡くなるとその子智永《としなが》が二人三脚で日朝外交、通商を進めてきたが、宗義智、柳川智永が前後して死去すると、その子宗義成《よしなり》、柳川調興《しげおき》があとを継ぐ。調興は江戸屋敷に生まれ、長じて家康の小姓となり、家康没後、秀忠により諸大夫に任じられたりと将軍家の覚えがめでたかった。

この調興を中心とした対馬藩外交実務班が、国書の偽造・改竄を含めた対朝鮮業務を担ったが、時とともに勝手なふるまいが目立つようになる。

――朝鮮関係は宗家ではなく、われわれ柳川が取り仕切っているのだ、と。幕府だけでなく、朝鮮側も何かと柳川を頼りにする。

調興はついに宗氏に取って代わろうとして思い切った策に打って出た。宗義成の妹である妻を離縁したうえで、対馬藩の最高機密とされてきた国書偽造・改竄の一件を幕府に告発したのである。これが寛永十年（一六三三）のこと。

パンドラの箱が開けられ、幕府と対馬藩を揺るがす大醜聞となった。将軍は三代家光。家光の命で調査がはじまり、その間、対馬藩は朝鮮とのいっさいの往来を禁止された。調査官は対馬まで赴き、関係書類を押収し、国王印を偽造したとされる府中の印鑑職人なども訊問された。

一年半に及ぶ調査ののち、寛永十二年三月十一日、江戸城本丸大広間で審理が行われた。中央に将軍家光がすわり、尾張、水戸、紀伊の徳川御三家、老中や若年寄らの幕閣が居並ぶなか、被告宗義成が前に、そのうしろに原告の柳川調興がつく。

審問は家光が直々に行った。

大方の予想では、以前、家康から肥前の土地を賜って幕臣扱いのうえ、老中の多くを味方につけた柳川有利とされた。宗が敗れれば、藩のお取り潰し、義成死罪は免れない。

その日、結審し、上意、つまり判決は翌十二日に伝達された。

「……対馬守《つしまのかみ》有無の条、つぶさに上聞に達し、これより領地・諸事、前々のごとく仰せ付けられ候。かつまた信使の儀、今明年のうち来聘の儀、申し遣《つか》わすべく仰せ出され候」

宗義成の勝利だった。対馬の領地と朝鮮役はこれまでどおり、そして今年か来年に朝鮮通信使を招けとの申し渡しである。

柳川調興は国書改竄の主謀者と断罪され、津軽への流罪となった。

家光は、朝鮮との外交を全面的に対馬守宗氏にゆだねる決心をしたのである。

柳川有利の下馬評がなぜひっくり返ったのか。

朝鮮との外交・通商によって、対馬藩だけでなく、幕府もまた大きな利益を上げてきた。国書偽造・改竄の罪はさておき、いまの日朝関係を継続させるということが大前提だ、と家光は考えた。その任にはやはり対馬守が適《ふさわ》しい。

この判断には、伊達政宗の取りなしも影響している。彼は文禄・慶長の役で、朝鮮から撤兵のとき、自藩の兵士の帰国に尽力してくれた義成の父、義智への恩義を忘れていなかった。

翌寛永十三年、朝鮮通信使がやって来る。総勢四百七十八名。このとき、江戸城内に新設された馬場で、馬上才《ばじょうさい》――朝鮮馬の曲芸――が、はじめて上覧に供された。

徳川の世になって、朝鮮からの使節は四度目だが、このときから使節名が正式に「朝鮮通信使」となる。同時に、徳川将軍の国際上の称号を「日本国大君」とすることに決まった。「大君」とは、徳川氏が源氏の後裔《こうえい》の将軍という意味での「大樹源君」の略称である。このようにして、「大君外交体制」が固まり、対馬宗家を中心とする朝鮮外交は安定化へ向けて動きだした。

大陸では、女真からおこった後金、大清が明を滅ぼす勢いで、たびたび朝鮮にも侵攻して独立を脅かしていた。こうしたことからも、朝鮮にとって日本との関係強化と安定は望むところだった。

これらが、一六三〇年代半ばに起きたことである。それから七十五年の歳月がたって、再び「国王号」の問題が持ち出された。しかも、今度は、折角定着した称号「大君」を「国王」にもどすというのだ。変更自体、それほど難しい交渉ではないが、すでに国書は作成され、それを携行する正使一行は漢城を出発している。

克人の推測では、正使一行は忠州のあたりまで来ている。国書の称号の書き替えには中央政府の了承が必要だろう。

克人の目が鋭い光を放ったのは、そのことについて何か妙案が浮かんだからだろうか？

芳洲と克人が窯場に着くと、陶工と下働きの者たちが七、八人、尻端折りに片肌脱ぎで忙しげに動き回っていた。焚き口の火も煙出しの煙もすっかり消え、高熱から冷めた焼土がひびを走らせてゆくチン、チンという微かな音が聞こえている。

「やあ、李順之《イスンジ》！」

克人が朝鮮語で、背の高い中年の痩せた男に呼びかけた。

窯場で働いている男はみな、対馬や九州から来た日本人だが、取り仕切っているのは李順之だ。朝鮮語と日本語が入りまじって飛び交う。

いよいよ窯出しがはじまるのだ。

「克人《クギン》！」

小さな女の子の呼ぶ声がした。

「やあ、恵淑《ヘスク》！」

克人は、酸模《スカンポ》の深い草むらから飛び出してきた五、六歳の少女を抱き上げ、頬ずりする。

「李順之の娘です」

芳洲が目を細めてうなずき、日ざしをあびて鳶色《とびいろ》に輝いている少女の髪を軽く撫でた。

龍窯のてっぺんで仁王立ちした李が娘に呼びかけた。

「恵淑、おりなさい。克人はお忙しいんだ」

恵淑は、克人の肩にしがみついて、おりようとしない。

龍窯は李が指揮を執って完成させたもので、丘の上まで八室ある。二カ月がかりで土を捏ね、轆轤《ろくろ》を回して成型し、寝かせ、絵や文様を描き入れ、釉《うわぐすり》をかけた大小の飯碗、汁碗、花瓶、皿、水指《みずさし》、水滴《すいてき》などを、陶工、下働きの者総出で、昨日の朝から夕方まで八室すべてに詰め終えた。

すぐに一番火、二番火を入れ、焙《あぶ》りを四時間ほどしたのち、一挙に本火に入り、払《ふっ》暁《ぎょう》に八室全部を焼き上げた。

熱は上の室にゆくほど高くなってゆく。下方では、日用の飯碗、茶碗、皿などの陶器が、六番、七番、八番室では壺や祭器、水滴、水指などの磁器が焼かれる。

李順之は北辺の会寧《フェリヨン》の官窯にいた腕こきの陶工だが、理由《わけ》あって南へ流れてきた。

克人が李順之を芳洲に紹介する。もちろん朝鮮語で。

「こちらは対馬藩朝鮮方佐役の雨森さまだ。私の先生でもある。昨夜、着かれた」

李は煙出しから跳びおりると、日本式のお辞儀をした。

「阿比留から先生のことはよく聞いております。お目にかかれて光栄です」

深々とした声がひびくとともに、李の目に鋭い光が宿った。芳洲はその光を見逃さず、強い印象を受けた。……はてな、とつぶやく。……さきほど克人の目にきらめいたものと同質のかがやきだ。このかがやきが、正使一行をつかまえる方策とどうつながるのか？

李が長軀を折りたたむようにして、八番室の小さな取り出し口に腕を差し入れる。克人は抱いていた恵淑を下におろし、息を詰めて李の動きを追いかける。

「さあ、焼き上がったよ。克人の壺だ」

大きな瓜型の壺が出てきた。それを、李が意味ありげな微笑を浮かべて、克人に手渡す。

うれしそうに壺をためつすがめつ見ていた克人から、突然、日本語で落胆の声が上がった。

「や、ヒビキだ！」

ヒビキ、即ちひび割れのことである。なだらかな肩から腰部にかけて、髪の毛一筋ほどの線が走っている。李順之の克人に向けた意味ありげな微笑は、このヒビキの発見からきたものだった。

「型も円満で、いい色に焼き上がっていますが、轆轤の蹴りが二つ三つ足りなかったようだね」

皮肉とも慰めともつかない調子で李がいった。

次に取り出されたのは傘型の徳利で、これはぱっくりふたつに割れている。

「克人、まだまだ修業が足りませんね」

李が優しげなまなざしで、克人をふり向いた。

「しかし、これは大丈夫だ」

青白色の小さな鳩の水滴だった。

「鳩がたすかってよかった。こんな小さなものまでヒビキではあまりに情ない」

克人の手のひらで、水滴はいまにも飛び立ちそうにみえる。

「これはかわいいね、どれ」

芳洲が脇からのぞき込んで、手を差し出した。

「うまいぐあいに、手にまるめこめる大きさだ。水滴はこれでなくてはね。おや、生きてるみたいにあったかいぞ」

克人がいう。

「先生にそれを差し上げましょう」

「いいのかね……、しかし、ありがたい。これで硯《すずり》に水を注《さ》せば、いい字が書けそうだ」

李順之が克人に近づき、ひびの入った瓜型の壺を渡すと、

「さあ、失敗作は自分で壊すのが決まりですよ」

克人は苦笑しながら、五、六歩横に移動して、壺を頭上まで差し上げる。恵淑がまとわりつこうとするので、

「危ないから離れておいで」

優しく、そっとうしろへ押し返した。

壺は六尺の高さから大きな平石の上に落とされた。小気味よい音とともに、無数の破

片となって飛び散る。

「李順之よ、私はこんなことで挫《くじ》けないからね」

「いいですよ。次の窯入れは二十日後。その間に土の練り、成型、轆轤、高台の取りかたなど、もう一度、しっかりお教えしましょう」

「ありがとう。ところで……、例のものは？」

「そいつはここに……」

と李は胸の襟合わせに右手を差し入れた。

そのとき、下の焚き口のほうから日本人の陶工が駆け上がってきて、朝鮮語で、

「焼き上がりは上々です。荷造りにかかります」

「よし、ありがとう。蜜の荷造りでゆこう！」

朝鮮では、貴重な蜜甕《みつがめ》の梱包と輸送に細心の注意が払われた。だから、荷造りのしっかりしたものを蜜の荷造りという。

李は陶工にてきぱきと指し図を送りながら、胸もとから折りたたんだ紙をいったんは取り出したが、またもとに納めようとしてやめ、いきなり紙屑のようにくしゃくしゃに丸めてしまった。

紙は上質の雁皮《がんぴ》だ。克人には、李のふるまいが怪訝《けげん》でならない。

李はいったんくしゃくしゃにした紙を半ばまで広げ、それに雨森から受け取った鳩の水滴を包み込んだ。

「さあ、これを……」

李の目をみて、その意味をさとった克人が小さく頷く。

「先生、急ぎましょう」

芳洲の腕をつかむや、坂道を駆けおりた。

「克人！」

と呼ぶ恵淑の声が遠ざかる。芳洲がたずねる。

「いったい、どこへ急ぐんだね？」

「ひとまず、私の部屋へ」

克人は、途中で、来たときとは別の道を選んだ。荷揚げ、荷積みのまっさい中で、大勢の人間が動き回っている港通りを避けて、人気のない館守邸裏の切り通しを下った。

克人は東向寺の隣の裁判寮《さいはん》に一室を与えられている。裁判は朝鮮との外交交渉を担当する。十人いる裁判のなかの最年少で、末席にいるが、朝鮮語と交渉手腕は群を抜いていた。おまけに漢語・唐語にも堪能ときているから、漢語による外交文書作成の専門家である東向寺僧たちも、彼には一目置かざるを得ない。

裁判寮は二棟ある。ひとつは和風、ひとつは朝鮮式の建物で、克人の部屋は朝鮮式のほうだ。入居のとき、迷わずこちらを選んだ。

翼のように反った丸瓦の屋根の上で、たくさんの雀がにぎやかにたわむれている。芳洲を部屋に招じ入れる。ちょうど真上なのか、天井ごしに屋根の雀のさえずりが降ってきた。

「内部《なか》もすっかり朝鮮風の住まいじゃないか」

部屋は小さいが、床はオンドルで、壁際に立派な紫檀の書棚と机がある。芳洲は書棚に積まれた漢籍を一瞥すると、賛嘆の声を上げた。

「張岱《ちょうたい》の『石匱書《せっきしょ》』じゃないか！」

張岱、明末清初の人。清朝に追われて山林に逃れ、明一代の歴史と明朝に殉じた人々の伝記を書きとどめた『石匱書』全二百二十一巻を残した。

芳洲が上の一冊を手にして、

「私はまだ読んでいない。というより、日本には入っていないからね。……そうか、これが噂に聞く『石匱書』か。木門ではよく話題にのぼったものだ。特にきみの父上や新井白石どのが読みたがっていた」

克人は恥ずかしそうにうつむいて、

「私もまだ読みはじめたばかりなんです。……どうぞおすわり下さい。いま、お茶をお淹《い》れします」

「ありがとう。……ところで、あの朝鮮人陶工は日本語ができるのではないのかい？それも相当に」

克人の頬がぴくりと動いた。

「どうしてお分かりになりましたか。彼は一言も日本語を口にしておりませんが」

「私たちが日本語で言葉を交わしたときの彼の目の動きをみれば分かる。しかし、日本語のできる朝鮮人を倭館に居住させることは禁じられているはずだが」

克人はうなだれた。

「まあ、よい、その理由はあとで聞こう。それより、あれほど私を急がせたのは？」

はい、といって克人は、さきほどの鳩の水滴を机の上に置き、包みを解いた。

「ご覧下さい」

「これがどうしたのかね？」

「鳩でなく、包み紙のほうです」

克人がくしゃくしゃになった紙を広げ、伸してゆく。筆描きの太く、あるいは細い複雑な曲線が現れる。それらは至るところで交差している。

「これは地図だね」

芳洲はしばらくじっとのぞき込んでいたが、ふいに驚きの声を上げた。

「半島の道路地図ではないか。しかも、半島だけでなく、大陸部さえも……。どうりで、李が日本人陶工の前でくしゃくしゃにしたわけだ」

克人はうなずき、指先で示す。

「ご存知と思いますが、釜山から漢城までの上京路は三つあります。これが左路、これが中路、これが右路です。川の左岸、右岸と同じで、漢城から南に発して、東側が左方になりますから左路。かつての倭人上京路はこの中路近くを並行して通っていました。

室町の将軍の頃から日本の使者、つまり対馬の人間ですが、彼らが漢城へ向かった上京路はたぶんこのあたりです。秀吉の軍は、この上京路を進んで一挙に漢城を攻め落とし、略奪し、焼き払ったのです。嚮導役《きょうどうやく》を務めたのが、かつて使者に立った対馬の者。戦役後、朝鮮政府は倭人上京路を閉鎖しました。いまでは完全に消えて、とても人の通れる道ではありません」

芳洲は頷くと、鋭いまなざしを克人に向けた。

「正使一行はどの道を下ってきているのかな？」

「過去の通信使はみなこの道です」

「左路だね。今回も？」

克人は、李が引いた線の上を指先でなぞる。

「漢城、楊平《ヤンピョン》、忠州、安東《アンドン》、慶州《キョンジュ》、蔚山《ウルサン》、釜山……」

「そして、いま、彼らは忠州のあたりだときみは考えるのだね」

「はい。三本の上京路は半ば公然ですから、われわれ倭館の者にとってもさほど貴重な情報ではありません。でも、このいちばん細い線をごらん下さい」

「これも道なのかね。しかし、えらくまっすぐな道だ。おや、北京までもつづいている」

「これが、『銀の道』です」

「銀の道？」

芳洲は信じられないという表情を浮かべる。無理もなかった。「銀の道」は朝鮮政府の最高機密、秘中の秘とされているからだ。

——当時、世界最大の帝国、明、そのあとの清も共に銀本位制で、世界中の銀をブラックホールのように吸収していた。銀の最大の供給国は日本だった。

倭館を通して、朝鮮から輸入される商品の八割は白糸と絹織物で、そのほとんどが京都へ向かう。残りの二割を朝鮮人参が占めた。取引きは倭館の開市大庁で行われ、決済には丁銀が当てられる。

品質の良い生糸・絹織物はまだ朝鮮、日本では生産できず、すべて中国産である。

日本銀は、京都・三条河原町通にある対馬藩邸で調達された。藩邸は高瀬川ぞいにあり、箱詰めされた丁銀は専用の舟入りから出発して伏見に至り、淀川を下って大坂、瀬戸内海を経て対馬へ。荷改めのあと、お銀船で倭館まで運ばれた。

朝鮮政府は、日本から支払われた銀を北京まで運んで、これで白糸・絹織物、生薬などを購入する。白糸・絹織物は同じ道を逆にたどって京都まで運ばれ、多くは西陣に入る。こうして京都と北京は「銀の道」で結ばれていた。

銀は安全かつ迅速に運ばなければならない。半島、大陸の山野には匪賊《ひぞく》が跋扈《ばっこ》していた。このため、「銀の道」は人々の目から隠蔽されるとともに、路面はたたき土に石灰と水をまぜて固められ、車による高速走行が可能なように造られた。

釜山と漢城間は、通常の上京路なら十七日間かかるが、「銀の道」輸送隊は五日間で走り抜けた。

「これは、ほんとうに『銀の道』なのかい？」

芳洲はくしゃくしゃにされたため、伸しても伸しても浮き上がってくる紙面に引かれた細い線に見入りつづけた。

「ほんとうなら、大変なことだ。もしこのことが東萊府《トンネ》に知られたら……。克人、きみは何の目的で、この地図を手に入れたのだ？　その代償は？　そして、あの李順之という陶工はいったい何者なのだ？」

矢継早に放たれる芳洲の鋭い問いを避けるかのように、克人は席を立ち、背中を向けて、お茶を淹れる用意をはじめた。

「私は、きみを朝鮮に遣《や》ったが、隠密活動に従事するとは……」

ため息とともに芳洲はつぶやいた。

ふり向いた克人の顔は、緊張から心なしか青ざめている。

「思わず厳しい口調になったが、許せ。……これはいい茶碗だ。白磁かな」

「いいえ、これは粉引《こひき》というものです。胎土《たいど》と釉薬《ゆうやく》のあいだに、火度の強い白土《はくど》をひくので、器体が白くみえます。李順之の手です」

芳洲はうなずき、ひと口啜ると、

「さて、その李順之のことだが……」

克人は視線を芳洲の目にひたと据え、急き込んだ調子で話しはじめた。

「私たちは朝鮮政府より、この草梁の土地を提供され、施設建築の費用や人手も多く負担してもらって、倭館を経営しています。倭館は、対馬藩一藩の利益のためばかりでなく、幕府、いえ日本という国が大陸と交流し、世界に伍してゆくうえで、真に重要な役目を担っているともいえるのです。長崎の出島は外界に対する小さな窓口に過ぎません。倭館の重要度はこれからいっそう増すことになるでしょう。このことは、私が釜山に赴任して以来、ずっと考え詰めてきたことです。

しかし、私たち日本人はここから、この倭館から一歩たりとも朝鮮の地に足を踏み入れることができないのです。倭館を管轄する東萊府と公務で往来するぐらいで、許可を取れば近くの山へ登ることはできますが、つねに見張られています。

一方、通信使は十数年に一度とはいえ、四、五百人の規模で、数カ月間にわたって日本の幹線路を往来し、主要都市や港をじっくり見聞し、観察することができるのです。彼らが帰国後、政府に提出する報告書は数千葉《よう》に達する厖大《ぼうだい》なものだと聞いております。使節団には政治家、文人、軍人、技術者、そして密偵部門の人間も加わっています。しかるに、わが方はどうでしょう。私たちは漢城をみることもできません。彼らが時に、われわれのことを、倭《い》の中の蛙《かわず》、と冷笑するのも故なしとしません。われわれは、もっと相手のことを知らなければならない。李氏朝鮮も清も、われわれが相手を知っている何百倍も日本のことを知っているのですから……」

芳洲がしびれを切らしたように声をかけた。

「もうそれくらいにしたまえ。きみがいっていることはなるほど、首肯できるところは多い。しかし、克人、それは裁判の矩《のり》を越えているぞ。一体、きみは何とたたかおうとしているんだ？」

克人ははっとして、顔を上げた。何とたたかおうとしているのか？　かつて克人が、慶雲寺にいた旅の僧から手ほどきを受けた薩南示現流を会得するため、ホルトの木に向かって立木打ちの稽古をしていたとき、同じ問いが発せられた。なつかしいあの庭、ホルトの木……。

克人は懐旧の念を振り払うと、詳細な半島地図をにらみ、縦横に走る街道にそって指を滑らせた。

「ご覧下さい、先生。『銀の道』と上京左路がここで交差しています」

芳洲がのぞき込んで、

「丹陽《タニヤン》だね」

「鳥嶺《チョリョン》の北側です。どうしても丹陽でつかまえなければ。正使一行が鳥嶺を越えてしまったら手遅れに」

鳥嶺は、峨々《がが》たる山なみが東西に壁のようにたちはだかる半島南部最大の難所だった。断崖を削った桟道《さんどう》がうねりくねりして、数百メートル下を激流がのたうつ。大岩のかげで山賊の山刀がきらめく。鳥嶺を越えたあとは、ふり返る気も起こらないほどだ。

もし一行が鳥嶺を越えてしまっていたら、正使は、国書称号の書き替えだけのために、漢城へ使者を差し向けることを拒否するだろう。

「銀の道」を走って、鳥嶺越えの前に正使一行をつかまえる。芳洲は、克人の目が鋭い光を放ったのは、彼の頭にこの策がひらめいた瞬間だったことに思い到る。

「丹陽まで、どれくらいで行ける？」

「おそらく二日で」

「危険だぞ」

「覚悟の上です」

「『銀の道』にはどうやって入るのか？」

「『銀の道』文引《ぶんいん》を持っています。この手形は特殊な任務を帯びた者にしか発行されない」

「それも李順之の手配かね」

克人がためらいがちに頷く。

「馬は？」

「すぐ入手できます」

「正使たちをつかまえたとして、どのような手筈で、国王号への書き替えを彼らに承知してもらうかだ。私は、藩主義方様の署名と印を押した白紙の用箋をいただいてきているが……」

「一行に東萊府使の洪舜明《こうしゅんめい》が従事官として加わっています」

「洪舜明がいるのか！」

芳洲が元禄十六年（一七〇三）から二年余り、倭館に駐在していたとき、系統立った朝鮮語の教科書を作る必要性を強く感じて、手さぐりで取りかかったことがある。そこで、日本語と朝鮮語は似た構造を持っていることを発見した。そんな折、東萊府にいた洪舜明と知り合う。彼もまた、日本語の教科書を作ろうとしていた。こうして二人の交流がはじまった。

その洪舜明が今度の通信使に従事官として加わっている。

「こうしよう。義方様の署名と押印のある用箋に、このたびの国王号復号について、朝鮮側の理解を得られるよう文をしたためる。そして、洪舜明には別状を添えることにしよう。きみが信頼できる使者であると保証する旨のね。しかし、なぜ李順之という一介の陶工が、対馬側の内情に関与しているのか、きみと李順之の関係は……」

「そのことについてはいずれご説明申し上げます。いまは、彼は信頼できます、とだけ。いわゆる信頼とは意味が違うかもしれませんが」

「とにかく、きみは丹陽で正使一行をつかまえ、ただちに洪舜明と会う。むろん、よしみはあるだろうね？」

「はい。頭の切れる懐の深いお方とおみうけしました。私に対するお覚えも悪くないはずです。倭館にもたびたびおみえになりますし、平田さまのお供で東萊府にまいったときも、何度か言葉をかけていただきました。私が芳洲先生の薫陶を受けた人間だと平田さまが紹介してくださったので」

「よし、決まった。私は、書状をここで書こう。ところで、いつ出発する？」

「日没とともに」

「まさか！　『銀の道』とはいえ、夜行はできないだろう」

このとき、克人の目が再び、きらりと鋭い光を放った。声をひそめて、

「先生、暗行御史《あんこうぎょし》のことはご存知ですね？」

「……国王直属の密偵」

克人は頷く。

「暗行とは、文字どおり暗闇の道を走る。銀の道は、暗行御史が利用する道でもあります」

克人はもう一度地図を示して、

「ほら、このとおり『銀の道』は最短距離を走るため、まっすぐに引かれていて、月の光さえあれば暗行御史同様に走れます」

芳洲は数秒の瞑黙ののち、

「では、書状をしたためよう」

克人が書棚から硯箱をおろし、筆筒《ひっとう》といっしょに机に置く。

「そうだ、先生、この水滴で硯に水を注しましょう」

「そいつはうれしい。おやおや、まだあたたかい。ほんとうに生きてるみたいだ。これ

をもらっていいんだね」

克人が鳩の水滴に水をみたしながら、

「もちろん、喜んで。光栄です。……そうだ、鳩といえば、椎名はいまでも鳩を飼っておりますか」

芳洲は筆筒から数本の筆を取り、一本一本の筆尖《ふでさき》を舌で湿らせ、具合をたしかめてゆく。

「飼っているよ。数も増えて、いまでは三十羽ぐらいいるそうだ。近頃では、つかい鳩というものに凝っている」

「つかい鳩、ですか?」

「なんでも、鳩の強い帰巣本能を利用して通信に使うのだそうだ。何十里、何百里遠くからでも誤たず自分のねぐらに帰ってくる。椎名は勤めもおろそかになるくらい訓練に夢中で、非番のときは鰐浦や比田勝、豆酘崎といった府中からできるだけ遠い場所へ出かけ、そこから鳩を放つんだ。まわりの者たちはみな、鳩の通信使か、とからかっていた。ところが昨年、殿の参府のとき、椎名もお供に加わったのだが、こっそり三羽の鳩を連れてゆき、江戸到着後、すぐ放った」

克人の目がかがやく。

「対馬に帰ってきたんですか?」

「帰ってきた。三羽とも」

「何日間で?」

「鳩は、子《ね》の刻(午前零時)に放たれた。府中に着いたのが四つ時(午後十時)……」

「何日目のですか?」

「その日の四つ時だよ」

「まさか!」

「利根が椎名の鳩舎の前で待っていて、正確に時間を計ったのだそうだ。脚には、利根宛ての文も付いていた」

「では、鳩は夜も飛べるんですね」

このとき、克人は、椎名のつかい鳩のことを深く記憶にとどめた。

芳洲は筆を執り、用箋に向かう。克人は出発の準備にあわただしく動き回った。

克人と芳洲がそれぞれなすべき仕事にかかっているあいだに、坂の上の窯場では、李順之の指揮でやきものの荷造り作業が進み、港の輸出蔵へ搬入された。対馬へ送られるのである。

対馬は朝鮮から毎年二万石前後の米を輸入しているが、それらは釜山の倉庫からいったん倭館に入り、計量ののち、倭館の港から府中へ向けて搬送される。米俵のあいだにやきものの箱を挟み込むように置くと、積荷全体が安定するうえ、やきものの損傷が少ないことから、自然と運米船を利用するようになった。

李順之と阿比留克人の出会いは、二年前にさかのぼる。

四月のある日、克人は首席裁判の衛藤と共に、約条の更新と一部改定の打ち合わせのため東萊府に出向いた。対馬が一年間に朝鮮に配船できる隻数は約条によって決められているが、毎年、その数を実勢に合わせて調整する。いつも対馬が増隻を要望し、朝鮮側はこれを抑制するという立場からの協議である。

この日、克人には東萊府貿易担当者と若干打ち合わせておくべき仕事が残ったので、衛藤より半時ほど遅れて、一人、徒歩で倭館への帰路を急いでいた。形式的だが、やはり尾行がつく。

小川ぞいの道を南へ下る。遠くから小鼓《ソゴ》を打つ音が聞こえた。やがて川が尽きて海になる。潮が満ちてくる頃合いで、干潟を次々と浸してゆく水が、夕日に照らされて錦のようにかがやく。

克人が閉門に間に合うように駆けだそうとしたとき、右手の松林の中から悲鳴が上がった。女の子の声だ。はじめは親に叱られでもしたのかとやりすごそうとしたが、余りにも悲痛なひびきなので、声のするほうへ草をかき分けて走り込んだ。

薄汚いなりの二人の男が、小さな女の子を抱えて連れ去ろうとしている。

人攫《ひとさら》いだ。克人は追いつくと、まず左側の男の襟首をつかんでうしろに引き倒し、みぞおちに当て身をくらわせる。男は呻き声を上げて、気を失った。つづけて、女の子を抱えたもうひとりにとびかかった。男は、女の子を投げすてるように草むらに放り出すと、短刀を振りかざした。克人は腰の刀に手をかけるまでもなく、簡単に相手の短刀をたたき落とし、手首をつかみ、逆手に取ってひねり上げる。

「折るぞ、よいか！」

男の目に恐怖の色が走った。

男の手首の色が変わってゆく。あとわずか、克人が力をこめていれば折れていただろう。覚えてやがれ。捨てぜりふを残して、二人の人攫いは松林の奥へ跳びはねるように逃げてゆく。

克人は女の子を抱き上げ、優しい言葉をかけて落ち着かせると、家はどこかとたずねる。女の子の指さした方へ足早に歩き出す。松林を抜け、淡い紅《あか》や紫のあざみの花が咲いている野原を一町ほどゆくと、向こうから大声で、

「恵淑！」

と呼びかけながら走ってくる男の影があった。

父親の感謝の言葉には限りがなかった。家が近くだからぜひ寄っていただき、お礼をしたい。

忝《かたじけな》いが……、と克人は自分が倭館勤番の日本人であることを告げ、すぐ戻らなければ閉め出されてしまうのだ、と言い訳をした。

「あなたの朝鮮語はじつにみごとだ。朝鮮人と変わらない」

「ありがとう。恵淑！　よかった、元気でね」

克人は走った。暮れ六つ（午後六時）の太鼓が鳴っている。鳴り終わる寸前、彼は守門を駆け抜けた。うしろで、鈍い音をたてて重い扉が閉まった。

それから半年後、やきものが唯一の趣味だと公言している館守の平田所左衛門が一人の朝鮮人陶工を倭館に招いた。近頃、公用で東萊府と往来するたびに、釜山浦の店でしばしば高麗青磁ふうの、あるいは高麗後期とおぼしい白磁の壺や皿をみかける。しかもすべて新作だ。作者について、店主にたずねると、慶尚道にあるどの窯にも属さず、どうやら北のほうから下ってきた流れの陶工らしい。数カ月後、平田はその店でくだんの陶工と会うことができた。

平田は、その陶工に倭館の窯を任せることを思いついた。倭館窯は、これまで日本人陶工による実用一点ばりのものしか焼いてこなかった。ここに先進の技と風雅の趣を導入しようというのである。朝鮮人職人を倭館が専属として雇ったことはない。東萊府に伺いを立てると、別段差しつかえないとの回答である。

陶工には、工房脇に急ごしらえで小ぢんまりとした住宅が用意された。

克人は窯場に新しく腕のいい朝鮮人陶工が入ったことを耳にしてはいた。ある日、ぶらりと坂道をのぼってゆくと、草むらから突然、かわいい声を上げて女の子がとびついてきた。

恵淑との再会、そして父親李順之との邂逅《かいこう》とつづく。

やがて、龍窯、すなわち登り窯の建造がはじまる。

克人は土を捏ねる喜びを知った。李順之が驚くほど知的な男であることも分かった。朝鮮の歴史や風俗、物語や詩についてばかりでなく、漢の文明についてもひとかどの知識を持っている。克人は、土を捏ねながら彼の話に耳を傾けているのが何より快かった。

いっぽう、克人も対馬や日本について語り、李は興味深げに聞いている。

だが、ある日、克人は、李順之は日本語ができるのではないか、という疑いを抱く。

五歳になった恵淑が、大きな楊柳《やなぎ》の枝に縄でしつらえられた鞦韆《クネ》（ブランコ）に乗って、歌をうたっていた。

「……サケサオ　サケサオ　オラムバエトルリ　サケオサ」

克人が下から、それはどういう意味か、とたずねると、

「シラナイ」

と恵淑は答えたのだった。克人は耳を疑う。シラナイ？　シラナイ。知らない。

「モルンダ？」

高く舞い上がって、青空の中で恵淑は頷く。

克人はふいに思い出したことがある。

——克人が下働きの日本人たちに日本語で指示を出し、そのあと、李に同じことを朝鮮語で話すのだが、李がその内容をすでにすっかり了解しているように思えるのだ。そういうことが何度か重なった。

ある日、克人は、工房で轆轤を回しながら、いきなり李の方をふり向いて、

「あなたは日本語ができるのではありませんか？」

李の顔色が変わる。さっと居ずまいを正すと、

「克人、あなたは私を斬るつもりですね」

「まさか！　私が……、どうしてですか？」

李順之はふしぎな微笑を浮かべながら、日本語で語った。

「恵淑を救ってくれた御恩は一生忘れません。魂のあるお方だ。朝鮮では、これは相手に対する最大級のほめ言葉ですよ。……さて、私が日本語を自由にあやつることができるのを隠して、どうしてここにいるのか、見当がつきませんか？」

克人は刀の柄に手をかけて、いった。

「間者《かんじゃ》……」


李順之は会寧《フェリヨン》の人である。

咸鏡《ハムギョン》道会寧は、朝鮮北部、朝鮮半島の付け根に当たる部分を南西から北東へ併走する長白山脈と咸鏡山脈が、合掌する手のように合わさる豆満江《トゥマン》の上流にある町で、対岸の三合《サンホー》はもう清の領土。また会寧から東に二十里（八十キロ）余り行けば豆満江の河口に至る。

会寧は辺境、国境の町である。

古くから会寧府が置かれ、仁祖十六年（一六三八）より大規模な国境交易・開市が毎

年十二月から翌年二月のあいだに開かれている。ちょうど厳寒期に当たり、豆満江は厚い氷におおわれる。この間に、清から、東北地方駐防八旗の士官、北京から派遣される役人、通訳官たちが多くの漢商、清商を引きつれてやってくる。

開市は、公市と私市に分かれるが、いずれも朝鮮の交易品は塩、米、大豆、海産物、犂《すき》、鍬《くわ》といった農耕具、清からは羊皮の服や綿布などが運び込まれた。

この市《いち》が終わると馬市になる。千数百頭の清馬《しんば》が取引きされる。対価は朝鮮牛で、その交換比率は、清馬一頭に朝鮮牛六〜七頭だった。

朝鮮馬は馬体が小さく、人が乗ったままで果樹の下を通れるほどで、「果下馬《かかば》」と蔑称された。軍馬として用をなさないことから、北辺境域に配備された軍官・騎兵は、自費をもって、馬市で清馬を調達した。辺境隊だけでなく、中央からも買付けにやってくる。朝鮮通信使は、たびたび徳川将軍に馬を献上しているが、それらは会寧の馬市で調達されたものである。ただし、牡馬《ぼば》はすべて睾丸《こうがん》が抜かれていた。

会寧はまた、会寧窯としても知られる。

中国の均窯《きんよう》に似て、耐火煉瓦のような粗黄土に、白頭山の珪砂《けいさ》の混じった火山灰を釉薬として用いる。素朴であたたかみのあるやきものとして、漢城の都でも評価が高い。ある通人は、会寧のものを、無遠慮な美しさ、と評した。

李窯は、李順之の祖父の代に窯を築き、大小無数ある会寧窯の中でまたたくまに頭角を現し、父の代では、一時失われていた高麗青磁象嵌《ぞうがん》の技法を復興して、会寧・李窯に高麗象嵌あり、とまで謳われるようになる。

　李順之は、父から厳しくその技法をたたきこまれ、父の死後、李窯を受け継いだ。気立てのいい美しい娘、金良枝《キムヤンジ》と結ばれ、生まれた女の子は恵淑と名付けられた。

　恵淑が生まれたその年の暮れ、開市の違法行為監視と取り締まりのため中央からやってきた監市《かんし》御史が、李順之の美しい妻に目をとめた。御史は策を弄し、李が清の役人と通謀しているとして逮捕し、監房に放り込んだ。

　御史は李の妻をものにしようとし、あの手この手を使って迫ったが、良枝は激しく抵抗する。開市が終わり、御史が漢城にもどる日、彼は手下に良枝を襲わせ、手足を縛って馬車に乗せた。

　数日後、李が釈放されて家に戻ると良枝はいない。残された恵淑がか細い泣き声を上げていた。妻を攫った男は監市御史の姜九英だと分かった。

李はただちに恵淑を背中に負い、厩《うまや》から馬を引き出した。

　一カ月後、李は漢城に着いたが、右も左も分からない。知り合いもいない。尋ね歩いて、やっと姜の邸を捜し出した。高い塀に囲まれた二層比翼の造りの広い屋敷のどこかに、良枝は監禁されているのだ。李は毎日のように門前に立ち、妻を返してくれ、と訴え、声を限りに妻の名を呼んだ。とびだしてきた数人の男に袋だたきにされ、川に投げ込まれ、危うく溺れ死にそうになったこともあった。

　ある日の暮れ方、漢城の目抜きのひとつを泣きじゃくる恵淑を負ってとぼとぼ歩いていた。ふと、顔なじみの誰かに出くわしたような気がして、そちらをふり向くと、構えのいい美術商の店がある。客の影は見当たらないが、なつかしさの感覚だけは募ってゆく。

突然、店の棚に飾ってある壺が目にとび込んできた。吸い寄せられるように近づいてみると、彼の手になる壺だ。八稜瓜型の胴体に朝顔型瓶首がつき、胴部に菊と牡丹の花が一輪ずつ、交互に黒白の象嵌をほどこしてある。

思わず李順之の口から壺に呼びかける声がほとばしった。

「良枝！」

そうだ、李が良枝と出会った頃に、彼が丹精込めて造り上げた作品だった。

札《ふだ》には作者名はなく、ただ会寧窯とだけある。信じられないほど高い値が付けられていた。

仄暗い店の奥では、店主の尹時元《ユンシウオン》が李のようすをじっとうかがっていた。赤ん坊を背負ったみすぼらしいなりの男だが、何かいわくがありそうだ。

どこから来たか、とたずねる。会寧から来た、と李は答える。……私は、会寧・李窯の李順之だ。ここにある青磁象嵌の壺は私の作品だ。

尹時元には、みすぼらしいこの男が、十年に一度出るか出ないかと思えるほどの傑作、青磁象嵌壺の作者だとは信じられなかった。だが、いったんは消えた高麗青磁象嵌の技法について、李順之の説明を聞くうちに、目の前の壺と男がひとつに結びついてゆく。

恵淑は父親の背中ですやすやと眠っている。

……しかし、その李順之がどうしてここに？

李は、妻が姜九英に連れ去られたことを語る。

中央の役人が地方へ赴き、権力を笠に着て、娘や人妻を攫ってくる話はざらにあること。……とはいえ、李の場合はやはり同情に価する。尹は、彼の顧客で友人の吏曹判書《りそうはんしょ》（内務省長官）の安洪哲《アンホンチョル》に相談した。安が早速、姜の身辺を洗わせると、姜の会寧出張に同行した部下の一人がかんたんに口を割った。

良枝は、会寧から拉致されてすぐ、馬車の中で手足が自由になるや、隠し持っていた銀粧刀で喉を突いて自害していたのである。李順之は、安洪哲からこれを知らされ、その銀粧刀を渡された。

李は復讐を誓った。だが、しばらくして姜は国境警備を統轄する備辺司《びへんし》局次長に昇進して、身辺の警護は厳重になり、近づくことができない。

李は焦る気持を、粘土の練成を待つように抑えた。綿密に姜暗殺計画を練る。尹が申し出た窯の提供を断り、彼に恵淑を預けて、安の推薦で五衛府付属の特務工作学院に入った。

姜九英のいる備辺司局と五衛府は同じ敷地内にある。二人はたまにすれ違うことはあったが、姜が会寧で、李をみたのは一度きり。それも遠くからで、良枝の夫とは気づかない。

李は、特務工作に携わる人間に必要なあらゆる訓練を受けた。武術、暗行術、暗号文の解読、漢語、日語、蒙古語、満州語。なかでも、日語がいちばんやさしく、一年で習得した。

彼はすべての教科で上位の成績を修めた。科挙武科の試験にも合格した。またたくまに二年の訓練期間が過ぎ、正式に五衛府に採用された。講堂で採用証書を授与されたその日、彼は備辺司局に姜九英次長を訪ねた。警戒は厳重だが、五衛府の軍服が通行証の代わりをしてくれる。見咎められることなく次長室の前に立った。扉を軽く敲《たた》く。

正面の大きな机に姜がすわっている。李は自分の名を、そして妻の名を告げると、間髪を入れず銀粧刀を姜のひたいに突き立て、ただちに五衛府憲兵隊に出頭した。

李順之に一年の禁錮刑が下された。

刑期を終えて出てきた李には、もう会寧にもどることはおろか、轆轤に向かう気力も失せていた。幼い恵淑を相手に無為の日々が過ぎてゆく。恵淑はますます良枝に似てきた。

時々、特務工作学院での厳しい訓練の記憶がよみがえる。ふと、日本語でものを考えていたり、恵淑に日本語で話しかけたりする。厳しかった日本語の教官喬賢《キョヒョン》の曾祖父は、何でも亡命してきた日本人で、姓名を佐橋甚五郎といったらしい。

……自分には間者《かんじゃ》の仕事が合っているのではないか、と李は思いはじめる。特務工作学院に入ったのは、惨《むご》たらしく死んでいった良枝の仇を取るためだった。だが、仇を討ったからとて良枝が戻ってくるわけではない。恨《ハン》は消えることがない。

李は五衛府への復職を願い、叶えられた。暗行部に配属され、やがて密命が下る。

──釜山・倭館に潜入し、日本の銀の動向をさぐれ。

──克人は、工房で、刀の柄に手をかけたとき、本気で李順之を斬るつもりだった。武士が脅しやみせかけで柄に手をかけることはありえない。李順之が厳しい訓練を受けた暗行御史であっても、おそらく示現流の剣に太刀打ちできまい。

だが、鞘を払おうとしたまさにそのとき、

「克人、武張るでないぞ！」

芳洲の声がひびきわたった。まるで芳洲がこの場で、彼の背後に立っているかのように。

「アボジ、克人！」

恵淑がたのしそうな笑い声を上げながら入ってきた。克人は剣を素早く納めると、邪念を払うかのように轆轤を思い切り強く回し始めた。

その日から、克人は窯場に足を向けなくなった。職場である裁判屋にいても、むっつりと押し黙ったままで、同僚たちは体の具合でも悪いのかと案ずる。酒場へ誘われても断り、自室に閉じこもって、夜遅くまで『石匱書』を繙《ひもと》いている。だが、ほとんど頭の中に入ってこなかった。

いったいどうすればよい？

十日余りたった。克人はある決意を胸に坂道を登ってゆく。ものかげから恵淑がじっと彼をみつめている。以前のようにとびついてこないのがさびしい。工房の戸を押し開け、水打ちをしながら大きな土のかたまりを捏ねている李順之に向かって、こう切り出した。

「李順之、あなたは、私から何を引き出したいのか？」

李順之は、克人の切り口上の問いかけに、穏かな落ち着いた調子で答えた。

「銀です。日本の銀山の地図、その埋蔵量、そして今後の幕府の銀政策はどうなるのか」

「分かりました。では、李順之、私に『銀の道』の正確な地図を提供して下さい」

「釜山―漢城間でいいですね」

「いいえ、北京までです」

李順之は腕組みして考え込んだ。

「少し時間がかかりますが……」

「かまいません……。これは、私自身の興味からたずねるのですが、北京の向こう、西の大宛《フェルガーナ》、波斯《ペルシャ》へと向かう通商の道があるそうですね？」

「道は波斯よりさらに先まで、希臘《ギリシャ》、羅馬《ローマ》まで通じていますよ。絹の道と呼ばれています」

「絹の道、ですか……」

――雨森芳洲は、克人が李順之から提供された「銀の道」図を机の上に広げたとき、きみは何の目的でこの地図を手に入れたのだ、その代償は何か、と鋭く、難詰するように問いかけた。

　その代償とは、日本銀についての情報だった。これは幕府の最高機密に属する。幕府の財政と経済政策は、銀政策に直結しているといっても過言ではなかった。

　だが、いまは克人の判断を可としなければならない。一刻も早く正使一行をつかまえる。それには「銀の道」を利用するしかないのだ。


　克人の部屋である。

　芳洲が二通の書簡を書き終え、封をしているとき、克人が戻ってきた。李順之と会い、出発に要する様々な仕度を整えてきたのである。

「準備ができました。いつでも出かけられます」

「月は？」

「雲の動きが速いようですから、月明りの下を走れると思います」

　克人はまだ倭館武士のいでたちのままである。

「その装束で出かけるのか？」

「まさか。倭館の中を暗行御史のなりで歩くわけにはゆかないでしょう」

「そうだね。暗行御史の装束はどんなものか知らないが、それも李の手配かね」

克人はうなずくと、机の上に対馬からの新たな文が届いているのに気づく。芳洲がふり向いて、「きみが出かけたあと、配達されたんだ」

克人は表書《おもてがき》をみただけで、それが妹の利根からであることが分かった。

「さあ、これが正使と洪舜明あての書状だ。私は見送らないほうがいいだろう。成功を祈る」

芳洲はややかすれた声でいうと、克人の肩をそっと抱き、足早に部屋を出て行った。

利根の文はかなりぶ厚い。表書以外、文面はすべて阿比留文字である。

しばらくは穏やかでなつかしげな表情で読んでいた克人だが、途中から緊張した面持になり、やがて顔色が変わってきた。読み終えたあと、数十秒間、思案に耽るようすで立ち尽くし、いきなり、くるりと体を一回転させる。するともう、もとの沈着さを取りもどしていた。

利根の文を棚の抽出《ひきだし》に納める。抽出は二重底になっていて、すでに十数通の利根からの手紙が重ねられていた。この地上で、阿比留文字を読めるのは克人、利根の兄妹しかいないのだから、たとえ手紙が盗まれても、朝鮮側、日本側双方に秘密を知られるおそれはないのだが、しかし、こうした不可解な暗号めいた記号の集積が、どんな疑惑を呼び起こすか分かったものではない。

克人は抽出に鍵をかけた。硯箱や筆筒を片付けようとして、芳洲が鳩の水滴を忘れていったことに気づき、微笑を浮かべる。使命を果たして帰ってきたら、お届けしよう。

硯と筆を洗って、鳩の水滴と一緒に棚に置く。それから他にし残したことはないかと室内を見回すと、ひとつ大きな息を吐いて廊下に出た。

ふだんと変わらない歩度と表情で、すれ違う同僚や職人たち——今朝、出会った大工棟梁の駒井とその配下の者——と挨拶を交わしながら、外出許可証を示して、守門をくぐる。

日は山の稜線に沈んだ。東の空は雲が多く、月はまだみえない。克人は、東萊府へ通じるゆるやかな坂道をゆっくりと下ってゆく。伏兵所の朝鮮人兵士が二人、櫓《やぐら》の上から彼のうしろ姿をじっと目で追っている。

道の脇にある大きな胡桃《くるみ》の木が目標だった。幹はふた抱えもあるほどの太さだ。克人が木の向こう側に曲がり込んだとたん、彼の姿は伏兵所の見張りの視界から完全に消えた。

胡桃の木の背後に、丈高い萱《かや》の密生がある。萱を掻き分けて入ると、獣道のような踏み慣らされた道が現れた。ちょうど雲が切れて、月が顔をみせた。まっすぐ三町ばかり進むと、李順之の言葉どおり掘立小屋があった。小屋のそばで、二頭の清馬が草を食《は》んでいる。

一頭は栗毛で、もう一頭は葦毛《あしげ》だ。克人が近づくと、軽く足踏みしただけで、悠然と草を食みつづける。……いよいよ清馬に乗るのか。

彼が清馬をまぢかにするのはこれが二度目である。数年前、東萊府の庭で清馬をはじ

めて目の当りにした。あまりじろじろ見入って動かないので、厩番が、

「どうだい、すごいだろう。これは、漢城から赴任してこられたばかりの監察御史柳成《ユソン》一《イル》さまの馬だよ。朝鮮にも日本にもこんな立派な馬はいねえよ」

黒栗毛で、鼻に白い筋が走っている。克人は迷わず勧めに従った。跨《またが》ってみると、あまりの高さに目が回るほどで、周りの建物がずいぶん低くみえる。馬はいまにも駆け出しそうだ。

「走らせるわけにはいかねえがな。どうだ、馬体が大きいばかりでなく、立姿もいいだろう。おまけに朝鮮馬の三倍の速さで走ることができる。まあ、おまえさんには一生かかったってこんな馬を乗り回す機会は回ってこないだろうが」

克人は、栗毛と葦毛の二頭の首を撫で、軽くたたいてやってから小屋の中へ入って、蠟燭《ろうそく》を点《とも》す。柱に乗鞍《のりくら》がひとつ立て掛けてある。大きな籠の中には、暗行御史の装束一式と糧秣《りょうまつ》、つまり人間と馬の食料の入った包みが置かれている。裾をしぼった黒いテニムに革の靴をはき、覆面を手早くつける。テニムの脇のかくしから、「銀の道」への非常用出入口を描いた地図が出てきた。すべて李順之の手筈である。

栗毛に鞍を置き、葦毛の背には糧秣、寝具などの荷を振り分けにして積む。やがて、ゆっくりと二頭を引き出す。「銀の道」に入るまでは騎乗しないよう、李から注意されていた。

森の中へ分け入った。だが、月光が葉むらからしみとおるように差し込んで、自分た

ちの影をみて進めば迷うことはない。

　めじるしの小さな二つの石仏にたどり着いた。指示にあるとおり、石仏の台を左右に押して動かすと、鉄の把手《とって》が現れる。それを力を込めて何度も回転させると、前方の林の向こうで軋《きし》る音が上がり、動きだしたものがある。近づくと、高さ八尺ばかりの石の壁が左右に割れていて、その向こうに一本の道がみえた。

　隈なく月光に照らされて、川のようにきらきら輝いている。「銀の道」だ！　ここから出入りできるのは李順之だけだった。

　克人は石仏を元の位置にもどすと、二頭の馬を「銀の道」に引き入れた。道の中にも同じ鉄の把手があり、それを回して石壁を閉める。

　克人は栗毛の鐙《あぶみ》に足をかけ、跨った。「銀の道」はまっすぐ北へと伸びている。この道を駆ける。克人の胸はときめき、まなこは月光を浴びて快活に輝いた。右手で一本手綱を、左手でうしろにつないだ葦毛の引き綱を握る。

　だが、馬の腹に拍車を入れるのを一瞬ためらった。……果たして、おれはいまほんとうに「銀の道」にいるのだろうか？　ひょっとしたら何もかも夢ではないか、という思いに捉えられて。

　そのとき、栗毛が首を高くかかげ、頭を大きく前に振って出発を促した。

　しばらくは速歩で進む。左前足と右後足、右前足と左後足、と交互に固い路面を蹴るリズミカルなひづめのひびき。克人の体は、そのひびきの中に溶け込んで、やがて人馬は一体となる。

鬣《たてがみ》が月光に照らされて、うしろに流れた。二里（四キロ）ごとに石の里程標がある。地名の標記はない。

通信使一行を鳥嶺越えの前につかまえる。その場所を丹陽とすると、現在地点よりおよそ七十里北になる。克人は、先に芳洲に対して、丹陽には二日で到着できると答えたが、果たして実際はどうだろうか。急がなければならない。

克人は、葦毛の引き綱を持った左手に栗毛の手綱もあずけ、自由になった右手に鞭を握り直すと、さっと振り上げ、打ちおろした。

克人の胸から汗がほとばしり、馬体からは湯気が上がる。

釜山より六里の里程標を過ぎた直後、克人たちのひづめの音に別のひびきが加わったことに気づく。克人の全身に緊張が走る。

やがて、二町ほど先に、人と馬の黒い影が現れ、みるみるうちに近づいて、大きく、くっきりと浮かび上がる。

馬上の男の姿がはっきりみえた。克人と同じ覆面の暗行御史の装束だ。「銀の道」は左側通行である。すれ違いざま、

「愚公《ウゴン》！」

と相手は叫んだ。

「移山《イサン》！」

克人も返す。あらかじめ決められている暗行御史の挨拶だ。男は一瞬、ふり返って、

「や、李順之だな！」

といった。

東の空の端を暁の光が薔薇色に染めると、栗毛に疲れがみえはじめ、克人は喉のかわきと空腹を同時に覚えた。

手綱を絞って速歩に、それから並足へと移りながら水飲み場をさがす。しばらく行くと、二十里の里程標の脇に、崖からにじみ出る水を竹の樋《とい》を引いて集めた大きな石の鉢が置かれていた。

克人は二頭に水を飲ませ、餌をやったあと、自らもかわきを癒し、餅をふたきれ口にした。

太陽がのぼった。馬を葦毛に替える。夜行してきた馬に日の光の下で騎乗してはならない。藩校の「馬術要諦」のひとつだ。

鞍を葦毛に、荷物を栗毛に移して出発する。

図上ではまっすぐ伸びているはずの道だが、実際、どこまでも直線の道というものは存在しない。「銀の道」も同様で、北上するにつれ、李順之の地図がだんだんあやしくなってきた。いきなり急角度で折れたり、半町先も見通せない曲線を描いたりする。丘の登り下りも間断なくつづく。たしかに、これらの紆余曲折を、大まかに紙の上に写せば、ほぼ直線状になるのだろう。

いきなり道が急流の中に消えている。克人は迷わず流れに乗り入れたものの、深みに馬もろとも引きずり込まれ、危うく溺れそうになった。

道はのどかな田園風景の中を走っている。首に鈴をつけた牛がのんびり犂を引いているかと思えば、何百頭もの山羊の群れが土煙を上げて「銀の道」を横断する。みすぼらしい農家や捨てられた畑、瘴気《しょうき》が漂う沼のほとりを駆け抜けた。

遠くで砧《きぬた》を打つ音がひびき、すぐ近くの崖の上からは何十人もの女の哀号《アイゴー》が降ってくる。

二十六里標を確認した直後、前方の岩陰からいきなり黒馬がとびだしてきて、うなりを発しながらすれ違った。馬に乗った男は、ひょっとこに似た白いお面をかぶっていた。

仮面《タル》をかぶるのは監察御史と密逓《みってい》御史である。暗行御史は麻の黒い覆面だ。

監察御史は、監市御史と同じく備辺司局から地方府に派遣され、役人の不正の摘発を主な任務とする。密逓御史は、中央政府と地方府が交わす秘密文書の運送業務に携わる。

銀の輸送隊とは別に、単独で「銀の道」を最初に走ったのは密逓御史だが、彼らがなぜ仮面をかぶるのか、その由来については諸説ある。一つは、密逓制度ができたとき、最初に採用されたのが仮面劇《タルチュム》の曲芸師たちだったというものである。

宗教儀式に端を発した仮面劇が、民衆の祝祭の中心的役割をになうようになっても、仮面に神が宿るという信仰は生きつづけ、やがて仮面舞踊劇を演じる旅回りの芸人集団が生まれる。彼らは歌と踊りと寸劇で権力者をからかい、両班《ヤンバン》階層の不正を告発したり、綱渡りなどの曲芸をみせて民衆をたのしませてきたが、からかいの度が過ぎて一時、政府から興行禁止措置をくらったことがある。このとき、あぶれた曲芸師たちを、政府が失業対策として密逓御史に採用し、仮面をかぶった密逓が登場したと言われている。曲芸師たちは屈強かつ柔軟、俊敏な身体を持ち、誰よりも速く走り、一本の綱の上で眠ることができた。

密逓御史となっても、曲芸師たちは、顔から仮面を取るさびしさにたえられなかった、あるいは仮面が顔に貼り付いてしまって、剝《は》がれなくなっていたともいわれている。その後に新設された監察御史もまた仮面をつけることになるのだが、これはただ先輩格の密逓御史にならっただけ。

仮面の素材は瓢《ひさご》、紙、木などだが、密逓・監察御史たちは瓢製を好み、十一種類ある表情からどれを選ぶかは御史の自由意思に委ねられた。

暗行御史の覆面には、興味をひくような由来は何もない。防寒と隠密という実用性一辺倒の発想にもとづいているが、密逓・監察は備辺司局、かたや暗行は五衛府の管轄という役所同士の対抗意識も働いているかもしれない。

日が西に傾くと、克人の頭上を何十羽もの蝙蝠《こうもり》が飛び交いはじめた。空中に小さな虫が煙のように湧き上がるのが目にみえる。蝙蝠は、彼らをねらって飛ぶ。夕方に、これほど多くの虫が浮遊するのは、明日、雨になる前触れだ。とにかくできるかぎり遠くまで行こう、と克人は馬に拍車を入れ、鞭を振るった。

近くに大きな滝があるらしく、水がはげしく落下する音が耳に快くひびいた。清らかな水が瀑布になって水煙を上げるさい、水は得もいわれぬいいにおいを立てる。

克人は、対馬のいくつもの滝を思い出し、存分にそのにおいを吸い込もうとして、覆面をはずした。対馬の人々へのなつかしさがこみ上げる。……ああ、利根、小百合様、椎名よ。

夕闇が、馬の脚から腹へと這いのぼってきて、やがて滝の音は遠ざかり、途絶えた。

そのとき、はるか後方から新しいひづめの音がひびいてくる。

ひづめの音が聞こえたかと思うと、あっというまに背後に迫った。そのただならぬ気配に、克人は、左の鐙革《あぶみかわ》に結んだ剣筒を引き寄せ、左手綱を軽く引く。葦毛は速度を緩め、左側に寄る。素早くふり返って、接近する相手をたしかめようとした。赤い仮面がちらりとみえた。追手か？

克人は、栗毛をつないだ綱を放し、左手に右の手綱を預けた。引き手がいなくなっても、賢い栗毛は何ごともなかったかのように付いてくる。

いまや克人の右手は自由だ。引き寄せた剣筒からいつでも剣を抜くことができる体勢だ。

後方の馬はすでに十馬身とないほどの距離に迫ったことが分かる。まちがいなく、こちらを追尾にかかっているとしか思えないような走りかただ。監察御史か、それとも密遁御史か。殺気すら漂う。克人は柄に右手をかけた。

そのとき、荒々しい馬の鼻息が克人の右耳をみたした。直後に、猛烈な速さで、すれすれの位置を追い抜いて行った。黒栗毛だ。克人は吐息をついて、再び右手で手綱を取った。

黒栗毛は遠ざかるかに思えた。しかし、赤い仮面の男は半町ばかり先で、いきなり左へと馬首を返した。馬は高く前足を上げ、大きく嘶《いなな》いた。

克人に向かって引き返してくる。遠くからくぐもった声で問いかける。

「暗行御史が、なぜ覆面をはずしているのか？」

克人は馬を止め、相手が近づくまで沈黙を守った。仮面が不気味な雰囲気を漂わせる。

「いかにも私は暗行御史だが、覆面はたまたま汗ばんだため、はずしていた」

滝のにおいをかぐために、といったところで通用しないだろう。

「私のほうからおたずねするが、あなたは監察御史かそれとも密遁御史か、どちらですか？」

「監察だ。貴公はどこに所属する暗行か？　そして、どこへ、何の目的で行くのか？」

「それは答えられません。暗行御史が身許や目的を明らかにすることはないのをご存知でしょう」

「では、教えてやろう。暗行御史といえども、監察御史の尋問には答えなければならない。暗行御史なら誰もが知っているはずの不文律だ」

克人は、黒栗毛の鼻に白い筋が走っているのをみとめた。……この馬は、以前、東莱府の庭で、厩番に勧められて跨ったことがある。すると、男は柳成一……。

「さあ、答えろ。名前は、所属は、目的は？」

「しつこい男だな。文引は持っている」

監察御史は克人が示した札をちらとみただけで、ふんと鼻を鳴らし、

「尋ねていることに、さあ、答えろ！」

克人には答えようがない。彼は李順之として「銀の道」を暗行している。李が陶工として倭館に潜入しているのは東莱府のあずかり知らぬことであり、もしここで李順之を名乗れば、監察御史の調べは李本人の身辺に及ぶ。しかし、適当な偽名で切り抜けようとしても、朝鮮人でない以上、たちまち馬脚を露わしてしまうだろう。

時は刻々と過ぎてゆく。

「答えないとあれば、貴公を逮捕するしかないな」

「嫌疑は何だ？」

「『銀の道』は、最近、密輸銀と人参の輸送に使われているという密告があった。連中もまた文引を所持している。しかし、『銀の道』は政府の厳重な管理下にあって、文引を交付できるのは政府部内のごく限られた部署の人間だけだ。貴公の着衣とうしろの馬の荷物をあらためさせてもらうぞ」

正使と洪舜明宛ての書状をみられたら万事休す。

日はすっかり落ちて、風が出てきた。雲の流れも速く、月は隠れたり現れたりする。

「貴公を潜商一味として、東萊府に連行する！」

監察御史が赤い仮面の中で怒声を上げ、ぐいと馬を寄せてきた。馬は勇み立って、小刻みに足踏みをする。

「無礼な！」

「手向かう気か？」

「やむをえん。暗行御史にとって、聞き捨てならぬ讒言《ざんげん》、このまま引き下がっては……」

「引き下がっては？」

克人は、武士の名折れ、と喉もとまで出かかった言葉をのみ込んだ。

ここは腕ずくで行くより法はない、と克人はつぶやき、剣の鞘を払った。朝鮮に来てはじめて抜いた剣である。監察御史も剣をかまえる。彼の表情をうかがうことはできないが、克人には赤い仮面が嘲《あざけ》りを浮かべたようにみえた。こいつ、腕に覚えがあるな。

殺し合いは避けよう、と克人は自らに言いきかせる。深く傷つけるとあとが面倒だ。もちろん、こちらが斬られては使命が果たせない。どう切り抜けるか。

覆面と仮面が馬上で向かいあう。

克人は右手一本のトンボのかまえ、敵は左手一本、水平正眼のかまえで、互いに手綱を小刻みに動かして、距離を詰めてゆく。

克人が剣を返して、峰打ちの形に入った。

相手の剣がどこにあっても、自分の剣がつねに敵の正中《せいちゅう》線上を狙っていれば、必ず相手の剣と交叉し、力があればこれをねじ伏せることができる。立木打ちの稽古はその力を養うことにあった。

さっと馬体を寄せ合って、互いの剣の切《き》っ尖《さき》が触れ合う。

手強い、と克人はつぶやく。

そのつぶやきが一瞬のすきを作った。仮面の男の剣が信じられないような速さで正面から突きを入れてきた。肩すれすれで辛うじて切っ尖をかわし、間髪入れず体をねじりながら、相手の剣を峰に載せて円を描くようにはね上げる。と同時に、克人は左手の手綱をはなし、上半身を浮き上がらせ、右手を思い切り伸ばすと、切っ尖はまっすぐ赤い仮面を突いた。面はまっぷたつに割れて落ち、白皙《はくせき》細面の青年の顔が現れる。

克人は覆面のままで戦いつづける。鍔《つば》ぜり合い、数え切れないほどの剣と剣の交叉。互いに肩で息をしている。いったん馬を引き、四、五間の距離を置いて、再びにらみ合った。決着をつけようという体勢だ。

月が雲に隠れる。だが、克人は敵の姿をはっきり捉えていた。

そのとき、監察御史がいった。

「貴公は日本剣法のつかい手だな、日本人か？」

「だったらどうした？」

と言い終わるか終わらぬうちに、克人は、ハッ、と声を上げて、思い切り馬の腹に拍車を入れた。敵の拍車もほとんど同時である。

半間《はんげん》の距離ですれ違う。敵の剣が克人の肩をえぐった。だが、克人はふり向きざま、すばやく剣を下段・逆手に握り直し、下肢をねらって水平に斬りつけた。敵はそれを避けようと足を鐙から抜き取ったが、克人の剣は鐙革を切断した。その拍子に馬が大きくはね上がり、片側の鐙を失った敵は反対側にひっくり返され、頭を下にしてぶら下がった。

克人は二、三十間行った地点で馬首を返して、駆けもどると、必死に起き上がろうとあがいている監察御史に向かって呼びかけた。

克人はいった。

「失礼した。いまは先を急いでいる。悪く思わないでほしい」

克人は鞭をふり上げ、力一杯、黒栗毛の尻に当てた。馬は高くいななくと、主人をぶら下げたまま、もと来た方角に向かって、血を路面に滴らせながら駆け去って行く。

克人の肩からも出血している。痛みはそれほどでもないが、止血しなければならない。急いで葦毛から再び栗毛に乗り替える。馬上試合直後の馬に騎乗、速駆けさせてはならない。これも藩校の「馬術要諦」の一つだ。

克人はいきなり襲歩に入った。遅れを取りもどして、一刻も早く丹陽に着かねば。

どす黒く、ぶ厚い雲が北の空から迫り出して、月を閉じ込め、もはやどこにあるか見当もつかない。地上からすべての明りが消えてしまった。雨粒を含んだ横なぐりの風が吹く。克人は手綱を緩めない。両膝を強く絞り、拍車を馬の腹にくい込ませ、時に鋭く鞭を入れながら駆けた。

闇に包まれているはずなのに、「銀の道」は眼前に、白磁の輝きで次々と、解《ほど》ける帯のように延びてゆく。肩の傷は痛むが、汗と雨で肌着が傷口に貼り付き、出血を最小限に抑えてくれた。

だが、やがて、手綱を握った手にも、鐙に掛けていた足先にも痺《しび》れがやってきた。全身から力が抜けてゆく。時間と距離の感覚がだんだん稀薄になって、自分が覚醒しているのか、眠っているのか分からないまま瞼を閉じている。すると、瞼の裏にも同じ「銀の道」がつづいていて、李順之の図どおりに延びていた。克人は、李の地図の中を走っているような錯覚に捉えられた。

何かに驚いて、目を開いた。やはり、「銀の道」を走っている。心臓がはげしく脈打って、吹きすさぶ風音とひとつになる。

いきなり肩に強い痛みが走って、克人は馬の首筋に突っ伏してしまった。翻る鬣《たてがみ》が快く頰を撫でた。栗毛は襲歩のまま走りつづける。もはや克人が御しているのではなく、栗毛は本当の主人、李順之とともに何十度となく暗行した記憶をたどって、漢城の都をめざしていた。

だが、彼は不死身ではない。襲歩で何十里も駆けることはできない。時々、速歩へ、速歩から並足へと速度を落とそうとする。たちまち克人の情容赦のない鞭が飛んだ。

克人は、背後から赤い仮面の監察御史が再び追いかけてくる幻想に捉えられていた。黒栗毛のひづめの音が耳について離れない。

ふり返った。うしろは漆黒の闇である。驚いて、前方をみる。「銀の道」が闇の中を白くつらぬいている。ふしぎだ。道が前にしかない。いったいどうして？

肩はほんとうに傷ついているのか？　克人は左肩に触れてみる。指先に血糊がまといつく感覚がある。だが、これらが夢の中のできごとでないと言い切れる確証はどこにもない。

……書状と地図だ！　自分の使命は通信使正使一行に二通の書状を届け、国王号への復号を国書に果たすことだった。

克人は懐中に手を差し入れた。あった。首から頑丈な紐《ひも》で吊して密封した革袋の中に、まちがいなく芳洲がしたためた二通の書状と李順之が描いた「銀の道」図がある。

波が崩れるように風と雨が襲いかかってくる。地面はたよりなく揺れ、馬は翻弄される一艘《そう》の小舟だった。

どれほどの時が経過したのだろうか。やがて、夜が灰を撒きちらしたように明けてゆく。徐々に雨と風もおさまってきたが、谷間から霧が湧き出し、丘を這いのぼって広がりつつある。

栗毛はもう走れない。克人の体から血の気が失せてゆく。鞭を振るう気力も萎えた。鞍の下で、栗毛がいっぺんに痩せ細り、まるで朝鮮馬のように縮んでしまったと感じられる。乗り替えようにも、葦毛の姿はどこにもない。

霧の中から牛の首につけた鈴が鳴っているのが聞こえた。日が昇って、野良に何十頭もの牛と人間が出て、動き回っている黒い輪郭がみえたが、霧と光が彼らの姿を拡大して、どれが人でどれが牛なのか区別がつかなかった。

幕が上がるように霧が晴れてゆく。

克人は、のどかな田園の中を、呆然とした状態で、馬に揺られ、運ばれて行った。自分がきわめて美しい風景の中を通りすぎているのだ、という喜びの感情がたえず湧き上がってきた。だが、それは、この土地のせいばかりでなく、いまではもう思い出せない誰かが、遠い土地で、克人のことを想い、偲んでくれているという甘やかな、なつかしい意識下の情念が投影されたものだった。

これは危険な兆候である。それきり、彼は意識を失った。

2

「まあ、気がついてくれたわ！」

死んだようにみえた黒装束の若い男の上に屈み込んでいた女がいった。派手な赤いチヨゴリに白いテニムをはいているが、襟首や袖口は垢《あか》じみて、清潔とはいえない。しかし、切れ長の涼しげな目をした美しい女だった。光沢のある黒髪が肩まで垂れている。

納屋の外では、鉦《かね》と鼓《チャング》の音が早いリズムを刻んでやかましく鳴りひびき、合いの手や拍手、笑い声がいり混じったざわめきがつづいている。

「さあ、ぐっとお飲みよ、あたしのお乳よ」

と女は白い液体の入った木椀を克人の口に持ってゆく。克人はまだ瞼をわずかにしか上げられない。壁板の隙間から、鋭い日ざしが刃《やいば》のように差し込んでいる。乳の臭いにたえきれず、克人は顔をそむけた。

外から納屋に向かって、大声で呼ぶ声がした。

「リョンハン、何やってるんだ、出番だぞ！」

「うるさいわねえ」

「どうした、どうしたい。相方がいなくちゃ、アレはできんだろ！」

見物客がはやし立て、ドッと笑い声が上がる。

「おばあさん、このひと、頼んだわよ。こんないい男、死なせちゃもったいない。元気になったらたっぷりかわいがってあげるんだから」

女は、巣から飛び立つ燕のような鋭い身のこなしでとびだして行った。

「よう、現れた、現れた、こりゃいい玉だぞ」

「みなさん、お待たせ！」

とリョンハンは甘い声でいった。

「さあ、はじまるよ。前代未聞、空前絶後、楊州仮面劇《ヤンジュタルチュム》十八番、綱の上でのまぐわいじや！　それ、お囃子《はやし》だ！」

再び鉦、鼓、小鼓、縦笛《ピリ》に手拍子が加わって、この日、トリの演し物《だしもの》の綱渡りがはじまった。

紅白の衣裳に赤い仮面をかぶった男が、十尺（三・〇三メートル）ほどの高さに張った綱の上を、扇子を振りながら渡りだす。跳び上がって宙返りし、ひらりと舞いおりて、綱を両足で挟んですわると扇を大きく掲げた。

やんやの喝采が湧きおこる。

「ふん、なによ。そんな芸で大きな顔しないでよ」

チョゴリの身頃をからげて、周りの見物客に裸の尻と腹をちらりちらりとみせながら、腰をなまめかしく振って登場したのが、白い花嫁面をかぶったリョンハンだ。

リョンハンが綱の下から呼びかける。

「テウンよ、おまえさんの綱渡りの腕は認めよう。だけど、あたしのようないい女を、綱の上で喜ばせる技を持っているとは思えない。転落して恥をかいても知らないよ」

大きな嘲笑の渦が起きる。

「なに！　のぼってくれれば、さっそく目に物みせてくれよう」

見物客たちは、乗れ乗れ、リョンハン、早う綱に乗って、芸をみせてくれ、と囃し立てた。

白いお面のリョンハンが科《しな》をつくって歩くと、ため息がもれる。彼女は梯子《はしご》のてっぺんまでのぼりつめ、扇を振って遠くをみつめる。お囃子がぴたりと止んで、広場はしんと静まり返った。

「さあ、いくわよ、いい？」

高く、なまめかしい声を投げかける。

「さあ、来い。おれの息子はもう固くて固くて、釘でも打てそうなんだ」

再びお囃子がにぎやかにはじまった。

右から赤い仮面のテウン、左からリョンハンが渡りはじめ、綱の上でさまざまな卑猥な身ぶり、しぐさをくり返しながら接近してゆく。

リョンハンが、綱を足指で挟んでひょいと腰を屈めたかと思うと、ハイ！　と声を発して跳び上がった。一回転して、今度は膝で綱の上にすわる。また跳び上がると、大きく股を開いて、そのまま綱に落ちかかる。

「あ、痛っ！」

リョンハンが、わざと悲鳴じみた嬌声を上げてみせた。

納屋の藁《わら》の上では、克人が目を開き、意識を取りもどしていた。

「さあ、お飲み。飲まないと力がつかないよ」

老婆が木椀を近づけてくる。克人は、先程のリョンハンのあたたかな膝と甘い息をぼんやりと思い出していた。

起き上がろうとしたとたん、肩にはげしい痛みが走り、うめき声を発してまた藁の中に沈み込んだ。

老婆が話しかけてくる。

「無理してはいけないよ。傷口はリョンハンが焼酎《ソジュ》でていねいに消毒して、晒《さら》し木綿でくるんでくれたから心配ない。さあ、お飲み」

克人はもう拒まない。

「リョンハンの乳？」

「はは、リョンハンにお乳が出るもんかね」

意味ありげな微笑をもらした。

「山羊の乳だよ」

克人は息を詰めて、飲み干した。

頬はげっそりこけていた。だが、あたたかな乳が胃の腑にゆっくり落ちて、それがやがて養分となって全身にしみわたってゆくと生気がもどってきた。彼はいっさいを思い出した。

はっとして、首にかけていたはずの紐をさぐる。ない。起き上がって、

「ない、ないぞ」

とくり返しながら、肩の痛みも忘れて体じゅうを点検する。

「何を捜してるんだい？　……これかね」

老婆が差し出した袋に、克人はとびついた。中をあらためる。書状も地図も無事だっ

たのでほっと胸を撫でおろす。

「教えて下さい、ここはどこですか？」

「ここかい……、はてさて、ここはどこだろう？　わしらは旅回りの一座だからね、村の名前なんてどうでもようての。人と水と米のあるところなら、どこでも行く。そりゃ山のかたちや川の流れはよう覚えとるし、雲のようすであしたの天気を占うこともできれば、ふたまた道ではどっちへ行っていいかのみきわめぐらいはつく。だが、場所について、わしにいえるのは、ここが鳥嶺のふもとだってことぐらいだ」

「鳥嶺！」

克人の目が輝く。老婆ににじり寄って、

「鳥嶺の南のふもとですか、それとも北の？」

「あんた、どこから来なすったんか？」

「釜山からです」

「これはまたおったまげたぞ。わしらはこれから釜山まで行くつもりじゃが。釜山からどうやって来なさった？」

……「銀の道」を通って、と口から出かかる。

「あなたたちはどこから？」

「わしらは楊州からじゃ。楊州の仮面劇一座でな」

「楊州というと……。鳥嶺の北ですね。もう鳥嶺を越えたのですか？」

「なんの、鳥嶺越えはこれから」

と老婆が答える。

「難儀な山越えだが、その前に丹陽でひと稼ぎするつもりでな。なにせ日本へ向かう王様の使節御一行がおおぜい泊まってらっしゃるというから、わしらの芸を披露して、たんまりおひねりをいただこうと」

それでは気を失った私を乗せたまま、栗毛は鳥嶺を越えたのだ。克人は藁の上で両手をあげて喜びを表した。肩の傷がまた痛む。腰のあたりを手さぐりする。

「まだ何かお捜しですかな？」

「腰のものが……、ない」

「刀かね、そんなもん、知らんよ。だけど、あんた、そんな物騒なものを持っておられたのか。きっと盗られたのじゃ。わしらが夕方、あの崖の栗林《くりばやし》を通らなかったら、あんたは死んでおった。リョンハンは心根がやさしいからの。一座の者はみんな、そんな行き倒れ、放っておこうというたんだが……、リョンハンが荷車に乗せて、ここまで運んで来たんじゃよ。あんたにつきっきりで、リョンハンは一睡もしてないよ。わしもつきあわされたけどね」

「それでは私は一日中ずっと……」

「一日中？　とんでもない。おまえさんを拾ったのはさきおとといのことだよ」

「さきおととい！」

克人は頭を抱え込んだ。

「馬は？」

「かわいそうに、あんたの代わりに死んだよ。だけど、ふしぎなことにもう一頭がね、ずっとあんたのそばにいて、わしらのうしろをついてきた。広場の端につないであるよ」

克人が納屋からとびだして行く。

広場では、ちょうど綱渡りも佳境に入って、赤い面のテウンと白の面のリョンハンが男女の卑猥なしぐさをくり返し、観客のさかんな喝采をあびているところだった。

克人が広場を横切るには、綱のま下をくぐるしかない。

「あんた、どうしたのさ！」

克人の姿をみとめて、リョンハンが叫んだ。彼女は綱の上で揺らめき、あっというまにまっ逆さまに……、と思いきや、鮮やかな身のこなしでふうわりと地面におり立ち、ついでに三度トンボを切って、克人の前に立ちふさがった。

「どこへ行くのさ？　そんな体で……」

泥まみれの黒装束の男は見物客の目を引いた。

「リョンハンは浮気もんじゃ。新しいお相手を引っぱり込んだぞ」

見物客のひとりがひやかすと、

「黒装束、乗れ、綱に乗れ！」

と大勢がけしかける。克人を一座の人間と勘違いしたのだ。

テウンがさっと綱からとびおり、小鼓を打ちながら踊りはじめると、楽手、踊り手たちもひたいに上げていた仮面をおろし、大団円の乱舞となる。浮かれた客たちも加わって、克人とリョンハンも乱舞の渦に巻き込まれてしまう。

リョンハンは、ふらつく克人を両腕でしっかり抱えたまま、軽快なステップを踏んで舞う。

克人は、波打つ群衆の向こうに、なつかしい葦毛の姿をみとめた。リョンハンの腕をつかんで、踊りの輪から必死に脱け出す。

「リョンハン、救けてくれてありがとう。この恩は一生忘れない。すまないが、どうか私が倒れていた場所を教えてくれないか」

「まあ、死に損なった場所にもう一度行こうなんて、いったいどういう了見なの?」

「頼むから、教えてくれ」

「あっちよ」

リョンハンは遠くにそびえている高い山の方向を指さした。

「ここからどれくらいの距離だろう?」

リョンハンのたおやかな指の尖端をみつめながら、克人がいった。

「さあ……、そうね、六里ぐらいかしら」

克人は駆け出し、ほっそりした柳の木に繋がれている葦毛に跨ろうとした。だが、鐙に足を掛けたのはいいが、肩の痛みで腕に力が入らず、体を馬の背まで引っ張り上げることができない。

「兄《オッパ》さん、何か大事なものでも忘れてきたの？」

うしろからリョンハンが克人を抱えて、押し上げてくれる。意外な力だ。

「馬だ、かわいそうに。ずっと走りつづけてくれた」

「死んでたわよ。鼻からいっぱい血を噴き出してね」

「だから、弔ってやらなければならない」

「まあ、なんてやさしいこと！」

リョンハンは蝶のようにひらりと克人のうしろに跳び乗った。

「一緒に行ってあげる。道案内がなければとても無理よ」

リョンハンが克人の腰に両腕を回して、背中に胸をぐっと寄せてくる。

克人は、手綱を取った右手で軽く葦毛の首筋を敲《たた》いて、さあ、行こう、友のなきがらを弔いに、と低声で呼びかけた。

「オーイ、リョンハン、いったいどこへ行こうってんだい？」

赤い仮面をかぶったまま、テウンが呼びかけながら走り寄ってくる。

「すぐもどるわよ」

ふりかえって答えると、

「さあ、あの土手道をまっすぐよ」

甘い息が克人の首筋にかかる。

克人が取った行動は不可解である。これまで、彼は一刻も早く正使一行をつかまえるため、必死に「銀の道」を暗行してきた。その目的は、朝鮮国王より徳川将軍へあてた国書の称号を、これまでの日本国大君から日本国王に変更してもらうべく交渉することだった。

国王の称号ひとつが、一国の外交と政治を揺るがす重大事を招くことがある。暴力によっていったん確立された王の支配は、権威、すなわち儀礼によって維持される。儀礼の中心に位置するのは称号である。

だから、幕府によって命ぜられた今回の任務を果たせるかどうかは、対馬藩、いや対馬そのものの存亡にかかわってくるのだ。

だが、克人は、まっ先に、命尽きて横たわる一頭の栗毛のもとへ馳せもどろうとし、その判断にはいささかの迷いもなかった。

彼が使命を忘れたわけでも、軽くみたわけでもないのは明らかである。彼の心情においては、一頭の馬の死と藩命を同じ秤《はかり》にかけるわけにはゆかないとでも言っておくしかない。

半時《はんとき》ほど駆けて、馬は山道にさしかかった。野生の栗林がつづく。

「ほら、あそこよ」

リョンハンが指さした方向に、黒っぽいかたまりが横たわっているのがみえた。栗毛だった。

　鼻から噴き出した血が泡の状態のまま黒く凝固して、顔一面をおおっている。克人は葦毛から降り、ひざまずくと、いつまでも栗毛の首や背中を撫でつづけた。蠅や虻《あぶ》が何百匹もうなりを上げて飛び交っている。僚友の葦毛が高く首を振り上げ、大きくいないた。

「悲しむのは人間だけじゃないのね」

　リョンハンがいななきつづける葦毛に頰をすり寄せる。それから十四、五歩前方に歩んで、

「ほら、下は断崖絶壁よ。危ないところだったわ。この馬、すんでのところで踏み止まったのよ。それに、こんな人里はなれた場所でよかった。そうでなかったら、いまごろは山賊たちにバラバラに切り刻まれて食べられていたわ。残るのは鬣《たてがみ》と尻尾とひづめだけ。あら、あんた、涙なんか流して……」

　克人がリョンハンから顔をそむける。その拍子に、栗毛の遺体の下から刀の柄がのぞいているのに気がついた。

　武士が剣をなくすのは恥ずべきことだ。しかし、栗毛を死なせてしまった罪責感と悲しみに較べれば何ほどのことでもなかった。

　栗毛を埋葬してやりたいが、用具も時間もない。克人が合掌していると、リョンハンはけげんそうな面持で彼の顔をのぞき込んでいた。

帰路、克人の首筋に息を吹きかけながらリョンハンがいった。

「兄さんと馬、どうしてあんなところに倒れていたのかしら。だって、あそこには馬の走れるような道なんかないじゃないの。なのに、立派な清馬を乗りつぶしてしまうほど遠くから駆けてきたわけでしょ？　まるでわたしたちの目にみえない道でもあるみたいに……」

克人は黙って、村の広場をめざして馬を走らせる。

「ねえ、兄さん、何か大きな秘密を抱えているんじゃないの？　悪いことをして追われているとか……。それとも誰かを追っているの？　だって、その装束をまとって、清馬を二頭もつかうなんて、ふつうの朝鮮人ではありえないことよ。……ねえ、命の恩人に何とか答えなさい」

リョンハンが克人の腰に回した両腕にぎゅっと力を込める。息が止まるほど強く締めつけられたので、克人は驚いてうしろをふりかえった。

「ねえ、白状なさい。兄さんは何者？」

克人はむっつりと押し黙ったまま、葦毛に厳しく鞭を入れる。

「憎ったらしい！」

リョンハンは諦めて、大きなため息をつく。

「ご免よ。だけど、何もいえないんだ。とにかく、私は丹陽へ急がねばならない」

「あら、わたしたちも明日は丹陽よ」

克人は翌日、仮面劇一座と共に丹陽入りを果たした。走りづかいを遣《や》って、正使一行がまだ丹陽に滞在中で、出発を二日後に控えていることを確認したうえで、リョンハンの勧めに従って一座と同じ宿に旅装を解いた。まちはずれにあって、主に旅芸人や下層の旅行者を泊める木賃宿だから狭くて不潔なことこのうえない。行き倒れ寸前だった克人もまた、着衣は裂けてぼろぼろである。

葦毛を庭の榛《はん》の木に繋ぎ、銜《はみ》をはずして飼葉《かいば》と水をたっぷりやった。清馬がめずらしくて、見物人が周りを取り囲んだ。

「おい、どうだい」

と一人の男が隣の男に向かっていう。

「この馬なら万里の長城までひとっ走りじゃねえか、おまえ、どう思う？」

「ひとっ走りだともさ」

「蒙古まではどうだろう？」

「いや、蒙古までは無理だな」

克人の肩の傷は、リョンハンの機敏な処置のおかげでどうやら化膿だけは免れたようだが、傷口はまだふさがり切っておらず、出血も痛みもつづいている。だが、四の五のいっていられない。彼はリョンハンに導かれてまちに出かけ、古着屋で服を求めた。紺のチョゴリに白のパジという典型的な町着である。着替えるさい、左腕を袖に通そうとして、肩の痛みに思わずうめき声をもらした。

「だからいわないことじゃないでしょ。命あっての物種よ。さあ、医者へ行きましょ」

克人はリョンハンの腕を振り切って、正使一行が宿泊している客館に駆けつけた。大きな表門より入る。石畳の道を行くとさらに中門があり、土壁をめぐらした中庭を横切ってようやく本館にたどり着く。ここまで一度も見咎められることなく来たが、玄関前に戟《ほこ》をかまえた衛士がいて、克人の前に立ちふさがった。

「何用だ！」

「どうか従事官洪舜明さまにお取次ぎを願いたい」

しかし、衛士は戟をわざとらしく撞《つ》いて、

「ここはおまえのような町人、物売り風情のやからの来るところではない。即刻に立ち去れ」

克人は佩剣《はいけん》していない。やおら懐から紙片と携帯用の筆、墨壺を取り出すと、すらすらと自らの名前と雨森の急使である旨をしたため、これを洪舜明さまにお渡し下さい、と懇請した。衛士は漢字の紙片をみておそれをなし、すっとぶように奥へと消えた。

しばらくすると衛士が出てきて、こちらへ、と克人の案内に立つ。通されたのは舎廊《サラン》房《バン》と呼ばれる書斎と客間を兼ねそなえた部屋で、

「洪舜明さまはただいま上席のかたがたと会議中です。こちらでしばらくお待ち下さい」

と衛士は急にかしこまっていった。

克人は漢字の威力をまざまざと感じ取った。李氏朝鮮政府では、儒教にもとづく文官優位が徹底していて、文官の文、すなわち漢文なのである。漢字が読み書きできるのは少数の選ばれた人たちだ。剣や戟を威丈高にかまえる衛士といえども、その威力にはかなわない。

客館は宏壮で、克人が通された舎廊房の窓から日本の枯山水に似た趣のある庭がのぞまれた。克人は紅木の円卓の上に積み上げられた書籍に目を止め、思わず立ち止まる。書見台に載った一冊が開かれたままだ。おそらく読書中に、会議の招集がかかり、名残りおしげに離れ、閉じるのも忘れて足早に出て行ったのだろう。開かれた頁もまた人待ち顔である。そばを通りかかる者につねに何かを呼びかけてやまない。人は立ち止まって、しばしその呼びかけに応えようとする。

克人も同様で、その誘惑に打ち勝つことができず、書見台に近づき、のぞき込む。

砎園《かいえん》は、水によって園全体が盤拠《ばんきょ》されている。しかも水を十二分に活用していながら、たくみに配置してあるので、一見水は一つもないかのようである。

この文は張岱《ちょうたい》に違いない。克人がやっと手に入れて、一日数頁ずつという牛のような歩みで読みついでいる明史『石匱書』全二百二十一巻を著した、明代末の文人政治家・大奇人張岱。すると、これは有名な彼の随筆集『陶庵夢憶《とうあんむおく》』だろうか？　表紙をみればはっきりするのだが、手を触れるのは憚られる。

竜山がもごもごと、七重の膝を八重に折って近よろうとしても、水はふり向こうともせぬ。砎園はよく水を用いてついに水の力を得た、と人はほめたたえている。

この文体、もう間違いない。明代散文の最高峰と聞くばかりで、どうしても手に入れられなかった『陶庵夢憶』だ。

朱楚生《しゆそせい》は女役者にすぎぬ。……楚生は、容色こそそれほど美しくないが、絶世の美人といえども彼女のもつ風韻はあるまい。楚々として秀《ひい》で、その思いつめた心は眉にある。その情の深さは睫にある。その人意《じんい》を解する様子は、眼を半眼に閉じてそろそろ歩くところにある。

自分はどこにいるのだろうか？　克人は使命も肩の痛みも忘れ、張岱の文の世界をさ迷った。

張岱は三万冊の書物と十指にあまる庭園と六つの劇団を所有していた。美女、美少年、駿馬《しゆんめ》、花火、蜜柑《みかん》、茶に狂った。五十歳の時、明が滅び、蔵書、紹興の豪邸、庭園を焼かれ、逃れて、家族を連れ、欠けた硯一面を持って山に入った。

楚生は放心状態になることが多かった。そのいちずに思いつめた情は、われ知らず風に乗ってふらふらと飛び去るのだった。

同じ女役者でも、リョンハンとは大違いだな、と克人はつぶやく。なにしろ彼女は力持ちだ。

ある日、わたしと一緒に定香橋《ていこうきょう》に滞在していたとき、折から日暮れ方であったが、靄《もや》が立ちこめて、林の木々が薄暗くなると、楚生はうつむいたきり物も言わず、ぽろぽろと涙を流した。わたしがどうしたのかと訊《たず》ねると、彼女はさあらぬていに言葉を濁したが、うつうつとして心を痛め、ついに情に殉じて死んだのであった。

そのとき、うしろで、

「阿比留克人どの」

明瞭な日本語の呼びかけがひびいた。克人はとび上がらんばかりに驚き、ふり返った。

「洪舜明さま。お久しぶりでございます。このたび、藩命により使いを仰せつかり、罷《まか》りこしました。その内容はこれに」

と二通の書状を差し出す。

洪の年齢は五十二歳、倭館を統括する東萊府代表をつとめ、このたびは通信使の従事官を命ぜられ、上京し、正使趙泰億《チョテオク》、副使任守幹《イムスガン》らと漢城で合流して釜山に向かっていた。

「おすわりなさい」

と洪は克人に椅子をすすめ、まず雨森より自分あての書状に目を通す。

書状の半ばあたりから洪舜明の顔が曇りはじめ、読み終え、克人に向かって上げられたまなざしはいらだたしげに揺れた。正使あての書状は封を切らずに、漆塗りの浅い書簡箱に納める。

「また難問を持ち込んで来られましたね」

丁重だが、皮肉っぽい調子がこもっている。

今回の称号変更要請に限らない。過去においても、銀の含有率引き下げ問題など、日本側の事情による手前勝手な要求に何度ふり回されてきたことか。元はといえば、外交政策に関して、朝鮮側は中央政府がいっさいを統括しているのに対して、日本側には二つの窓口が存在するから厄介なのだ。表向きは対馬藩とその出先機関である倭館が対朝鮮外交を取り仕切っているようにみえるが、対馬藩は徳川幕藩体制下の一小藩にすぎない。外交感覚に乏しい幕府中央政府が、しばしば交渉に介入して、事を複雑にする。

銀の含有率問題に関しては、対馬藩朝鮮方佐役雨森との、度重なる厳しい交渉が洪の記憶に新しい。あのときは双方が何度席を蹴って、交渉決裂、外交断絶の危機に遭遇したことか。だが、洪と雨森の友情と、粘り強い膝詰め談判が功を奏して、穏便な解決策を見出すことができたのだった。

——問題の根っこには……、と洪は考えを進める。日本の対朝鮮外交における対馬藩と幕府という二重構造がある。さらに事を厄介にしているのは天皇と将軍という権力の二重構造だ。一体、どちらが本当の日本国王なのだろう。このたびの、余りにも急な国王号復号の要請も、やはりその問題から生じているのではないか。日本へ行ったら、この点について、雨森や江戸の政権担当者たちの意見をじっくり聞いてみたい。将軍側近には、新井白石という並々ならぬ人物がいるという噂だ。また、過去の通信使には一度も許可されたことがないが、できれば京都で天皇に拝謁《はいえつ》できないものか……。

洪は顔を上げ、倭館からの使者をじっとみつめた。……雨森がこの阿比留という青年を信頼し、かつその能力を高く買っていることは文面から明瞭に読み取れる。しかし、待てよ……、この武士《さむらい》はどのようにして丹陽まで来たのか？　日本人は上京路を使えないはずだが……。とにかく対馬藩の懇請に応えられるかどうか、正使、副使に諮《はか》ってみるのが先決だ。余り時間はないぞ。

克人の顔は青ざめ、額から脂汗がにじみ出ている。

洪舜明がいった。

「分かりました。難しいことですが、努力してみましょう。明朝、もう一度おいでなさい。それまでに……、ところでどちらにお泊まりですか?」

克人の答を聞いて、

「それはいけない。芸人たちと一緒の宿だなんて、とんでもない。そんな賤民宿。あなたは、れっきとした日本政府の使者なのですから。すぐこの客館に部屋の用意をさせましょう。おや、どうしました? 顔色がひどく悪いが……」

そのとき、馬のひづめの音がひびいた。表門から中門へと近づいてくる。克人はその音に聞き覚えがあるように思えた。……そうだ、あれは監察御史の黒栗毛だ、あいつ、やっぱり追ってきたのか! なんてしつこいやつなんだ。

そうつぶやきながら、克人は椅子から崩れ落ち、そのまま気を失った。

洪はただちに随行の医師を呼び、克人の治療に当たらせた。

克人は熱にうかされ、うわごとをいった。それは日本語、朝鮮語、唐語の入りまじった支離滅裂な言葉の羅列だった。また数え切れないほどの夢をみた。夢もまたうわごと以上にきれぎれで、脈絡もなく次々と生まれては消えてゆく。あたかも克人の頭の中に一本の大きな銀杏の木があって、無数の夢のかけらを繁らせている、それが黄葉して、風もないのに、木自身の意志で順次、葉を撒き散らしてゆく、そんなふうだった。

ちょうどこの頃、同じ客館の副使任守幹の控えの間を、一人の若い男がいらだたしげな様子で歩き回っていた。手に赤い仮面を持っている。やがて、遠くから木靴の音が近づくのを耳にすると、男はぴたりと動きを止め、椅子の背に軽く手を添えて待ちかまえた。長身である。

戸口に、副使の姿を目にするなり、男は直立不動の姿勢を取って、深々と頭を垂れた。

「遅くなって誠に申し訳ありません」

「二日、遅れましたね。まあ、いいでしょう。今朝の会議では、きみが到着していないことが問題になっていたのですが……」

とまで口にしたところで副使の任守幹は、おや、いい男だな、しかし、どうして？とつぶやく。男の顔にいくつもの擦り傷や青痣《あおあざ》があるのだ。ははん、女だな、女に引っ掻かれたか。それで到着が二日遅れたというわけだ。

「今回の日本行きの警備・護衛を担当する軍官の指揮系統に重大な問題が生じて、急遽、これまでの慣行を破って、全体の指揮を監察御史に委ねることになった。しかし、備辺司局へその旨、要請したのがわずか十日前だからね、きみたちも慌てただろう」

「そんなことはありません。われわれは常に、いつどこへなりとでも命令とあらば……。しかし、このたびの遅刻は申し開きができません」

指揮系統の問題とは、過去の通信使の警備・護衛は、正使軍官、副使軍官、従事官軍官と三つに分かれ、それぞれの指揮官に、正使には正使の縁故者、副使には副使の縁故者というふうに任命されてきた。しかし、以前からその弊害を指摘する声があった。正使軍官は正使、副使軍官は副使への忠誠をはかるばかりで、相互の連繫《れんけい》、協力が全く行われない。今回、忠州まで来たところで、正使軍官と従事官軍官がささいなことから対立し、負傷者まで出る始末。

「丹陽で、体制を一新して、命令指揮系統を一元化する。つまり監察御史に委ねようというわけだ。備辺司局が推薦してきたのがきみ、ええーっと、……失礼、名前を……」

「柳《ユ》です。柳成一《ソンイル》です」

「おや、立たせたままだった。お掛けなさい」

　副使の任守幹はそういってから、戸口に控えていた従僕にお茶を命じた。柳成一は手にしていた仮面を懐におさめ、勧められた椅子に腰掛けると、

「出発は明後日とうかがっております。軍官諸君と打ち合わせる必要がありますから、早速、彼らと……」

「そう急ぐことはない」

　副使の拍子抜けさせられるような言葉に、柳はけげんなようすで、すわったばかりの椅子から立ち上がった。

「出発は三日延びて、十五日になった」

　と任はいった。

「日本から使いが来てね。さきほど緊急会議が開かれ、出発延期が決まったばかりなのだ」

「日本からの使い？」

　柳成一のこめかみが微妙にふるえる。

「何しろ急を要する案件だったので、密逓御史を漢城へやったところだ。われわれはその返事を待たなければならないのだよ。密逓御史がもどって来るのは早くて明後日……。その案件というのが、また厄介なもので、国王陛下にまでお伺いをたてねばならぬかもしれぬ。下手すると、出発のお許しが出ないことも考えられる……」

「お話の途中ですが、その日本からの使いが来たのはいつでしょうか？」

「昨日だよ」

「昨日……」

　柳は腕組みして考え込む。

「どんな男ですか？」

「さあ、私は会っていないから。しかし、従事官がいうには、倭館の武士だと」

「武士！」

「どうかしたか？」

「……その使いはいまどこにいますか？」

「きみが日本からの使いにそれほど興味を示すとは……。何か心当りでもあるのかね？」

「いいえ」

　素っ気なく答える。

「その使いは、もう、いまごろは……」

「引き返したのですか？」

柳は興奮を抑え切れず、急き込んで問いかけた。

三使のなかで最も鷹揚な人物といわれる任も、これは何かあるなと勘付く。少し焦らして、ひとつ、この若僧がかかずらっている案件の中身を引っぱり出してやろう。なめられてたまるか。

任は、机の上の書類の頁をめくるとみせてまた閉じるという動作をくり返した。

……こいつ、さぐりを入れてきたな、と柳は内心で舌打ちする。科挙上がりの文官はみなこれだ。陰湿で、陰口をきき、人の弱みを握って、うまく立ち回ることばかり考えている。

文官に対する敵愾心《てきがいしん》が、柳成一に武官としての冷静さを取りもどさせた。

「では、軍官の方々にお引き合わせを」

といって、軍靴のかかとで床をはげしく踏み鳴らした。音は部屋いっぱいにひびきわたった。これは文官に対する威圧のひとつである。だが、任守幹はたじろがない。

「ところで、話は最初にもどるが……」

任守幹が柳成一に話しかける。

「監察御史が到着予定を二日も遅れるとは、何かあったのだね？」

「そのとおりです。大掛かりな潜商組織の内偵を進めておりまして、ちょうどその摘発と重なったのです。しかし、お話ししても、言い訳になるばかりですから止めておきましょう」

　柳のいう潜商、密輸組織の摘発はほんとうだった。先に、「銀の道」で、柳が克人をその一味と疑って訊問しようとしたのも故なしとしない。事実、柳は丹陽に向けて東萊府を出発する直前までこの事件にかかりきりだったのだ。しかも、これには倭館の日本人もからんでいて、鷹番と水夫ら四人が二ツ獄で処刑されている。雨森芳洲が倭館に着いた翌朝、彼と克人が連れ立って、李順之の窯場をめざして坂道をのぼって行ったとき、不浄門から四つの棺が出てゆくのを目撃したのがそれだ。

　だが、柳成一が二日も丹陽到着が遅れたのは、むろんそのためではなかった。彼は予定どおり釜山を発っていたのだから。なぜ遅れたのか、その理由《わけ》は口が裂けてもいうことはできない。

　馬の鐙に片足を引っかけて、逆さにぶら下がったまま十数里も引きずられるなんて、何という屈辱！　あの暗行御史、草の根を分けても捜し出し、この恨《ハン》を晴らさずにはおかない。

「では、副使さま、どうか、軍官の諸君へのお引き回しのほどを……」

「よろしい。……ところで」

　と先に立ってふり返りざま、

「日本の使いはまだここにおりますよ」

　任は柳の反応をうかがったが、相手は素っ気なくうなずいただけで、さっさと戸口へ歩を運ぶ。

この監察御史、あなどりがたいぞ、と任はつぶやく。日本へ往って帰って来るまで半年以上も付き合わねばならないとすれば、ここはよしみを通じておいたほうが何かと得策だと判断した。

「若い男でしてね。私は会っていないが、従事官の洪をたずねてきた。どうやら肩に深手を負っているらしく、いまは洪の部屋で治療を受けて、眠っているはずだ」

あいつだ！　柳はつぶやいた。

そのときである、洪の舎廊房で、克人が目をさましたのは。おびただしい夢のかけらを銀杏の葉のように撒き散らしながら。

「やあ、おめざめですね！」

克人が驚いてふり向くと、なまずひげをはやした小柄な老人が寝台の脇に立っていた。

「あなたは？」

「私は、洪舜明さま付きの医師の崔です。崔白淳といいます。さあ、傷口がどうなったか、拝見しましょう」

傷口……、と克人はつぶやき、あわてて右手を左肩へ持ってゆく。忘れていたのである。痛みはうそのように消えていた。

崔は念入りに診察しながら、

「うん、傷口はすっかりふさがったし、止血は完璧だ。さあ、左腕をそうっと動かしてみて下さい」

　克人は左腕をおっかなびっくり上げてみる。かすかな痛みは残っているが、これなら立木打ちのまねごとぐらいならやれそうだ。

「……おたずねしますが、ここで、私は何日、眠っていたのでしょうか？」

「痛み止めの薬には、麻酔作用もありますから、まる二日間、昏睡状態でした」

　……また二日間、無駄にしてしまった、と克人は唇をかむ。村の納屋で、リョンハンの看護を受けていたのも二日だった。これでもう四日間、使命の遂行を遅らせてしまったことになる。

「しかし、雲南白葯《うんなんはくやく》の効き目は思ったより凄い」

　崔がひとりごとのようにいった。

「雲南白葯？」

　崔はうなずくと、声をうんと低く絞って、

「まだ試験段階で公けにはできないのですが、中枢府医局が人参の人工栽培に成功したのです。ご存知でしょうが、良質の人参は北方の山岳地帯にしか生えません。入手するのは難しいし、目の玉がとび出るほどの高値になります。これをもし人工栽培できたら、万民はどれほど救《たす》かることでしょう。高麗人参の人工栽培、これは私たち朝鮮人の悲願だったのですから。今回の通信使に医師として加わるに当たって、私はその一部を手に入れることができた。この人参に、唐土《もろこし》は雲南産の白芷《びゃくし》、白芍《びゃくしゃく》などを調合し、あなたの傷に処方してみた。ほら、これです」

崔は、籐かごの中から薬包一服を取り出して、その包み紙をひろげてみせた。

「雲南白菂と名付けました。これをあなたの傷口に擦り込んだのです」

克人は白い粉末をじっとみつめながら、さりげないふうを装って、

「人参の人工栽培ですって？」

すると、崔はあわてて口を堅く結んだ。

そのとき、洪舜明が入ってきた。うしろに、銅鍋を捧げ持った料理方の男を従えている。

「そうやって立っているところをみると……」

「そう、すっかり良くおなりですよ」

と崔が応じる。克人は深々と頭を下げて、

「申し訳ありません。……ところで」

急き込んで言葉を継ごうとする克人を、手で制した洪は、

「例の件についてはのちほどお話ししますが、その前に少し精をおつけなさい」

と背後の男に目で指図する。

「王《ワン》といって、漢人の料理人です。素晴しい料理を食べさせてくれますよ。きょうのところは……、王、説明して差し上げなさい」

まるまるとふとった太鼓腹の王が、円卓に置いた大きな深皿に銅鍋から手際よく湯羹《スープ》

をよそいながら、唐語なまりの朝鮮語で、

「これ、北京ではとても珍重されてる銀木耳《ぎんきくらげ》ね。小羊の骨から取っただしに入れて、煮込んだもの。これ、飲む、まことからだによろしい。滋養強壮、身内《しんない》に精気たちまち充つる。何より美味あるね」

「さあ、椅子に掛けてお飲みなさい。私の報告を聞きながらね」

洪の言葉づかいにも、王の調子に染まったかのような唐語なまりがある。

克人は、軽い綿の上着を肩から掛けてもらい、木匙《きさじ》を手に皿に向かう。一口啜った。

やや甘めの旨味と温かさが口中一杯にひろがり、やがて胃の腑へとゆっくり落ちてゆく。

洪が語りはじめた。

「あなたが持参した二通の書状の内容を、趙正使、任副使を中心に協議した結果、使いを漢城に差し向けることに決め、急使には密逓御史を当て、『銀の道』を走らせることになりました」

克人は、湯羹を口に運ぶ手を宙で止める。

「われわれ三使は、今回の日本政府の要請を受け入れることにしたのです。ただし、最終判断はあくまで中央政府ですからね。いま、その回答を待っているところで、明日には使いがもどってくるでしょう」

昏倒した克人が崔医師の治療を受けていた頃、正使の舎廊房には趙、任、従事官の洪舜明、李邦彦《イバンオン》の三使と、製述官の李礥《イヒョン》が集まって、鳩首《きゅうしゅ》会談の最中だった。議論は白熱した。

――国王号への複旧要請は、使節が漢城を出発したあとの突然の通告である。出発に際し、われわれ三使臣以下ことごとく王宮に参内《さんだい》し、国王に拝謁して国書を奉じ、節鉞《せつえつ》を受け、辞去したのち、崇礼門を出て関王廟《びょう》にお参りをすませた。これ以降はいささかの変更も許されない。ましてや国書を書き替えるなどありえない。この要請は、わが国を軽んじ、侮るものであり、決して受け入れられるものではない。

大勢が拒否論に傾きかけた頃、通信使の文書作成の任に当たる製述官の李礥が次のように述べた。

――日本の将軍の称号を大君から以前の国王にもどすというのは一理あるかもしれない。それに、決してわが政府に不利をもたらすものでもない。問題は、この要請が遅きに失し、かつ突然であるということだ。日本の勝手気儘《きまま》なふるまいは、いまにはじまったことではない。いちいちめくじら立てていては、かえって我が国の度量の大きさを分からせる機を逸することになる。国王号への復旧は、我が国を軽んじ、侮るものでなく、彼らの国内事情に因があるように思える。朝鮮国王から将軍が、日本国大君と呼びかけられるより、日本国王と呼びかけられるほうが、諸藩への権威付けに役立つのだろう。もし拒否すれば、彼らは失望落胆し、文化程度の低い国であるから、今後どんな嫌がらせをされるか分からない。ここは復号に応じて、帝王の道をゆくわれらの偉大さを東夷《とうい》の彼らに思い知らせる好機ではないだろうか。

洪は旧友雨森の苦衷に思いを馳せていたから、李礩の弁論の支持に回った。他の三使も、冷静になって考えてみると、拒否した場合、これから起きるであろう悶着と煩《わずらわ》しさが思いやられて、気が重くなる。ここは柔軟な対応のほうが得策か……。

李が大臣宛ての請願文を起草する。これを四人が回閲、若干の訂正を施したのち、李のもとに戻して、彼が浄書、趙泰億が署名した。随行の密逓御史はただちに漢城へ向けて「銀の道」を北上する。

密逓御史と入れ違うようにして南から監察御史柳成一が到着、副使任守幹に御目通りを願った。彼の二日の遅延がさして問題にならなかったのは、このことがあったからである。

柳成一は警備・護衛部隊の編成を終え、部屋に戻ってひと息つく。胸の内は煮えくり返っていた。自分たちの権限を監察御史に横取りされたと考えた軍官たちは、露骨に非協力の態度を取る。質問には答えない。指示は聞こえないふりをする。ついに柳は正使軍官の一人を殴り倒してしまった。これで少し状況が変わった。准軍官たちが恭順の意を表しはじめた。

……明日もまだ反抗的な奴がいたら斬って捨ててやろう。

軍服を脱ぎながら、柳成一は窓に近づく。中庭を隔てた部屋の窓に、人影がみえる。

「対馬藩士だな」

柳はじっとその男の影に目を凝らす。軍官たちへの怒りの矛先を、「銀の道」で煮え湯をのまされた日本の武士へと転じる。

……どうやら肩の傷も癒えたらしい。そうこなくては。あのまま死なれてはつまらない。……それにしても滅法手強い男だったな。もう一度立合う機会があれば……。

おや、と柳はつぶやく。あの男、本を読んでいるぞ。こいつは驚いた、日本の武士は本が読めるのか！

……しかし、彼奴《きやつ》、どうして暗行御史になりすますことができたのだろう？　自身の力でできるわけがない。暗行処内部に力を貸した者がいるのだ。誰だ？

彼奴は、倭館を代表して密使に遣わされるくらいだから、おそらく今回の通信使東上にも、江戸まで同行するに違いない。ここはしばらく素知らぬふりをして、尻尾を出すのをじっくり待つほうがよさそうだ。

そう考えると、柳成一の胸の中をひと筋の風が吹き渡って、軍官たちに対する怒りから生まれた先程来の鬱々とした気持が次第に晴れはじめ、やがてすっかり消え去った。監察御史の仕事は、役人の不正の摘発にある。……暗行処内部に日本の出先機関と内通している人間がいる。それを暴く。五衛府は大混乱に陥るだろう。

通信使随行に気乗りしなかった柳だが、今回の臨時の任務に監察御史としてのやり甲斐を見出し、ようやく口もとに笑みが浮かんだ。とたんに、思わず顔をしかめる。馬の腹に逆さにぶら下がって十数里も駆けさせられた、その時、地面とこすれ合って付けた擦り傷がなお痛む。

再び、中庭ごしの窓に視線をやると、悠然と書見台に向かって本を読んでいる男への怒りがぶり返す。

従僕が昼食の膳を運んできた。塀の外では、喇叭《らっぱ》の音がけたたましくひびきわたり、早いテンポで、鉦や鼓が打ち鳴らされる。

「何だい、あの騒ぎは？」

柳が従僕にたずねる。

「広場に、楊州の仮面劇がやって来たんですよ」

柳は観音開きの窓を勢いよく閉じた。

克人は、読んでいた本から顔を上げて、にぎやかな音楽と歌声にじっと耳を傾けていた。

あれはリョンハンたちだ！

王が大きな盆を捧げて入ってきて、幾種類もの料理を円卓に並べる。

「さあ、しっかりお食べなさい。わたしの国、食の国あるね、朝鮮、礼の国、あなたの日本、何の国？」

克人は王の問いかけを聞き流して、リョンハンの歌声を聞き分けようと耳を凝らした。

その日の夕方、克人は崔医師から外出の許可をもらって、町はずれの旅籠《はたご》をたずねた。

床に筵《むしろ》を敷いただけの狭い部屋に一座の芸人たちがたむろして、クッパプを掻き込んでいた。隅で、テウンが胸を大きくはだけてマッコルリをがぶ飲みし、大声で何かわめき散らす。リョンハンの姿がみえないので、克人がテウンの肩に手を置いて、リョンハンは？　ときくと、

「うるせえ、この死に損ないめ。とっとと失せろ！」

老婆が克人の腕を引っ張って、

「テウンのそばへ寄っちゃいけない」

克人がテウンをふり返りながら離れて、

「お婆《ハルモニ》さん、リョンハンはどうしたんだい？」

「リョンハンはお出掛けだよ。……兄《オッパ》さん、すっかり元気におなりだね」

克人は紙に包んだ銀貨をそっと手渡し、

「少ないが、これでみんなに焼酎《ソジュ》でもマッコルリでも。……リョンハンはいつ帰るんだろう？」

老婆がおひねりを押し戴くように受け取ると、下から克人の顔色を窺いながら、

「リョンハンも会いたがっていたよ。だけどね、今夜はもどらないよ。そうだ、これ……」

ときれいにたたんだ黒装束を取り出した。

「洗って、繕っておいたからね」

背後で、テウンの大声がひびいた。

「やい、死に損ない、こっちへ来い！　リョンハンがどこへ行ったか、教えてやるから」

　ふり向いた克人に向かって、

「リョンハンの今夜のお相手は、郡守の金《キム》旦那と地主の姜《カン》旦那だ。ふん！」

「兄さん、もうお帰り。待っても無駄だし、テウンはけんのんだ。暴れると手がつけられない」

　克人が出てゆくのをためらっていると、

「芸人が売るのは、芸だけじゃないんだからね。おかげでわしらも潤うのよ」

　呆然と立ち尽くす克人のまうしろに、テウンが立っていて、自分の周りに円を描くように揺れながら、克人の襟首をつかもうとする。克人が怒って、テウンの腕をつかんで投げとばした。

「この野郎！」

　叫ぶばかりで、起き上がることができない。

「てめえ、いったいどこから来たんだ？　おい、どこの馬の骨なんだ！」

　テウンの罵声を尻目に、外にとび出した克人は、すっかり暗くなった道を客館の大きな灯りめざして一散に走った。

　客館にもどると、克人は奇妙に落ち着かない気持をしずめるため、門衛から灯りを借りて厩舎へ回った。葦毛の首を抱いて、しばらくじっと目を閉じていた。

長い一列の厩舎には、正使一行の乗馬や江戸城上覧用の曲芸馬など、清馬、朝鮮馬入りまじって三十頭余りが繫がれている。克人は葦毛に語りかけた。

「おい、漢城から使者がもどったら、それが吉報であれ何であれ、ただちに復命しなければならん。栗毛はかわいそうなことをしたが、おまえには栗毛の分も働いてもらう。頼んだぞ」

そのとき、隣の厩舎の馬が足踏みし、猛々しく鼻嵐を吹くのが聞こえた。克人が思わず灯りを向けると、向こうからぐっと首を伸ばしてきた。鼻に白い筋が走っている。見紛うはずがない。

そうか、と克人はつぶやく。……あのひづめの音は幻聴ではなかったのだ。しかし、柳成一がこの客館に来た目的は何なのだろう？

克人は、その夜のうちに医師の崔から、監察御史が丹陽にやってきた目的を聞き出した。彼はこの丹陽で正使一行と合流し、軍官総司令として日本へ行く。

克人は思案をめぐらしつづけた。……監察御史は、もう日本人使者がこの客館に滞在していることとその目的を知っているに違いない。使者が暗行御史に化けて「銀の道」をやってきたことは？

しまった！　克人は思わず舌打ちした。

「暗行御史が、なぜ覆面をはずしているのか？」

柳のくぐもった声がよみがえる。

……どうして覆面を脱いだりしたのだろう。そうだ、滝のにおいをかぐためだった。李順之に顔向けできない失態だ。釜山からやってきた日本人使者が肩に深手を負っていたことも、とっくに承知しているだろう。

こいつは厄介だぞ。なぜ日本人が「銀の道」文引を入手することができたのか。当然、穿鑿《せんさく》がはじまる。彼が事の真相にたどり着くのだけは何としても食い止めなければならない。

克人は眠れない夜を過ごした。いまは綱渡りの綱の上にいるようなものだ。下は千仞《せんじん》の谷で、これまで以上に慎重にふるまわなければ。リョンハンの言葉がよみがえる。一瞬のすきが命取りになるのよ。

翌日、漢城から密逓御史が新しい国書を携えて帰還した。

副使、従事官、上々官、製述官らが見守る中、新しい国書は正使の手で旧国書と交換、竜亭（国書を入れる箱）に封じられた。

正使一行の丹陽出発は明朝と決まり、客館は出発準備で騒然となった。

一刻も早く雨森にこのことを伝えたい。克人は喜びを抑えて、一行にさきがけ、こっそり丹陽を脱け出す準備を進めた。飼葉を袋に詰めたあと、厩に行き、葦毛を引き出す。背後に、鋭い視線を感じてふり返った。監察御史の部屋の窓が目にとび込む。窓辺は、誰かがたたずんでいた気配を濃厚にただよわせていた。

克人は裏門の柵に馬を繋ぎ、挨拶のため洪舜明の舎廊房に入った。四日前、ここで倒れ、治療と手篤い看護を受けた部屋だ。

「感謝の気持は言葉に尽くせません。では、釜山でお目にかかります」

「そうですか。われわれも旬日《じゅんじつ》（十日）にして釜山に着くでしょう」

「お待ちしております」

克人は一礼して戸口に向かう。そのとき、洪が短い声を発した。何か問いかけようとしたのだ。

克人は立ち止まり、ふり返った。

「いや……、どうぞ、お急ぎでしょうから」

と洪がいう。再び一礼して克人は部屋を出、廊下を進みながら、従事官どのはきっと、私がどうやって釜山までもどるのかをたずねようとしたのだろう、と推測する。

足早に裏門へ向かっていると、

「日本のおかた！」

かん高い声にふり向く。押物官《おうもつかん》の朴《パク》がオンドルの煙突のかげに立っていた。押物官とは、通信使輸送担当通訳の職名で、今回、十五名いる通訳員の中でも最下級に属する。

「さきほど、きれいな女があなたをたずねてきましてね。あれはたしか楊州仮面劇一座の広大《クァンデ》（役者）だな。あなたのことをいろいろきいてくるので、日本のサムライだよ、と教えてやると、びっくりして帰ってゆきました」

朴が薄笑いを浮かべると、彼の眇《すがめ》がいっそう歪んで、哀れっぽい表情になる。

克人は会釈をしただけで、無言のまま葦毛を門の外まで引き出すと、ひらりと背にまたがり、軽く拍車を入れた。

並足で町を抜けようとして、古着屋の前で立ち止まった。

リョンハンに導かれて、この古着屋で町人服に着替えた。あのとき、別れたきりだが、きょう、客館をたずねてきてくれたという。

克人は懐から携帯用の矢立てと折りたたんだ韓紙《ハンジ》を取り出した。これから旅籠をたずねても、リョンハンに会えるとは限らない。託《ことづ》ける手紙を用意しておこうと考えたのだ。

いざ筆を執る段になって、はて、リョンハンとは漢字でどう書けばいいのか？　龍漢だろうか……。しかし、これだと典型的な男の名前だ。

馬上で、男が紙に字を書いている姿は、道行く人々には奇異に映った。立ち止まり、葦毛を取り巻く。克人はまわりを見回し、気恥ずかしくなって、馬を走らせ、人通りのない白楊《はこやなぎ》の木蔭まで来て、立ち止まり、手紙を書き上げた。だが、ひょっとしたら、リョンハン、目に一丁字もないかも知れないぞ……。

旅籠に着いたが、ひっそり閑としている。庭掃除の男にきくと、楊州の連中は昼前に別の村へ発ったという。もうここには戻らない。

リョンハンとは二度と会うことはないだろう。一抹のさびしさとともに、克人は葦毛に拍車をくれた。李順之の地図をみるまでもない。あの栗林まで行けば、あとはきっと葦毛と、死んだ栗毛の霊が「銀の道」へと導いてくれると確信して、速歩で町を駆け抜けた。

「おい、ありゃさっきの文字書き男じゃないか」

と人々が指さす。

村の広場を横切り、土手道を走り、橋を渡った。ふと、うしろにリョンハンの気配がし、うなじに彼女の甘い息がかかるのを覚えて、ふり向く。むろん、だれもいない。

栗林に着く。栗毛は骨と尻尾と鬣だけになっていた。克人は馬からおり、もう一度瞑目して彼の霊を弔った。

黒装束をまとい、麻の覆面をつけたとたん、自分が日本からの使者でなく、正真正銘、五衛府暗行御史であるかのような錯覚に捉えられ、小さく身震いした。来るときには起きなかったことだ。

日が落ち、月が昇った。さあ、頼んだぞ、と葦毛に声を掛け、鋭く鞭を当てる。手綱の握りをつねに緩くして、すべておまえに任せたぞ、という意志を伝える。

葦毛は、栗林を抜け切ったあと、丈高い叢《くさむら》でおおい隠されている間道に入り、「銀の道」の扉へと向かった。

克人は、次々と「銀の道」を北上する仮面をかぶった密逓御史や銀の輸送隊とすれ違った。彼らとは言葉も会釈も交わさない。ときに、覆面の暗行御史が向こうから近づいてくることがある。「銀の道」では、南下する方が先に合言葉を発するのが習いだ。

「愚公《ウゴン》！」

克人が声を上げる。

「移山《イサン》！　李順之か？」

やがて鳥嶺の峰越えにさしかかる。空には二十日余りの月がさしのぼってきた。

その頃、丹陽の客館の大庁では、郡守の金による通信使送別の宴が酣《たけなわ》だった。丹陽の妓生《キーセン》が総出で酒をついで回る。やがて、使節団に加わっている楽手、曲芸師、踊手らが広庭に浮かれ出て、歌ったり踊ったりしはじめた。みな男たちである。

趙泰億ら三使は、喧騒を逃れるため、こっそり燭を手に裏庭へ回って、池のほとりの四阿屋《あずまや》に集った。趙にはみんなに何か相談ごとがあるようだ。

それぞれの燭を欄干に置き、長椅子に腰掛け、弓なりに反った軒端ごしに月を見上げていると、自ずと月をうたった漢詩が口をついて、朗吟を競い合う。ほどよく酔って、舌の動きも滑らかだ。

趙が賦《ふ》す。

月出でて皎《こう》たり　　（月出でて皎《しろ》し）
佼人　僚《りょう》たり　　（よき人のあでやかさ）
舒《じょ》として窈糾《ようきゅう》たり　　（ゆるやかに朧《ろう》たげに）
勞心《ろうしん》　悄《しょう》たり　　（やるせなく心わずらう）

「『詩経』ですね」

洪舜明がいう。

遅れて合流した製述官の李礥《イヒョン》が、子美《しび》（杜甫）です、といって、

中天の月色《げつしょく》　好《よ》し誰《たれ》か看《み》る
風塵荏苒《ふうじんじんぜん》　音書絶《いんしょた》え
関塞蕭条《かんさいしょうじょう》　行路難《こうろかた》し

　空にのぼった月も、ことさら仰いでみる気もしない、この辛い旅の道の行き先を思えば、と李礥は杜甫の詩に託して、日本への旅にのぞむ自らの気持を思わず吐露したのだ。このたびの通信使製述官拝命は、彼にとってできれば返上したい気の重い任務だった。……何をまちがってこの俺に、と李礥は不運を嘆いた。はじめこの下命を、母親が老い、妻は病気がちのうえ、子供が六人、家が貧しいことを理由に辞退したが、許されなかった。李の官位は低いが、都で彫虫篆刻《ちょうちゅうてんこく》（巧みな文章を作るの意）をもって聞こえ、正使趙泰億の強い推挽《すいばん》があった。

「しかし、中央もよくぞすんなり書き替えに応じてくれたものだ」

　副使任守幹のだみ声がひびいて、詩情の世界に遊ぶ一同を現実へと引きもどした。

「とにかく前へ前へ進むこと。それだけ帰国の日も早くなるというもの。釜山は魚がうまい、日本は景色がいいそうだ。……おや、趙どの、その浮かなさそうな顔は……、どうなされました？」

「……きのう都から戻った使いが、もう一通の書状を携えてきた」

「もう一通？」

一同が鸚鵡《おうむ》返しに反応して、趙を取り囲んだ。

「忠州での騒ぎがきっかけになって、備辺司局から監察御史の柳成一が来た」

「ええ、彼はなかなかの男ですよ。たった一日半で曲者《くせもの》揃いの五十人の軍官を束ねてしまった」

と任守幹が目を細め、鯰《なまず》ひげをひねる。趙は何度もうなずきながら、

「たしかに頼もしい。彼に今後の警護のいっさいを委ねることになる。しかし、念には念を入れよといいますからね。友人の吏曹判書安洪哲を通じて、柳成一の身許調査を依頼してあった。きのうの使いがその報告書を持ち帰ったのです」

趙を取り囲んだ輪が狭まる。

「何か問題が？」

と洪がたずねる。

「……柳成一が武科試験応試の際に提出した履歴書には、始祖は慶尚北道安東《アンドン》郡豊山《プンサン》県、豊山柳氏とあった。二代目柳一榮が高麗恭愍《きょうびん》王十一年（一三六二）、紅巾賊を討った功

により二等功臣として松安君に封ぜられ、田圃五結、奴婢《ぬひ》五口を賜った。以来、一榮の子孫は家運隆盛して、安東・豊山県有数の士族となった」

任守幹が鯰ひげを大きくひねって、

「ほう、大したものだ。成一は数えて何代目になるのかな？」

「九代目となっているが……、じつは安東・豊山に柳姓は存在しない」

四人の輪がさらに縮まって、趙を含めた五人の顔はほとんどひとつの塊のようになった。

趙泰億の憂鬱げな声がひびく。

「柳成一は武科試験を二番の成績で及第、卒業時も二番だったそうだ。ご承知のように、科挙試の武科は丙科（文科）と違って、両班《ヤンバン》の子弟でなくとも、奴婢ででもないかぎり応試できるが、不文律がある。系祖姓が五代までさかのぼれること、というのがそれだ」

「系祖詐称というわけか……。重罪だ」

と任守幹が慨嘆の声を上げる。

朝鮮政府で重きをなす両班出身者にとって、大切なのは「不忘基本」の崇祖意識だった。そのもととなるのが姓氏の由来と正確な祖系図なのだ。

「報告書によると、彼の姓は祖父の代までしかたどれない。孝宗一年（一六五〇）頃、忽然と鬱陵島《ウルルンド》に現れたひとりの若い男が、どうやらその地で柳姓を買い取って戸籍を作り、結婚して男の子が生まれた、と。それが成一の父だ」

「いったい、島に現れたその男はどこの馬の骨なんですかね？　おや、月が池の面に……」

といいながら、李礩が欄干から水面へと身を乗り出し、手をうんと伸ばす。

「李君、危ないですよ」

洪舜明が声を掛けると、李は体を起こして、

「ほら、月をつかまえましたよ」

と濡れた手をかざした。

「李白もこうやって、舟から落ちて、溺れ死んだといいますが。……しかし、趙正使、柳をどうされるおつもりですか？　難題ですね。科挙丙科の入試にこんな応用問題を出されたら、私はお手上げです」

「いまさら、どうなるものでもないでしょう」

洪舜明が落ち着き払って、

「私の回答はこうです。みてみぬふり。このまま前進あるのみ。この旅の成功は、軍官を束ねる柳成一の力にかかっているといっても過言ではない。系祖がいったいどうしたというんです？」

しかし、趙の気がかりなようすは一向に消える気配がなかった。彼はつぶやく。——あなたがたはそういうが、私には不吉な予感がしてならん。この旅の途中で、彼にまつ

わる何かよくないできごとが起きるような気がしてならんのです……。

むろん、趙は口に出しはしない。その代わりに、宋詩七言律詩の二行を賦して、散会の合図とした。

夜　深くして　江月　清輝《せいき》を弄《ろう》し
水上　人歌いて　月下に帰る

「欧陽脩《おうようしゆう》ですね。『晩泊岳陽（晩《くれ》に岳陽に泊《はく》す）』」

対岸の暗闇から声がした。一同は驚いて闇をすかしみる。

「どなたかな？」

趙が問いかける。

向こう岸の岩かげに燭をかざした男が現れた。

「失礼しました。押物官の朴秀実《パクスシル》です」

一同は、はてな、という表情で顔を見合わせた。

「まだ面識を得ておりませんが、以後お見知りおき下さい」

胸前で両手を組み合わせ、深く頭を下げた。

「さあ、夜も更けた。明朝は早立ちだから。……あちらの宴もどうやら果てたようだ」

一同は四阿屋を去りがたいようすで動き出す。

背後から、朴秀実が欧陽脩の詩のつづきを朗吟する声が、水を渡って追いかけてくる。

「なかなかいい声ですね」

李礩がいった。

「欧陽脩をそらんじているとは、隅におけないな」

趙がつぶやく。

館内にもどると、彼らはみな、おやすみを言い交わして、それぞれの部屋に引き揚げた。

遠く、客館の外で、だれかが伽倻《かや》琴を弾いている。それはひとつところ、一人の弾き手によって奏でられるのではなく、この国の至るところに、中天にさしのぼる月に向かって嫋々《じょうじょう》とした妙音をひびかせる人たちがいるのだ。

克人はその楽音に耳を傾けながら、ひたすら「銀の道」を走りつづける。ふいに、西行法師の歌が口をついて出た。

　嬉しとや　待つ人ごとに思ふらん　山の端出づる　秋の夜の月

いまは秋ではないけれど……、と克人はつぶやいて月をふり仰ぎ、葦毛に鞭を当てる。

途中、二度の給水と給餌の他は、不眠不休で走りつづけた。丹陽を立って三日目の朝、まるで夢の中を駆け抜けて来たように倭館に帰り着いた。

3

克人は無事、復命を果たした。雨森芳洲の喜びは大きく、ただちに吉報を乗せた飛船《ひせん》が対馬へ向けて出帆した。

克人は、綿のように疲れ果て、雨森のねぎらいの言葉もそこそこに裁判棟の自室にもどり、寝台に横たわると前後不覚の深い眠りに陥った。

克人は、何かに追われ、追いつめられる夢をみた。敵は杳《よう》として、なかなか正体を現さない。やがて、それが大きな赤い仮面だと分かる。汗をびっしょりかいて目がさめた。

ここはどこだ？　また二日、無駄にしたのか？

あたりを見回す。五年間なじんだ裁判棟の部屋だ。記憶が徐々によみがえる。……丹陽のまち、リョンハン、赤い仮面、栗毛の死……。

そうだ！　葦毛は？　黒装束と覆面は？

とび起き、部屋の中をぐるぐる回って、黒装束と覆面を捜しながら、何とか記憶をたぐりよせようとする。

どこで葦毛をおり、どこに繋いだのだろう。栗林の先の叢《くさむら》から「銀の道」に入ったこと、鳥嶺の空に月が出ていたことなどがよみがえった。平田館守と雨森先生に復命を果たしたこと、これもまちがいない。だが、部屋じゅうを血まなこになって捜しても、黒装束も覆面のかけらもなかった。

扉ごしに従僕の捨吉を呼ぶ。

「おめざめですか？　何か食べものをお持ちしましょうか」

「ありがとう。いまはまだいいよ。ところで、私は何日、眠っていたのかな……」

「何日ですって？　まさか。阿比留さまは床に入られて、まだ一時半《いっときはん》といったところですよ」

克人はほっとして、微苦笑を浮かべた。

「馬をみなかったかい？　葦毛なんだが……」

「葦毛、ですか……、いいえ」

克人は外に出て、裁判棟のまわりを一周する。途中、数人の同僚や東向寺僧らと出会う。

「おい、阿比留、いったいどこへ雲隠れしてたんだい？　急にいなくなったりして……。対馬から呼び出しでもあったのかと心配してたんだぞ」

裁判の同僚の問いかけにも、克人はあいまいなしぐさでしか答えられない。同僚は怪《け》訝《げん》な様子で、それ以上何も言わずに立ち去った。

葦毛の姿はどこにもない。何という失態！　あの馬が伏兵所の朝鮮兵にみつかってみろ、どうなるか？　伏兵所ばかりか、倭館の警備員に気付かれても大変なことになる。この清馬はだれのものだ？　なぜ倭館内にある？　詮議はしつこくつづくだろう。そして、いずれ柳成一が来て……。

克人は悄然と部屋にもどると、棚の水滴に目がとまった。十日前、焼きあがって、雨森に進呈した鳩の水滴だ。

とそのとき、ひらめいた。李順之！　そうつぶやいて、克人は椅子の背によりかかった。何度か深い呼吸をして落ち着きを取り戻すと、棚の二重底の抽出に納めた利根からの手紙を取り出し、開く。丹陽へ出発する直前に届き、慌しさの中で読んだものだ。

阿比留文字で書かれた利根の文は、いつもなつかしくやさしい感情をもたらしてくれる。筆跡もまた美しかった。しかし、後半の段落まで読み進むと、そういった感情は波が引くように消えて、表情には緊張感が漂いはじめた。字面を追う克人の目に、ホルトの木に木刀を打ち込もうとする瞬間に放たれたのと同じ、異様な光が宿る。

それは、対馬藩江戸家老平田直右衛門真賢《さねかた》じきじきの命令を伝えるものだ。

倭館裁判役という表向きのお役目とは別に、極秘裡に仰せつかっている諜報任務は、朝鮮方佐役雨森芳洲の与《あずか》り知らぬことである。そればかりではない。倭館館守はおろか、国家老《くに》、いや藩主宗義方でさえ承知していない。

対馬藩の存立基盤は対朝鮮外交と通商がもたらす権益であり、その出先機関である倭館の重要性は言を俟つまでもない。だが、藩にとって朝鮮より神経を使わなければならないのが徳川幕府だ。幕府との関係において、倭館の役割を果たすのが江戸屋敷であり、その中心に江戸家老平田真賢がいた。

平田は若い頃、克人の父、阿比留泰人と江戸詰を共にした時期があった。平田は代々家老職にある家に生まれ、将来、重臣の道を約束された若侍だった。いっぽう泰人の阿比留家は神職・儒官として藩に仕えて来た身である。泰人は木門に通って、儒学によって身を立てようとしていた。二人は、まるっきり肌合いの違う青年だったが、互いに一目置いていた。

主君に対する厚い忠誠心と、功利的で冷徹な政治家の側面を併せ持つ平田は、藩の生命線である対朝鮮外交を、国元の朝鮮方を通して行うまだるっこさ、動きの鈍さにほとほと呆れ、裏から直接倭館とやりとりする必要性を痛感していた。

彼は、阿比留泰人の息子、克人に目をつけた。

朝鮮語、漢語、唐語に堪能な上に剣の腕も立つ。甥の椎名によれば、阿比留ほど信義に厚い男もまた藩内に例をみないとのこと。

「それに、彼は阿比留文字の継承者ですからね」

椎名のひと言で、平田の心は決まった。密命が下ったのは、およそ一年半前のことである。

朝鮮及び清国の道路網、軍備、白糸と高麗人参の市況、これらの情報を倭館とは別途、可能な限り入手し、直接、江戸家老に報告せよ。

克人からの報告は簡にして要を得、かつ正確で、平田を満足させた。銀の改鋳問題が起きたとき、逸速《いちはや》く朝鮮側が交渉に臨む際の方針を察知し、伝えたのも克人だった。彼からの情報は、平田が整理し、必要な事項は、朝鮮御用を務める幕府老中土屋政直に提出された。これが、幕府との密接で良好な関係の構築と維持に大きく役立った。

通信の方法は阿比留文字をもって行う。平田からの指示は、平田の専用飛脚便で利根にもたらされる。利根はそれを阿比留文字に写し直し、私文として、小百合から克人にあてた手紙などと共に定期飛船に預ける。

倭館における通信文の検閲は厳しかった。文《ふみ》あらため役として常時五人が配属されている。誰にも読めない阿比留文だけは素通りである。

克人の報告もまた阿比留文字で書かれた。利根あての私文の体裁で、利根はそれを漢字仮名まじりの日本文に直して、平田の飛脚便に托《たく》す。地上にたった二人しか使う者のいない阿比留文字に目をつけた慧眼《けいがん》を、平田は誇ってよい。だが、平田にも考え及ばない事態が待ち受けていた。異国語を母国語と同じように操ることのできる人間は、つねに二重間者《スパイ》になる可能性を秘めている、いや、そうならざるを得ない宿命にあるのだ。

李順之についても同じことがいえるだろう。克人と李。二人は敵同士でありながら、誰よりも心強い味方同士でもある。

——利根からの手紙を再び抽出にもどすと、克人は外出着に着替えて部屋を出た。窯場への坂道を逸る気持を抑えて、ゆっくりのぼってゆく。

倭館のまちにも通信使正使一行がまもなく到着するという通達が出され、導倭《どうい》船の準備にも拍車がかかった。通信使一行を対馬まで先導し、護衛する船で、百余隻がこれを務める。

坂道の途中でふり返ると、青、黄、紅の旗を飾った導倭船が、湾口を埋め尽くすようすが手に取るようにみえた。

「克人《クギン》！」

木蔭からとび出してきた恵淑を抱き上げる。

轆轤場に入ると、李順之が一心に土を捏ねていて、背中を向けたまま、

「やあ、お帰り」

とだけいった。

「何とか任務を果たせた。李順之、きみのおかげだ。感謝します」

「お手柄ですよ」

と相変わらず土を捏ねながら李順之が応じる。

克人はうなずくと、

「だが、栗毛を死なせてしまった」

李が手を止めて、克人のほうへ向き直った。

「あれはいい奴だった。しかし、『銀の道』で斃《たお》れたんだから本望かもしれない」

「ええ。……ところで……」

と克人はうなだれ、おずおずと切り出した。

「葦毛を見失ってしまい、面目ない。それに……」

それに？　と李が皮肉っぽく鸚鵡返しする。

「覆面はどこに……、もしかしたら……？」

「もしかしたら？　克人、きみはあの胡桃の木を忘れたのですか？」

「胡桃の木⁉」

「何も覚えていない？」

――李順之は、克人の出発から帰還までを七日から十日間と推定して、胡桃の木の周辺で待機していたのだ。

――葦毛が「銀の道」扉口からよろよろと出てきた。李は駆け寄り、馬の背に突っ伏して、意識朦朧となった克人を抱えおろし、背に負い、小屋まで運んだ。水を飲ませ、若干の手当てを施すと、意識を取り戻した。そのあと、彼を倭館に連れてゆき、裁判棟の部屋まで導いた。克人はしっかり立って、受け答えもしたが、どこか心ここにあらずといった風情だった。

そのあと、李は胡桃の木までもどり、痕跡を残さないよう事後処理して、窯場にもどった。

克人は、まだ「銀の道」を走りつづけている自分と、倭館の自室にいる自分という二重の意識のあいだで揺れていたが、決して使命を忘れてはいなかった。すぐに身なりを整えると、雨森の宿舎をたずね、正使一行が新しい国書を携えて十日後、釜山に到着する旨の報告を終えたのち、自室にもどって、深い眠りに落ちたのだ。

克人はうつむき、ひたいに手を当てて、

「それが思い出せないんです。『銀の道』をどうやって出たのか……」

「無理もない。なにしろ二日半、一睡もしないで『銀の道』を駆け抜けたのですからね」

「葦毛は？」

「ご心配なく。いま養生所にやってありますから」

「会えますか？」

葦毛に会えばすべて思い出せる、と克人は思った。それに、ひと言、礼がいいたい。

李順之は首を横に振った。

「ところで、きみに頼んであった調査は、その後何か日本から回答がありましたか？」

克人は首を振って、

「……それがまだなんです。督促します。肝心の報告ができないまま、心苦しいのだが、じつは、新しい指示が来たのです」

「何ですか？」

「朝鮮において、人参を平地で育てる試みのありやなしや？　詳細を入手せよ、というものです」

「とんでもない！」

李が鋭い低声を発して立ち上がった。膝から乾いた陶土の粉が舞い落ちる。

「克人、それは、われわれが日本に有望な銀山をひとつ寄こせというようなものですよ。虫がよすぎはしませんか」

克人は唇をかんだ。

「……たしかに。無理難題は承知です。しかし、今回、丹陽で、随行の医師から、開城で人参の人工栽培に成功したという話を聞いた。じつは、丹陽に入る直前、怪我をしたのですが、その医師が処方した薬のおかげで助かりました。医師によると、その薬は雲南白葯といって、人工栽培した人参に白芷、白芍を……」

李が口を挟んできた。

「その医師はきっと、口を滑らせたことを後悔していますよ。なぜなら、それは国家機密に属する事柄だからです。きみは、それをもうさる筋に報告したのですか?」

「いいえ。そんなことはできない。彼は私の傷を治してくれた恩人だ。……李順之、人参の件については、しばらく忘れてくれたまえ。それより、東莱府監察御史の柳成一という男を知っていますか?」

李順之がうなずき、苦々しげに、

「備辺司局監察御史、柳成一……面識はないが、彼についての情報は得ている。敵に回すと手強い。彼が何か?」

克人は、「銀の道」の往路で起きたこと、柳が今回の通信使の軍官総司令に任ぜられ、丹陽で一行と合流したことなどを語った。柳から肩に一太刀あびせられたときの模様から治癒に至る顚末も含めて。だが、リョンハンの看護については口にしない。

　李順之は物思わしげに轆轤のそばにたたずんだ。軽く足盤を蹴る。からっぽの台がブーンと独楽《こま》のように回転する。

「柳に顔をみられたのはまずかった。しかたがない。しかし、当然彼は、克人を『銀の道』へ手引きした人間をつきとめようとするだろう」

　克人がうなずく。

「きみは、柳とこれから半年間、行を共にするのだ。何も起こらなければよいのだが……、不吉な予感がする」

　ひとつの任務を果たせば、そこからさらに新たな難題が繰り出されてくる。二重間者に心の安まる時はない。


　江戸家老平田真賢からの指示の背後には、幕府の大きな影があった。

　克人が利根からの手紙を受け取るより半月ほどさかのぼった某日、平田は老中土屋政直の呼び出しを受けた。

　通常、老中が藩の家老と直接面談することはない。呼び出しがあったとしても、土屋の場合であれば、土屋の江戸家老が平田に応対する。だが、この日、平田は式台からただちに奥座敷に案内され、土屋政直と対面した。恐縮しつつ挨拶を述べたあと、顔を上げると、目の前に土屋のほかにもう一人、目に鋭い光を宿した小柄な人物がいた。

新井白石。新将軍家宣の侍講を務めるが、実質上は執政としてふるまっている。

土屋は、新井に平田を紹介したあと、ただちに本題に入った。主に新井白石が発言する。

――この度、朝鮮使節招聘については、対馬藩の尽力、並々ならぬものがある。だが、本日はその件でご足労願ったのではない。

――わが国がこれまで鋳造した慶長銀は百二十万貫目（四千五百トン）だが、国内で貨幣として流通したのはその一割にもみたない。九割が国外へ流出しているのだ。これは極めて異常な事態といわねばならない。

平田真賢は息を詰め、頬を引きつらせた。

将軍侍講は、平田の目ではなく、口もとに視線を据えて語った。平田は発言を封じ込められているような気がしてならない。

――通貨の原料である銀のこのような大量流出は、国の経済の基幹《おおもと》を揺るがしかねない。しかも、銀の産出量は減少の一途をたどっている。

新井白石は近い将来、銀の全面輸出禁止を画策していた。

「平田殿」

と彼は相変わらず相手の口もとをみつめて、

「昨年の人参の買付量はいかほどですか」

ふだん快活な話しぶりの平田の口が開かない。何度か唇を震わせてのち、ようやく、

「約二千三百斤（千三百八十キロ）ほどです」

「私が数えたところも、さようでした」

と侍講はいった。

「一昨年もほぼ同様で」

と平田は言い添えた。

「白糸は如何《いかん》？」

「四万斤を少し下回るほどかと……」

平田のひたいに汗がにじみはじめる。

「縮緬《ちりめん》、綸子《りんず》などの織物は？」

「さあ、そこまでは把握しておりません」

「縮緬七千反、大・中綸子五百五十反……」

「おそれ入ります」

土屋は端座し、目を閉じたまま二人のやりとりに耳を傾けている。

「では、これらの白糸、朝鮮人参の買付けは何によって……」

「すべて丁銀で賄っております。その額はおよそ二千三百貫にのぼるかと……」

「私の計算もそのように」

「はい。割合は、白糸が八割、残り二割を人参が占めます。しかし、白糸は西陣にとってはなくてはならない原材料。人参は、それ以上に民にとって命にかかわる生薬ですから、買付けないわけにはまいりません」

「それは道理」

「以前、朝鮮北部の開城付近で大地震があったとき、人参が払底し、価格が高騰して入手が困難になり、私どもの江戸の人参座が襲われたこともございます。このとき、御公儀ではわが藩の責任を問う声もありましたが、じつはどのような手を打てばよいのか分からなかったのです」

ここで、矢継早の問いかけに平田が答えるという展開が途切れ、双方が顔をそむけあって、しばし沈黙が流れた。

突然、将軍侍講は対馬藩江戸家老のほうをふり向いた。

「平田殿、銀の際限ない流出を止めるには、どうすればよいと思われるか」

「どうすればよいか？」

と老中がはじめて言葉を発した。

「白糸と人参の輸入を停止する手もある」

新井は、問いに自ら答えた。

「白糸と人参をですか！」

平田は呆気に取られて叫んだ。

土屋もまた腕組みを解いて、将軍侍講をみる。

白石の父は土屋政直の本家、土屋利直に仕えていたから、白石は政直の家来筋に当たる。彼には、父が土屋家の内紛に連座して追放・禁錮に処され、俸禄も召し上げられて一家は貧窮、流浪するという辛い経験があった。

その白石が執政となって、土屋の上に立つ。彼が次々と打ち出してくる杓子定規な改革案には、土屋も内心、舌打ちしたくなることがある。なるほど大本《おおもと》は正しいのかも知れぬが、政《まつりごと》というものはもっと野蛮ないきもののはず。有象無象《うぞうむぞう》を手なずけるため、飴と鞭をうまく使い分けないと、としばしば考える。

「白糸と人参が入ってこないとなると、これは大事ですぞ、新井殿」

と土屋がつぶやくように問いかける。

「むろん、白糸と人参がなければ、わが国の民を治められない……、とまではいわないが、生活に及ぼす影響は計り知れない」

侍講はひとりごとのようにいって、ぐっと背筋を伸ばすと、

「土屋様、平田殿、お聞き下さい。われわれのやりかたは少々まちがってはいなかったでしょうか。高級な白糸は、清国でなければできない。万病に効く高麗人参は朝鮮でなければ採れない、とそう思い込まされてきた。なぜ、それらを自国で生産できるようにしようと一度も考えなかったのか。わが国にも養蚕がある。人参の採れる朝鮮北部の気候風土と似た陸奥《みちのく》や蝦夷《えぞ》といった土地もある」

平田は、将軍侍講が何を画策しているかを悟ると、骨の髄まで震えるような気がした。

……もし、白糸と人参が国産化されるような日が来れば、それらの輸入から上がる利

益によって成り立っている藩の財政は壊滅的な打撃を蒙《こうむ》るだろう。対馬藩、お取り潰し！

平田はいった。

「お言葉を返すようですが、……たしかにわが国にも養蚕がある、人参が育つ適地もありましょう。しかし、最も肝心なものが欠けております」

白石は、平田の言葉に怜悧な判断が含まれていることを逸早く察した。

「欠けておるものとは？」

「人参について申しますと、あれは、朝鮮北方の山岳に自生するもので、人工で栽培できるものではありません。本家本元にもまだない栽培技術をどのように開発すればよいのでしょうか」

「私はそうは考えない。朝鮮国にとって、人参は貴重な薬材であるとともに、外貨銀獲得の目玉商品なのだ。然為《さす》れば、必ず安定供給の手だてを講ずるはず。平地栽培の研究を行っていないはずがない」

平田は平伏し、それから頭を上げると決然たる調子で答えた。

「その調査、しかと承りました。ただし、これには慎重の上にも慎重を期した行動と、相当な時日を要するかと思います」

将軍侍講は平田の目を穏やかな表情でみつめた。

下谷の藩邸にもどると、平田はただちに阿比留克人への指示をしたためた。

……平地栽培と簡単にいうが、できるものなら朝鮮ではとうの昔にやっているだろう、と平田はひとりごちた。とにかく五年や十年の時を稼ぐしかない。新井様だって、いつまでも執政職にとどまっておられるわけでもないだろうし……。

このことがあってから十日後、利根から克人に阿比留文字の手紙が届いた。さらに十日たって、克人は復命を果たした。数日後、対馬より家老・朝鮮方の杉村采女《うねめ》が迎聘参《げいへいさん》判使《はんし》として倭館に到着、朝鮮通信使出発に向けてのすべての行事、業務が大きなうねりを上げて動きだした。

倭館港には導倭船がさらに増えて、二百隻余りが集結し、隣の釜山浦大桟橋には正使一行が乗船する華麗な騎船六隻が並んだ。船体の長さは百五十尺（四十五メートル）、船幅五十尺（十五・一五メートル）はある。朝鮮政府が造船技術の粋を集め、国の威信をかけて建造したものだ。六隻のまわりに、随員たちが乗る船百隻、さらに馬船、鷹船、食糧輸送船などがひしめいた。五隻の馬船には将軍献上馬と馬上才（曲馬）馬十頭、二隻の鷹船には献上用の朝鮮鷹三十羽が積まれている。

雨森芳洲は、迎聘参判使によって正式に「真文役《しんぶんやく》」に任ぜられた。通信使の江戸往復の全行程に護行し、道中における公式文書（漢文）作成のいっさいに携わる。

克人には警固隊長補佐の辞令が交付された。主に、朝鮮側警備隊との連絡業務に当たる。朝鮮語の能力と剣の腕を買われての抜擢である。隊長は椎名の上司、馬廻り組筆頭の金子真澄。

「椎名から預かってきたぞ」

と金子は克人に一通の封書を渡した。開けると、利根どのとの交際をお許し願い度《たく》候《そうろう》云々、とあらたまった調子の文で、思わず克人の顔に微笑みが浮かんだ。

正使一行が釜山に到着した。

警固隊長金子真澄は克人と共に、軍官総司令柳成一を彼の宿舎に訪ね、双方の協力体制について若干の打ち合わせを行った。だが、金子は朝鮮語ができないうえに社交が大の苦手ときているから、何もかも克人まかせである。話し合いは、克人と柳の直談判の様相を呈した。

「もし我が国使節の一員が日本で違法な行為をしたとしても、日本国の法律によって裁かれることはない。本国にもどって裁判にかける。この一点をしかとご確認願いたい」

と柳成一はいった。

「治外法権ということですね。即答できかねます。しかるべき筋と相談の上、前例にならって対処したいと思います」

柳はうなずき、克人の目をじっとみる。克人は、何か相手に言質《げんち》を取られるようなことを口にしなかったか、やりとりの一部始終を真剣に省みる。

冷ややかな空気が流れた。外交交渉にありがちな雰囲気だが、二人の場合は少し違った。

会談が終わって、柳とその副官、金子と克人らが椅子の脚を木床で勇壮に鳴らして立ち上がる。

金子と柳は隊長同士、儀礼的な固苦しい挨拶を交わしたが、克人と柳はほとんど視線を合わせることなく扉口へと向かった。先に立って、廊下まで送りに出た柳とすれ違ったとき、克人が、

「その折は失礼した」

と小声で語りかけた。柳は口角をかすかに引きつらせて、

「肩の傷は大丈夫か？」

ときいてきた。克人はうなずき、軽く左肩を上下させ、二人は別れた。これから半年間、いやが応でも顔を突き合わせてゆかなければならない。

克人は途中で立ち寄ってみたいところがあったので、金子たちと別れ、ひとり、まち中の道を択《と》った。何者かの影があとを尾けてくる。東萊府による通常の監視か、それとも柳成一の配下か。

克人は、釜山商店街のはずれにある骨董店に入った。かつて平田館守が店頭に飾られていた高麗青磁の皿にひかれ、通ううちに店主から作者の李順之を紹介された。だが、骨董店主は五衛府暗行処にかかわりのある人間だった。李順之を倭館に送り込むための工作は数年前から進められていたのだ。

店内には、朝鮮のものばかりでなく、北京の別称である燕京《えんきょう》にちなんで、燕商と呼ばれる北京往来の朝鮮商人たちが持ち込むさまざまな西域の品が飾られていて、克人は

この日、小百合と利根のみやげに象牙の櫛を求めた。いずれもペルシャ製で、ひとつには赤い珊瑚の飾りが、ひとつには青いトルコ石が嵌め込まれている。母にはべっ甲の髪留めを選んだ。

店主がふしぎな物をすすめた。銀をかぶせた七枚の小さな木製の円盤からできた細工品で、青い美しい布に包まれている。

「やはりペルシャからのものですが、さらに遠いギリシャから伝わったと聞きます。アストロラーベといって、天空の観測儀として使われたものだそうです。お安くしておきます。いつかきっと、これが役に立つときがきますよ」

と店主が耳許でささやく。

克人は、利根たちへのおみやげとふしぎな買物を懐に、帰路を急いだ。

町角という町角から男も女も、大人も子供も虫のように湧き出してきて、港のほうへ駆けてゆく。遠くの大桟橋のほうから弦や笛、太鼓の合奏がひびき、大勢で騒ぐ声、歌う声、パンソリ独特のガラガラ声の唱《チャン》が地を這うように広がる。

いったい何がはじまったのか分からないまま、つられて路地からとび出してきた者もいて、

「何だ、何だ、いったい何ごとだい？」

「知らないのかい？　使節の中に、ほれ、曲芸やら舞踊やら楽隊の連中が大勢加わって

いるだろう。奴らが船に乗り込む前に、桟橋で、旅の無事を祈願して、奉納大演芸を披露するというのさ。国じゅうから選りすぐりの芸人たちだ。一生に一度、お目にかかれるかどうかの演し物だぜ」

「そいつを早くいっておくれよ。急ごう、いい場所が取れなくなる！」

繋留された六隻の騎船を背景にして、横に長くのびた大桟橋では、パンソリが佳境に入り、太鼓の音が次第に高まって、扇を持った広大が熱唱する。深く険しい谷に分け入り、滝に向かって叫び、血を吐いて、ついに自分のものにするのだという、聞く者の肺腑をえぐるような唱だ。

「月はさやけく　風さむく　夕《ゆうべ》と朝《あした》が相《あい》まみゆ　あれに羽ばたくやもめの雁《かり》よ　わが言《こと》の葉《は》が届かぬものか　旅路にわが背《せ》見かけなば　いとしきわが背見かけなば　伝えてよ……」

帰りを急ぐ克人は、はるか遠くに、パンソリの消えがちのひびきを聞きながら倭館守門をくぐった。そのとき、彼の耳ははっきり、

「いとしきわが背見かけなば　伝えてよ　死ぬるまで別れはせじと……」

という歌詞を捉えた。だが、それはさらによく耳を澄ませてみると、釜山浦のほうからでもパンソリの唱でもなく、恵淑のかわいい声が聞こえてきたのだった。

丘のほうを見上げると、恵淑が白いチマの裾を翻しながら、鞦韆《クネ》（ブランコ）を高々とこいで、青い空の中を小鳥のように飛んでいる。

釜山浦の港では、正使、副使の二隻の船の帆桁から帆桁へ一本の太い綱が架け渡されようとしていた。正使の船体は青、副使は黄一色に塗られ、船尾には青に「正」、黄に「副」と白く染め抜いた大きな幟《のぼり》がはためく。

桟橋付近は群衆で埋め尽くされ、港内に停泊している二百隻余の随行船も見物のため騎船の周囲に漕ぎ寄ってきた。

綱が架け渡されると、群衆からいっせいにどよめきが起こった。綱渡りほど朝鮮の人々の心を捉えるものがあるだろうか。

広大綱渡り《クアンデチュルタギ》は、曲技と演劇を兼ねそなえた大見世物だった。演者は、宮廷に所属する広大とジプシーのように流浪する芸人集団がいた。彼らは、空中に高々と架け渡された綱の上で、音楽に合わせたさまざまな曲芸と寸劇で見物客を魅了する、命知らずの芸人たちだった。

豊穣と無病息災、旅の安全を祈る儀式にも欠かすことができない。両班《ヤンバン》や金持の屋敷では、厄落しに彼らを呼び、庭で演じさせる。そして、広大は最後にわざと綱から落ちてみせるのだ。

正使船、副使船の前甲板に、二人の広大が躍り出た。どよめきが大きな拍手に変わる。

赤い仮面をつけ、白いパジをはいた男がスルスルと帆柱をのぼると、

「さあ、こい、テウン、おれみたいに俊敏によじのぼれるか、試してみろ！」

テウンと呼びかけられた白い仮面に赤いパジの広大は、なよなよと腰を振って帆柱に近づき、両手でつかんだが、蛇がとぐろを巻くようにただ絡みつくだけで、一向に上へとのぼれない。女の声色で吐く、負け惜しみのせりふだけは立派だ。

「なにいってんのよ、リョンハン。あたしはこうみえても、綱に乗りはじめて一度だって落ちたことはありませんからね。あんたはどうなのよ。こないだだって、丹陽近くの村の広場で、ちょいときれいな娘に目がくらんで真っ逆さまじゃないの。四の五の言ってないではじめましょう」

「はじめましょったって、おまえが帆桁までのぼってこれないんじゃ話にならない」

「いいわよ、それ！」

と声を発したかと思うと、あっというまに帆柱をのぼりつめた。

帆桁に渡した綱の両端に立った二人がぱっと扇を広げたとき、

「ちょっと待った！」

鼠色のトゥルマギに黒い鍔広《つばびろ》帽子をかぶった眇の男が、正使船の舳先にとび乗って叫んだ。

「その前に、お面を取って、素顔で海に向かって三拝するのがしきたりだろう。さあ、取ったり取ったり！」

帆桁の上で、二人の広大が仮面をひたいに上げ、海に向かって三拝する。群衆からいっせいにため息がもれた。きびきびと男らしく豪快な動きをみせていた広大の赤いお面の下から現れたのが、予想外の面貌だったからだ。

「ヨーッ！　水もしたたるいい男！」

「いや、こんなきれいな顔の男はみたことないぞ。女といってもおかしくないな」

一方、白いお面のほうは、なよなよとした女の風情とは裏腹に、むさくるしいヒゲと酒焼けした赤い団子鼻をあらわして、みんなを驚かせた。

「よかろう、はじめよ！」

眇の男が右手をさっと挙げる。

なぜ、リョンハンとテウンの二人が楊州の一座から別れ、朝鮮通信使芸能団の中にいるのか？　その理由《わけ》は……。

いったんは一座と共に別の巡業地に向かったリョンハンだが、途中でテウンの止めるのもきかず、克人に会うために丹陽にもどった。しかし、克人はすでにいない。そこで、郡守の金をたずねた。金は数日前に味わったリョンハンの体の味が忘れられない。彼女は自分を通信使芸能団に加われるよう働きかけてほしい、と金に懇願した。郡守さまならわけもないことでしょう、としなだれかかる。

芸能団は従事官の管轄だが、洪舜明は芸能方面にはうとく、実際の差配は、漢城でその世界に出入りして裏事情に通じた押物官の朴秀実に任されていた。

金は、リョンハンがなぜ日本のような東夷の国に行きたがるのか理解できないまま、彼女の頼みをきいて朴秀実に掛け合った。

通信使が丹陽を出発する朝、金はリョンハンを朴に引き合わせる。ひと目みるなり、朴はいった。

「なんだ、おまえは、日本のサムライを尋ねてきた女広大じゃないか。無理ですよ。通信使一行には女は加われません」

「何をいっとるか。男に化ければ問題はなかろう」

と金はふしぎな笑みを浮かべていった。

「綱渡《チュルタギ》りなくして、朝鮮芸能を語るなかれ。しかるに、このたびの使節団にそれがないのは、いかにも物足りない。リョンハンは、綱渡りの芸にかけては忠清道、京畿道、全羅道一との評判。日本の連中をあっといわせるだろう。さあ、これを取っておきたまえ」

金は相当の重さのある紙包みを朴の袖にねじ込んだ。リョンハンがいった。

「わたしは役者、子供のときから女形として生きてきた。殿方を喜ばせる術《すべ》はだれよりも心得てるわ」

と朴に濃厚な秋波を送る。朴はくらくらとなりながら、袖の中のずしりと来る手応えをたしかめて、銀五十匁はあるな、とつぶやき、うなずいた。よろしい。……それにこの色っぽい芸人との旅はまんざらでもなさそうだ。

そこへ、テウンと老婆《ハルモニ》がリョンハンを追ってやってきた。綱渡りは、二人の広大が綱の上でからみあってこそ本領発揮の芸、リョンハンにテウンなくして、なんぞ朝鮮軽業師ぞ、わしも連れてゆけ、とテウンの必死の口説きが功を奏した。ハルモニは許されず、リョンハンが昨夜、郡守の褥《しとね》で稼いだ銀をそっくり懐にして、とぼとぼと一座のもとへ帰って行った。

綱渡りは、四つの基本芸の組み合わせからなる。

まず、トゥイサンホンジァビ。綱のまん中に立ち、綱の弾力を利用して一回宙返りのあと、綱を両足で挟んですわる。

トゥムルプクルキ。すわった状態からまた跳び上がって、降りる瞬間、身体を四十五度ひねって、両膝で綱にすわる。

トゥムルプカセトゥルム。両膝ついた姿勢からまた跳び上がり、今度は左に百八十度ひねって、両爪先で綱に乗る。

ホゴンジャビ。宙返りの連続技。

押物官朴秀実の許しが出て、日本行きが決まると、楊州仮面劇一座で寸劇の脚本を一手に引き受けていたテウンは、早速、新作を物して、出発の門出を飾ろうと張り切った。

さて、釜山浦の港では、帆桁と帆桁に架けられた綱の上で、リョンハンとテウンの綱渡り仮面劇がはじまろうとしている。

ずんぐりむっくり、熊のような風貌のテウンが演じるのは、ソンファという美しい妓生《キーセン》役。いっぽう嬋娟《せんけん》たる花の顔《かんばせ》が売りもののリョンハン演じるのが荒武者トンホ。

まず、このとんちんかんな配役が見物の笑いを誘った。

ソンファとトンホは、出会うやたちまち恋に落ちる。しかしこのふたり、じつは故あって、ソンファはほんとうは男なのだが、小さい頃から女装させられて育ってきたという身の上なら、トンホもまた本来、女に生まれながら男装させられて大きくなったという数奇な人生。しかも、二人がほんとうの性を明かしたとたん、殺される運命にあるという破天荒な設定だ。

舞台は、海面から四十尺（十二メートル）の綱の上。

ソンファ（テウン）は扇を優雅な手つきでかざしながら、トゥムルプクルキ、つまり綱にすわった状態から跳び上がった。降りる瞬間、身体を四十五度にひねって両膝で綱に乗る。やんやの喝采を浴びると、女の声色で、

「トンホさまは勘違いして、男で女の哀れなこのわたしに夢中になっている」

すると、トンホ（リョンハン）がホゴンジャビ、宙返りの連続技をみせ、すっくと綱の上に立って、

「ソンファは勘違いして、女で男の哀れなこのおれに首ったけ。かわいそうなソンファよ、夢に恋したほうがましだったのに。いったい、どうなるのやら？　こんぐらがった糸は、おれの手に余る……」

幕間《まくあい》が訪れ、リョンハンとテウンはそれぞれ左右の帆桁にもどって小休止する。

「おーい、そこから対馬がみえるか？」

と栈橋から問いかけられた。

リョンハンが素早く帆柱のてっぺんまでのぼって、陽光に手を翳《かざ》し、

「みえるわよ！　くっきりと」

問いかけた男がうなずいて、水平線の彼方を見遣る。

リョンハンはじっと南のほうの海をにらんでいる。対馬の島影を視野におさめて、抱きしめんばかりにみつめていた。

克人よ、きみはいまいずこ？　対馬、それともまだ朝鮮に？

釜山から対馬までは直線距離にして約十二里（四十八キロ）。リョンハンには、対馬がこれほど近くにみえることが信じられない思いだった。

対馬をみつめていたのはリョンハンひとりではなかった。一時帰国するに当たって、李順之と若干打ち合わせておくべきことがあった克人は、窯場への坂道の途中で海のほうをふり返った。遠くに浮かぶ島影を捉えて、思わず立ち止まる。対馬がこれほど鮮明にみえたことはかつてない。……そうだ、いまごろは鰐浦のヒトツバタゴの花も満開だろうな、とつぶやく。もうすぐ小百合様に会える。

正使一行から出帆日の通知を待つのみとなった雨森芳洲ら日本側高官も、館守館《やかた》最上階の楼台に出て、酒を酌み交わしながら対馬を望んでいた。

「これほど鮮やかにみえるのは、年に何回あるかないかですよ、杉村様」

館守の平田がいう。

「なるほど。こうしてみると、指呼の間といっていいほどではないか。しかし、海を隔てるというのは大変なことだな。今度の交渉ごとで、つくづく思い知らされた」

　真文役を仰せつかっている雨森が、ため息まじりに言葉を引き取って、

「近いといえば近いのですが、いざ渡る段になると、容易ではありません。さらにその先、江戸までは五百里もある。気の遠くなるような距離です。無事に旅を終えられるといいのですが……。それにしても、釜山浦の桟橋は大にぎわいですね。出発を祝うあの人の波をご覧なさい。おや、帆柱に人がいる。綱の上を渡りはじめた。危いぞ……」

　対馬の島影をうっとりと眺めていたリョンハンが、帆柱のてっぺんから、綱を結んだ帆桁までおりる。さあ、とテウンの掛け声がひびいた。太鼓や鉦が打ち鳴らされて、第二幕がはじまる。リョンハンとテウンは扇子を大きく頭上で振りながら、綱の両端から接近しあう。

　そのとき、ザッザッザッと規則正しい靴音がひびいた。音楽がぴたりと止む。

「どけ、どけっ！」

　鋭い声が飛んだ。群衆がさっと左右に分かれる。黒装束の軍官が五、六十人、桟橋に駆け込んで来る。先頭で指揮を執っているのは柳成一だ。

「誰の許しで、騎船の帆柱に綱を架けたか！」

　柳のかん高い声がひびきわたった。朴秀実がこそこそと人ごみの中へ逃げてゆく。

「こら、広大！　神聖なる騎船の帆柱が、おまえら芸人ふぜいに汚されると、海神の逆《げき》鱗《りん》に触れて大嵐を招くぞ。ひっ捕えろ！」

柳が革製の指揮棒を振り回した。

リョンハンの顔がたちまち怒りに赤く染まった。

「何さ、あんた！」

柳に向かって叫びを発したとたん、バランスを崩し、四十尺下の海へまっ逆さま。観衆は息を呑む。

「リョンハン！」

リョンハンは泳げない。

だが、彼女は、右手の人差し指を鉤《かぎ》のように綱に引っかけてぶら下がった。数秒そのまま静止していたかと思うと、唇をぎゅっと結んで、他の指も綱に絡めようとする。

「おい、あの広大、あんな細い指一本で、自分の体を持ち上げられると思うかい？」

「どだい無理だろう。……だけど、どうだい？　あの、すらっとした脚、ゆらゆら揺れる細腰の色っぽさ。たまらないね」

「黙ってろ！　ほら、持ち上がったぞ。こいつは凄い。右手で綱を摑み直して、ぐいと揚がっていく。おや、もう両手で綱をつかんだ」

リョンハンは懸垂から逆上がりで綱の上にすっくと立つ。万雷の拍手が湧き起こった。

テウンは胸を撫でおろし、柳成一は、なかなかの芸人だ、すぐおりてこい、とお咎めなしで軍官を引き揚げさせ、なりゆきを物陰からうかがっていた朴は、リョンハンの虜《とりこ》になった。

　その夜、朴はリョンハンの寝屋に忍び込んだ。


　正使が製述官李礥に出帆の吉日を卜《ぼく》することを依頼した。李礥はただちに『易経』を持って部屋に籠もり、吉日を今月（四月）六日と卜した。三日後である。三使により、卜日どおり出帆、と正式に決せられた。倭館に使者が立ち、それを伝える。真文役雨森芳洲が、この知らせを持ってただちに飛船を仕立て、対馬へ向けて出発した。

　釜山浦全体がグワァーンという地鳴りのようなひびきにみたされた。篝火《かがりび》が焚かれ、最後の荷積み作業が夜を徹して行われ、随員、水夫《かこ》らの乗り組みもはじまった。

　日本の導倭船百余隻が朝鮮側本隊と合流のため岬を回って釜山浦港へ移動してくる。導倭船騎船には迎聘参判使杉村采女や警固隊長金子真澄らが乗り込んでいた。

　従事官洪舜明が出向いてきて、献上品船や馬船、鷹船について、日本側に説明する。通訳は克人がつとめた。洪がおとずれるのに合わせて、克人も導倭船に移っていた。打ち合わせが終わって、洪が克人に親しげに声を掛けた。

「肩の傷はもういいのですか？」

「はい。ほんとうにありがとうございました」

　洪はうなずくと、船縁のほうへ克人を少し押してゆくようにして、

「……その肩の傷について、あのとき、私は穿鑿《せんさく》しなかったが、医者によると刀創《とうそう》、つまり斬りつけられたものだという。それもかなり深く。何があったのですか？　あなたが釜山と丹陽を往復した径路についても、われわれのあいだでは疑念を抱いている者がいます」

洪と克人の会話は朝鮮語だが、内容が内容であるため自然と小声になった。

「阿比留、あなたがいま抱えている秘密が、枢機《すうき》に拘わるものであるなら、命を賭してでも守るべきだ。もしそうでないなら、私の疑念を晴らして下さい」

克人は、目に決然とした光を湛えて答えた。

「命を賭してでも」

洪舜明はそっと克人の肩に手を置いて、

「分かりました。さあ、これからの長旅、どうかよろしく頼みますよ」

はい、と克人は力強く答え、深々と頭を下げた。洪があわてて手を引っ込める。

「これは失礼。怪我をしたほうの肩でしたね」

「大丈夫です。もう何ともありませんから」

このとき、ちょうど二人のまうしろの積荷の上に、押物官朴秀実がいた。

克人と洪舜明が遠ざかると、朴は積荷の上から跳びおりて、こいつは面白くなってきたぞ、とつぶやく。……あのサムライ、倭館から密使として丹陽にやってきた。肩に深い刀創を負って……。いったい誰にやられたのか、どの道を来たんだ？　詳しくは知らないが、まさか噂に聞く「銀の道」を？　……リョンハンのやつはサムライに首ったけで、あいつを追いかけて日本まで行こうというわけだ。それにしてもリョンハン、ゆうべはよくもひどい目にあわせてくれたな。

朴は眇のまわりに大きな痣《あざ》を作っていた。

今朝、桟橋にやってくるや、早速同僚たちのからかいの対象になった。

「おい。朴念仁《ぼくねんじん》、朝っぱらから隈取りなんかしてどうしたんだい？」

広大に殴られたなどとは口が裂けてもいえない。昨晩《ゆうべ》、寝静まった頃を見計らって、寝屋に忍び込んだのはいいが、リョンハンの拳固一発で五、六尺ほどうしろにふっ飛ばされた。しばらく気を失って、立ち上がれなかったほどだ。あのおとこおんなにあれほどの打撃力があるとは！

翌未明、通信使一行は東莱府大礼庁において、国王粛拝《しゆくはい》・望闕礼《ぼうけつ》を行い、音楽を奏でつつ国書を入れた竜亭と節鉞《せつえつ》を奉じた。これで日本行きのすべての儀式を終え、三使の乗船が開始された。

日がのぼった。騎船三隻とその従船三隻は纜《ともづな》を解き、勇壮に鼓を打ち、喇叭を吹き鳴らしながら桟橋を離れる。他の随行船、導倭船併せて数百隻もそれにつづく。風はない。

三使の乗った騎船の甲板には赤い幔幕がめぐらされている。中央部には、正使の起居する舎廊房《サランバン》を含め十二の居室、その上に屋根付きの展望台がある。椅子や屏風を備え、七、八人がゆったり遠くを眺めながら詩を賦し、酒を酌み交わすこともできる。居室の下には調理場、倉庫、甲板員や水夫たちの寝屋があった。船腹の左右に開けられた十二の穴からは艪《ろ》が突き出している。船首には大きな龍の彫り物が飾られ、船全体が重厚で強固なこと、戦艦並みだった。

湾口を出て二里ばかり、艪で漕ぎ進み、外洋に出たが、肝心の風がそよとも吹き起こらず、帆を上げることもできなかった。

正午になると、西の空にぶ厚い黒雲が現れ、強い南風が吹き、波も大きくうねりはじめた。南風は逆風である。

三使は協議して、いったん近くの絶影島と呼ばれる小島に船を寄せ、祈風祭を行うことにした。製述官李礩の調べによると、過去の通信使もまたこの小島に上陸して海神を禱《まつ》り、東風を祈った記録がある。正使船から青い旗と狼煙《のろし》が上がり、停船が命ぜられた。

絶影島に上陸した三使、製述官李礩とその従者たちは、ただちに島の頂上の平らな岩に西向きに祭場を設け、李礩が祝詞を唱え、誓詞を読み上げた。

「六船に乗る各員たちよ！　このたびの役目、諸々の神明に命ぜられたるところのものである。浄身《はら》、清心を持って各々の任務に励め。さすれば、必ずや順風起こり、帆は満々と風を孕んで、船団を飛ぶが如く彼地に運び、かつ故国に還すであろう」

だが、南風は吹きやまず、やがて日が没した。一行は悄然と船にもどり、各船、酒を酌み交わしながら、韻を分かち詩を賦して無聊《ぶりょう》を慰めた。七日月が中天にある。

真夜中、絶影島の岩かげから幾十羽とも知れない海鳥のはげしい羽搏《はばた》きと鳴き声がした。船中の者はみな目をさまし、夜、鳥の騒ぐ声を聞くのは吉兆か凶兆か、卜することを李礩に依頼した。

李礩の卜は吉と出た。

やがて半時ほどすると、南風はぴたりと止み、海は凪いで、鏡のように月を映した。さらに半時後、ついに北東の風が吹きはじめ、徐々に強まってゆく。月は海面を昼のように明るく照らし出している。

正使趙泰億が問うた。

「夜半の出帆は前例のないことかもしれないが、これを海神の計らいと考えたい。如何？」

副使らは黙り、彼らの視線は、初老の、深い神秘的な知恵を湛えるかにみえる製述官の目に注がれる。

「正使のお言葉どおりに」

李礩は迷わず答えた。

正使船から上がる狼煙をみて、歓声が湧き起こった。すべての船にいっせいに帆が張られた。

対馬海峡を、三百余隻から成る船団が一頭の巨大な龍のように南下しはじめる。

北東からの風は、彼らを日本へ順調に運んでくれるようにみえた。

参判使船の船首に立って、対馬のほうをにらんでいた阿比留克人は、順風とはいえ、風が徐々に強まってゆく気配に不安を覚えていた。

警固隊長の金子が克人の傍に立った。

「このぶんだと、昼前には対馬に着くな」

「そうだといいんですが、この風が……。いま時分の東風《こち》はたまに嵐になることがあるんです」

克人の予感は的中した。風の強まるより先に海が荒れだした。大きなゆったりとした波のうねりが、甲板より高く盛り上がる。水夫らは配置につき、艪を握る。漕げ、の合図はまだ発せられない。

克人と金子は、危うく船首から振り落とされそうになる。甲板長が駆け寄って、船室にお戻り下さい、と声を掛けた。その声に従って、階段に向かいかけたとき、はげしい突風に襲われて、前檣《ぜんしよう》の帆が引き裂かれ、折れた帆桁のかけらが克人の足もとまで飛んできた。

船は、波の上を疾走しているようでもあり、大波に木の葉のように翻弄されているだけのようにも思われた。帆がおろされ、水夫たちに命令が下り、艪のきしる音がいっせいに上がる。

船首同士、船縁、艫《とも》がこすれ合い、ぶつかる。号令、叱咤、悲鳴がとび交った。風はますます強まり、どの波も巨大な山塊のようにそびえ立った。船は谷底にいるかと思えば、突如断崖絶壁の縁《ふち》に投げ上げられる。

左後方の船から叫び声がした。

ふり返った克人の目に、傾いた甲板から太った男が一人、海に滑り落ちてゆく光景がとび込んできた。一度沈んで、やがて浮かび上がる。月の明りで海面はよくみえた。男は泳げない。

「救命啊《ジューミンア》！　救々命啊《ジュージューミンア》！」

唐語の叫びで、洪舜明の料理人の王だと分かった。周りに五、六隻の船があるが、だれも溺れかけている人間を助けようとしない。

克人は艫まで走って、服を脱ぎ捨てると、王の近くの水面をめがけて飛び込んだ。

少年の頃の克人の得意は木のぼりだけではなかった。対馬の北の鰐浦から南の豆酘までを木から木へ、一度も地面におりることなく移り渡ることができたのと同じように、対馬の海を魚のように泳ぎ回って育ったのだ。

克人は、慎重に、もがいている王の背後に回ると、羽交い締めにした。

「王、落ち着け！　手足をばたばたさせるな。大丈夫だから、死んだつもりになって、全身から力を抜け！」

だが、王は動きをやめない。克人は立ち泳ぎしながら何とか王を仰向けにして、水に浮かせることに成功する。……さて、いちばん近い船はどれか、と見回したが、周囲は高く山のように盛り上がった波ばかりで、その合間から船の位置をうかがい知ることができない。

克人は、いわゆる海の谷底に墜ちてしまったのだとさとった。

再び王がもがきはじめる。そのとき、克人は、波の頂上に一本の綱らしきものをみとめた。

「藁にもすがるしかない」

とつぶやくと左手で王の襟首を摑んで、右手で波の斜面を掻き分けはじめた。

克人の左肩に鋭い痛みが走って、思わず王を摑んだ手を放してしまった。あっというまに王は波の斜面を滑り落ちてゆく。克人はさっと水に潜ると、王の下に先回りして、もう一度彼の襟首を摑む。

懸命に右手を伸ばす。克人と綱が、巨大な波の斜面の中ほどで接近し、ついに彼は綱の先端を摑むことができた。太くて頑丈な麻綱だ。それはどの船からのものかは分からないが、救命のために投げ込まれたものであることは明らかで、先端を大きな輪に結んであった。

克人は王のからだをその輪の中に入れると、合図のために強く綱を引っ張った。呼応して叫ぶ声がする。

「克人！」

綱をしっかり握って、船縁から身を乗り出しているリョンハンの姿がみえた。テウンや他の芸人たちもいて、声を掛け、必死で綱を引っ張り上げてくれる。

克人とリョンハンはこうして再会した。綱渡り用の綱を投げたのはリョンハンで、とっさに思いついて、先端をもやい結びにしたのも彼女だった。

夜が白みはじめると、風はようやくおさまり、波のうねりも鎮まってゆく。

やがて、海面に霧が漂いはじめた。

帆柱と帆桁と人の頭だけが霧の上に浮かんでいるさまは、まるで幽霊船のようだ。太陽が顔をのぞかせると、船と人の姿が、霧に無数の巨大な影を投げかけた。

船はいっせいに太陽に向かって舵を取り、水夫は全力で漕ぐよう命ぜられた。

ついに霧が晴れた。目の前に美しい対馬の海岸線が出現した。

海峡を渡ってきた龍のような船団が対馬に接近する。海栗《うに》島のそばを通る。船縁に集まった朝鮮人たちから驚きの声が上がった。

「おい、海も陸も真っ白だぞ。日本はいま頃でも雪が降るのか？」

「雪のはずはないだろう。大体、海に雪が積るはずもない」

「では、あの岬を染めている白いものは何だ？」

そのとき、近くを航行していた導倭船の水夫のひとりが、

「あれは鰐浦名物のヒトツバタゴの花ですよ。いま頃がちょうど満開で、あなたがたはいいときにおいでになりました」

ヒトツバタゴの咲く岬の端には利根と小百合がいて、海を埋め尽くすかのような通信使の船団を驚嘆のまなざしでみつめていた。……兄さんは、克人さまは、あのなかのどの船にいらっしゃるのかしら？

利根と小百合の二人は、克人が航海の途中で遭遇した嵐や霧のことも知らず、彼が久方振りに無事帰国した喜びを、手に手を取って分かち合った。

そして、鰐浦の港で、二人は、異国風のふしぎなオーラを放つ克人と束の間の再会のあと、急いで府中へと引き返したのだった。

翌日、ついに、朝鮮通信使一行は府中湊に帆をおろした。国家老・迎聘参判使杉村采女と真文役雨森芳洲が、藩主宗義方の名代として、騎船を正式に訪問し、あらためて歓迎の辞を述べ、上陸を乞うた。

正使らはすわったまま、袂を挙げてこれに応えたあと、三使以下、製述官、上々官、上判事、書記などの幹部は冠帯を整え、竜亭を奉じ、鼓楽を鳴らして下船した。つづくのは、柳成一が指揮する、牛の尾と雉《きじ》の羽で飾った国王旗を掲げ、節鉞を持ち、腰に帯剣した黒装束の軍官四十余名。

そして、三頭の清馬、白鷹、従者の一団——押物官、医員、写字・画員、馬上才（曲馬騎手）、理馬（馬丁）、奏楽師、芸能団員らおよそ二百人も下船して、通信使上陸用に新設された栈橋広場に集合した。

軍官二十名は、献上用高麗人参を積んだ貨物船警護のため残る。リョンハンとテウンの仮面劇広大には、朴秀実から下船許可がおりなかった。憤懣やるかたない二人は、帆柱にのぼって、はじめてみる異国のまちの様子を観察する。

栈橋広場のまわりは、府中とその近隣の一万人余の人々で埋め尽くされた。物見櫓にのぼった男が船のほうを指さして叫んだ。

「やあ、帆柱の上で、お面をつけた男とおなごが踊っているぞ」

正使ら三使臣には、それぞれ黒い漆に螺鈿《らでん》のほどこしのある輿《こし》が用意される。前後を二人ずつで担ぐ肩輿で、製述官、上々官、上判事らは二人ずつ馬輿（馬車）に乗る。準備が整うと、騎乗の馬廻り組の先導で、一行は群衆のどよめきの中を国分寺客館へと向かった。先導隊の指揮を執るのは椎名久雄。

その日の夜、府中のまちに設けられた一千基の篝《かがり》に火が入った。地と空はともに耿々《こうこう》とした明りに包まれる。この光は、遠く釜山からもみえた。

倭館窯場、李順之の宿舎の窓から、星空の裾のほうに、小さな鳥籠のような明るみを発見したのは恵淑だった。これまでみたこともないような星だ。恵淑はふり返って、父にそれを伝えた。

李順之は行灯の下で、一心に読んでいたものから顔を上げ、立って窓辺に近寄ると、恵淑の肩に手を置いて、彼女の指さすほうをみつめた。

「星ではないな。星はあんな光りかたをしない。空か海か分からないが、海なら、大きな船が燃えているのかもしれない」

それが克人のいる対馬・府中の篝火だとは知るよしもなかった。

李順之は再び行灯の下にもどった。

一心に読む。それは、克人が倭館を発つ直前、李に托していったもので、克人自身の手になる阿比留文字と諺文の対照表だった。これがあれば、克人からの暗号文を解読することができる。

一夜明けた対馬。通信使客館を再び杉村采女と雨森が訪れ、藩主のいる桟原城へ来城を乞う。克人が随行していて、通詞を務める。雨森は朝鮮語に堪能だが、公的なやりとりには通詞を介するというのが旧例となっている。

正使趙泰億はすわったまま彼らを迎え、袂を挙げてこれに応えた。

正午前、迎えの肩輿、馬輿が来て、正使ら三使臣と製述官らが昨日同様に分乗し、桟原城へと向かう。

輿の中は瀟洒《しょうしゃ》なしつらえで、左右に小窓があり、内側から障子を開け閉《た》てできる。床には錦のざぶとんが敷かれ、机で本を読むこともできれば、筆硯《ひっけん》の備えもあるから字を書くこともできた。

客館から城まで一里余りの中央通りは、この日のために整備拡充され、路面を三和土《たたき》のように固め、両側には十間ごとに灯籠が並ぶ。沿道は黒山の人だかりだ。

大門に到着する。騎乗の者はみな下馬し、石の階段をのぼると、白壁塀に囲まれた広大な玉砂利の庭に出る。真ん中に、姿の美しい五葉松《ごようまつ》が植えられていて、地面を這うように長い枝を四方に伸ばしている。小門があった。ここで三使も肩輿からおりて、歩いて門をくぐる。目の前に、大きな館がそびえ立った。

館内に招じ入れられ、履物を脱いで廻廊を進むと、さっと真っ白な障子が左右に開く。三使臣と製述官は青畳の広間に踏み入る。これが控えの間で、すでに杉村采女や雨森たちが待ちかまえていた。双方が立ったまま、揖譲《ゆうじょう》、すなわち両手を胸の前で組み合わせて挨拶を交わす。

雨森の後方から、阿比留が厳かに進み出て、

「このたび、朝鮮通信使御一行の拝謁《ペアル》の通訳をつとめさせていただきます」

と朝鮮語で述べたとき、正使のうしろに控えていた製述官李礥が怒気を含んだ声でいった。

「いまの言葉、聞き捨てなりません。拝謁とはなにごとですか。通詞官、あなたは拝謁の意味を承知しておるのでしょうな」

克人は一歩下がってうなずく。

「では、説明してごらんなさい」

克人がためらっていると、李礥は痺れを切らしたように言葉を継いだ。

「拝謁とは……、身分の低い者が高い人に会うことをへり下っていう語ですぞ」

「はい、私もそのように理解しておりますが……、何か?」

雨森がみかねて間に入る。

「拝謁という表現は、旧例によるものです。通詞官の落度ではありません。どうかこのまま進行を司《つかさど》らせて下さい」

するど、正使の趙泰億も李礩をなだめるように、

「たしかに製述官の言うとおり、われわれは朝鮮国王より遣《つか》わされた使者であるから、対馬の島主にご挨拶するのを、拝謁といわれると……。しかし、言葉のひとつひとつにめくじらを立てていては、折角の友好的雰囲気も壊れてしまいかねない。今後のこともありますから、この件は心に留めておくだけにしては、如何？」

李礩も不承不承うなずいてみせた。

……しかし、と李礩が言葉をつづける。

「旧例墨守は往々にして事態を誤まらせる。旧例より大切なのは名称と実質の一致、すなわち名分《めいぶん》ですぞ。名分立たずして、何の友好ぞ！　若い通詞どの、お名前は何と？」

「阿比留克人と申します」

従事官の洪舜明が横合いから声を上げた。

「この人ですよ、王《ワン》の命を救ってくれたのは！」

「阿比留克人ですね。その一件も覚えておきましょう」

では、と杉村が一行を奥の正座処へと導く。

正座処は藩主の公務室でもある。周りの壁は一間《いっけん》ごとに朱、黄、黒の漆で塗り分けられ、磨き抜かれて、鏡のように明るく光りかがやいている。

耕作地の少ない島の太守の館が、朝鮮の太守などとは比較にならないほど絢爛豪華であることに、正使らは賛嘆の声を押し殺して着座する。

「まもなく殿がお出ましになります」

杉村が呼びかける。

「あちらの戸を三回、向こうから敲《たた》きます。その音が聞こえましたら、みなさん、お起《た》ちになられてお迎え下さい」

杉村の言葉を克人が朝鮮語に訳す。やがて遠くから微かに人の近づく気配が感じられる。

「お尋ねするが……」

再び製述官李礩の低声がひびく。

「島主がおいでのとき、われらがみな起ち上がって迎えるのは旧例によるものですか？」

雨森はうなずき、両袖を少し上げ、李礩を正面からみすえながら、

「その通り。慶長十二年（一六〇七）の修好・回答兼刷還使以来、私どもは貴国の使節団を七たび招聘しておりますが、すべて同様です。このことはしかと記録されております」

ときっぱりと言い切った。

対馬藩宗家《そうけ》は、のちに「記録魔大名」と呼ばれるほど貴重なドキュメントを残した。

藩の財政が朝鮮との外交・通商によって支えられていた宗家にとり、記録こそが財産、重要な武器であった。特に、国書偽造問題から生じた柳川事件の痛い経験が、正確な記録を取り、残すことの重要性を再認識させた。

対馬藩は、藩の精密な事務記録を細大もらさず保管した。倭館においても同様で、数万点に及ぶ厖大な記録は、のちに「宗家文書」と呼ばれる貴重な資料をもたらすことになる。

雨森は、この正徳の通信使来聘から四十年ほどたった晩年に著した回想録の中で述べている。

「記録さへたしかならば、幾百年ともなき、ながいきしたる人を、左右にをけるに同じかるべし。さればこの国の知恵、もろこしに及ばざるひとつは、記録のともしきゆへにや」

製述官李礥は朝鮮きっての学殖と詩才を兼ね備え、かつ人一倍、倭国（日本）に対して優越意識の強い人物。雨森をきっとにらみつけながら、

「正使どのほか三使臣、起立してはなりませぬ！」

「何を言わるるか！」

雨森が激しい調子で抗議した。朝鮮語である。李礥が上半身を左右に振って、雨森に詰め寄る。

「君は島主がみえたら起立して迎えよという。では、そのあと、我々は島主の前に進ん

で頭を下げて揖譲《ゆうじよう》し、島主はすわったまま、袂を挙げてこれに答えることになるのか？」

「然り。旧例どおりに」

　雨森が答える。

　杉村は気が気ではない。渡り廊下を、藩主宗義方が扈従《こじゆう》とともに近づきつつあるのだ。

「では旧例が間違っているのだ」

　と李礩は鋭く言い放った。

「この島は朝鮮の一州県にすぎない。宗太守は、朝鮮国王より図章を授かって、わが国との貿易に携わり、年間相当量の米と豆を賜っている。これは、わが国の藩臣ということだ。従って位階は正三品。わが正使趙泰億どのとその班級は等しい。わが国法では、京官（中央政府の役人）の国事をもって外地に在る者は、その尊卑にかかわらず藩臣と互いに坐して敬を交わす、となっている」

「埒《らち》もないことを言わるるな。わが太守は、天にスメラミコトを戴き、大君徳川様よりこの対馬を賜った日本国のれっきとした一州の主ですぞ。図章を受け、米豆を賜給されているのは、かつて我らが倭寇・海賊の禁圧に功があったからで、貴国の属州になったわけではありません」

「私は実質について申したのです。実質に目をつむって、うわべだけ取繕って事を運ぼうとするのは間違っている」

趙が李礩を制し、副使や洪舜明らと李礩を取り囲むようにして、小声で相談をはじめた。三使は、国法を楯に朝鮮側の論理を展開する製述官の口を封じることはできない。帰国後、製述官の報告いかんでは、彼らが罰せられることがあるからだ。

藩主の足音はもうそこまで近づいている。

間もなく戸が三回、敲かれるだろう。杉村が雨森に短く耳打ちして、意を決したかのように戸口へ急ぎ足で向かった。

三使臣と李礩の相談が終わった。趙泰億が、杉村の背にちらと視線を投げかけたあと、

「では、こうしましょう。太守がおみえのとき、我々は起立する。しかし、太守は主座につかず、南に向かって立ち、我々が前に進んで向かい合う。そして、我々が先に二度揖《ゆう》し、それに応えて太守が一揖するというのでは如何？　これなら国法に照らして、対等の作法となりますし、太守への敬意も守られるでしょう」

雨森は困惑の体《てい》で、克人のほうをふり返った。特に助言を求めてというわけでもなく、ただ信頼できる部下の顔に視線を投げてみただけだ。

克人は微笑を返した。そのまなざしはあっけらかんとして明るい。……おや、克人はまるでこのやりとりをたのしんでいるふうではないか。そう思ったとたん、雨森の肩からふっと力が抜けてゆく。そのとき、杉村がもどってきて、雨森に何ごとか耳打ちした。

雨森は小さくうなずき、使節一行に丁重な言葉遣いで告げた。

「太守はお出ましになりません。今日のところはひとまずお引き取りいただき、明日《みようにち》、

あらためて使いを差し向け、拝謁の段取りをお伝えすることに致します」

克人は機転をきかして、「拝謁」を、会見という意味の朝鮮語に変えて通訳した。雨森はそれに気づかぬふりをして、

「このようなことは旧例にないことですが、製述官のいわれる通り、旧例に固執ばかりしていては事がはかどりません。何卒《なにとぞ》……」

李礥はうなずくとともに、阿比留克人の顔を下からじっとみつめた。……雨森は前と同じ拝謁という言葉を使ったが……、この通詞、若いがなかなか目端が利く男のようだ、とつぶやく。

正使一行は再び輿に乗って城を出た。

大門前の広場がいつのまにか数千人の人垣で囲まれている。中央では、馬上才が披露され、騎手の姜《カン》が二頭の駿馬《しゅんめ》を並べて疾走させ、踊るようなステップで跳び移ったかと思えば、両馬の背に両足かけて立ち、脇腹に消えたかとみせて再び現れ、鞍上《あんじょう》で倒立する。見物客たちは、はじめてみるスピード感あふれる人馬一体の曲芸に酔い痴《し》れ、声も出ない。

通信使正使一行の輿は人垣に阻まれて、前に進むことができなかった。しかたなくみな輿からおりて、馬上才を見物してゆくことにする。本国では見慣れているとはいえ、朝鮮自慢の曲馬を異国の人々の賛嘆の声と視線を通して見物していると、誇らしい気持が込み上げてきた。

李礩は、ふと大門の脇の高楼を見上げた。広場に面して設けられた桟敷に、立派な装束の男が立っている。頭に烏帽子をいただき、淡紫色と淡墨色の直垂《ひたたれ》を着け、熱心に広場でくり広げられる曲馬に見入っていた。……ははん、あれが島主の宗義方だな。風采は立派だが、人品骨柄は如何？

雨森と克人は肩を並べて、館の中にある朝鮮方執務室へと廊下をたどっていた。

「あの製述官は新井白石どのに似ているな」

克人がもの問いたげな表情を浮かべると、

「頑な名分論者であるところなど……」

と苦笑しつつ、

「君に苦労をかけた国王号復号の件などが好例だね。わが国と朝鮮は、孔子様の教えを国を治める基本としている点では同じだが、あちらの方が先輩格だ。その先輩に対して、白石どのには負けられないという対抗心があるのだろう。その心意気やよし、だが……。しかし、克人、君もなかなかやるな。拝謁を会見と言い変えた」

執務室に入ると、雨森の机の上に江戸からの飛脚便の包みが置かれていた。

「おや、噂をすれば何とやら、白石どのからだ」

開封すると、中から一冊の綴本《とじ》が出てきた。『白石詩草』と表題がある。添えられた書状には、この詩集をこのたびの使節団正使、副使、従事官、製述官の高覧に供し、かつ製述官李礩の序跋《じょばつ》を乞うとあった。

雨森は『詩草』を手に取り、一葉一葉ていねいにめくりつつ、克人の父、阿比留泰人から聞いた話を思い出していた。

――前の通信使（天和二年）の江戸滞在中、通詞をつとめていた泰人が新井白石を製述官成琬に紹介し、一日、韻を分かち、詩を賦して遊び、白石は自ら編んだ詩集に成琬の序文をもらって喜んだという逸話である。

……三十年近い昔だ。雨森はその頃、近江から京に出て、医術を学んでいた。十五歳だった。

阿比留が早すぎる死を迎えたのが三十六歳。下座の机で何か一心に筆記している克人の横顔をふり返りながら、雨森は感慨にふける。

翌日、朝鮮通信使正使一行と藩主宗義方の会見が実現した。前日、朝鮮側が提案した方式、すなわち、太守が入室のとき、正使一行は起立して迎えるが、宗義方は主座にはつかず、南に向かって立ち、朝鮮側が前に進んで、二度揖し、それに応えて宗義方が一揖する、というやりかただ。

太守主催の歓迎会が開かれ、宴は友好的な雰囲気のうちに滞りなく終了した。

「克人、ご苦労だったね。母上や利根も待ちかねているだろう」

克人はやっと任務から解放されて、家路をたどる。府中の深い入江にそったお船江《ふなえ》ぞいの道だ。湾内も湾外も通信使一行の騎船、従船、随行船、貨物船、導倭船で埋め尽くされている。

帆柱のてっぺんに、仮面をつけ派手な衣裳を着込んだリョンハンとテウンの両人がつかまり、周囲を眺め回しているのが小さくみえる。あの二人、帆柱の上に住むつもりか、と克人はつぶやく。

目敏く克人の姿をみとめたリョンハンが声を張り上げた。

「克人！　どこへ行くの？」

「そんなとこで、何をしている？」

「あたしたち、朴のやつに船からおろしてもらえないのよ」

「朴って、押物官の？　分かった、何とかしよう」

手を振って遠ざかる。

キタタキの鳴き声が聞こえる。もうすぐ我が家だ。お地蔵様の角を曲る。ホルトの木がみえてきた。利根の手紙にあったとおり立ち枯れて悲しそうだが、それでも空に茶色くなった幹と梢を精一杯伸ばしている。

庭に利根の後姿があった。克人は足音を忍ばせ、昔、阿比留文字で作った詩を低く口ずさみながら近づいてゆく。

閏四月
しだれ柳は老いぼれて
井戸の底には　くっきりと

碧空のかけらが落ちて

いもうとよ……


克人の暗誦はここで躓《つまず》く。次の聯《れん》が出てこないのだ。利根、と呼びかけた。

利根はふり向くと、兄の胸にとび込んできた。

やがて阿須から小百合と両親がやってくる。克人は母にべっ甲の髪留めを、利根にペルシャ製の赤い珊瑚の飾り櫛を、小百合には青いトルコ石が嵌め込まれた櫛を贈る。

まず雨森芳洲が、つづいて唐金屋が到着して、雨森を父親代わり、唐金屋を媒酌人として、克人と篠原小百合の婚約が整う。遅れて、馬廻り組の椎名久雄も駆けつけた。

「克人、おめでとう！」

肩をたたかれて、克人は思わず顔を蹙《しか》める。

「どうした？」

「いや、何でもない。きみの手紙、読んだぞ。利根をよろしくな」

椎名は顔を赤らめつつ、強くうなずいた。

賑やかなうちとけた雰囲気の宴が続く。庭から差し込む日ざしが障子越しに西に傾いてゆく。

「椎名、きみも通信使一行に随行することになったそうだな。金子様からうかがった」

「そうだ。道中、久しぶりに色々話せるな」

克人が急に椎名に顔を近づけ、小声になった。

「鳩を連れてゆくのか？」

「金子さまのお許しが出ればな」

「お許し下さるさ」

近所の人たちも克人の無事帰国と、小百合との婚約の整ったことを聞いて、お祝いに駆けつけ、縁側に腰掛けて、ご馳走のお相伴に与った。

「お峰はんのろくべえは対馬一じゃ」

お峰は母の名前である。

克人が再び椎名の耳許近くで、

「鳩をできるだけ多く江戸へ連れてゆけ。そうすれば、利根に文をたくさん送れるだろう」

「うむ、三、四羽選んでおこう」

克人は小さくうなずいて、座敷と台所のあいだをかいがいしく、軽快で優美な身のこなしで動いている小百合に視線を送った。もらったばかりのペルシャの櫛を髪に挿した小百合が気がついて、素早く微笑を返してくる。

「きれいだな、小百合どの」

椎名がうっとりとした声を出す。

「椎名、私は今回の任務が終わったら祝言を挙げる。どうだ、そのとき、きみたちも結納を交わしては？　こちらは片親だが、きみのご両親に異存はないだろうか」

「あるものか。父も母も利根どのを心から気に入っている」

克人が白い障子のほうを顧みると、雨森と唐金屋の談笑の声が高くひびいていた。

「さようでございますか、雨森さま。私は明日、大坂へ発ちます。大坂へは、江戸から平田さまが信使奉行としておみえになりますから、私も大坂の店を挙げて、微力ながら通信使ご一行お迎えの準備を手伝わせていただくつもりです。では、ひと足お先に失礼を」

といって唐金屋が席を立った。

克人は、唐金屋を送って出て、庭の井戸のそばで立ち止まる。近くに人の気配がないのを確かめるように見回すと、小声で何か語りかけ、それに唐金屋がうなずいたり、首を振ったりする。やがて、双方が丁寧なお辞儀を交わし、唐金屋は枝折戸《しおりど》を押して道に出て遠ざかり、克人は再び椎名の隣の席にもどった。

その夜、克人は久しぶりに我が家のなつかしいふとんの香りをかいだ。帰って来たという安堵感と、近々結婚するのだという名状しがたい昂揚感がひとつに綯《よ》り合わさって、しばらくのあいだなかなか寝つけなかった。

遠くの部屋で、利根と小百合が枕を並べて寝に就いている。二人のひそひそ声と、ときどき挟まる笑い声が遅くまで聞こえていて、やがてそれが克人を快い眠りへと誘ってくれた。

翌朝、少し寝坊した克人は、朝食もそこそこに国分寺の通信使客館に洪舜明をたずね、リョンハンとテウンの上陸を許可してくれるよう請願した。

「あの二人は、あなたの料理人王を助けてくれたのです。二人がいなければ、私もともに海の藻屑と消えるところでした」

洪は早速、朴秀実を呼び、二人を上陸させるよう命じた。

夕方、帰宅した克人に、利根が声を弾ませて、

「兄さん、あした、小百合さまと朝鮮の綱渡りを見物に行っていいかしら？　椎名さまが連れていって下さるの」

「いいけど……、利根は椎名の気持を知っているのか？」

「知っています」

と利根が答える。

「昨夜、兄さんが小百合さまと祝言を挙げる日に、共に結納を交わそうと椎名さまに……」

克人は晩稲《おくて》にみえた椎名が、すばやく事を運ぼうとしていることを知って、意外な気がした。彼は今夜にも利根との結納の件で、両親を説得しようと試みるに違いない。

しおらしくうつむいた利根に、克人はいたずらっぽい表情に変わって問いかける。

「ところで、利根、綱渡りがどういうものか知っているかい？」

「木渡り鬼ごっこみたいなもの？」

克人は声を立てて笑った。

「似て非なるもの。そうだな、たとえば……、このホルトの木のてっぺんから向こうの杏の木のてっぺんに一寸ばかりの太さの綱を架けて、その綱の上を端から端まで渡る」

「綱は一本？」

「もちろんさ。それだけではないよ。一本の綱の上で跳んだりはねたり、宙返りしたり。お芝居もやるのさ。朝鮮曲芸のきわめつけだ」

利根が目をまるくして、

「落ちたら？」

「大丈夫だよ。兄さんはよく知っている。彼らは絶対に落ちない」

だが、克人はリョンハンが綱から二度落ちそうになったことを知っている。一度は、丹陽郊外の村の広場で。これは彼の目の前で起きた。もう一度は釜山浦の帆桁にかけた綱から。これは倭館の館守館最上階桟敷にいた雨森芳洲の目撃談。……三度目の正直、とつぶやいて、克人は眉を曇らせた。ばかな、縁起でもない。

綱渡り仮面劇は対馬の人々を魅了した。演技が終わって、万雷の拍手の中でリョンハンが仮面をはずしてみせたとき、その妖艶な美貌に萬座は一瞬、息を呑んで静まり返った。

二十日間の滞在ののち、ついに通信使一行が対馬を出発する日が来た。

夜明けとともに、対馬御座船に藩主宗義方が正装して乗り込む。これから江戸まで、そして江戸から対馬まで、藩主みずからおよそ半年間にわたる全旅程に同行するのである。

雨森や克人、椎名らも、桟橋で利根や小百合の見送りを受けてそれぞれの随行船に乗船する。椎名は五羽の鳩を入れた籠を抱えて。

第二章　東　上

1

黎明、藩主の乗る対馬御座船が鼓を打つのを合図に、すべての船に帆が揚がり、正使らの騎船はそれぞれ二十隻の曳船《ひきふね》に引かれて港を出てゆく。

府中とその周辺の岬という岬は、居並ぶ見送りの島民たちで黒い帯を巻いたようになる。

「さようなら、さようなら。どうか御無事で！」

芸能船の帆柱のてっぺんにリョンハンとテウンがのぼって、手を振ってその声に応えた。

風は北々西で、順風である。七つ時（午後四時）、壱岐島《いきのしま》をみる。壱岐は肥前平戸藩領、藩主松浦《まつら》肥前守差回しの迎護船百余隻が通信使船団に合流する。各船ごとに一旗を掲げている。旗の色は青、黄、紅に分かれ、三使臣の船旗の色に従って随行する。すなわち、正使騎船は青の旗を立てているから同じ青い旗の壱岐の船がつく。統制がよく取れていて、入りまじることはない。

西南風に帆を掛ける。対馬船の帆はみな白、壱岐船の帆はみな青。それが数里の長さに連なって、次の接待泊地、筑前藍島《あいのしま》へと向かう。だが、風弱く、船足は遅々としている。

日が落ち、風が止む。全船の水夫《かこ》に、配置につけ！　漕げ！　の号令が発せられた。月をみて、天の河を仰ぎつつ艪行《ろこう》する。

深更、数里かなたに夜空を焦がす巨大な火の帯が現れ、やがて鼓と鉦を打つ音がひびき、近づいてきた。藍島からの迎護船だ。一船に四、五基の篝火《かがりび》がある。隻数二百余、灯火は千を超える。大海が昼のような明るさに満ちた。

藍島は福岡・黒田藩領。五十二万石の面目をかけての歓迎である。一年前からこの小さな島に三千五百人以上の人夫を投入して、広壮な迎賓館を建設した。通信使滞在中、一日に鶏を三百余羽、鶏卵二千個を費消する。遠近から詩を求める日本人があとを絶たず、三使臣、製述官、書画官らの机上には、彼らの持参した紙幅が堆《うずたか》く積み上げられた。博多の文人と詩を唱酬し、筆を交して談じた。

藍島に留まること十日。十一日目早暁、順風に纜《ともづな》を解き、帆を揚げる。

翌日、長門《ながと》赤間関《あかまがせき》（下関）に到る。長州藩の迎護船が海を蔽う。すべて青、黄、紅の吹き流しを艫《とも》に掲ぐ。接待役は長州藩主毛利吉元。

新井白石の節約、簡素化通達はほとんど無視された。迎えた船は役人船、関船、通船、小早船、橋船、小舟合計六百五十五隻、総人員は四千五百六十六人にのぼった。

接待主長州藩より供された家豚三十頭、生簀《いけす》船で運ばれた活鯛六百尾、大さざえ、伊

勢海老数え切れず。接待費用合計銅二百八十四貫七百四十六匁二分（約四億六千万円）。

家豚は人里離れた谷間に特別に設けられた処理場で、通信使随行の熟練屠手《としゅ》五人によって屠畜された。谷間に豚の断末魔の声がひびき渡り、肉を食さない村人はふるえおののいた。

朝鮮を離れて以来、はじめて豚肉がふんだんに手に入り、張り切ったのは中国人料理人王である。彼は他にも鯛やアワビといった高級食材を得て、久しぶりに存分に腕を揮うことができた。溺死しそうになったときの恐怖も忘れて、終始、ご満悦の態《てい》である。彼は、いつか恩人の阿比留と綱渡り広大には、ご馳走でお返ししようと考えている。

いっぽう三十頭の豚が屠畜された村の谷間は、それ以来、近寄る者は誰もいなかったが、十数年後、村人たちがそこに小さな祠を建て、豚の神様としてお祀りすることになる。ある日、母子づれが祠の前を通りかかる。子供は生まれたときから目がみえなかった。

「豚の神様、どうかこの子の目をなおして下さい」

母親がお祈りすると、次第にみえるようになった。この話はたちまち近隣に広まり、いつのまにか豚の神様は、目の病いに効験《こうげん》あらたかな神様、目神《めがみ》さまと呼ばれるようになった。

朝鮮通信使一行は豚料理を堪能して、赤間関に留まること五日、翌日、晩潮に乗じ、艪行して夜の海を行く。船数はすでに六百隻を超えている。幅三百メートル、長さ八、九キロに及ぶ大船団が数千の灯火で耿々《こうこう》と海を照らして、瀬戸の懐深く入ってゆく。大交響曲のように奏でられる艪の軋り音に、夜空の星たちはうっとりと耳を傾ける。

やがて夜が明ける。薔薇色の暁光に染まった無数の島々が、花綵《はなづな》のように船団を取り巻き、進むにつれて解《ほど》けてゆく。

克人がひとり、舳先近くに佇んで、美しい内海の夜明けをながめている。太陽がすっかり昇りきってしまうと、船縁《ふなべり》に腰掛け、たもとから何か小物を取り出す。釜山の骨董屋に勧められて買ったふしぎな木製の器械、アストロラーべだ。骨董店主が、これはペルシャよりさらに西の、ギリシャという国からの伝来品で、天空の観測儀として、また時計として使われたものだ、きっといつかあなたの役に立つはずだ、といった。だが、使い方は分からない。

それは薄い七枚の円盤から成っていて、指が人一倍長い克人の手の中にすっぽりと納まる。大きめの円盤の上にやや小さめの円盤が六枚、重ねて嵌《は》め込んであり、中心にネジを通して固定し、そのネジを軸に回転させることができる。

克人は回したり、裏返したり、盤上に描かれた複雑に交叉するきれいな曲線や記号をくい入るようにみつめる。円盤の周縁に彫られた文字、あるいは模様が、どことなく阿比留文字に似ていた。

「やあ、熱心に何を読んでるんだい？」

近づいてきた船の甲板から椎名の声がした。

克人が手にしたものを椎名に向かってかざして、

「本じゃない。ちょっとふしぎなしろものさ。アストロラーベというんだ」

「いったい何に使うものなんだい？」

「それがまだ分からないんだよ。ところで、鳩たちは元気かい？」

克人がアストロラーベをたもとにしまいながらたずねた。

「ホ号のぐあいが悪くてね。かわいそうに、もう何も食べないんだ」

椎名は五羽の鳩にそれぞれイ号、ロ号、ハ号……とイロハ順に名前をつけている。

「結局、四羽になってしまったよ」

「どうして？　五羽じゃないのか」

「利根どのに文を送った」

椎名が照れくさそうに頭を掻く。

「椎名、まだ旅ははじまったばかりだ。そんなに早く飛ばしたら、すぐ鳩が足りなくなるぞ」

克人には思惑があるから、つい厳しい口調になった。椎名は、利根が、江戸家老の平田と克人の通信において、中継役を果たしていることを知らない。

椎名の船がやがて離れてゆく。

安芸灘《あきなだ》から広島湾へと差しかかった船団は、広島藩差回しの導船の指示によって幾手にも分かれて、内海を進んでゆく。

「これはこれは、おサムライさん」

舳先と舳先がこすれ合わんばかりに接近してきた朝鮮船の甲板から、押物官朴が声をかけた。悠然と帆柱にもたれて、煙管《キセル》でたばこを吹かしている。朴が乗っているのは、将軍献上用の高麗人参専用船だ。咥《くわ》えている煙管も吹かしているたばこも、前の停泊地赤間関で、長州藩主から一行に配られたおみやげ品のひとつだった。

「日本のたばこはうまいですなあ。ところで、あなたがた日本人が書いた漢詩漢文は救いようがないほど程度が低い代物ですね……」

朴が対馬で、リョンハンとテウンを上陸させなかったことといい、こうした尊大なもの言いといい、癪《しゃく》に障ることこの上ないが、克人は素知らぬ顔をして、

「それはそうでしょう。漢詩漢文に関しては、貴国はわれわれの先輩格、いえ、先生なのですから」

「……漢詩漢文については、私だけでなく、製述官の李礩なんか、もっとひどいことをいってますよ。対馬、藍島、赤間関と、どこも文人気取りの連中が押しかけてくるので、しかたなく唱酬、筆談し、持ち込まれた作品を添削してやったが、みるべきものはひとつもない。知恵足らずの、人の顔した猿どもだ、とね。李礩は朝鮮政府きっての秀才、なにしろ科挙は一番で合格したくらいだ。しかし、この先生には泣きどころが二つある。教えてあげようか。知っておいても損にはなりませんよ」

朴が船縁から身を乗り出さんばかりに克人に接近する。

「もっとそばへおいでなさい。なんならこっちの船に移ってきませんか」

「いや、けっこうです」

克人は朴の話にいやいや耳を傾けていたのだが、製述官の泣きどころと聞いて、興味が湧いた。李礩が手強い交渉相手であることは、府中のお城での拝謁問題で証明ずみだ。知っておいても損にはならないだろう。

克人は厳しい表情を装って、自船の船縁にいた。朴の顔がそばにくる。二人の間の距離は二、三間まで接近した。

「彼の泣きどころは……、ひとつ、庶子であること。これは、不忘基本・宗祖系譜を重視するわが国官界においては致命的です。たとえ科挙で首席になったとしてもね、判書（長官）、参判（次官）にはなれない。せいぜい四等官、従四品どまり。だから、抱えている屈託は大きいはずですぜ」

もうひとつ……、と朴はもったいをつけ、眇《すがめ》の前に指を一本立てて、

「ひどい痔疾《じしつ》持ちだということ。何しろすわっていられるのは半時ばかりがやっとという始末」

……こいつ、どうしてこんなことまでしゃべるのか、と克人はつぶやく。

朴は脂下《やにさ》がりながら、

「ところで、江戸には吉原というところがあるそうですな。聞き及びますれば、選りすぐりの妓生《キーセン》、その数三千。管弦、舞い、酒肴、歓楽に明けくれなしの不夜城のごとき賑

わい。美女、選り取り見取り、金にあかせての放蕩三昧《ほうとうざんまい》。酒池肉林とはかくの如し。如何？」

「私はまだ江戸へ行ったことがない」

克人はそっけなく答える。

克人が江戸に行ったことがないというのは事実ではない。彼は下谷の江戸屋敷に生まれ、三歳のとき、父親に連れられて対馬に帰ったのだ。

「……だけど、あんたも隅に置けませんな。なにしろ、リョンハンはあんたに首ったけだ。いったい何があったんです？　通信使一行に加わったのも、あんたがお目当てだ。私は、丹陽の郡守の金に頼まれて、あのおとこおんなを芸能団に入れてやった。その恩義も忘れて……」

とまだわずかに青く残る目の周りの痣を指先でなぞる。

「おサムライ、気をつけたほうがいいですよ。やつは色っぽいが大変な力持ちだ。指一本で綱にぶら下がることもできる」

おとこおんな……、朴の言葉に思い当たるふしがある。……丹陽郊外の村で、死なせてしまった栗毛のもとに駆けつけようとしたとき、怪我をしている克人を抱えて馬に押し上げてくれたことがある。あるいは、馬上で、克人の腰に回した両腕を強くしぼって、息も止まるほど締めつけてきた、あの力……。

克人がこのへんがしおどきだと船縁から離れかけると、

「やあ、水の中に朱塗りの大きな門がみえる！　あれは何ですか？」

「厳島神社の大鳥居ですよ」

と克人はそれまでの朝鮮語から日本語に切り換えて答えた。

「オオトリイ、ですか。きれいだ！　オオトリイもいいが、水の中の回廊がすばらしい」

克人は、父に連れられて対馬に帰る途中、宮島に一泊して、厳島神社にお詣りしている。まだ幼かったが、そのとき、海の中にみた大鳥居や能舞台、無数の社殿を結ぶ回廊の美しさの記憶はいつまでも薄らぐことはなかった。

二十年近く前、父と訪れた宮島の風光をいま再び目の当りにしているのだ。回廊をめぐり、あの大鳥居まで歩いて渡った。きっと引き潮のときだったのだろう。克人は鳥居脇に佇む影絵のような父の姿をみた。

そのとき、朴の朝鮮語が聞こえた。

「わが国とはだいぶ風景のおもむきが違うなァ。……ところで、この川は何という川ですか？　漢江にくらべたら何ともちゃちな流れだが……」

「川ではない、海ですよ」

朴は、克人の説明など頓着しないでしゃべりつづける。

「中国にはわが漢江よりもっと大きな川があるのをご存知か？　黄河、淮水《わいすい》、長江、銭塘江《せんとうこう》、珠江《しゅこう》……、これらを賦した名詩名文数々あれど……、例えば『江上』。知らんでしょうな。江《こう》、これすなわち杭州湾に注ぐ銭塘江なり。川幅数十里にして、対岸みることあたわず。天下一の海嘯《かいしょう》あり。大満潮のとき、杭州湾の海水逆流し、百里二百里の上流まで高さ二十尺もの津波が押し寄せる。これ、海の彼方から数十万の軍勢がひづめの音高く攻め来《きた》るが如し。……さて、『江上』とは、かの王安石が臨川《りんせん》に一時帰郷していたが、再び上京するにあたり、その旅の途上で作られたもの。江上、とは大河を行く船の中で、と訳す。

江北秋陰一半開　（江北の秋陰一半《いっぱん》開くも）

大河の北の空を覆っていた秋雲が半ば途切れたかと思ったが、

暁雲含雨却低回　（暁雲《ぎょううん》雨を含んで却《かえ》って低回す）

雨の気を含んだ朝雲が垂れ込めてしまった。

青山《せいざん》……、青山……、青……、」

朴の声がしぼみ、やがて途切れる。青ざめ、目を白黒させ、大きな唾の固りを呑み込む。

朴秀実がこれほどうろたえるのにはわけがある。彼は科挙落第者だったのだ。

——朝鮮の科挙制度は、ほぼ中国の制度にならって高麗朝に始まり、李朝になって整った。まず州県などの地方で、三年に一度、中国の郷試にあたる初試が行われる。生員科（経学《けい》）と進士科（文学）と文科の三つのコースがある。文科は経学と文学を総合した科で、最も程度が高い。

初試合格者は翌年、中央で行われる中国の会試にあたる覆試に臨む。生員科、進士科はここまでだが、文科には、さらに国王が宮中で直接試問する殿試がある。今回の通信使三使臣、趙泰億、任守幹、洪舜明、李邦彦、製述官李礥らはみなこの殿試上位合格者である。

朴秀実は北の平安道安州の両班出身で、官吏を志して十九歳のとき、進士科の初試に合格すると、翌年、覆試に臨むため、親兄弟、親族、郷里の人々の盛大な見送りを受けて上京した。

だが、覆試に挑むこと五回、十五年の歳月が徒らに過ぎ、尾羽打ち枯らして帰郷する。三年後、再び上京して、今度は科挙の中では最も易しいとされる訳科倭学を受験して、合格した。試験科目には、伊呂波《いろは》、消息書格、『庭訓往来《ていきん》』『応永記』などの読解があった。

将軍献上用高麗人参専用船の甲板で、得意気に王安石の詩を披露する途中、次の句が出てこなくて、朴秀実はいやというほど、かつての科挙応試時の失敗を思い出させられる破目になった。

王安石の「江上」こそ、朴が覆士科受験五回目、最後の問題として出されたものだ。ここまでかなり順調に来て、曙光がみえたぞ、と希望が湧く。試験官が、「江上」と題を投げかける。五秒以内にはじめなければ失格だ。

……江北秋陰一半開、暁雲含雨却低回まですらすらと吟じた。しかし、第三句目、青山……のあとが出てこない。まさに絶句である。

あれからどれほどの歳月が流れ去ったか、朴は決して数えてみようとはしない。ああ、また同じ轍《てつ》を踏むのか。しかも、あろうことか、倭人の若僧の前で！　朴は歯ぎしりする。青山……。そのとき、克人の低い声がひびいた。

「青山繚繞疑無路（青山繚繞《りょうじょう》して　路《みち》無きかと疑うに）――青々とした山々がうねりくねる川を取り囲み、もうこの先航路が途絶えるのかと思われたとき」

朴は耳を疑う。

克人の助け舟が功を奏して、以下の詩句が脳裡をかすめて、口をついて出てきた。

「忽見千帆隠映来（忽《たちま》ち見る　千帆の隠映して来るを）――突然、無数の帆影が見えつ隠れつ近づいて来るのがみえた」

朴はあらためて克人の顔を見直す。眇を剃いた視線は克人に向けられているのだが、空の片隅をにらみつけているようにもみえる。

一体何者だ、こいつ？　どこで正確な漢語の発音を習得した？

急に舵を右に切ったので、克人の船が朴から離れてゆく。傷ついた鳥が懸命に羽搏《はばた》こうとするように、朴が何か叫ぶが、克人はふり返らなかった。

風よりも早潮に助けられて、一行の船足は速い。次の寄港地は蒲刈《かまかり》島、接待主は広島城主浅野安芸守。通信使御馳走奉行、酒菓子奉行、賄い青物奉行、活畜・活鳥奉行ら総勢七百五十九人の役人を小さな島に派遣して準備に余念がなかった。水が足りないとなると、三原から水船数百隻で運んだ。島民は住居を明け渡し、しばらく山奥の仮設小屋暮らしを余儀なくさせられた。

船団が接近するのをみた岬の伝令役は、あわてて狼煙を上げる。予定より半日早い到着だ。

三使が上陸すると、客館までの道には毛氈《もうせん》が敷かれ、長廊下には紫幕が張りめぐらされている。朝鮮人の好物は雉肉《きじ》だと事前に知らされていた活畜・活鳥奉行は、雉一羽に三両という破格の金額を提示して、調達に走り回った。

詳細な日記をつけている製述官李礥は、

「某月某日、雉三百羽を供された。驚嘆！」

と記した。

蒲刈島滞在は三日で、四日目、黎明に順風を得て出帆した。次の寄港地福山鞆《とも》ノ浦《うら》まで百三十余の送船が随く。船数はすでに七百隻をこえていた。音楽を奏で、五色の旗や幟を風に翻して航行する朝鮮の船をみようと、瀬戸の島々、本州側、四国側の沿岸には十数万の人間がくり出した。小舟に乗って接近して、役人船に追い払われる者、海に落ちて溺れかける者もいる。

鞆ノ浦は瀬戸内中央部に位置した。だから、東の大坂湾方向から来る満ち潮と下関方向からのそれとがここで遭遇する。引き潮もまた同様で、鞆ノ浦から東西に引いてゆく。一行の船が瀬戸内の島々を縫うように通過するのは難しく、浦では、水路と潮目をみることに長けた漁師、船乗りが待機し、水先案内人を務めた。

接待主は福山城主阿部備後守正邦。幕府の命令により、饗応の準備は一年前からはじまっていた。

悩みはやはり食材である。福山藩御馳走奉行は、事前に朝鮮人の嗜好・食材調査を行った結果、領民に対して、

「雉、鶴、村々より出すべし」

と布令を出した。鶴を食べる!

これに対して、むらの長《おさ》たちは連名で、仰せの量の雉、鶴、猪、鹿を生捕ることは不可能であるとして、何卒御容赦下され度候と願い出た。

一行の鞆ノ浦到着は二更、午後十時だった。百隻の迎船が灯火を掲げて港口を照らし、まちは五百余の大提灯で彼らを迎えた。

下船が深更に及ぶことを配慮して、一行は船中で泊し、翌朝、上陸した。埠頭は浮橋である。路という路には蓆《むしろ》が、石段には毛氈が敷かれている。一点の塵もない。三使らは海に突き出て切り立った崖の上に建つ福禅寺に入った。

型どおりの歓迎の儀式や宴が滞りなく進む中、忙中閑あり、ある日の午後、福禅寺にある三使の客殿に、今回の旅でいわば内輪同士となった日朝の関係者が集まった。三使臣に製述官の李礩、雨森芳洲、それに対馬藩のもうひとりの真文役、松浦霞沼《まつうらかしょう》が同席する。松浦もまた木門で学んで、雨森に少し遅れて対馬藩に召し抱えられた。

客殿は、海に臨む福禅寺境内の先端にあり、巨大な岩の上に高く石垣を積んで造成した台地に、入母屋式一層の優美な姿をみせている。のちに、寛延《かんえん》の通信使来日（一七四八）の折、ここに宿泊した正使洪啓禧《ホンゲヒ》によって対潮楼《たいちょうろう》と名付けられる。

いま、八つの大きな窓をすべて開け放って、日朝の六人が、小雨に煙る海と島々を座ったまま眺めながら歓談している。酒は鞆ノ浦特産の保命酒《ほうめいしゅ》である。甘く、薬草の香りがする。

「お待ちを。島の名前をさきほど地元の人間に教えてもらい、控えておいたんですが」

と雨森がたもとから紙片を取り出し、指さして、「左から高島、白石島、北木島、飛島、仙酔島、弁天島、田島、横島、百島……、きりがありませんな。南にぼうっとかすんでみえるのが四国です」

「この内海には島がいくつぐらいあるんでしょうか？」

洪舜明がたずねる。

「そうですね、正確なところは分かりませんが、大小あわせて七百はあるでしょうか」

「それらにはみな名前がついていますか？」

とたずねたのは李礩である。

「ついています」

李礩が、まさか、という顔をした。

「この眺めの美しさはたとえようがないね」

正使の趙泰億がため息まじりにつぶやく。彼はこのところやや疲れ気味だ。漢城を発ってすでに三カ月が過ぎている。五百人を引き連れての異国の旅は、初老に入った身には大きな負担だ。それにしても、旅程は半ばどころか、まだ往路の半分しか来ていない。彼は毎朝の望闕礼《ぼうけつ》のとき、漢城に向かって、国王のご健康と無事復命を果たせるよう祈っている。すべて穏便に事を運んで帰国する、これ以外、何を望もうか。

過去の通信使で正使、副使を務めた人間は、帰国後みな判書（長官）、領議政（首相）にまで昇っているが、自分はそんな高望みはしない、と趙泰億はつぶやく。どこか都近くの閑雅な場所に……、そう、この鞆ノ浦のような土地に住み、虫に食われた万巻の書に埋れて余生を送りたいと思う。

しかし、その趙を不安に駆り立てるものがある。秀才李礥と軍官柳成一だ。

……李礥は原理原則を楯に何を言い出すやら分からない。大坂は厳しいぞ。出て来るのは中央政府の役人たちなのだから。そして、江戸だ。そこには幕府執政新井白石がいる。政治家にして、『白石詩草』の詩人。雨森などの話から想像してみるに、あるいは王安石に匹敵するような人物かもしれない。

……秀才はただ扱いづらいというに過ぎないが、李礥の場合は、庶子出身ときている。庶子には官位が厳しく制限されているから、もともと自恃《じじ》の念の人一倍強い男のこと、心の屈折はいかばかりか。唐代にも似たような境涯の男がいて、鬱屈のあまり、その身が虎と変じて人を喰ったという話がある。……杞憂に終わればよいが……。

さらに柳成一の一件が重くのしかかる。身許調査によって、柳の系祖詐称が明らかになった。調査書には、孝宗一年（一六五〇）に成一の祖父が忽然と鬱陵島《ウルルンド》に現れたとあった。洪舜明らは、みてみぬふり、このまま前進あるのみ、と不問に付すことを勧めた。趙は一応それを受け容れたが、不吉な予感はおさまらず、対馬滞在中に、吏曹判書安洪哲にさらなる追跡調査を依頼する速達便を出した。その回答はまだない。

洪舜明の明るい声がして、趙はもの思いから引き戻された。

「オーッ、みなさんに大事なことをお伝えするのを忘れておりました。じつは、今夕、私の料理人の王が思いっきり腕を揮ってみたい、何しろこれほど良質で新鮮な食材に恵まれた国ははじめてであるから、正宗（本式）の中華料理を披露できるというのです。それに、王には望みがもうひとつありまして、ほれ、釜山を出て大風浪に見舞われ、彼が海に落ちて死にそうになったでしょう。救けたのは、雨森どの、あなたの家来の若者、警固隊長補佐の阿比留克人、それに綱渡り広大の二人。そのお礼に、彼らに大盤振舞いしようというわけです。場所はね、ほら、向こうに見える島……」

と洪が華奢《きゃしゃ》な指で差し示す。

「あれは仙酔島です」

雨森が答える。洪はうなずいて、

「あの島には美しい湾と白砂の浜があるらしく、そこで一大宴席を催したいと。私は喜んで許可しました。何ともみあげた心ばえではありませんか。王はそれを満漢全席と名付けました。満州族、つまり清ですな、それと漢族の料理の精髄を合わせて味わってもらいたい、とこういうわけです。彼はもう張り切って、準備に入ってます」

座っているのに堪えられなくなったのか、李礩が失礼、といって、ごろりと横になる。しばらく畳に顔を伏せて、痔疾の痛みに低く呻いていたかと思うと、

「王の心ばえはよろしいが、私たちが広大ごときと席を同じうするというのは前代未聞です。これは避けたほうがよろしいかと」

洪が不興げな表情を浮かべ、やや厳しい口調で、

「李礩どの、ではわれわれだけで宴席を囲もうと」

雨森が口を挟む。

「これは正式な宴席ではないし、場所も浜辺なのですから、誰が出席しようと貴賤の別なく、たのしめばよいのではありませんか」

座はしばらく沈黙に支配される。

「おや、雨もすっかり上がったようだ」

趙が視線を大きくめぐらせた。南の空のほうから雲が開きはじめている。

「指呼の間にみえるあの島で催される満漢全席には、そそられるものがありますね。仙酔島という名称もいい。それにしても、ここからの眺めは絶景だ。どうです？　これからみなで詩でも賦して、唱酬してみようではありませんか。かくいう私は、すでに最初の聯《れん》を詠んでみたので、……お待ち下さい、いまご披露しましょう。こうです。

縹渺鰲頭最上臺　八窓簾箔倚天開（縹渺《ひょうびょう》たる鰲頭《ごとう》最上の臺《だい》　八窓の簾箔《れんぱく》を天に倚《よ》せて開く）……いや、お粗末」

「ご謙遜には及びません。初聯ですでに、いま、私たちが包まれている風光を、的確に捉えておられます。次の聯がたのしみです」

雨森の賛辞に媚びた調子は微塵もない。趙は微笑して、ゆっくり盃を干すと、

「『白石詩草』のようにはいきません」

雨森と松浦は耳を疑い、顔を見合わせた。

雨森は、新井白石の依頼を受け、彼から送られてきた詩集を三使と製述官それぞれに一冊贈って高覧に供し、製述官には序跋を乞うていた。朝鮮を代表する文人である彼らの目に、白石の詩がどう映っただろうか？

新井白石は、木門では祇園南海と並ぶ最優秀の詩人である。雨森も彼には何度も詩の添削を頼んだことがあった。天和二年（一六八二）の前の通信使のとき、江戸で通詞をつとめた克人の父、阿比留泰人が白石を通信使一行に紹介し、二人で客館をたずね、詩を作って交流した。そのとき、製述官成琬が彼の詩を褒め、白石の詩集に序を作って贈ったことを、雨森は聞き知っていたが、それは三十年近くも昔のことである。今回の三使、製述官は新井の詩をどう評価するだろうか。対馬を発って以来、感想を聞きたい気持で一杯だったが、同時にひるむ気持もあって、なかなか切り出せずにいた。

雨森は趙の傍らに膝でにじり寄って、

「いまのお言葉、お世辞ではありませんか?」

「お世辞だなどととんでもない!」

と趙は使臣たちをふり返る。洪舜明が大きくうなずいて、

「その通り。じつにみごとなものです」

と同意する。趙はいつのまにか当の『白石詩草』を手にしている。

「ほら、ここに。王の宴までまだたっぷり時間がありますから、今日こそ、この詩集を肴に、酒杯を傾けることにしましょう。ひとつ、吟みますよ。五言律詩、題は『白牡《はくぼ》丹《たん》』」

奇葩出洛陽　　　奇葩《きは》洛陽に出《い》づ
素艶皎如霜　　　素艶《そえん》皎《こう》として霜の如し
羅幙春光淡　　　羅幙《らばく》春光淡く
珠簾午影長　　　珠簾《しゅれん》午影《ごえい》長し

世にも妙なるこの花は、天下第一の洛陽産。
白い花びらはきらきらと、霜かとみまがう美しさ。
　薄絹のとばり越しに春の淡い光を受け、
　玉のすだれに午影を長くのばす。

梨花留月色
桂子借天香
十五盧家婦
憑欄愧靚粧

梨花《りか》月色を留《とど》め
桂子《けいし》天香《てんこう》を借《か》る
十五《じゅうご》盧家《ろけ》の婦《つま》
欄《らん》に憑《よ》って靚粧《せいしょう》を愧《は》ず

梨の花が月の光を受けたように白く、
桂の実が天上の香を添えたような。
十五で盧家に嫁いだ美女莫愁《ばくしゅう》でさえ、
欄干にもたれてわが化粧姿に恥じ入ろう。

趙が吟み終えると、洪舜明らからいっせいに拍手が起きた。彼らが、日本人の詩に対してこのような反応を示したのは、はじめてのことである。

突然、李礩がむっくり起き上がった。

「下平声七陽か。一応できているが、型をなぞっただけのものだ。——洛陽に出づは、欧陽脩の『洛陽牡丹記』から、春光は、蘇軾《そしょく》『述古《じゅつこ》の冬日《とうじつ》牡丹に和す四首』第一首『春光回照《かいしょう》して……』、午影長しは、元の柳貫《りゅうかん》、十五盧家の婦は、南朝梁《りょう》の武帝『河中の水歌』、靚粧を愧ずは、すなわち『陳書』皇后伝論による。出典、これすべて明らかなれば、みるべきものはなし」

「いや、私はそうは思わない」

洪舜明が反論する。

「製述官の博識には舌を巻くしかないが、ここには何かしら独自の感性が働いている。例えば、花の描写を杜荀鶴《とじゅんかく》の『春宮怨《しゅんきゅうえん》』と較べてみても遜色はない」

杜荀鶴は唐代末、安徽《あんき》の人で、七律（七言律詩）に長じた。

洪は、有名な第三聯を挙げた。

風暖鳥聲砕　風暖かにして　鳥聲砕《ちょうせいくだ》け
日高花影重　日高《ひたこ》うして　花影重《かえいかさ》なる

花は芙蓉《ふよう》である。

……そのとき、雨森らがいる客殿にそれほど遠くない距離から男の喚き声が矢のように突き刺さった。一同はぎょっとして顔を見合わせる。

やがて、石段を駆け上がる音が聞こえ、それが境内の玉砂利を蹴散らして近づいてくる。板敷廊下が激しく軋んだかと思うと、訳官の金始南が息せき切ってとび込んできた。口から泡を吹くほどうろたえている。

「丁が斬られて深手を負った！」

座が一瞬静まり返った。

「何があったのか、落ちついて話しなさい」

副使の任守幹が低い声でいった。

だが、金始南は筋道立てて話すことができない。ようやく分かったのは、軍官司令柳成一が副使軍官丁に斬りつけたということだ。正使軍官、副使軍官には正副使の縁故者が就くが、今回は軍官司令柳の指揮下にある。柳が斬ったのは、上司たる任守幹の縁故者だ。

趙泰億の顔がさっと青ざめる。任守幹がとび出してゆく。廊下を走りながら叫ぶ。

「金、案内せよ！」

趙、洪、雨森らも任守幹のあとを追う。李礩は再び畳にうずくまってしまった。

――事件は数刻前、福禅寺から四、五町離れた崖下の農家の庭先で起きた。庭というより野菜畑で、十坪ほどの広さに瓜や南瓜《かぼちゃ》や茄子《なす》を植えてある。東端の鶏小屋では、十羽ほどが餌を要求して、うるさく鳴いていた。

鞆ノ浦のまちは、立て込んだ家々の間を、狭い坂道や石段が縦横に交差している。軍官の丁とその同僚、訳官ら数人がぶらぶら歩いて、農家の庭先に近づいて来る。

「おれが生まれ育った漢城の路地では、わらぶきのあばら家ぞいに溝が掘られ、夕刻には、泥壁に開けられた穴から、炊事の煙が立ち昇る。そうした街並みが日本にもあるかと思っていたが……。粗朶《そだ》を高々と積んだ牛が行き来する横町を、裸の子供や犬が駆け回る、そんな光景もまだ目にしていない」

と丁が腑に落ちないようすでいう。

「ところで、この国には犬がいないのかね」

訳官の白が問う。

「いないってわけはないだろう。おれはいつかの晩、遠くで吠えている声を聞いたことがある。……漢城なら牛や犬の糞が道のあちこちに落ちているのが当り前だが、この国ではどこを歩いても何も落ちていない。家の中を覗いてみると、ほら、畳というやつ、厚さも均一で、一分《いちぶ》の隙もなくびっしりと敷き詰められている。戸障子の開け閉めもなめらかで、まるでガタつかないのはふしぎだ」

白が同調する。

「そうだな、朝鮮と似てるところより、似てないところのほうが目につくな。……おや、うまそうな瓜だぜ」

竹垣で囲った畑には、熟れた黄色い真桑瓜《まくわうり》が鈴生《すずな》りになっている。

「朝鮮じゃ夏に収穫するんだが、ここは暖かいから早いんだな」

といいながら丁が竹垣を壊して、ずかずかと庭の中へ入ってゆく。同行の五人もあとに従った。

丁が食べごろの瓜を捥《も》いで、かぶりつく。あとは全員、我れがちに手を出す。

「籠を持ってくればよかったな。おい、あっちに鶏小屋があるぜ」

と丁が鶏小屋に走る。鶏たちがけたたましい鳴き声を発して、跳び上がった。土埃が舞う。

納屋のほうから腰の曲がった老婆が出てきて、鶏を抱えた丁をみると、

「泥棒、泥棒、鶏泥棒！」

と叫んだ。

土間の暗がりから男がとび出してきて、丁につかみかかる。

「何をする、勝手に入ってきて。盗っ人め！」

丁は農夫を片手で投げとばして、抱えた鶏を張へとリレーすると、白を誘ってまた鶏小屋へもどってゆく。起き上がって丁を追いかける農夫を、今度は別の軍官が殴り倒した。老婆の叫びは泣き声に変わっている。

隣近所の連中が何事かと集まってきた。

「野荒《のあらし》だァ、鶏泥棒だァ！　捕えてくれ」

倒れたまま、口から血を流しながら叫ぶ農夫の呼びかけに応じて、三、四人の若者が張たちに向かっていった。日本語と朝鮮語の罵声が激しく飛び交う。

騒ぎは近くの寺の宿舎にいた朝鮮人たちにも届いた。野次馬気分で駆けつけてくる。しばらく手出しをせずに様子をみていて、事情を呑み込んだ馬上才の騎手姜が白のところへ歩み寄って、

「ここをどこだと思っているんですか！」

鶏を二羽、腕にしっかり抱え込んだ白が舌打ちして、

「馬上才の分際で、つべこべぬかすな。おれは両班《ヤンバン》だぞ。百姓のものを取って何が悪い！」

「だから、ここをどこだと思っていると訊いてるんです。朝鮮ではないんですよ。両班が偉いといっても、朝鮮でのことではないですか。異国では通りませんよ」

姜が憤然として言い返した。

両班は、朝鮮の支配階級全体をさしていう。王が拝謁を受ける際、王の東に立つ文官を東班、西に立つ武官を西班といった。この二つを合わせて両班。やがて、中央の官僚組織全体を表す言葉となる。李氏朝鮮で、法典『経国大典』によって、両班体系が整備、確立され、制度として揺るぎないものとなり、朝鮮社会を支配した。時とともに、官職を持つ当人だけでなく、その家族と親戚まで含むようになる。訳官の白もまた、両班しからずんば人でなしの世界に育った。だから、百姓が作ったものを両班がどうしようとかまわないと思い込んでいる。

あちこちで、日朝双方の罵り合い、小競り合いがつづく。

「おまえらは一体何をしている！」

かん高い、鼓膜を打ち破るような声がひびき渡った。路地の石段に、十数人の部下を率いた柳成一の姿があった。

彼は、民家の庭先で同胞が騒ぎを起こしていると聞いて駆けつけたが、現場を一瞥しただけで、何があったかをたちどころに見抜いた。

「丁か！　張もか……。軍官のくせして、何というあさましい所業を。すぐその鶏を放せ。さもなくば……」

「さもなくばどうするとおっしゃるんです？」

丁は柳をまだみくびっていた。なにしろ自分は副使任守幹の甥に当たる軍官だ。柳成一がごとき備辺司局からやってきた男に牛耳られてたまるものか。

「もう一度いう。すぐその鶏を放せ」

「放さないとどうする、総司令さん？」

「斬る」

「そうですかい。では、斬ってみろ」

と丁は肩をいからせて啖呵を切ったが、柳の目をみたとたん、背筋が凍った。しまった、と思ったが遅かった。

柳の刀が一閃する。次の瞬間、丁の手から切り離された何かがゆっくりと弧を描いて、南瓜の葉群の中に落ちた。

丁がわっと声をあげて、蹲《うずくま》る。丁の腕から逃れた一羽の鶏が、喧《かまびす》しく走り去った。

丁の手は血に染まり、人間の声とも思えない悲鳴と呻き声を上げて、身体を震わせる。

人々は息を呑み、凍りついたようにその場に立ち尽くした。丁の苦痛を訴える声だけがあたりを満たす。

「黄健、医者を呼んでこい」

柳成一は部下に言いつける。は、と一声発して黄が走り出す。

柳は、目にも止まらぬ早業で、鶏を抱え込んで放さない丁の左手の甲に斬りつけ、丁の親指を付け根から切り落としたのだった。

「尹、全、おまえたちは丁の指を捜してやれ。そのへんの南瓜の葉っぱの中だ。……丁、死にはしない。指もくっつく。立ち上がって、おれの前に来い。張、それからお前たちもだ」

真っ青になった張、白たちが唇を震わせて、柳の前に立つ。

「お許し下さい」

白がいきなり土下座した。

柳成一が、土下座した白の胸を思い切り蹴り上げると、白の体は一間ほどうしろにとんで、仰向きに倒れた。

「いいか、ここにいる朝鮮人はみな、ようく聞いておけ！　今後、再びこのようなことをやらかしたら、その場で斬り捨てる、よいか！」

柳はゆっくりとまわりを見回すと、戸口で脅えて震えている農家の男に近づいて行った。男は家の中へ逃げ込もうとする。

「お待ちなさい」

と柳は日本語でいった。男は立ち止まった。朝鮮人たちは、日本語を話す柳に驚愕のまなこを向けた。誰一人、彼が日本語ができることを知らなかった。しかし、柳の日本語は片言でしかないことがすぐに分かった。

「おい、だれか、訳官はいないか。通訳しろ」

とふり返ったからだ。

騒めく人垣の中から押物官の朴が進み出た。この男は、必ず揉め事の近くにいて、私はここにいますよ、としゃしゃり出るタイプの人間だ。

「ご迷惑をお掛けしました。与えた損害をつぐなうのにこれで足りるだろうか?」

と柳はたもとの袋から銀貨を取り出し、男の手を取って、その上に乗せた。

「こんなに!」

男が思わず声を上げた。

そのとき、訳官の金始南に先導されて副使任守幹が到着した。一部始終を目撃していた朝鮮人の一人が、任に要領よく顚末を報告する。

間を置かずに、趙泰億、洪舜明、雨森たちも駆けつけた。

「とんでもありません。こんなにはいただけません。この半分でけっこうです」

と農家の男が、手の中の銀貨を選り分けて、半分を柳の手に押し返した。柳は、何かふしぎな出来事に遭遇したかのように目をみはり、相手の顔をまじまじと見返した。

「何だ、くれるというものを、貰っておけばいいのに」

と朝鮮人の間からため息がもれる。

柳はうなずいて、返された銀貨を袋に納めると、

「お願いがある。残りの真桑瓜をいくつか、宴席のために持ち帰ってもよいか？」

「はい、喜んで。うちの真桑瓜は、甘くて汁がたっぷりなのでこのあたりでも評判なんですよ。どうか、道中、ご無事で」

柳は踵を返して、血塗れの左手を右手で押さえて俯いている丁にちらと視線を送ると、人垣のほうへ向かって、

「医者は来たか」

と声をかけた。

「はい、ここに」

と到着したばかりで息を切らしている医師崔白淳が進み出て、柳の前に立った。

「おお、あなたか。いい薬をお持ちとか」

崔は籐かごの中から薬包を取り出した。克人の肩の傷を治した雲南白葯である。丁の傷口に白い粉沫を塗り、ちぎれた指を受け取ると、それを親指の付け根に糸と繃帯《ほうたい》でしっかりくくりつけて固定する。

柳成一はそこまで見届けると、農家が籠に入れてくれた真桑瓜を部下に持たせて、引き揚げにかかる。上官である三使、趙、任、洪に目礼しただけで、人垣を荒々しく掻き分けて立ち去った。

趙泰億は茫然と柳の後姿を見送った。不吉な予感と怖れが現実のものとなりつつある、と誰かが彼の耳にささやきかける。

たとえ異国で盗みを働いたとはいえ、即座に部下の指を斬り落とすとは……。趙は目撃したわけではないが、押物官の朴によれば、柳はただ闇雲に怒りに駆られて斬り付けたのではなく、丁の左の親指を狙って、太刀をふるい、過たずにそれをやってのけたのだ。

いっぽう従事官洪舜明は、丁が副使任守幹の甥であることを思い出し、柳の選んだ過激な、常軌を逸したとも思える制裁を、任がどのように受け取ったか興味を抱いた。治療を終えた丁が、両側から白と張に抱えられるようにして退散する。三使の前を目を伏せて通る。任守幹が声を掛けた。

「丁、お前の恥ずべき行いについては不問に付す。私が手配してやるから、このまま国へ帰れ」

丁は素直に、蚊の鳴くような声で、はいと答えた。

克人の出動は遅れた。信使一行の鞆ノ浦出発を二日後に控えて、福山藩見送奉行との打ち合わせに手間取り、知らせを受けて椎名ら隊士を率いて駆けつける途中、狭い石段の真ん中で、引き揚げて来る柳の一行と遭遇した。克人と柳は一瞥を交わしただけですれ違った。

「あれが柳成一か？」

椎名が耳許でささやく。克人は無言で階段を駆けおりた。

鞆ノ浦の南、海を隔てて五、六町ほどのところに浮かぶ仙酔島は小さな緑濃い無人島である。椿の花粉を運ぶメジロの生息地で知られる。深い入江、田ノ浦を前にした白砂の浜では、そのメジロが何十羽ものんびり虫をついばみ、猿や狸が打ち寄せる波とたわむれながら、砂の上で跳びはねる小魚を食べている。

この浜に王は五人の厨士《ちゅうし》と十人の水夫の手助けを得て、三日がかりで野外宴席を用意した。七、八人は掛けられる大きな円卓を四つと、そのまわりに高さ一尺余の太い木の幹を椅子としてしつらえた。五つの鉄の大鍋を同時に火にかけることのできる石づくりの竈《かまど》も作り上げた。円卓はまちの木工が、竈は石工《いしく》が協力を惜しまなかった。

食材の調達は、克人と椎名が福山藩御馳走奉行に掛け合って、ほぼ王の希望どおりのものを入手することができた。

「椎名さん、鳩を連れておられますね」

王が言わんとするところを察した椎名は、憮然として答えた。

「王さん、あれは食べものではありません。通信手段です」

食材や水を運ぶ小舟が次々と、幾艘も到着する。

早朝、五つの竈に火が入った。島の反対側、田ノ浦あたりから幾筋もの煙が昇るのをみて、鞆ノ浦の人たちはいったい何事かと立ち止まる。

日が西に傾きかけると、小舟に乗って招待客たちが続々とやってきた。朝鮮側からは趙泰億ら三使――痔疾に悩まされる李礥は欠席――、上々官、書記、上席訳官、軍官司令と副司令ら十数名、日本側からは雨森、松浦霞沼、福山藩御馳走奉行、活鳥・活魚奉行、金子隊長、克人、椎名らやはり十数名、合わせて約三十人近くがそれぞれ四つの円卓についた。西の空には赤く燃える太陽が、東の空には銀色のまんまるな月がかかっている。

客たちは、竈で勢いよく燃え上がる炎や、鉄鍋と杓子をカンカン鳴らして跳びはねるように動く王の仕事ぶりを感嘆の思いでみやりながら、いったいどんな料理が出てくるのやら、不安と期待に胸躍らせながら待った。

しかし、嬉々として動き回っているようにみえる王が、ひっきりなしに舟着場のほうへ気がかりな視線を投げかける。席についている克人もまた時々、椅子から立ち上がって、舟着場のほうをにらむ。お相伴にあずかるはずのリョンハンとテウンがやって来ないのだ。

リョンハンとテウンは、押物官朴によって渡し舟に乗ることを差し止められた。朴自身が満漢全席に招待されなかった腹いせである。

太陽が因島の島影に隠れると、浜の十基の篝にいっせいに火が入った。王が口上を述べる。

「お偉方様、仙酔島にようこそお越し下さいました。読んで字の如く、酔って仙人の如き島、僭越ながら、私めはいま、この島の王様になったような誠に快い気分でございます」

「そりゃそうだ、名前からして王だものな」

と抱え主の洪舜明が茶化した。

「恐れ入ります。さて、今宵、ご披露致します料理は、この王の独創であることを申し上げておきます。これから登場する三十二品《しな》すべて王の工夫によるものですし、これらに満漢全席と命名したのも王勇であること、ご記憶におとどめおき下さい」

「前口上はそれくらいにしておけ。まだ卓上には一皿も来ておらんではないか」

洪が苦情を申し立てる。

「申し訳ありません。菜名単（お品書き）はお手許にございます。ご覧下さい」

菜名単を篝火の明りにかざした趙泰億が、

「これは意外。王は能筆なんだね」

王は表情を変えずに、

「私めも漢人でございますれば、書にはいささか腕に覚えが、……では！」

と背後の竈のほうに向かって、腕を高々と振り上げ、合図を送る。それをしおに、五人の厨士たちが、湯気と旨そうな匂いを立てる大皿を次々と運んできて、卓に並べてゆく。

酒はマッコルリ、白酒《パイチュウ》、保命酒、清酒が瓶ごと用意される。

前菜は、醃猪舌《えんちょぜつ》（豚の舌の漬干し）——赤間関で家豚が提供されたとき、王は舌を手に入れ、それにたっぷり塩をして、山椒と蒔蘿《いのんど》と茴香《ういきょう》、それに細切《こぐちぎり》の白葱《しろねぎ》を合わせて漬け込んであった——、皮蛋《ピータン》、瑠璃《るり》肺（雄鹿の肺の瑠璃づくり）——口で血水をよく吸い出し、冷水に浸してまた吸い出し、玉葉《ぎょくよう》のようになるまで完全に吸い取って、杏の果肉、生姜汁、酢、蜜、薄荷《はっか》の葉汁、白酒、菜種油を和わせて、滓濾《かすこ》しを三度したものを肺に詰め、蒸して、よく冷やして切り分けたもの——、水晶膾《かい》（煮こごりのなます）——豚の皮を、脂をそぎ落としてきれいに洗い……、昭鱠《しょうかい》（鯉のなます）、といったところが大皿に盛られている。

前菜の次は、筵上《えんじょう》焼魚《しょうぎょ》煮魚《しゃぎょ》事件《じけん》（宴席用焼魚・煮魚各種）——鯛、ヒラメ、飛魚、カレイ、伊勢エビ、カマス、ホウボウ、カサゴ……などに、合わせ香辛料をたっぷりつけての姿焼き、姿煮——。

次に団魚羹《だんぎょこう》（すっぽん汁）、つづいて筵上《えんじょう》焼肉《しょうにく》事件《じけん》（宴席用あぶり肉各種）——羊の膊《かたにく》、鹿の膊、雉の脚児《ももにく》、うずらの丸焼——。

箸休めに、くるみ餡の焼き餅と木の実の春巻が出る。つづいて、女真族（清）の名菜の数々が登場しはじめる。

まず、塔不剌《タープラ》鴨子《おうし》（アヒルのみそ煮）、野雉《やじ》撒孫《サスン》（きじ肉のたたき）……ときりなく続いてゆく。

王勇の料理が、彼の独創であることは挨拶で述べたとおりだが、彼は、漢族と女真族の伝統料理を研究したうえで腕を揮っているのである。いま、仙酔島で供されている料理はすべて、南宋時代の林洪《りんこう》の『山家清供《さんかせいきょう》』と、元の欠名《けつめい》の『居家《きょか》必用事類全集』を繙《ひもと》けば、その発想の原点を確かめることができる。

さて、仙酔島に招かれた客たちは、次々とくり出される王の料理に度胆を抜かれつつ、目と鼻と舌で満漢全席を存分にたのしんでいた。

だが、心からたのしめない人物が二人いた。

……なぜリョンハンたちが来ないのか？　そもそも王が満漢全席を催そうと決心した理由のひとつは、リョンハンと克人への恩返しだったのではないか。

克人も王もリョンハンのことが気がかりで、待ちつづけたが、姿を現さない。必ず行くわ、と約束したのに……。

克人は、柳成一の存在も気になる。柳とは、正使と雨森らの卓によって隔てられているから、言葉も視線も交わすことはないが、互いに素知らぬ顔でいながら、常にその存在を強く意識している。……いつ、どこで決着をつけることになるのか？　これが、常に二人の脳裡を去来する問いだ。

「広大たちはやっぱり遠慮したのかな、やって来ませんな」

と雨森がいった。一同がうなずきかけたとき、背後の椿の林から鉦、銅鑼、鼓《チヤング》、縦笛《ピリ》、長喇叭《ナバル》のにぎやかな合奏がひびき渡る。松明を掲げた十人ばかりの男がとび出してきた。みな仮面をかぶっている。演奏者たちも登場する。彼らは顔をどぎつく隈取ったグロテスクな化粧をしていた。

「広大だ！」

朝鮮人たちは口々に叫んで椅子から立ち上がった。

おかめ、ひょっとこに似たお面、猿や虎などの仮面をかぶった広大たちは、手にした松明を砂に突き立てると、そのまわりを楽隊の演奏に合わせて踊りはじめた。

リョンハンとテウンがこの中にいるかもしれない、と克人は目を凝らしてみるが、動きがはげしいうえに、松明の灯りが風に揺らめいて、なかなか正体を摑ませてくれない。

「いま、彼らが踊っているのはサルプリチェムといって、厄払いの踊りです」

趙が雨森たちに説明する。

「人間についた邪鬼をああやって慰め、鎮めて、悪さをしないようにと退散してもらうのです」

ゆったりしたリズムに乗せた一連の優美な動作のあと、突然曲が変わり、はじけるような、速い動きに移る。まるで身体の中に閉じ込めていた邪鬼を解き放つようなはげしさがある。

やがて踊りの輪が宴席のほうへ近づいてきた。客たちを取り囲んで、踊りながらぐるぐる回る。仮面の下からくぐもった歌声がもれる。

豪勢な王の料理の数々と酒、闇の中で揺曳する炎と仮面舞踊が混然一体となって、人々を夢幻の世界へと誘い込んでいった。克人は、身体の底から湧き上がってくる原始的な喜悦の感情に恍惚となり、時のたつのを忘れた。

ふと、赤い猿の仮面をつけた踊り手が克人の注意をひく。裾を引く白いチマ・チョゴリを着て、手にした長い白布を巧みにあやつって舞う。腕から布につながる線の動きがうっとりするほどなめらかだ。

それがいきなり大きく、速く波立ちはじめたかと思うと、克人のまうしろまでやってきて、ぴたりと動きをやめる。

「克人、あたしよ」

仮面の下からリョンハンの声がした。克人がふり向くと、もう遠ざかっていた。

楽の音が低く、弱まってゆく。彼らが砂に立てた松明も燃え尽きようとしている。踊りの輪も解け、楽隊を先頭に彼らは椿の森へ、暗闇の中へと入って、やがてみえなくなった。音楽が止み、聞こえるのは波音ばかりとなる。しかし、克人の耳の底では、まだ縦笛や長喇叭の音とリョンハンのささやきがひびいていた。

リョンハンたちは予告なしに現れ、ひとしきり王の満漢全席をにぎわせ、たのしませたあと、再び忽然と幻のように消えていった。

この時点で、王の料理は二十八品を数えていた。

満漢全席、残るはデザートの四品。まず広寒糕《こうかんこう》（金木犀の花の蒸し菓子）。一同は王の説明を謹聴する。

「広寒は月にある宮殿の名で、その宮殿には大きな桂樹がそびえているそうです。広寒、すなわち月中の桂を指します。桂、すなわちモクセイのことで、モクセイの花を摘んで、その蕚《うてな》を除き、甘草《かんぞう》をひたした水に晒してからいったん干し、米粉《こめこ》にたっぷりなじませ、蜂蜜を加えて練り上げて蒸したものです。

わが中国においては、科挙試験のある年に、受験生はみな広寒糕を作って食べ、互いに贈り合う。科挙に合格することを『折桂』（桂を折りとる）、または『折月桂』（月の桂を折りとる）ともいうから幸先のいい蒸し菓子なのであります」

「いただこう。しかし、私はいまでも科挙試験のことを夢にみますよ」

と洪舜明が広寒糕を頬張りながらいった。

「最後の口頭試問で、杜牧の詩の続きが出てこなくて、頭が真っ白になり、身体じゅうにびっしょり汗を掻いて目が覚める」

趙と任守幹からも科挙にまつわる悪夢の体験が語られた。

だが、モクセイの花の香りと絶妙な米粉の練りぐあい、蒸しぐあいに、舌は小躍りして喜び、三使の頭から陰鬱な科挙試験の悪夢もどこかへ消しとんだ。

つづいて酥蜜餅《そみつへい》（クッキー）、海老煎餅《せんべい》、そして、最後に出てきたのが、蒸し真桑瓜。

柳成一が農家からもらった真桑瓜を王勇に差し入れたところ、王はひと口食べて膝を打った。これはめったにない極上の瓜だ、というわけで、満漢全席のトリをつとめることになった。

瓜の皮をむいて芯をえぐり、梅干と甘草をひたした湯でゆがき、蜜をからめた松の実とオリーブの実を詰め、蒸器で三時間かけてじっくり蒸し上げたもの。

王の破天荒な満漢全席は、はしなくも鞆ノ浦の農家の瓜、それも鶏泥棒がらみというわくつきの真桑瓜で幕を閉じた。

蒸し真桑瓜を食し終えると、四つの宴席から期せずして拍手が湧き起こった。満月がちょうど中天にかかる頃合いだった。

正徳元年（一七一一）、朝鮮暦粛宗三十七年、某月半ばの夜、仙酔島で繰り広げられた王勇の満漢全席と、それに余興として加わった広大仮面舞踊のことは、参加者全員の脳裡に生涯忘れ得ぬ記憶となって深く刻み込まれた。


一艘の小舟が、にぎやかな談笑の声と歌のもれてくるほうへ、おびただしい通信使の船団のあいだを縫って近づいてゆく。

克人が艫《とも》で櫂を操り、王が提灯を掲げて船首に立つ。艫と船首の間には、王の料理が山と積まれている。やがて、めざす船の横に船首を寄せると、王が呼びかける。

「リョンハン」

船の中が一瞬、静まり返った。

テウンが現れた。

「王さんじゃないか。どうしたんです？」

王のうしろから克人が、

「やあ、テウン。素晴しい踊りだった」

「克人も！　こんなに遅く、いったいどういう風の吹き回しだい？」

「王の満漢全席を届けに来たのさ」

テウンがあわてて甲板から引っ込んだかと思うと、すぐリョンハンがとび出してきた。

船の旅において、広大たちは原則として、陸上泊を許されなかった。上陸は公演時に限られ、終了すれば船に戻らなければならない。あとは押物官朴の匙加減一つである。

その日夕方、リョンハンとテウンは、あらかじめ地元の漁師と身振り手振りの交渉で小舟を借りる手配をしたうえで、朴に仙酔島行きの許可を願い出たが、言下に拒否された。諦めずに小舟を出そうとする二人を、朴は数人の朝鮮人水夫を使って引きずりおろした。リョンハンの怒りは収まらない。

仲間たちに呼びかけ、夜が更けると、仮面をかぶって桟橋にある朴の宿舎を襲い、当て身をくらわせ、気絶したところをさるぐつわを嚙ませて縛り上げ、小舟の中に転がしておいた。仙酔島で歌って踊って王の宴に興を添えたあと、舟にもどると意識を取りもどしていた朴に再び当て身をくらわせ、彼の部屋に運び込んだ。

翌日、朴は任守幹に訴え出たが、任は、夢でもみたのだろう、と笑って取り合わなかった。

王の満漢全席は広大たちを狂喜させた。一皿一皿の美しさとおいしさはこの世のものとも思えない。彼らは中華料理を口にするのははじめてである。美味すぎて舌がおかしくなる、と広大のひとりがいうと、別の広大が、こんなものを食うと、厭世的になるな、と応じた。

品数は二十品と仙酔島より少ないが、満漢全席であることに変わりはない。なかに一品、仙酔島では供されなかった皿があって、これが広大たちを最も喜ばせる料理となった。王勇の創作になる。彼の説明を聞こう。

「豚もも肉脂身つきを薄切りにしたものに片栗粉をつけ、油で揚げる。別に胡瓜、ニンジン、干し椎茸、ニンニク、長葱、夏みかんのむき身を湯通しし、鉄鍋で胡麻油と甘酢に塩を加えて熱する。片栗粉でとろみをつけ、頃合いをみて揚げた豚肉を炒め合わせ、最後に老酒《ラオチユー》を垂らして、はい出来上がり！　これ、名付けて酢豚《すぶた》なり」

広大たちの拍手喝采の中を、リョンハンが目配せで克人を誘って、甲板に出た。

艫に腰をおろす。星は出ているが、月がどこにあるかは分からない。前方の海を仙酔島の黒い影が覆っている。足もとの水に船の灯りが映っている。時おり、小さな魚影が鱗を翻して、その帯の中を斜めに横切る。岸壁から水が滴り落ちる音、船中の誰かが呼びかける朝鮮語のひびきなどが聞こえていた。

リョンハンが身体を寄せてくる。克人は苦笑しつつ、ほんのわずかだが腰をずらした。

「……ありがとう、克人。うれしかったわ。でもこんなになれなれしくしてはいけないのよね。克人は日本の位の高いおサムライ。私は朝鮮では人の数に入らない広大……」

「王の料理はどうだった？」

「言葉に尽くせないほど。これから先、こんな機会は二度と訪れないような気がする。……月はどこかしら？」

克人が視線をめぐらせて捜すと、ちょうど二人のまうしろの山の端にあった。

しかし、リョンハンは、月がどこに出ていようとかまわない。克人に至急知らせたいこと、尋ねたいことがあった。そのきっかけをずっと捜していたのだ。

通信使たちの噂が偶然耳に入ってきたからだが、その噂とは、――柳成一が前例を破って備辺司局から軍官司令として派遣された背景には、使節団の警護とは別の意図が隠されている。通信使と行を共にする対馬藩朝鮮方の中に、数年前から倭館を根じろに密偵活動を行う者がいるらしい。その男は、対馬藩というより幕府の指令で動いているという。鶏泥棒の一件で、柳は部下の丁の指を斬り落として、みなを震え上がらせたが、彼にすればほんの座興のようなもので、柳はその密偵を割り出し、処刑するという任務を帯びているというのだ。すでに目星はついていて、あとは動かぬ証拠を摑むだけ……。

――おそらく、日本は再び朝鮮を侵略する野望を抱いているのだ。密偵はそのために動いている。蛮夷《ばんい》のくせして……。

この国にはもともと文字というものがなかった。百済《くだら》王がそれはかわいそうだというので、文士王仁《わに》や阿直岐《あちき》を遣わし、はじめて文字を教えた。そして、長い長い歳月の末、ようやく読み書きできるようになったのだ。忘恩の徒は、秀吉に尽きると思っていたが、いままた再び……というようなことが通信使のあいだで密かにささやかれている。

低い、つぶやくような声で話し終えると、リョンハンはじっと克人の横顔をみつめた。克人は、水面に耀《かがよ》ういくつもの灯りが溶け合うさまをじっとみつめて、沈黙を守っている。

……そうか、通信使たちはそんなことを話題にしているのか。

リョンハンの震えがちの声が、彼の沈黙にかぶさってくる。

「わたしの知るかぎり、日本人のなかで克人ほど朝鮮語に堪能な人間はいないわ。あの丹陽郊外の栗林で倒れていたのは、ひょっとして……、あの鋭く斬りつけられた肩の刀傷……」

といってリョンハンは克人の左肩にそっと触れ、

「この傷のことは忘れられない」

克人は身じろぎひとつしない。目から鋭い矢のような視線が遠くの闇に向かって放たれていた。

「克人、あなたはいったい何者？　何を企んでいるの？」

ふり向いた克人は、リョンハンが瞬く長い睫《まつげ》の先に、涙が夜露のように光っているのを、乏しい灯りの中でみることができた。

リョンハンは船縁に落ちていたフジツボの欠片を拾って、遠くに投げた。欠片が描く抛物線はみえたが、水に落ちる音は周囲の騒めきに紛れて聞こえない。

何を企んでいるの？　とリョンハンは尋ねた。変わった人間だ、と克人はため息をついてひとりごちる。好意を寄せ、心配してくれるのはいいが、彼の使命について説明しても分かるわけがない。

「わたしはね、どこで生まれたのかも、父や母が誰かも知らないの。物心つくと、もう楊州仮面劇の一座にいて、綱渡りをさせられていた。一緒に育った幼馴染は何人もいたけど、親方様に売られて、ある日突然いなくなってしまう。風の便りに、そのうちの一人が日本に渡ったと聞いたことがある。朝鮮語の広大は、日本語では『クグツ』と発音するんですって？」

「クグツ」とは、「傀儡子」と表記し、あやつり人形、あるいはそれをあやつる芸人を指す。

克人は、大江匡房《おおえのまさふさ》が著した『傀儡子記』に、日本の傀儡子は、朝鮮の流浪の芸能集団、広大や社堂《サダン》が源流と記されていたことを思い出した。

リョンハンは、幼馴染の運命を思ってか、潤んだ目で山の端の月を見上げ、ねじったままの身体を強く克人に押しつけてきた。

……妙なことになったものだ、と克人はつぶやく。リョンハンは二度も私の命を救ってくれた。最初は「銀の道」で、二度目は荒海で。ところで三度目はあるのだろうか……。

「克人は結婚しているの？」

リョンハンが悪戯っぽい目つきで、顔をのぞきこむ。

「この旅が終わったら、祝言を挙げるつもりだ」

「どこで？　対馬で？」

「そうだ。その後再び倭館に戻るかどうかは決まっていない」

「旅が終わった後……。でも、わたし、今度の旅は終わらないような気がするのよ。なぜだか分からないけど」

船の中からテウンが二人の名を呼んだ。

「戻りましょ」

「いや、私はもう帰らなければならない」

克人は立ち上がった。

2

浪華江、すなわち淀川河口、九条の港には、大坂町奉行所差回しの豪華な作りの十二隻の御座船が勢揃いして通信使の船団を出迎えた。

海を来た朝鮮船、対馬藩をはじめとするこれまで接待役を務めた諸大名の随行船は共に吃水が深く、川を遡行《そこう》できない。ここで、航川《こうせん》用の平底船に乗り換える。船改《ふなあらた》めである。十二隻の御座船はそのために用意された。公儀船（幕府御用船）四隻、大坂に蔵屋敷を持つ西国大名、蜂須賀、毛利、浅野、細川家らの八隻で、それぞれが威信をかけ、贅を尽くして建造したものだ。全長約三十メートル、船腹六・六メートルの大型船である。

九条の港には、この豪快な船改めを一目みようと数万の群衆が押しかけた。百隻を超える有料見物船が船団のまわりをうろうろしている。

四日間を要して、船改めは無事完了した。

国書を捧持した製述官李礥が、公儀御座船に乗船して先頭を行く。正使、副使、従事官、宗義方ら諸大名の船、鷹船、馬船、人参船などが陸続《りくぞく》と出発する。朴秀実や厨師王らの随員、姜やリョンハンら曲芸師、広大たち、楽員、日本側随員たち、みな大小の平底船に乗り移った。

ここからが陸行である。水夫百人は長い航海で傷んだ船の修理のため、本隊が江戸より戻ってくるまで九条口に留め置かれる。

楽員たちはみなそれぞれの楽器を打ち鳴らし、広大たちは両岸の見物人をたのしませるため、舳先にぶら下がり屋根にのぼって、踊ったり歌ったりしながら愛想を振りまく。

どうだい、リョンハン、海と別れてせいせいするぜ、と屋根にのんびり腹這いになったテウンが呼びかける。

「この空気のうまさはどうだ？　土手の草むらをそよがせ、川面に小波《さざなみ》立てて渡ってくるこの風の柔らかさはどうだい？　潮風とは大違いだ」

しかし、リョンハンはうわの空でうなずくだけで、屋根の破風にバランスを取りながら立って、前方を行く二つの船に視線を行ったり来たりさせている。左前方の船の甲板には、黒い軍衣の柳成一がいて、部下たちに何ごとか指示を与えては船首と船尾の間をきびきびと動き回る。

柳の船より右手、やや遅れて対馬藩警固隊の船が進む。左舷甲板で、克人と椎名が鳩の籠を間に挟んで話し合っている。

柳成一がかくしから何やら黒い筒のようなものを取り出すと、それを右目に当てて周囲に向けた。筒の先がきらりと光る。遠眼鏡だわ、とリョンハンはつぶやく。あたしの遠目はあんなものに負けないわよ。

柳は遠眼鏡を克人の船に向け、そのまま固定して何かを注視している。リョンハンはやがて、柳が何に焦点を定めたのか分かった。鳩の籠だ。

……江戸まで鳩を連れてゆくなんておかしな話だわ。鷹の餌にでもするつもりかしら。あら、まだ柳は鳩の籠に遠眼鏡を当てたまま。克人とお仲間もあんなに真剣に話し合っている。

船は本流と分かれ、右へと緩やかなカーヴを描く支流へと入ってゆく。大川である。と、リョンハンは、自分たちがすでに大坂のまちの中にいることに気づく。

大坂のまちは、淀川の水を巧みに引き込んで、運河となし、運河は四通八達《しつうはったつ》して、いったん船を浮かべれば、この巨大な都市の隅々まで滞りなくめぐることができる。

朝鮮通信使の船団が進む大川の両岸と橋の上には、桟敷席のように毛氈が敷きつめられ、金屏風まで立てられて、着飾った男女がまるで芝居見物よろしくすわっていた。彼らは、きらびやかで賑やかな異国の水上パレードに目をみはった。

「いやあ、大きなまちだなあ！　こうやって舳先から背伸びしてみても、甍《いらか》の途切れるところがないぜ」

　馬上才の姜がテウンに呼びかける。

「そんなものに感心してないで、女をみろよ。みんな何てきれいなんだ。別嬪《べっぴん》のまちなんだな、大坂は」

　テウンは落ち着きなく、左右の岸をきょろきょろ見回しながら賛嘆の声を上げた。

「薄化粧して、艶やかな黒髪に粋なべっ甲のかんざしなんか挿して、きものはみな錦《きん》繡《しゅう》だ。あの細腰をみなよ、たまらなくなるぜ。この国は、ほんとうにかつて我が国を侵略したのかね」

　リョンハンはテウンの言葉に誘われて両岸を見渡す。リョンハンの遠目はテウンに倍する精度を誇るから、たちまちテウン以上の成果を上げた。

「女より男のほうがもっと着飾って、なまめかしいわよ。ほら、あの若い男をご覧なさい！」

　そこへ朴秀実の船が接近してきた。船腹にドンとぶつかる。

「屋根の上のリョンハンよ、わしは金の旦那に頼まれて、お前に男の装《なり》をさせて使節団に加えてやったのだが、お前は何の恩義も感じていないというわけだ。ところで、お前ひとつわしが売り込んでやろうか。おまえをひと晩買いたいというお大臣もたくさんいるぞ」

江戸では男色が花ざかり。歌舞伎とかいう女形芝居も大人気。どうだい、リョンハン、小僧までが、みなその悪風に染まっている、と。これを衆道《しゅどう》というそうだ。京、大坂やは知っているか？　この国が鶏姦の国だってことを。なんでもお殿さまから学者、商人、

「ふん、いけすかない奴だね、あんたは！　男の風上にもおけないよ」

「ふん、わしはいつも風下に立つ男さ」

リョンハンは鮮やかな宙返りで屋根からとびおり、船室の中に引っ込んでしまった。

大川は西進して、やがて堂島川と土佐堀川とに分かれる。通信使一行の船は土佐堀川へと入ってゆく。

天神橋で上陸した。三使、上席官、随行の諸大名は大轎《かご》に、その他は馬、あるいは徒歩で、客館までの行進を開始する。

芸能団は賑やかに楽を奏し、踊りかつ歌い、馬上才をくり広げながら進むが、……みなはまだ波の上にいる感覚が抜けず、足もとも覚束ない。

土佐堀通り、北浜、堺筋、道修町《どしょうまち》と大坂の目抜きを豪勢できらびやかな通信使の行列がゆく。

大坂町奉行所は沿道の見物に当たり、十三カ条のお触れを廻していた。大声を出してはならぬ、男女並んで見物もならぬ、一行に駆け寄ってはならぬ、色紙など要求しては

ならぬ。しかし、お触れに律儀に従うような浪速っ子ではない。

「ようお越しやす！」

商家の若い内儀らしいのが馬上のひとりに声を掛けると、

「お世話になります」

と日本語が返ってきたのに驚いて、

「ヒャーッ、うれしいわァ。返事してもろて、おおきに。ついでに、お名前も教えとくなはれ」

「朴といいます。人気者の朴秀実と申します」

うしろのほうでは、リョンハンやテウンたちに誘われて、一緒に踊り出す見物人もいる。

水上パレードでは、両岸の人々はただ目をみはって見送るだけだったが、ここでは近寄って、金銀刺繍で飾った馬の尻にさわったり、一緒に並んで歩きながら身ぶり手ぶり、さらに筆と紙で会話を交わす連中もいる。行列の左右は、そういった見物人でいつのまにか二倍三倍にふくれ上がり、道路一杯に広がった。大店《おおだな》の二階窓からこの日のために吊り下げられたくす玉が割られ、紙吹雪が舞い散る。

夕刻、一行は御堂筋に出て、西本願寺津村別院、通称北御堂《きたみどう》に入った。

堀と石垣に囲まれた広大な境内に堂宇《どうう》が林立する。仏殿の棟木と梁はすべて黄金色に塗られていた。

三使、製述官、上官から広大に至るまで、さらに対馬、福岡、長州、広島、福山、姫路からの随行員、合わせて千三百余人は、ここで一挙に旅装を解いた。漢城を出発してから既に三カ月半余りが経過していた。

翌日、表敬のため将軍名代の上使として、大坂城代土岐伊予守が北御堂客館を訪れた。このとき、ある厄介な問題が生じた。

新井白石の朝鮮通信使接遇の変革「朝鮮信使進見・賜饗・辞見儀注」は具体的で仔細にわたっているが、その意図するところは大きく二つに要約できる。一つは儀礼の簡素化と、幕府だけでも百万両にのぼる接待費用の軽減、一つは敵礼（対等の礼）化である。

敵礼化の主な例をあげれば、先の国王号復号の件がある。朝鮮国王に対するのに、大君でなく日本国王。分かりやすい。あるいは、これまで朝鮮通信使の来日を「来朝」としてきたのを「来聘」と改めさせたこと。「来朝」は服属国の使節に対して用いられるが、「来聘」は賢人を招くという、より対等に近い関係の表現だとの理由である。

その一方、白石はまた、朝鮮側に対しても対等の礼を要求した。そのことが北御堂におけるトラブルのもととなった。

従来、通信使は、大坂城代を北御堂山門前で、つまり石の階《きざはし》の上で迎えたが、新井白石はこれを退け、通信使が階の下まで降りてきてこれを出迎えるよう沙汰をした。

しかし、対馬藩、とりわけ朝鮮方佐役・真文役を務める雨森としては、先の国王号復号の件で朝鮮側を大いに煩わせたという思いが強いうえ、対馬においても、藩主との三使臣会見問題で揉めた記憶が生々しいため、彼らへの通達を躊躇するうち、この日を迎えてしまったのだ。

城代土岐伊予守のうしろには、大坂東町奉行、西町奉行の二人が控えている。彼らは当然、朝鮮側が階下まで降りて来るものと考えているから、じっと動かない。

一方、朝鮮側は前例に従って、日本側が上って来るのを階上で待って、こちらも動かない。階下まで降りて迎えるのは、へり下ることを意味すると彼らは考えている。国王の使節が、大坂城代如きにそのようなへり下った態度を取ると、国威を損なうことになる。

時は刻々と過ぎてゆく。双方が事態の容易でないことに気づく。周章狼狽したのは、信使接待を全面的に幕府より仰せつかっている対馬藩重役たちである。江戸から信使奉行として出向き、藩主宗義方、真文役雨森たちと大坂で合流した対馬藩江戸家老平田直右衛門は、小声で雨森を詰問する。

「申し訳ございません。私が大使に話します」

雨森は答えて、趙泰億に近づく。

「趙大使、階下まで降りて、城代を迎えていただけないでしょうか。何卒《なにとぞ》……」

「……城代が上って来られるのを我々がこの階上で出迎える、というのが旧例だったのでは。突然の変更は余りにも無礼千万。我々は断じて降りることはできません！」

温厚な趙泰億がいつになく厳しい口調と態度で答えた。うしろにいる李礥が得たりとばかりにうなずく。

雨森の脇には、対馬・桟原城謁見のときと同じく克人が通訳として控えていた。彼は、雨森と趙のやりとりを聞き流す体で、さきほどからじっと階段ばかりみつめている。

雨森は自らの詰めの甘さに臍《ほぞ》をかむ思いをしながら、思案をめぐらせる。

なぜ事前に階の礼の変更を朝鮮側に伝え、了解を得ておかなかったのか。真文役の責任は重い。しかし、雨森の心中は複雑だ。新井の改革の中心にある敵礼という方針はよしとしても、その改変が思わぬ対立を招く可能性を孕んでいることは、当事者として充分予測していた。国王号問題にはじまって、すでに朝鮮側は、日本側の対応に不信と不満を募らせており、それが解消されないまま、胸底でくすぶりつづけていることは疑いない。

雨森は、趙泰億を説得するのは難しいかもしれぬ、しかし、事に臨めば、改変は改変として、大坂城代が独自の判断で階段を上って来てくれるだろう、という楽観的な考えを抱いてもいた。

趙にはねつけられた雨森は、急いで階段を降りて、大坂城代を説得しようとする。だが、土岐は頑なだった。御沙汰通りに、の一点張りである。

平田直右衛門も降りて来て、口添えする。

「このままでは隣好百年、東照宮さまが築かれた和も破れてしまいかねませぬ」

土岐は無言で、じろりと平田と雨森をにらんで、決して動こうとしなかった。

「朝鮮側がどうあっても降りないというのなら」

と東町奉行桑山甲斐守が口を挟んだ。

「我々の手で無理にも引きずり降ろしてはいかがです。警固の軍官どもが妨害するならからめ取ってしまいましょう」

平田と雨森は、逃げ場のない処に追い込まれた。

そのとき、階の上にいた克人が駆けおりてきて、二人の上司に向かって、

「階の段数は二十三あります」

その声は、土岐や二人の町奉行にも聞こえるように発せられた。雨森たちは怪訝《けげん》そうに克人をふり向く。

「僭越ながら、信使の皆様には今の位置から十一段降りていただきます。同時に、上使の方々には、そのまま十一段上っていただきます。と、そこで、つまり十一段目で双方が出会うことになります」

「よく思いついた。それなら敵礼に適《かな》う」

と土岐がうなずく。

雨森が克人を伴って階段を駆けのぼり、趙泰億にも同様の説明をする。趙はただちに任守幹、李邦彦、洪舜明に諮ると、即座に同意が得られた。

「私は反対です。姑息な折衷案というもので、我々が階を降りることに変わりはありません」

李礩が口角に泡を飛ばして反対する。洪舜明がやんわりとたしなめる口調で、

「製述官、よく考えてみましょう。私たちが国王の使いであるなら、大坂城代も日本国王の使い。おそらく位階も同等でしょう。対等の礼を尽くすのが良いとするなら、私たちが十一段降り、日本側が十一段上るというのは理にかなったことではありませんか。しかも、階段上で朝鮮側が一段上に立つことになる」

「いいえ、それは間違った認識です。そもそも我が朝鮮と倭国とは同等の関係ではないのですぞ。世界は華夷《かい》秩序によって成り立っている。もしこの秩序をないがしろにすれば、世界は崩壊してしまいます。中華に最も近いのが我が朝鮮、最も遠い国は……、序列は火をみるより明らかです」

「お黙りなさい、製述官」

趙泰億の口から、くぐもった叱責の声が発せられた。

雨森は、洪と李礩のやりとりを聞いていて、李がとなえる華夷秩序と、そこから導き出される日本に対する朝鮮の優越は理解できるが、それを外交に持ち出すことで双方の得になることは何もないではないか、と考えた。

突然、李礩が顔をしかめて、石畳にうずくまる。

三使はうなずき合うと、李礩を残して階段を降りはじめた。城代たちも階に足を掛ける。

双方はほとんど同時に十一段目に達して、向かい合う。揖譲《ゆうじょう》、すなわち両手を胸の

前で組み合わせて挨拶を交わすと、

「通信使ご一行の無事の大坂到着をお祝い申し上げます。このたびは遠路はるばる……」

と土岐伊予守が丁重な歓迎の辞を述べ、それに対して趙泰億は慇懃《いんぎん》に型通りの挨拶で応じた。

おや、と土岐が視線を上げ、石畳にうずくまっている李礩を指さした。

「おや、もうおひと方はどうされましたか？」

と土岐はたずねた。

「失礼して申し訳ない。彼は我が一行の製述官李礩と申す者ですが、ただいま、病いを得ておりまして、階を降りることが困難なのです」

「それはお気の毒だ。大坂にもいい医者がおりますゆえ、早速、手配いたしましょう。して、どのような患いでしょうか？」

趙は少しの間ためらい、口ごもったのち、込み上げる笑いをかみ殺すような表情で、

「痔疾……でありまして」

「それは……、命に差しつかえはございますまい。ご養生を」

と土岐はいった。

李礩の痔疾のおかげで、たちまち日朝双方に打ち解けた雰囲気が生まれた。

その夜、北御堂大餐庁で、城代主催の饗宴が開かれた。これには、大坂に蔵屋敷を持

つ八十藩の大名、又はその名代に加え、大坂らしく鴻池や加島屋といった豪商、文人らも多く招かれ、あちらこちらで筆談による交流の輪ができ、互いに漢字圏に属する幸運を分かち合った。

城代からは、李礥に、とくや恵比須堂の不思議膏《ふしぎこう》百袋が贈られた。李礥の日記を引く。

「夜、大餐庁にて饗宴。文人数人と筆談を交わす。なんでも大坂に流行《はや》るあやつり人形芝居の作者とか。主に男女の心中劇をものするという。余は、粗筋などを質せしも、内容、意図、分明ならず。男女が恋を成就するため共に死ぬとは、いかなる事態を指すのか、不可解至極。供された食膳、書きとどむるに足るものは何もない。

付記。城代より贈られし『不思議膏』の薬効おそるべし。痛み治まり、快適このうえなし」

翌朝、大坂出迎えの任を果たした対馬藩江戸家老平田直右衛門は、慌しく江戸へ戻って行った。

数日後、克人の部屋を洪舜明が訪れた。克人は、洪がついに「銀の道」一件を正面から問い質すために来たのか、という疑念に捉われ、緑茶でもてなそうとして、土瓶から急須に注ぐ湯をこぼしてしまった。

「あなたにこれを進呈しようと……」

と洪が包みを解く。克人は何かと息を詰めて待つ。取り出されたのは一冊の本で、表紙をひと目みるなり、克人はほっと胸を撫でおろすと同時に、小躍りしかねないほどの喜びを面に表した。

　明末の文人政治家張岱の『陶庵夢憶』。克人が「銀の道」で倒れ、丹陽の洪舜明の舎廊房で、医師崔白淳の治療を受けていたとき、洪の書見台でみかけて、胸をときめかせた本だ。

　洪は微笑を浮かべ、

「あなたが読んでいたのは、たしかこの頁でしたね」

といって、ぶ厚い綴じ本のまん中あたりを開き、さらに十数頁右に繰ると、指で軽く押さえて読誦《どくじゅ》する。

「砎園《かいえん》は、水によって園全体が盤拠《ばんきょ》されている。しかも水を十二分に活用していながら、たくみに配置してあるので、一見水は一つもないかのようである。……砎園はよく水を用いてついに水の力を得た、と人はほめたたえている」

　美しい漢語の発音が朗々とひびいた。

「この頁を読みふけっていたときのあなたの表情が忘れられない。やぶにらみの朴秀実が、あなたのことを漢詩文に造詣が深い、といかにもいまいましそうにいっていた。なにしろ彼は、わが一行の中で一番の変わり者、性格はねじくれて複雑怪奇、神出鬼没、いるはずのないところにいる。あなたも用心なさい。もとは純情な青年だったらしいが、科挙でしくじってああなった。私も若い頃、科挙の受験勉強をしていたとき、こんなことを続けていると頭が悪くなるんじゃないかと思ったことがある……」

「まさか！」

「本当です。その証拠に、李礩をみてご覧なさい。四書五経に通暁すればするほど、現実がみえなくなり、目の前のできごとを観念的にしか捉えられなくなる、彼はその生きた見本かもしれない。……まあ、そんなことを言いたいがために伺ったのではないのです。じつは、あなたに大坂のまち案内をお願いしたい」

通信使一行が客館の外へ出るとき、数人でグループを組み、日本人の通訳と警固隊員が随《つ》く。洪は他の通信使にわずらわされることなく、是非一人で大坂のまちを歩いてみたいと思い立った。その理由として、彼は次のように語った。

――九条の港からこの客館まで水上と陸を行進してきた。轎《かご》の中から覗いただけの、いわば馬上の花見だが、それでも大坂の繁栄ぶりはそれと知れる。滞在の日を重ねるうち、大坂が天下の台所、日本の富と知の集まるところといわれる所以《ゆえん》をこの目で確認したいという思いが募ってきた。

――なるほど、日本は中華の国から海を隔てて遠く、文字を持ったのも遅いかもしれぬが、ここまでの旅で、目で見、肌で感じたことは、まず気候がまことによろしいということ。緑多く、風光は明媚、物産も豊か、なにより土地も家も人々も清潔である。しかし、これらは表層的なことで、どうやらお国には、中国や我が朝鮮とは、おおもとで決定的に違う何かがあるような気がする。それは何なのだろう、という好奇心が湧いてきた。

さきに私は、日本は文字を持ったのが遅いと述べたが、九条口で川御座船に乗って淀川を遡《さかのぼ》りながら、船頭から、この国では読み書きができないと船頭になれないと聞いて大いに驚いた。

私の顔をみて、その船頭がいうには、この船の水夫たちだって、土手の向こうで田の草取りをしている百姓だって、読み書き・算盤《そろばん》ぐらいはできるとのこと。では、一体、彼らはそれをどこで習うのかと訊くと、あちこちに寺子屋というものがあり、さらに学びたい者には塾が用意されている。費用はいくらぐらいかかるのか？　みな只《ただ》ですよ、という答え。驚くべきことだ。

じつはきのう、ひとり無聊《ぶりよう》を慰めようと客館を抜け出し、ぶらりとまちに出て、面白い経験をした。いくつか違った店で、ちょっとした買物をしたのだが、店の者は何の掛け引きもしないし、釣銭は必ずきっちり返してくれる。そのあと運河の渡しに乗ってみた。五文なにがしだったので六文出して、船を降りてそのまま行こうとすると、うしろからお客さんと呼び止められ、何事かとふり返ると、おつり、おつり、といって追いかけてきた。

こういう律儀さ、正直さと、華美で派手な大坂の繁盛ぶりとは、一体どこでどうつながっているのか。そこを見極めたいのだ……。

こうして、克人は洪舜明から大坂案内を頼まれたが、克人自身、大坂は全くの不案内。

なにしろ二十年近く前、父に連れられて対馬へ帰る途中、夕方に着き一泊し、早朝すぐに出発しただけの大坂経験である。おぼろげに覚えているのは、宿の窓からみた大きな橋とお城の石垣だけだ。女中が、その橋を天満橋だと教えてくれた。……大坂城には天守閣はありまへん。太閤はんが建てはったのは、それはそれは大層な黒塗りの天守閣で、空に向かってそびえとったそうやがなあ。

洪舜明の話を聞くうち、克人にも大坂のまちに対する強い興味が湧き上がってきた。

大坂には、毎年全国から二百万石の米が集まってきて、取引きされている。米だけでなく、小麦、酒、薬種・薬剤、木綿、紙、砂糖、菜種、染物、たばこ、塗料、漆などの取扱い量は全国一だし、金、銀、銅、鉄といった鉱産物の加工や造船などの工業も盛んだった。

米は現物だけでなく、来年の米の取引き――これを先物取引きというそうだ――まで行われている。寺子屋や塾の数は江戸より多く、学問の水準も江戸をはるかにしのぐと評判だ。

こうしたことを耳にしている克人は、案内を頼みたいのは、むしろ自分自身のほうだ、と思った。

克人はしばらく思案ののち、妙案が浮かんだので立ち上がった。

「承知しました。私自身は大坂のまちには不案内ですが、ちょうどいい人物がおります。唐金屋と申して、対馬で一、二を争う商人で、京都、江戸、大坂に支店を持ち、現在、大坂店におります。私は、今日、これから彼をたずねてゆくので、一緒にまいりましょう」

対馬で、篠原小百合と結納を交わした日、大坂に先発するという唐金屋を庭まで追っていって打ち合わせたのは、この日の訪問の件だった。李順之に提供しなければならない日本銀の情報収集について、唐金屋の協力を得るためだ。唐金屋は、克人が江戸家老平田の指令で動いていることは承知している。しかし、李順之の存在は平田も彼も知らない。

克人と洪舜明は北御堂客館を出た。山門をくぐり、二十三段の階を並んで降りる。どちらからともなく十一段目で立ち止まって、到着の日の出来事を思い出し、顔を見合わせた。

平野町の唐金屋と言えば、誰知らぬ者もない大店の一つ。二人は御堂筋を横切って備後町を東に進み、四本目の筋を左折して丼池筋《どぶいけすじ》を北に向かう。

歩きながら、克人は自分の結婚について話そうとした。……私は今回の旅が終わったら祝言を挙げる予定だが、その媒酌人を唐金屋が引き受けてくれた……、と喉もとまで出かかった。

だが、そのとき、鞆ノ浦の船の上で、リョンハンがいった言葉が脳裡を横切った。

……わたし、今度の旅は終わらないような気がするのよ。なぜだか分からないけど……。

克人は口をつぐみ、そのままひと言も発せず歩きつづけた。唐金屋の看板がみえてきた。

唐金屋は仲間寄合所に出かけていたが、使用人の一人が、すぐ近くですから、と呼びに行った。

克人が初対面の二人を紹介する。

「これはこれは従事官さま。わざわざのお運び、誠に恐縮。貴国のおかげで、私どもは人参、白糸をはじめ、良い商いをさせていただいております。ほんとうによくお越し下さいました」

といって唐金屋は、客や使用人が算盤をはじき、相場の情報を交換しあう広い帳場とは中庭を挟んだ奥の座敷に二人を招じ入れた。それから、しばらくお待ち下さい、と急いで店の者に何か申し付けるために席を立つ。そのあとを追いかけて、克人は渡り廊下で、立ったまま、日本銀についての情報収集の依頼をする。――ここ五年間の月毎の銀産出量、銀相場の変動、石見《いわみ》銀山の銀埋蔵量、銀山を持つ藩ごとの開発状況などである。それも可能な限り具体的な数字を挙げて。

克人が通信使一行と共に江戸から大坂にもどるまでに、その報告書を作成しておいてほしい。

「阿比留さま、一体何にお使いになるのですか？　銀に関する情報については相当に厳しい幕府の統制があります。むろん、ご依頼にお応えできないわけではありませんが……」

「何も訊かないで下さい。この依頼はあくまで私の一存で行っていることで、雨森さまとは何の関わりもありません」

　克人の目に燃えるような真摯な光が宿る。その視線を正面から受け止めた唐金屋は唇をきっと結んで、しばらく沈黙を守っていたが、

「このたびのご依頼は対馬藩を利するための深謀遠慮から出たものと推察いたします。これ以上は何も訊きますまい」

　忝《かたじけな》い、と克人は頭を下げ、続いて洪舜明の依頼について説明したあと、天下の台所、大坂ならではの場所を案内してもらえないかと打診する。

　唐金屋はしばらく思案ののち、

「それならばやはり堂島でしょうか。堂島の米市場……」

「そこで、先物取引きのようすなど見ることができますか？」

　唐金屋はうなずいたあと、声をひそめていった。

「きのう、道修町で聞いた話ですが、薬種問屋の鵙屋《もずや》さんに、相当量の高麗人参が持ち込まれた。それも普段の取引きではめったにお目にかかれない高級品で、持ち込んだのはどうやら通信使一行の随員らしい……」

　唐金屋は廊下を帳場のほうへ向かって歩きながら、いっそう声をひそめた。

「……というのも、その男の日本語が少し不自然でしたから、朝鮮人か漢人に違いない、

と。容貌は眇で猫背。これほどの超高級品が六十本とまとまった単位で持ち込まれるのは珍しい。鵙屋さんは即決、言い値で買い取ったということですよ。しかし、事が露見すると、薬種改めでお咎めをこうむりますから、ただちに加賀前田様のお屋敷にお届けした。前田様なら幕府も見て見ぬふりでしょうからね」

……少し不自然な日本語、眇で猫背とくれば、考えるまでもない。

「おそらくそれは、将軍様献上用の人参船から持ち出されたものだと思います」

克人はそれだけ言うと、口を噤《つぐ》んだ。洪舜明にもこの件は言わないつもりだ。これはあくまで通信使一行内部の問題である。いずれ露見せずにはすまないだろうが、そのとき、柳成一は朴秀実に対して、どのような処断を下すだろうか。

「では、私は出掛ける準備をしてまいりますから、阿比留様は洪舜明様のほうへ」

克人は急いで奥座敷に戻った。

「どうやら唐金屋さんは大繁盛で、大忙しのご様子。そんなときに勝手なお願いなどして心苦しい。……それにしても、この菓子の美味なこと！」

克人が席をはずしているあいだに、女中が抹茶と虎屋の饅頭を出していた。克人も食べてみて、

「旨いことを頬っぺたが落ちるようといいますが、これはまさにそんな表現がぴったりです」

といって、頬っぺたが落ちるを朝鮮語に直訳してみせた。

「なるほど。じつにうまいことをいう」

虎屋の正式な店名は虎屋大和大掾《だいじょう》藤原伊織、高麗橋三丁目に店を構えている。京都の「塩瀬」の製法を習った伊織が、大坂に店を開いたのは元禄十五年（一七〇二）。皮は最上質の小麦粉、赤小豆は泉州日根野《ひねの》の大粒の「大納言」、砂糖は上白、水は栴檀木《せんだんのき》橋《ばし》北詰の湧き水、竈の薪は柞《いす》の木のみで焚く。

虎屋の饅頭は日持ちがして、皮が硬くなっても蒸すとたちまちでき上がったばかりの風味を出す、と大坂はもちろん、遠国から来た人も必ずみやげに買って帰った。

唐金屋が戻ってきて、

「お待たせしました。それでは堂島の米会所《こめかいしょ》にご案内致しましょう。取引きは辰の五つ（午前八時）から未の八つ（午後二時）までです。午前は正米《しょうまい》の、つまり現物米の取引きが主で、午後に入って先物の立会いが始まりますから……、いまは午の刻過ぎ、先物の立会い見物にはちょうどようございます」

三人は店の中を足早に通り抜ける。

「いってらっしゃいませ！」

番頭をはじめ十数人の使用人たちが、前垂れを取って、主人たちを送り出した。

大坂のまちの中心部は、東西を東横堀川と西横堀川に、南北を大川（土佐堀川・堂島川）と道頓堀川に囲まれたほぼ三キロ四方の方形の中に納まっている。人口は周辺部を合わせて約四十万人。江戸とほぼ同じだが、武士の数はごく僅少で、ほとんどが町人で占められていた。江戸の人口構成が男優位なのに較べ、大坂の男女比はほぼ拮抗《むかで》する。

まちは、縦横に走る三、四間幅の道路で碁盤目状に区切られている。運河が百足のように延びているから小橋が多い。

東西の道を「町《まち》」、南北の道を「筋《すじ》」と呼ぶ。本町、安土町、備後町、淡路町、平野町、道修町、伏見町、そして御霊《ごりよう》筋、御堂筋、心斎橋筋、井池筋、堺筋の如く。

晴れの日は、たいてい瀬戸内の地溝を吹いてくる西風が、海から上って町を抜け、東の上町《うえまち》台地を越えてゆく。暮らしは風の流れに従う、といわれるように、大坂人は東西の軸を大切にした。加えて、上町台地には大坂城があり、城に向かう東西の道、「町」が自ずと幹線となり、南北の「筋」は従となった。「町」の商店はみな大廈《たいか》で、格式ある大店が多く、「筋」の家並みは小さく雑然としていた。

克人たちは井池筋を北上する。

「できたら、心斎橋筋を歩いてみたいのですが」

と克人が唐金屋に呼びかけた。

「書肆《しよし》がたくさん集まっていると聞いている」

「それは是非、私も」

洪舜明が目を輝かせる。

「心斎橋筋は西隣の筋ですからすぐです」

唐金屋は指で示しながら左に折れ、十数間進むと右に曲がった。と、克人の目にとび込んできたのは、大小の書店がびっしりと軒を連ね、本を漁《あさ》る老若男女が道をふさいでいる光景だった。

人いきれと本の匂いが息苦しいほど濃厚に立ちこめている。

これは驚いた、と洪舜明が立ち止まった。

「漢籍、朝鮮の撰集もすべて揃っている。新刊書の店、古書店あわせて百軒近くあるのではないか。漢城、北京の書肆街もこれほどではない」

「『陶庵夢憶』は、さすがにないでしょうね」

克人は、とある店先の棚の前に立つと、真剣な目で掘出し物を物色しはじめる。

「おや、あの人だかりは？」

洪舜明が指さした。

廂の深い書店の前に、三十人ほどの行列ができていた。軒柱に一枚の大きな貼紙がしてある。

「井原西鶴『日本永代蔵《にっぽんえいたいぐら》』重版出来《でき》！」

唐金屋が大きくうなずいて、

「もう亡くなりましたが、大坂を代表する浮世草子《うきよぞうし》作者です。『好色一代男』や『好色五人女』といった好色物で人気を博しましたが、いっぽうで大坂のまちの風俗と商人・町人の生きざまを描いた物語もなかなか面白い。この『日本永代蔵』の他に、『世間胸算用』『西鶴織留《おりどめ》』といったものもあります」

　克人が知っているのは、井原西鶴という名前だけである。

「唐金屋さんは読んだことがあるんですね」

「はい。じつは、『日本永代蔵』には私が登場します」

「ほんとうですか？」

　唐金屋は軽快な笑い声を上げて、

「唐金屋という大坂人が大活躍、海運と米のたてり商いで大儲けする話です。じつは、この商いを始めるに当たって、登場人物の強運にあやかりたいものと無断で屋号に頂戴したのです」

　克人が通訳すると、洪も軽快な笑い声を上げた。

「……たてり商いとは？」

　と克人がたずねた。

「先物のことをそういうのです。詳しくはまたのちほどに……」

　洪が口を挟んだ。

「その物語を読んでみたいものです。阿比留、あなたが朝鮮語に翻訳してみては……。日本の社会の仕組みや日本人の生活ぶりがよく分かるかもしれないね、唐金屋さん」

「さようでございますね。立会いの時間が迫っております。急ぎませんと……」

　三人は足早に心斎橋を抜け、北浜・大川町に出た。

唐金屋は立ち止まることなく、大坂案内をつづける。

「このあたりは豪商の店が多い。右手が鴻池、左手奥に加島屋と升屋の大瓦屋根がみえます。豪商ばかりでなく、塾もまた道修町と並んでたくさんあります。寺子屋となるともう至るところに」

「寺小屋も塾も授業料は要らないと聞いたのですが？」

洪舜明がたずねると、

「みんな只というわけではありませんが、篤志家の醵金《きょきん》で経営しているところが多いですね」

土佐堀川を淀屋橋で渡って、中之島へ。川にそって宏壮な大名の蔵屋敷が建ち並ぶ。みな立派な船入りと白壁の倉庫を持っている。

堂島川を大江橋で渡る。

「着きました。堂島米会所です」

と唐金屋が克人と洪舜明をふり返った。

大きな門構えの二層の建物が正面にみえた。芝居小屋のように拍子木がさかんに鳴っている。門前の休憩所で待機していた男たちが我がちに、肩で相手を牽制しながら入ってゆく。三百人は下らない。

「みんな、米の仲買人ですよ」

唐金屋がいった。

正面入口には検分台があって、仲買人が鑑札を見せて入ってゆく。若い男がひとり、鑑札を忘れたが何とかお目こぼしをと頼んだが、乱暴につまみ出されてしまった。唐金屋は木戸御免である。

建物の中は天井の高い広土間で、前方に櫓を組んで台をつくっている。高場《たかば》と呼ばれる。

いま、高場に紋付羽織袴姿の五人の男がのぼって着座する。彼らが立会いを仕切る米《こめ》方《かた》年行司である。そのうしろには、大きな黒塗りの板が二枚、立て掛けられていた。

高場を劇場の舞台にみたてると、観客席に当たる部分が立会い場で、左右の壁ぎわを柵格子で囲って桟敷のようなものをつくり、ここに仲買人が集まった。みな立ったままである。彼らは立会い開始を待ちながら、情報交換に余念がない。

唐金屋は、入口近くで、通りかかったたっつけ袴の男を呼び止め、何か耳打ちすると、彼は克人たちを高場のそばへ案内した。そこは高場よりは低いが、広間より四、五尺高くしつらえられた見物席で、場内を見渡すことができる。町奉行、大名やその名代などが参観のときは、ここに案内される。このことからも、克人には、大坂における唐金屋の威光と信頼が推して測られた。

拍子木が速い調子で鳴りひびいた。後場《ごば》の開始だ。左右の仲買席から、仲買人たちが続々と中央の立会い場に出てくる。

高場にいた米方年行司の一人が立ち上がって、能役者のような摺り足の動きで黒板の

ほうへ向かう。場内が水を打ったように静まり返った。行司が右側の黒板に、

「七月一日　後場寄付《よりつき》　買い　六十五匁」

と書く。場内からいっせいにどよめきが上がり、数字を読み上げる声がとび交い、指に挟んだ白い米切手が蝶のように舞う。

洪舜明がけげんそうな様子でたずねた。

「米はいったいどこにあるのですか？」

「米はここには一粒もありませんよ」

唐金屋が微笑を浮かべ、おっとりとした調子で答える。

当時、全国の年貢米生産量は二千七百万石（四百五万トン）にのぼった。そのうち約五百万石（七十五万トン）が市場に出た。幕藩領主は財政を支えるため、換金性にすぐれた米を大坂へ廻漕して売却する。これを大坂登米《のぼりまい》といい、その量は年間二百万石（三十万トン）に達した。

諸藩は、米の販売機関として大坂の運河ぞいにこぞって蔵屋敷を設けた。

この蔵米《くらまい》を町人に入札させ、市場で販売するための取引所が米会所である。ここでの米価が全国の基準となった。はじめ北浜にあったが、元禄十年（一六九七）に今の堂島船大工町に移った。

堂島米会所は幕府から公許されたものではないが、四、五百人にのぼる米仲買人によって運営されていた。彼らのほとんどは堂島浜――川沿いの地を江戸では河岸《かし》、大坂で

は浜《はま》と呼ぶ――十五町に住み、大坂登米の入札、売買、蔵出しから輸送業務に携わった。これを総称して堂島浜方という。

彼らは選挙で米方年行司五人を決め、行司は厳格な規則によって米方会所を経営するとともに、堂島浜方全員を公私両面にわたって指導し、取締まった。堂島十五町は、米仲買人たちによって自然発生的に形成されたが、時と共に整備されて、いまのような自治性の高い町となった。

後場の立会いがはじまって一時ほどたつ。米方年行司によって、最初に高場の右の黒板に記された「七月一日　後場寄付　買い　六十五匁」、左の黒板の「売り　七十匁」の数字が次々と書き替えられてゆく。そのたびに、ため息とも歓声ともつかないどよめきが上がる。買い手と売り手の間を仲買人たちが走り書きした紙片や米切手をかざして走り回る。時に怒声が飛び交う。

「いったい、いま、ここで何が行われているのですか?」

洪舜明が唐金星にたずねた。

「先の、『日本永代蔵』に出てきたたてり商いですよ。たてりというのは、現物を扱わずに立ったままで売買する、いわゆる空米《からまい》相場のことですが、いま行われているのがまさにそれで、一カ月後、二カ月後、三カ月後に入荷する米を売ったり買ったりする。先物取引とはこのことを意味します」

「三カ月先の米価なんて予測がつかないじゃないですか。なぜそんな奇妙な売買契約を結ぶんでしょう?」

洪がいぶかしげに眉間を寄せる。しばらく彼と唐金屋の問答がつづく。

「市場とは、いまお米を必要としている人のもとに、いかに適正な値段で、必要な量を届けるか、そのために機能するものではありませんか」

と洪舜明は問いかけた。

「仰せのとおり。しかし、商品経済は、それだけではない、違った側面もまた持ち合わせています。例えば、いまここで商いに加わっている仲買人の中には、本物の米俵を商いしたことがない者がいてもおかしくありません」

と唐金屋は応じた。

「それはいったいどういうことですか?」

「先ほど疑問に思われたように、全国一の米市場であるこの堂島米会所には現物の米は一粒だってありません。じつは、ここでの米とは、単なる符牒、記号に過ぎないのです」

唐金屋の声が、仲買人席と立会い場から上がる喚声に掻き消されることがある。

「……ここでは米という文字と現実のコメを切り離して、符牒、記号だけで商いをする、いわば架空のコメの売り買いをしています。帳面の上だけで商いをして、儲けたり損をしたりする世界なのです。だから帳合《ちょうあい》米取引きとも呼ばれます」

唐金屋の言葉は、克人の通訳を通じて洪舜明にもたらされる。しかし、洪にはまるで理解できない世界である。克人の訳し方が拙《まず》いのだろうか。だが、彼の朝鮮語の能力を疑うことはできない。

克人はつぶやいた。……架空のコメの売り買いだって？　まるで雲をつかむような話だ。

彼自身、未知の世界を前にしていたのだ。

「もう少し具体的に説明してもらえないでしょうか、唐金屋さん」

唐金屋は、しばらく腕組みして沈思黙考の体だったが、やがて顔を上げ、高場のほうを指さして、

「左右の黒板をご覧下さい。……おや、兵藤さん」

通りかかった羽織袴の老人を呼び止めた。

「お手すきでしたらちょっとこちらへ」

「これは唐金屋さん。お客様をご案内ですか……、ひょっとして、こちらのお方は朝鮮通信使のご一行では？」

「その通りですよ。従事官の洪舜明さまでです。いま、たてり商いの説明をさせていただいたのですが、私には任が重すぎます。兵藤さん、どうかひとつ具体例でご説明願えないものでしょうか」

頭は禿げ上がって、僅かに残った髪で辛うじて小さな丁髷《ちょんまげ》を後頭部にのせたこの老人が、堂島米方年行司筆頭、会所守《かいしょもり》の兵藤十作だった。

会所守の兵藤が唐金屋の求めに応じて、摺り足で見物人席に入ってきた。克人は、高場における行司たちの立居振る舞いと考え合わせて、行司役はみなお面をかぶっていないだけの能役者のようにみえてきた。そういえば、兵藤の話し方は謡いに似ている。

「左様でございますな、たとえば渋さまが……」

小柄で弱々しい老人だが、声は朗々としている。

「渋さまが、午前の正米先物の前引《ぜんび》けで、今日は七月一日でございますから、四カ月後の十一月一日に売るための米一石分（約百五十キロ）の米切手を、六十五匁で買ったとします。これがそうです」

と兵藤はまるで手品師のようにどこからともなく上質の腰のしっかりした紙片を取り出した。

「今年は空梅雨《からつゆ》で、秋の収穫が懸念されておりまして、先物相場も去年の同時期より五～六匁高くなっております。……さて、先ほど後場の立会いが始まりまして、いまがその真っ最中なのですが、私どもはこれをたてり商いまたはつめ返し取引きと呼んでおります。これは午前の正米取引きと違って、現物の米のやりとりはいっさいありません。動くのは金のみです。上をご覧下さい。右の黒板には先ほどの後場寄り六十五匁と出ておりましたね」

と兵藤は、またもどこからともなく二つ折にした四寸四方の紙片を取り出した。

「これがたてり商いの米切手です」

洪と克人は、会所守が示す米切手をじっと覗き込む。しかし、読み取れるのは日付けと左下の大きな朱の角印ぐらいで、黒々と草書体で墨書された文字は判読できない。

「これは、かりに米一石を現在の相場、つまり七月一日の後場寄りの米価である六十五匁で売る、それと同時に、十一月一日の相場で買い戻す、ということを約束した契約書、米切手なのです」

克人はちんぷんかんぷんのまま、兵藤の謡うような言葉を朝鮮語に翻訳して洪舜明に伝える。

洪がふうっと小さなため息をもらした。

会所守はつづける。

「さて、その十一月一日がやって来たといたします。ところが、不作だろうとの予測がはずれ、思いの外、豊作だったと致しましょう。相場はなんと六十匁に下落していました。さて、こちらの米切手ですが……」

と兵藤は右手に持った紙片をかざした。午前の正米先物の米切手である。

兵藤の声がつづく。

「正米先物のほうは、十一月一日に売る米一石を、すでに七月一日に六十五匁で買ってしまっているわけですから……、洪さま、どうなるとお思いですか？」

「損をします。六十五匁の米を六十匁で売らなければならない。五匁の損です」

洪舜明は、まるで本当に自分が損をしたかのように肩を落とした。兵藤はうなずき、

微笑んで、

「がっかりされるのはまだ早過ぎますよ」

と左手に持った紙片をかざす。

「たてりの米切手です。どんな契約だったのか覚えておいでですか？」

口ごもる洪に代わって克人が答える。

「七月一日に、米一石を当日の相場で売る。それから、十一月一日の相場で買い戻す」

「その通りです。六十五匁で売って、六十匁で買い戻す。差し引き五匁の儲けになるでしょう」

そうか！　と洪が手を打ち鳴らした。

「午前に、五匁損をして、午後に、五匁儲ける。差し引き損得なしだ」

「では、逆に、もし十一月一日の相場が予想より上がった場合は？」

今度は、克人が目をかがやかせて、

「例えば、八十匁に上がっていたとすると、正米取引きでは、七月一日に六十五匁で買った米を十一月一日に八十匁で売ることができる。十五匁の儲けですね。しかし、たてりのほうは……、六十五匁で売った米を八十匁で買い戻さなければならない。十五匁の損だが、現物取引きでは十五匁の利益を上げているから、差し引き損得なし」

「ご名答！　このようにして、現物取引きとたてり商いを組み合わせることで、一方の損を一方の取引きで埋め合わせて、安全をはかるのです。しかし、なかにはたてりだけをやる仲買いもおります。なにしろ二匁五分の証拠金を積むだけで、米百石分のたてり、商いが出来る仕組みなのですから、度胸だけを元手に大量の取引きが可能で、莫大な利益が得られる」

　いま、克人が目の当りにしているのは、喧噪と符牒にみち、人間の営みの中でも最も金銭欲と競争心が剝《む》きだしになった殺伐とした光景のはずなのに、兵藤や高場の米方年行司たちの振る舞いをみていると、まるで能の幽玄の世界に迷い込んだような気がしてくるのがふしぎだった。これは一体何なのだろう？

　兵藤十作の謡うような説明がつづく。

「空売り空買いの帳合米取引きと、それを生業《なりわい》とする仲買人を博徒のようなものだ、人倫に悖《もと》ると非難する向きも多うございますが、私は帳合米取引き必要論者です。帳合米取引きは、正米取引きから派生して、これを補完する仕組み。投機がなければ、現物の価格変動で打撃を受けるのを避けることができません。また、実需取引きだけではできない大商いを成立させ、経済活動を活性化させるという利点もございます」

　耳を傾ける洪舜明の顔に戸惑いの表情が浮かぶ。唐金屋が口を挟んだ。

「じつは、兵藤さんはかつてたてりの神さまと呼ばれた仲買人だったんですよ」

「いや、その話はおやめ下され」

と指でなけなしの丁髷をつまんで、小柄な体をいっそう縮めるようにする。唐金屋は委細かまわずつづけた。

「もう十五、六年前になりますかね。あの頃、あなたは闕所《けっしょ》・所払《ところばら》いになる前の淀屋さんの筆頭仲買人をやっておられた。ほら、あなたは七月一日の時点で、八月一日から十月三十一日までの毎日の米相場をすべて予測して、ことごとく的中させたじゃありませんか。私がまだ『北前船《きたまえぶね》』の使い走りにすぎなかった頃のことですが、それはもう大坂じゅうがでんぐり返るような大騒ぎ……」

洪舜明が何か聞きまちがえたのではないかと克人に確認する。

「八月一日から十月末までの毎日の米相場を予測し、当てたとおっしゃるのか？　そんな奇妙な、いや破天荒なことがどうしてできるのです？」

兵藤はしきりに丁髷をいじって、何だかばつが悪そうに俯《うつむ》き、できれば即刻この場から逃げだしたいという様子だ。唐金屋が促す。

「いい機会だ、私も一度、伺ってみたいと思っていたんです。兵藤さん、どうか教えて差し上げて下さいな、その秘法を」

唐金屋、洪、克人の三人はまるで詰め寄るように老人をみつめた。兵藤は、観念したというふうに羽織の紐を結び直して、

「……秘法なんてもんではありまへん。算術です。まず、過去十年間の、八月から十月までの全国の米の生産量と主要藩別の生産量、市場出廻り米と大坂登米取扱い量、各日の火縄値段、終値《おわりね》のことですな、それからやはり各日の天候の記録などをもとに統計を取ります」

世界だった。

兵藤がくり広げたのは、統計から確率を導き出して予測するという古典的な確率論の世界だった。

兵藤十作は、紀州、粉河《こかわ》寺で有名な粉河の出身で、幼少の頃から恐ろしいほど物覚えがよかった。寺子屋の教導が和算の大家関孝和《せきたかかず》の門弟の一人だった人物で、少年の兵藤を「点竄術《てんざんじゅつ》」、つまり代数の世界まで連れて行った。淀屋に丁稚奉公に入ってからも数学の勉強を怠らず、未知数を消去する方法「伏題《ふくだい》」――西洋の行列式に該当するが、この方法の発明は世界のさきがけである――、さらに円の計算の研究「円理《えんり》」――微積分学に相当――などにも通暁するようになった。やがて、兵藤十作の名は大坂や江戸の和算家の間でも大いに知られるようになる。しかし、このことは、かつての彼の主人で、豪奢な生活と豪勢な家屋敷の度が過ぎて幕府の忌諱《きい》に触れ、闕所・所払いを命ぜられた淀屋辰五郎も、現在の堂島十五町の米仲買人たちも与り知らぬことである。

数学の知識のない洪舜明だが、こうつぶやいた。……なんと奇妙なことを！　この風采の上がらない男の禿頭の中に、なんという破天荒な世界が広がっていることか！　過去十年間の八月から十月までの相場の値動き、毎日の天候の記録をもとに統計を取り、これから起きる事を予測する……、そんな話、清でも朝鮮でも聞いたことがない。よし、この男にどのようなことができるのか試してみよう。

「会所守どのにおたずねする。人参についてですが、よろしいかな?」

兵藤がうなずく。

「五年前に、我が国が日本に売った人参の量は？　我が国が受け取った銀の代金はいかほどか？」

「上・並人参千三百十五斤、小人参十八斤、尾人参六百十二斤、合計千九百四十五斤（一一六七キロ）、金額は銀千六百十五貫五百匁となります」

洪、克人、唐金屋は共に目をまるくした。

さらに兵藤は、昨年の人参の輸入総量と代価も口にした。これについては、洪舜明も唐金屋も直近のことだからおおよその数字を覚えていて、兵藤の記憶の正確さを裏付けることができた。

洪はさらにたずねた。

「私たちは船で淀川を遡って京へ向かいます。京から江戸まで約百二十五里と聞いておりますが、江戸に着くのは何日後になるでしょうか？」

兵藤は瞬きをひとつして答えた。

「はい。仮りに一日、八・二里の速度で進むといたします。朝辰の刻五つ（午前八時）に出発して四時間歩き、午九つ（正午）から二時間休憩して、再び四時間歩いて酉の刻六つ（午後六時）に宿に入るとして、順調にゆけば、京を発って十六日目の朝巳の刻（午前十時）前に、品川宿に着きますでしょう。もし天候不順のために、一日半分の行程、つまり四・一里しか進めない日が五日間あるとすると、品川宿に到着しますのは……」

ここには、洪がこれまで知っていた世界とはまるで異なるもうひとつの世界がある。架空の取引きが、巨額の金を動かしているとなると……。洪は言い知れぬ不安を覚えた。再びこの国が、思いもよらぬ手段で我が国を蹂躙《じゅうりん》する時が来るかもしれない。

「まあ、ひょっとして、朝鮮通信使の偉いお方やありまへんか？」

女の声で、洪はもの思いから引き戻された。

「これは鴻池さまの嬢《いと》はん！」

唐金屋がかしこまる。

あでやかな振袖の娘が、付き添いの中年女とともに見物席に入ってきた。

「ご免下さい、うちも立会いがみとうてまいりましてん。そしたら、朝鮮の方がおらはる。大きな立派なお帽子をかぶってはりますなァ。お種、色紙あれへんか。漢詩、書いてもらうねん。……白髪三千丈……とか」

「嬢はん、そんな無理いわんときよし。そんなんすぐご用意できしまへんがな」

「いけずいわんと、家へ取りに行っておいでぇな」

大引けが近い。たっつけ袴の男が高場の軒に火縄を吊した。立会い場、仲買席の目がいっせいに、一寸ぐらいしかない短い火縄に注がれる。

唐金屋が退散のしおどきとみて、

「いま火縄に火がつけられます。燃え尽きた時点で取引きは終了です。この時の値段を、さきほど兵藤さんがいっていた火縄値段と申しまして、本日の終値であり、明日の寄り付きの始値となるのです。いっぽう北浜にある金《きん》相場会所では、立会いの終了は拍子木を打って知らせるのですが、それでもなおやめない時は水をかけてやめさせます。さて、火も燃え尽きたようです。そろそろ参りましょうか。兵藤さん、どうもありがとう」

もういかはんのん？　という嬢はんの声を尻目に外に出ると、強い夏の日ざしが待っていた。

天満宮にお詣りしたあと、天満《てんま》橋の上から大川に浮かんだ何百隻もの川船の往来を眺める。

大坂は出船千艘、入船千艘、日本国中の船が出入りする。「水の都」と呼ばれるにふさわしい。

北前船、樽廻船《たるかいせん》、菱垣廻船《ひがきかいせん》などの外航船の母港であり、京・大坂を結ぶ淀川には、過《か》書船《しょぶね》、伏見船、淀船と呼ばれる川船が何千隻と上り下りした。

「いま、京の伏見からの船が着いたところです」

と唐金屋が天満橋の南のたもとを指さす。

着飾った男女がにぎやかに船からおり立つ。

「京から大坂見物に繰り出した人たちです。しゃれのめした男衆《おとこし》が十五、六人、いま別の船から雁木《がんぎ》にとびおりたでしょう。連中は、まちがいのう島原帰りですな」

「島原帰り？」

克人が橋の欄干に両肱を突いて、次々と着く船からおり立ち、また京都に向けて発ってゆく人々のにぎわいをながめながら問い返した。

「日本一の遊廓ですよ。大坂に新町、江戸に吉原がありますが、何といっても京島原。大坂の商人《あきんど》は、大坂で儲けて島原で豪遊するのが夢なのです」

「京は遠いでしょう?」

「淀船に乗って、上りが一日、下りが半日。二日間、商いを休めばたっぷりたのしめます」

といったような会話を天満橋の上で交わしたあと、大坂城までそぞろに歩く。洪舜明は、巨石からなる石垣や二の丸、西の丸を複雑な思いで見上げた。憎っくき秀吉、天守閣が焼け落ちて、いまはないのがせめてもの救いか。しかし、この大坂の繁栄のもとを築いたのも同じ人物なのだ。洪の心中はより複雑さを増す。

日が傾き、夕餉《ゆうげ》は唐金屋の招待となったが、洪の懇請で、使いをやって兵藤を呼び出した。

克人は、兵藤が跳びはねるような足取りで、淀屋橋を渡ってこちらに近づいて来る姿をみて、あの摺り足は、やはり米会所の中だけの儀式的な振る舞いであったことを知った。

四人は、唐金屋のひいきの「ひご橋たいぢ」でハリハリ鍋を囲んだ。洪と克人は、鯨を食べるのははじめてである。おっかなびっくりで箸を持ったが、ひと口食べて、洪が、

「頬っぺたが落ちそうです」

と覚えたての日本語を口にしたので、大笑いになった。謹厳な人物にみえた兵藤が鯨飲して、尻端折りに手拭いの頬かむりで、どじょう掬《すく》いを披露するに及んで宴は酣《たけなわ》となった。

唐金屋が虎屋の饅頭を手みやげに持たせてくれた。克人は、彼の商人らしい気配りと手回しの良さに感心した。例の件はくれぐれも宜しく、と克人はいって、別れた。

愉快な時を過ごしたにもかかわらず、北御堂への帰路、洪舜明が急に黙りがちになった。

克人が測ることのできない洪の心中には、以下のようなことが去来していた。

……きょう、米会所で体験したこと、兵藤十作に導かれて垣間見た奇妙な世界については、決して口外しないでおこう。

……海を隔ててはいるが、ほんのすぐそばの隣国で、清や朝鮮の人々の思いも及ばない事態が出来《しゅったい》している。積極的に取り入れようとは思わないが、とんでもない世界を覗き見てしまった。

わが朝鮮は、儒教の教えで国を支え律しているが、それとは全く異質の思想がこの国で生まれ、深く根付いている。数字にもとづいて符牒を操り、巨額の金銭を動かすという方法が発明され、それを体現した人間が商品経済の中心にいる。このことは、我が国や大陸の将来に暗い影を投げかけてくるような気がしてならない……。

3

椎名が八号を対馬に向けて飛ばしたのは、昼過ぎのことだった。

彼が、鳩の足に錫管《すずかん》を巻きつけて放つまでの一部始終を、遠眼鏡でみていた男がいた。

むろん、柳成一が鳩の帰巣本能について知るわけもなかったが、椎名が鳩をどうやら通信手段として使っているらしいと想像することはできた。鳩が椎名の手を離れ、舞い上がって風の流れに乗り、小さな点となって、やがて西の空に消えてゆくまでを遠眼鏡で追いながら、目的地は対馬だな、と柳はつぶやく。

夜に入って、対馬藩随行員宿舎の廊下に、大きな、乱れた足音がひびいた。

「克人《クギン》、克人はどこですか？」

テウンの声が近づいてくる。ここだ！　と克人は立ち上がって、戸を開けた。

「どうした？」

椎名が手燭を持ってきて、戸口を照らす。

「リョンハンが軍官の奴らに殺される！」

克人は早くも廊下に走り出ていた。

「克人、刀を持て」

と椎名がいう。

「テウン、どこだ、案内しろ。走りながら話せ」

「朝鮮人宿舎三号棟の庭です」

克人は裸足のまま飛び出すと、玉砂利をきしませて走った。テウンが息を切らしながら事のあらましを語る。

――出発に備え、今日、午前中に朝鮮国王から将軍へ贈られる献上品改めがあった。それらは、北御堂の巨大な倉庫に納められている。朝鮮馬、鷹、白糸、高麗青磁・李朝白磁と染付など、改めは順調に進んで、最後に人参まで来たとき、入庫時の数量と合わないことが判明した。

国王粛宗から六代将軍家宣に贈られる高麗人参は選りすぐりの極上品ばかり千本、それを百本ずつ桐の箱に入れてある。桐箱は十個揃っていたが、そのうちの幾箱かが数本ずつ足りない。

献上品の紛失、損耗は重罪とされる。ただちに軍官による極秘の捜査がはじまった。幹部をのぞく朝鮮人随行員の持物検査が行われた。

すると、リョンハンの柳行李から人参のかけらが出てきた。人参方の調べによって、献上用の人参の一部であることが分かった。リョンハンは潔白を訴えたが引っ立てられ、笞《むち》打たれている。軍官司令柳成一は、リョンハンを斬るだろう。

朝鮮人宿舎棟の庭に、手燭をかざした男たちがおおぜい集まって、広縁の下を明るく照らしている。革笞のうなりと肉を打つ音、リョンハンの呻き声が立てつづけに上がった。

克人は人垣を掻き分け、広縁の前に立った。

「誰だ！」

という声があちこちで上がる。

リョンハンが、石畳の上にうずくまっている。背中の肉が裂け、皮膚が青紫色に変わっていた。広縁の端に、柳が仁王立ちして、六人の軍官が順番に笞を打ちおろすのを見おろしている。

「待て！」

克人が大声を発した。

「阿比留克人か。日本人に用はないぞ」

柳が嘲るようにいった。克人は背筋を伸ばして息を整えると、

「ここは日本だから、きみたちが勝手に人を裁いたり罰したりできないぞ。私は対馬藩警固隊の者として、これをこのまま看過することはできない。……聞くところによれば、献上用の人参が紛失したとか……」

「阿比留、以前にも言ったが、我々は朝鮮国を代表する使節団だ。客館内では貴国の法律は適用されない。余計な口出しをせずに退散したまえ」

「治外法権か。それは是認しよう。しかし、人参の紛失については、思い当たることがある」

リョンハンが驚いて、顔を上げる。克人は、笏をかざした六人の軍官の背後に朴秀実の姿をみつけ、庭全体にひびき渡る声でつづけた。

「数日前、大坂の有名な薬種問屋に、高麗人参六十本を持ち込んだ人間がいる。日本ではめったに手に入らない高級品だという」

流暢な朝鮮語である。リョンハンを囲む男たちは、克人の次の言葉を待って静まり返った。

宿舎棟の廊下を渡って、趙泰億、任守幹、洪舜明ら三使が急ぎ足で近づいて来る。

「つづけてくれたまえ」

と柳成一が克人を促す。

「……薬種問屋は道修町の鵙屋《もずや》という。応接した主人は、男の人相風体をしっかり覚えている。朝鮮の随員の身なりをした中年の男だった、と」

「阿比留、きみはそれを誰から聞いた？」

「唐金屋という対馬藩の御用商人だ」

するとと、広縁から洪舜明が発言した。

「唐金屋は信頼できる人物ですよ、軍官司令」

柳は従事官をふり返ると、恭《うやうや》しくうなずき、克人に向かって、

「では、人相風体について話してくれたまえ」

「鵙屋に来てもらって、面通しすればよい。だが、それよりまず、リョンハンに服を与

え、手当てするほうが緊急ではないか」

軍官たちは、柳の指示で笞を納めた。テウンが駆け寄って、リョンハンに服を掛けてやる。

「崔はおるか！　この広大を部屋に運べ！」

洪舜明が大声でいった。

テウン、料理人王、馬上才の姜らに励まされながらリョンハンは抱え上げられた。克人がリョンハンの肩にそっと手を置いて、

「犯人は私が知っている。心配はいらない」

「ありがとう、克人」

僅かに顔を上げて、かすれた声で答えたかと思うと、がっくりと首を垂れ、気を失った。

「大丈夫、命には別状ない」

と崔白淳が呼びかけ、

「しかし、よくここまでがまんしたものだ」

柳は、リョンハンの容態には頓着せず克人に向かって、

「きみが聞いたというその男の人相風体をもっと詳しく」

克人は答えず、軍官たちのかげに朴の姿を捜すが、みつからない。しかし、男たちにまぎれて、この庭のどこかで、戦々兢々《せんせんきょうきょう》としながら立《た》ち竦《すく》んでいる気配をありありと

感じ取ることができた。

……朴のやつ、リョンハンに袖にされたことを恨んで、罪に陥れようとしたのだ。それだけでなく、盗んだ人参を売って大金を懐にしている。厳しく罰せられて当然だし、できれば自ら鉄槌《てっつい》を下してやりたい。

柳の声がひびき渡った。

「よいか、献上品を盗んだとなれば、朝鮮国王の名誉を汚したことになる。どのような罰を受けるか、おまえたちも承知しているだろう。鶏泥棒の制裁ぐらいではすまぬぞ」

誰もが、親指を斬り落とされた丁を思い出して震え上がった。肩を竦めて、こりゃ両腕斬り落とされるぞ、と小声で言い交わす。

「黄、全、孫、尹！」

柳が部下の名を大声で呼ぶ。

「犯人を捕えるまで禁足令を布《し》く。明朝、朝鮮人全員をここに集めておけ。……阿比留」

と克人をふり向いて、たたみかけるように、

「明朝、鵙屋をここに連れて来てもらいたい。面通しをしてもらう」

柳成一の酷薄すぎる裁きのつけ方を知った克人にとって、いま、朴秀実を犯人として突き出すのも気が進まないことではある。

しかし、まだリョンハンの身の潔白が明らかになったとは言い難く、唐金屋に頼んで

鵙屋に首実検してもらうしかない……、とまで考えたとき、大事なことを見落としていることに気づいた。

鵙屋は決して証言しないだろう！　なぜなら、鵙屋は将軍献上用の人参を不法な手段で入手し、かつ高値で前田様に売ったのだから。このことが表沙汰になれば闕所《けっしょ》は免れない。

もし克人が鵙屋を連れてくることを拒否したとしても、柳のことだ、自ら大坂町奉行所に出向いて鵙屋の召喚を要求するだろう。袋小路だ。

しかし、まるで違う立場からだが、克人と同じ思いを抱いて袋小路に立っている人物がいた。正使趙泰億である。

趙は通信使一行を預る身として、斬ったはったの事件は起こしたくない。前回のように通信使の一人を本国に送還する事態は何としても避けたい。献上品の紛失は始末書ですむだろう。予備の人参の蓄えもある。東上半ばで、内部の犯人を追及し、捕えて罰するというやりかたは穏当でないし、限りなく面倒なことだ。今後は管理を厳重にして再発を防ぎ、帰国して改めて捜査し罰するということでこの場をおさめたい。

趙ら三使は柳と同じ広縁に立っていたが、五、六間離れたところにいて、この件の処理についてひそひそと話し合った。議論を主導したのは趙で、彼の考えは正使として妥当なものと副使の任や従事官の洪には思われたので、二人とも同意した。

趙は、柳成一をそばに呼び、夜も更けた、こんなに遅く朝鮮人が集まって揉めていては日本側の不審を買って、警固隊や町奉行所が出動する騒ぎにもなりかねない、と伝えた。

「よろしい。ひとまず解散させます」

柳は随行員たちのほうをふり向くと、

「部屋に戻れ！　ただし一歩たりとも境内から出ることを禁ずる。破った者は……、その場で斬り捨てる。よいな！」

リョンハンは崔白淳の部屋に担ぎ込まれ、手篤い治療と看護を受けていた。克人はテウンに若干の銀貨を渡し、明日、リョンハンの容態を伝えてくれるよういいおいて宿舎にもどりかけると、目の前に椎名が立っていた。

「何だ、いたのか？」

「克人、武士が丸腰で駆け出すとは何事だ」

と椎名はいって、克人に刀を差し出した。

「すまん。しかし、倭館にいるとそういう習慣を忘れてしまうんだ」

「リョンハンというのは府中で綱渡りを披露した芸人だな。きれいな男だ。克人と何かいわく因縁がありそうだが、仔細は訊かないことにする」

……因縁はあるさ、何しろ命の恩人なのだから、とつぶやきながら、贓屋問題をどう解決するか、克人は思案をめぐらせていた。

いっぽう、趙泰億は一件の善後策を話し合うため、柳成一を自室に招いた。副使、従事官が同席する。通常、こういう場では書記役を果たす製述官の李礩を、趙はわざと外した。原理原則を通すことばかり優先させて、物事を解決する方向では考えない彼を避けたのである。

二十畳の部屋の四隅に燭台が二つずつ、中央の卓脇に大きな行灯がひとつ置かれて、天井まで明るく照らし出している。沈香《じんこう》が焚かれて、優雅な香りがほのかに漂う。

柳は軍服のまま畏《かしこ》まって、入口の障子戸近くに控えた。

「軍官司令、どうぞもう少し前へ」

趙が声を掛ける。

「いえ、私はここで……」

と柳は動かない。

「軍官司令、今回の盗難事件はあってはならないことだが、我々はまだ使命の道半ば、しかも、一行には病人や怪我人が多く出て、全体に疲労の色が濃い。こういうとき、犯人を捕え、厳罰主義でのぞむのは、一行の士気を著しく削ぐことにならないだろうか?」

趙は、鞆ノ浦で柳が科した苛酷な制裁を思い浮かべつつ、口調は穏やかに語りかけた。

「いまは、とにかく使命を遂行し、無事復命を果たすことこそ大切では。いったん犯人の追及を止め、この件を暫時《ざんじ》不問に付してはどうか……」

柳は肩をそびやかし、傲然と言い放った。

「ご冗談を！　使命の遂行が肝要だからこそ、今度のことを曖昧にしてはならないのです」

「司令、まあ、聞きなさい。我々は間もなく京都に向けて出発するのですよ。京都までは淀川という大きな川を十里近くも遡る。川船ですから大変だ。明日からその準備に全員がかかりきりにならなければならない。瑣末にこだわって大局を見失ってはなりません」

「瑣末とは何事です。国王の献上品の盗難が取るに足りないといわれるのか！　あなたがた文官は何という腰抜けだろう。私はたった一人でもやりますよ。草の根を分けても犯人を捜し出し、処罰する」

柳は憤然として立ち上がり、踵を返そうとした。

「お待ちなさい、軍官司令！　その頑なさは、きみの血筋からきているのか？」

趙の厳しい声が投げかけられる。しかし、柳は構わず出ていこうとする。

やおら趙が卓上にあった一通の封書を取り上げると、

「これはきみの身許についての調査報告書だ。きのう漢城から届いたばかりだ。ここには、きみの系祖詐称のみか、ほんとうの血筋について記されている」

柳はやや前屈みの姿勢で立ち止まったまま、ぴくりとも動かない。

朝鮮通信使一行が丹陽滞在中に、日本国大君を日本国王と書き替えた新しい国書が漢城からもたらされたとき、使者はもう一通の書状を携えていた。趙が、友人の吏曹判書

（内務省長官）安洪哲を通じて依頼してあった柳成一の身許調査報告である。そこには、柳に系祖詐称の疑いのあることが記されていた。「不忘基本」の朝鮮では重罪に当たる。そのとき、従事官の洪舜明は見て見ぬふりを進言したが、趙には、このことが今回の旅によくない影響を与えるかもしれないという不安の念を抑えることができず、安洪哲にさらなる調査を依頼していた。そして昨日届いた二通目によって、柳の素性が判明したのだ。

安の依頼を受けて柳の調査に当たったのは、倭館茶碗窯の陶工に身をやつした李順之が属する五衛府暗行部で、暗行部は柳の所属する備辺司局とはライバル関係にある。備辺司局は東班に、五衛府は西班に属し、共に治安と特務・秘密工作を主たる任務とし、「銀の道」を共有する。李順之は、備辺司局次長姜九英を暗殺して妻の仇を取ったが、この姜こそ柳成一に目をかけていた上司だった。

柳についての一番目の報告によれば、孝宗一年（一六五〇）頃、忽然と鬱陵島《ウルルンド》に現れたひとりの若い男が、その地で柳姓を買い取って戸籍を作り、結婚して男の子が生まれた。それが成一の父であるとされていた。

五衛府暗行部は新たに安洪哲の要請を受け、柳についてさらに詳しく調べるため、係官を鬱陵島に派遣した。

鬱陵島は、東経百三十度五十四分、北緯三十七度二十九分に位置する。朝鮮半島中部の東海岸から最短距離にしておよそ二百キロの海上に浮かぶ火山島で、切り立った岩崖が船の接岸を拒んでいる。

千メートル近い三つの岩峰がそびえ立ち、平地といえる平地もなく、一匹の動物も生息しない。住民は五、六十人、イカ漁と薬草栽培、自生の伽羅木《きゃらぼく》を伐って、沈香木《じんこうぼく》として時々半島に売りに行く。

係官は、島の古老からおよそ六十年前に島に漂着した若い男のことを聞いた。日本人であった。名前を柳川調永《しげなが》という。

ついに柳成一の正体が明らかになった。

柳川調永は、この物語の時点より遡ること七十六年、寛永十二年（一六三五）、あの「国書改竄」事件で、家財取り上げ（闕所）、津軽流罪となった対馬藩江戸家老柳川調興《しげおき》の一子である。

調興は、いつか幕府の許しが出て、江戸に帰ることを夢見つつ、囚われの身のまま老いていった。その一子、調永がこの閉塞を打ち破るため、日本脱出を企てたとしても不思議ではない。

……柳成一はゆっくりと三使のほうをふり向いた。口もとに不敵な笑みが浮かぶ。

「たしかに私には日本人の血が流れている。しかし、私は朝鮮国王と国に忠誠を誓った武官です。この誓いには一点の曇りもない。系祖詐称については申し開きは致しません。失礼！」

さっと身を翻して出て行った。遠ざかる気配は伝わるが、廊下を歩く足音が全く聞こえない。

「彼は職を辞すかもしれないな」

洪舜明がひとり言のように口にした。

「それは困る」

すかさず反応したのは、柳の存在を不安視して、彼を遠ざける行動を取ってきた趙泰億だった。

任守幹が立ち上がって、柳のあとを追う。

階をおりる途中の柳を強い調子で呼び止めた。

「司令、明朝、禁足令を解いて、全員に出発準備にかかるよう命令してくれたまえ」

「副使どの、私はもう任を解かれた人間です」

「私は君の上司だ。その私が、任を解かれた人間に、出立の指示を命じるだろうか？」

任守幹は、柳を自室に招じ入れた。

彼は柳を慰留するとともに、これを機会に少し尋ねてみたいことがあった。

任守幹が手ずからお茶を淹《い》れて、柳をもてなす。

「日本の緑茶はうまいね。茶道も盛んらしい。大陸では沸騰したお湯を注ぐが、この国ではもっとぬるめで淹れると聞いて、試してみると、なるほど、うまい。……以前から、きみに尋ねてみたいことがあった。丹陽に、きみが予定より遅れて着いたとき、顔にいくつもの擦り傷や青痣があった。私は、女にでも引っ掻かれたのだとばかり思っていた。

しかし、きみが到着した前日、日本の使者がやってきている。阿比留克人だ。彼のことを話すと、きみの表情が変わったね。きみは遅れた理由を、潜商組織の摘発のせいだと言い訳したが、私は別の事情があるとにらんでいた。剣の腕をもって知られるきみが顔に傷を負うとは。いっぽう日本人は肩に深手を負っていた……」

柳はお茶に手をつけないまま、沈黙を守る。

「きみと彼は、どこかで立合ったのではないか」

柳は小さくうなずく。手近の行灯の灯りが、仮面を割って届いた克人の剣尖がつけた刀創をあらわにする。

「あの男は『銀の道』を来たのです。しかも暗行御史の装束をつけて。私は鳥嶺の南側の『銀の道』で彼と出会い、不審に思って誰何《すいか》しました。なぜなら、暗行御史なら決して外すことのない覆面を外していたからです。私が所属と名前をたずねても答えません。そこで……。手強いやつです」

「まさか……、日本人がどうして『銀の道』に？」

「暗行部内に、彼に『銀の道』への入り方を教え、通行証である文引を渡し、二頭の清馬を調達してやった人間がいる。私は何としても、今回の旅の途上であの警固隊長補佐の尻尾をつかまえ、暗行部内の裏切り者をみつけだしたい……」

任守幹が身を乗り出して、

「何かつかめたのか？」

柳は口角を結んで、首を振る。

「まだ何も。しかし、あいつは必ず動くはずです。例えば……」

「例えば？」

「鳩です」

「鳩？」

柳が懐から遠眼鏡を取り出した。最近では常に携行しているのだ。

「鳩と遠眼鏡……。まるで謎かけだね」

「任副使、対馬藩警固隊の一人が鳩を飼っているのをご存知ですか？」

「いや、知らない」

「私はこの遠眼鏡で、その男が鳩の足に何か巻きつけて飛ばすのをみました」

と柳がいった。

「それは伝書鳩《つかい》だ」

「伝書鳩？」

任守幹は柳に、鳩の帰巣本能を利用した通信手段について説明する。——濫觴《らんしょう》は知らないが、このことはすでに唐の時代の文献にも出てくる。玄宗皇帝治下、宰相張九齢が何百羽もの鳩を飼っていて、鳩宰相と呼ばれた。山東で叛乱が起きたとき、敵情を探るため派遣した部下に鳩を携行させた。鳩は数回にわたって長安の張九齢邸に舞いおりて貴重な情報をもたらし、逆賊を討つことができた。部下は見破られて殺されたが……。

柳成一の目が鋭い光を放つ。

「副使、系祖詐称については帰国してお裁きを受けます。趙正使以下三使の方々が復命を果たされるまで、微力ながら軍官として務めさせていただきます。そして、必ずや……」

といきなり言葉を切って踵を返すと、緑茶には一度も口をつけず引き下がった。

任は行灯に油を足して、灯りの周囲をめぐっていたが、急に燭を手にすると部屋を出た。

寝静まった客館の廊下を滑るように歩く。

「洪舜明どの、まだお休みではありませんか?」

どうぞ、と中から声が返ってきた。

任は挨拶など省いて、いきなり柳との談判の一部始終を洪に話した。

耳を傾けるうち、洪の額がだんだん曇ってゆく。……そうか、やはり阿比留は間者だったのだ。しかも、わが政府内に内通者がいる。……だが、阿比留は雨森の指示のもと、私宛ての書状を携えて丹陽にやって来たのだ。そして、阿比留が暗行御史になりすまして、「銀の道」を走ったことも承知しているのだとすれば……、この企みの中心に雨森がいることになる。

雨森を問い糺《ただ》すべきか。洪舜明は眠れず、遅疑逡巡するうちに夜が明けた。

その日、早朝、大坂城代より使者が来て、明々後日《しあさって》出立の通達があり、たちまち準備がはじまった。広大な北御堂はどよめきに包まれる。移動のために大坂城代より遣わされた監督官、人夫らは総勢千二百人にのぼった。これに水夫を除く通信使一行四百余人、対馬、福岡、長州、広島、岡山、姫路、尼崎、岸和田藩随行者あわせて二千五百人余りが動き回るさまは、出陣さながらである。

洪舜明の懸念は、出発準備の喧騒と慌しさの中に紛れてしまった。

いっぽう軍官の指揮を執る柳成一の頭の中は、いまや日本側と内通する暗行部の人間を割り出すという思いで占められ、人参泥棒の一件は片隅に追いやられた。

柳本人が抱えていた秘密——系祖詐称と日本人の血という出自——が三使の前で白日の下に晒された。正使の部屋を憤然ととび出し、音もなく廊下を歩きながら、柳はつぶやいていた。……最早、潔く身を引くしかない。かつて父が漂着した島、鬱陵島へ逃れ、そこで薬草を採り、伽羅木を伐って暮らそうか。漢城には妻と生まれたばかりの子がいるが……。

そのようなことを漠然と考え、階を降りようとしていたとき、任守幹に呼び止められ、思いがけず真剣に慰留された。それは、これまで敵意と軽侮の対象でしかなかった文官に対する柳の認識を改めさせる出来事だった。任を信頼できるとみた彼は、はじめて備辺司局監察御史として任に対面し、彼がたったひとりで極秘裡に進めている裏切り者の内偵について打ち明けたのである。

打ち明けたことで、柳には任守幹との連帯感が生まれ、かつて彼を引き上げてくれた姜九英の死以降、覚えたことのなかった上司に対する恭順の思いに衝き動かされた。柳は、裏切り者を告発し、罰するという使命をいっそう重いものと受け止め、心の昂ぶりが抑え切れなくなった。

――そのような危機の迫っていることを、克人は知る由もない。彼は、翌日、朝鮮側から鵙屋召喚について、何の沙汰もないことに奇異の念を抱くと同時に、ほっとしてもいた。朝から出発準備の指揮を執っている柳成一たちの、きびきびとした動きを観察していると、リョンハンをあれほど酷い目にあわせた人参泥棒事件そのものが一場の悪夢にすぎなかったかのように思えてくる。

テウンがやってきて、リョンハンの容態を伝えてくれたので、ようやく昨夜の出来事が現実味を帯びて感じられるようになった。

テウンによれば、リョンハンはすでに起き上がって、朝食を人の二倍も摂ったという。医師の崔白淳も、リョンハンの身体のつくりの強靭さは尋常ではないと驚いている。

朴秀実の姿が、しきりに克人の視野の中をちらつく。みえないときは、背後のどこかにいて、じっと視線を向けてくる気配を感じる。あいつをどうやって懲《こ》らしめてやろうかと考えるが、いまのところうまい手を思いつかない。

朴のほうはこう考えていた。……あのさむらいはなぜおれを庇ったのだろう。おれの側も、何かあいつの弱みを握ることができればいいのだが。

献上品、資材、食料、衣裳、馬上才用の馬などを、北浜桟橋に繋留された二百隻の川船に積み込む作業が二日間、夜を徹して行われた。

九月某日早暁、大坂を発つ。

案内船二隻が先導し、淀・伏見港到着を深夜とみこして、篝火船二隻が併走する。つづいて浚渫《しゅんせつ》船五隻が川底の砂を浚《さら》いながら進む。さらにまた篝火船五隻と篝のための薪船四隻。

ようやく本隊が現れる。先頭を行くのは対馬守の船、ついで金船と呼ばれるきらびやかな徳川将軍の御楼船、旗船五隻、三使の船、上々官、上判事《じょうはんす》、学士、上官らの乗る船。対馬、長州、広島など八藩の川御座船、その他種々の随行船あわせて五百隻余り、四千八百人が淀川に浮かんだ。

船には舵取りがいるだけで、水夫はいない。一隻ごとに七十人ずつが両岸の船曳き道に立ち、綱で上流に向かって船を曳く。青衣を着けた人足は船曳きを生業《なりわい》とする者で、思い思いの服装で綱を手にしているのは駆り出された助郷《すけごう》である。動員された人足、助郷は延べ四万人に及んだ。

両岸の土手は数十万の見物人で埋め尽くされた。朝鮮の船はみな鼓楽を鳴らし、船縁であでやかな衣裳の広大たちが踊り歌う。

急に、土手の見物人たちからいっせいにどよめきが上がった。

船曳き綱の上に、お面をかぶったリョンハンが乗って、往ったり来たりしはじめたのだ。

「リョンハン。綱渡りの綱とはわけが違うぞ」

とテウンが呼びかけるが、頓着せずに動き回る。

克人はリョンハンの姿を遠く離れた船からみやって、その恢復ぶりにほっとする。……しかし、何て頑丈なやつだ！

次の瞬間、彼の視界からリョンハンの姿が消えた。やがて、ドッと大きな笑いの渦が巻き起こる。

リョンハンの軽業とあで姿に目を奪われた人足の何人かが、思わず綱を放してしまったのだ。肝心要の綱が急に緩んでは、練達の広大リョンハンとてひとたまりもない。

リョンハン、轟沈！　と思いきや、川の深さはせいぜい三、四尺に過ぎなかったから、金槌の彼でも心配はいらない。リョンハンはわざと溺れたふりをして、見物人たちを面白がらせたのだが、おふざけが過ぎて、命の次に大事なお面が外れて流されてしまった。

ひょっとこに似たお面に真上から陽が照りつけて、まるで嘲笑ってでもいるような風情でぷかりぷかりと遠ざかっていく。

すると、ひょいと船縁から腕を伸ばして、お面を拾い上げた男がいる。克人だった。彼はリョンハンに向かって手を振り、それをかぶってみせた。

通信使一行が、棹歌《さおうた》のひびくなか、岸の篝火と篝火船双方の灯りに誘導されて、淀に着岸したのは真夜中を過ぎた頃合いだった。

製述官李礩の日記。

「大坂より水行すること十里（四十キロ）。深更、淀に着す。船中泊、払暁上陸。目前に白亜の城郭、さしのぼる朝日を浴び、指薔薇色に輝く。指薔薇色なる形容詞、『荘子』は『斉物論』中『朝三暮四』にあり。余、愛用す。

城は淀城という。城外に大いなる水車二基あり、川水を揚げて城中の濠に回す。濠から精緻極まる石垣が組み上げられ、白い姫垣より黒い砲身がずらりと並んで、掘割の上に突き出ている。余らを邀撃《ようげき》するか。これ、憎っくき秀吉が愛妾のために築城せるもの、と。美が恨《ハン》の対象に宿るは、これ、世の背理なり、切歯扼腕《せっしやくわん》せり。

愈《いよいよ》、倭皇《わおう》京（京都）なり。これより東都（江戸）まで陸行す。何たる長途ぞ！　我らの歩みは余りにも緩慢。だが、見るべきものは少からず。殊に女に着目す。余はすでに若干の倭語を解するに至りぬ。街道の茶店などで呼びかけきたる女たちの玉を転がすような声、緑の黒髪、まっ白な肌《はだえ》、輝く瞳、みな画中の人を見るが如し。男たちは貴賤賢愚を問わず、詩文を珍重し渇仰《かつごう》するが、女たちはみな紅粉《こうふん》目に媚《こび》をなし余を誘う。本国にてかような経験は一度もなし。これ蛮夷《ばんい》の風なるか。

倭人の家には必ず浴室あり、男女まじりて全裸で入浴し、白昼戯れ合う。夜は淫の限りを尽くす。貴賤を問わず、みな猥画、猥本、媚薬を懐中にす。また、婚姻は同姓を避けることなく、父母兄弟姉妹間でさえ姦淫す。夷狄《いてき》の風《ふう》、極まれると思いきや、さにあらず、男色の風、女色に倍するを見聞して、余は絶句す。

倭人の男、十四、五歳にして眉目秀麗なる者はみなこれ髪を揚巻《あげまき》に結い、化粧を施し、錦繡で着飾る。大名、豪商、豪農は財をこれにつぎ込み、耽溺して飽くことを知らず。男女の情欲の歓び、これ陰陽にあり、陽と陽にして如何に相歓ぶこと得るや、不条理の極《きわみ》。中華より遠ざかるほどかくの如き堕落、頽廃ぶり激しく、これも華夷秩序の末席に連なる国ゆえか。

余、このことにつき、ある日、雨森に質す。彼、屈託なき笑いをもって答う。――我、未だその喜びを知らず、好機あらば味わってみたきもの、と。嗚乎《ああ》！

愈、倭皇京。至るところ高き層楼、宝閣きらびやかに建ち並ぶ。京尹《けいいん》（京都所司代）の出迎えを受け、下京《しもぎょう》の客館に入る。館名は本圀寺《ほんこくじ》。壮麗なること大坂の北御堂に比肩す。

倭皇（天皇）の宮城が使館の東北の方角にあると聞き、正使があらためて拝謁を乞うたが、京尹は言下に拒絶す。朝鮮国王の使いは、徳川の代《よ》になって我らで八度目になるも、京尹は一度も倭皇との会見を許さず、宮城を見ることも禁じ、行列が宮城の近くを通ることも認めぬとは何故か？

いまの倭皇、第百十四代中御門《なかみかど》帝は、前帝東山の第五皇子にして名は慶仁《やすひと》。姓はない。一昨年、位を継いで、今年十一歳とかや。倭皇、古来、名があり姓がないのは、釈迦、耶蘇《やそ》の例あるも、不可解。

倭皇、禁裏より出ること、京尹より厳しく制限され、宮殿の中に木偶《でく》の如く置かれる。天皇家が幕府より与えられる賄《まかない》額は年糧三万石にすぎぬらし。対馬一藩の年糧十五万石と比較すれば、その困窮ぶり推して知るべし。しかるに、将軍襲職ののちの認承は天皇の専権事項なり。これも不可解。何故に幕府は天皇家を存続せしめるのか。

再び雨森に質してみるに、――我が国の基本は歌にあり、歌を詠み、一身を古《いにしえ》よりの歌道に捧げることこそ天皇の本務なり、と。その歌とは？　との余の問いに、五・七・五・七・七の音の定型詩なり、と。そして、彼は『古今和歌集』『新古今和歌集』なる二つの勅撰《ちょくせん》歌集の序文を例示した。

――やまと歌（これ漢詩に対抗して、のちにこういうなり）は、むかしあめつちひらけはじめて、人のしわざ、いまださだまらざりしとき、あし原の中國《なかつくに》のことのはとして、いなだひめそがのさと（出雲）よりぞつたはれりける。しかありしよりこのかた、その道さかりにおこり、そのながれいまにたゆる事なくして、色にふけり、心をのぶるなかだちとし、よをおさめ、民をやはらぐるみちとせり。かゝりければ、代々の御《み》かどこれをすてたまはず……。とまれ、一、二首を、と雨森、朗々と歌いしは、――天の原ふりさけ見れば春日なる　三笠の山にいでし月かも。また歌いしは、――願はくは　花のもとにて春死なん　その如月《きさらぎ》の望月《もちづき》のころ。

雨森、余にこれを漢訳してみせたるが、取るに足らず、みるべきものはなし。

九月某日、京を発つ。数日前、京尹よりの使者が来て、理由を告げず当初定めの辰刻

（午前八時）出発を急に巳刻（午前十時）に変更の要請あり。

使者帰りてのち、対馬守が言うに、倭皇慶仁、通信使行列見物を強く所望せり、京尹は、倭皇が巳刻ひそかに禁裏を抜け出し、一行を望見する手筈を整えしが、場所は定かならず。

当日、一行本隊は本圀寺を発って半里ほど行く。川あり、橋あり。その橋のたもとで、群衆の中に紫の覆面、異様の風体の童子《どうじ》を目に懸くるが、のちに思料するに、倭皇か。

酉刻（午後六時）大津に至る。泊す。朝、簾《すだれ》ごしに秋雨を聴く。簾をあぐれば、豁然《かつぜん》たる眺望、広大な湖の姿。琵琶湖なり。余は洞庭湖を知らず、いまだ岳陽楼にのぼる機も得ぬが、杜甫もかくや孟浩然もかくやと、『登岳陽楼』及び『臨洞庭上張丞相』を口《くち》誦《ずさ》みぬ。

湖の東岸を騎行すること五里、守山に至る。午餐《ごさん》休息後、やはり湖《うみ》ぞいの美しき松並木の道を行く。これを朝鮮人街道と称す。徳川家康が関ヶ原の合戦に勝利して上洛の折通過した、吉例の道なる故、みだりに通行は認められず、諸藩主、外国使節も同様、ただ朝鮮通信使のみこれを許可さる。誠に道理。

午刻、近江八幡に至る。休息後ただちに発して安土を過ぎ、夕刻、彦根に至る。丘の上に堅固な城あり。使館は城近くの宗安寺。

夕餐に珍しきものを食す。鮒鮓《ふなずし》なり。三使、上々官、上判事らみな口にしたとたん、顔をしかめそむけて、慌てて取り出した懐紙に吐き出すも、余には佳肴《かこう》、彼らの残りも合わせ堪能す。蛮夷侮り難しこと、かくの如く、腐《ふ》の中に貴珠《きじゅ》ありか？

噂によれば、押物官朴秀実、男色の気ありて、龍漢《リヨンハン》なる卑しき広大に懸想したるも、袖にされ、その腹いせに献上人参泥棒の罪をなすりつけたりと。嗚乎！

宴のあと、彦根の諸文士と談じ、唱酬す。余、疲れ果て、尻の病いに苦しむこと甚しく、詩墨吟詠の興醒めて、中座の余儀無きに至る。大坂とくや恵比寿堂の「不思義膏」によって、一時軽減されし痼疾《こしつ》も再びぶり返す勢い。熱持ち、痛苦深し。薬、常用すれば効能薄れることは必定。

かてて加えて、これまで一度として満足のゆく好語を得て、蛮夷の期待に応じえなかったという後悔、いちどきに襲いかかる。今宵も、製述官として、詩文の唱酬に堪えざることを遺憾とす。

余、深く思うところあり。はじめ、余に老いたる母あり、貧しき妻子あり、才鈍く怯《きよう》弱《じやく》にして、任に堪えざるをもって今回の拝命を辞したるが、国王の下命に背くことはできず、恥ずかしながら信使一行に加わりしも、出発以来、一度として旅をたのしむことはなし。

しかし、ことここに至りて、この旅の終わりまで製述官として恙《つつが》無く務め上げることができれば、庶子たる余もまた、昇進の道が開かれぬとも限らぬ、との考えに至る。すべては趙泰億正使の胸三寸にあり。彼が余をどうみているかに注意をこらし、今後、彼の余に対する心証を良くすること、逆らわず、意を迎えるべし。これ翻意、変節と笑わば笑え。

——余、これにて日記をつけることを中止する」

李礩が中座した席には、久しぶりに雨森の姿があった。鞆ノ浦、福禅寺以来である。趙泰億、洪舜明、上々官某、上判事某らがいる。副使の任守幹は、柳成一と何事か打ち合わせがあるらしく、食事が終わると早々に退出した。

日本側の出席者は、雨森、松浦霞沼、彦根龍潭《りょうたん》寺の僧光恵、北尾春倫という若者、老人の武士と長浜の米穀商の六人。北尾は、大垣藩藩医北尾春圃の一子で、京で医学を学んでいるが、漢詩文をよくし、通信使一行が彦根に一泊することを知って、一時帰省して席に駆けつけた。

詩文の唱酬も終わり、朝鮮側が、日本人たちを送り出すために立ち上がったとき、洪がさっと雨森に近づき、耳許で、部屋までご足労を、とささやいた。

自室に招じ入れると、洪は切迫した調子の低声で、数日前、任守幹から伝えられた一件を報告する。口調はいささか詰問調にならざるをえない。

——去る四月半ば、阿比留克人は雨森の密書を持って丹陽に来た。そのとき、彼は肩に深手を負っていた。あとで分かったことだが、彼は朝鮮政府内でも五衛府暗行部と備辺司局の者にしか許されない「銀の道」を利用していた。まずこのことが問題だ。彼はいったいどうして「銀の道」を来ることができたのだろう。しかも、完全な暗行御史の服装で身を固めている。彼に文引と装束と馬を提供した人間がいるはずだ。……だが、私は文官であるから、このことを、見て見ぬふりをするつもりでいた。なにしろ、阿比留が「銀の道」を通行しなければ、国書の書き替えは間に合わなかったのだから。悪くすれば、釜山で通信使の派遣そのものが中止になったかもしれない。

しかし、事態は見て見ぬふりではすまない状況にまで推移した。阿比留は「銀の道」で備辺司局監察御史と遭遇し、立合って肩に深手を負っている。

相手は軍官司令柳成一。

「なんですって！」

「柳は、そのときの相手が阿比留であることを既に知っている。阿比留も同様で、柳の目的は、阿比留と内通している朝鮮人を割り出し、処罰することです。その者は間違いなく暗行部の人間でしょう」
二、三秒、言葉を途切らせたあと、
「雨森どのはこのことをご存知なかったのか？」

雨森は燭の灯りのほうへ顔を向けて、洪の目を鋭くみつめ返した。

「私は、阿比留から報告を受けて、彼が『銀の道』を通って丹陽まで行ったことを知っています。しかし、彼のこれまで担ってきた一連の工作活動については与り知らぬこと。内通者がだれであるかも聞いていない。が、その者が阿比留にそれだけの便宜を図るとしたら、阿比留もそれに見合うことを既にしているはずです」

重苦しい沈黙が支配した。

「二人は互いに機密事項を交換し合っている！」

洪が押し殺した声でいった。

雨森は、四月に、国王号復号問題を解決するため朝鮮に赴いた折、倭館で交わした克人とのやりとりを克明に思い出していた。

克人が李順之から入手した「銀の道」の地図を広げたときのことである。雨森は彼にいった。

「私は、きみを朝鮮に遣《や》ったが、隠密活動に従事するとは……」

ふり向いた克人の顔は青ざめていたが、そのあと、倭館に赴任して五年、裁判《さいはん》として朝鮮政府との外交交渉に携わるうちに考え、導き出した結論を雨森に吐露した。

――国と国との友好は、対等の関係に拠る。対等の関係を成り立たせるには、双方が相手国のことをよく知る必要がある。そして、双方が持つ相手国についての知識、情報は正確であること、その量は均衡が取れていなければならない。だが、人も国家も往々にして自らについては隠し、相手側を必要以上に知りたがるものだ……云々。

このとき、雨森は克人の話に割り込んで、

「……それは裁判の矩《のり》を越えているぞ。一体、きみは何とたたかおうとしているんだ？」

と問いかけたのだった。

克人の活動の司令塔はだれだろう？　倭館館守平田所左衛門……、いや違う。彼は任期を無事務めあげて対馬に帰ることだけを念願している。もっと上の人間……、江戸家老平田真賢《さねかた》……、いや、もっと上か……とまでつぶやいて、雨森は慄然とした。幕府老中・朝鮮御用土屋政直、さらに将軍家宣公の信頼篤く、いまや内政・外交を共に取り仕切っている人物……。

柳成一が動いている。克人と李順之の身には危険が迫っている。

雨森は腕組みして、視線を膝に落とした。自らの頭がその膝にかげをつくっている。……彼の父、泰人なら息子をどう導いただろう、と考える。

洪舜明が沈黙を破った。

「これを放置するならば、今後、双方の間にゆゆしき事態が生まれかねません。しかし、柳成一の動きを止めることはできない。大義名分は彼にあるのですから」

事態を憂慮する洪舜明の言葉に、雨森はうなずいた。

「対馬藩江戸家老を通じて、中止を願い出ましょう」

翌朝、雨森は真文役としての様々な業務に忙殺された。正午、ようやく一段落ついて、警固隊宿舎に克人をたずねたが、いなかった。

献上馬、鷹、人参などの献上品輸送隊は、京都で本隊より二日早く江戸に向けて出発していたが、昨夜遅く、献上隊より警固隊の増援を要請してきた。隊列に乱れが生じたためというのがその理由だ。どうやら名古屋の手前、揖斐《いび》川、長良川、木曾川の、いわゆる木曾三川のあたりで事故があったもようだが、詳細は分からない。献上品にもしものことがあっては一大事である。ただちに、克人が二十名の隊士を率いて、日の出前に名古屋に向かって出発したのだった。

これより本隊の江戸到着まで、雨森は克人と顔を合わせることはなかった。

雨森は、江戸に着き、国書奉呈、将軍謁見など重要な儀式がすみ次第、対馬藩江戸屋敷に赴き、平田真賢と直接会って、一連の工作はすでに朝鮮側にも知られており、危険であるから中止すべきであると進言することを決意した。

三使、対馬守ら通信使本隊は翌日、彦根を発った。朝鮮人街道は鳥居本《とりいもと》で中山道と合流して終わる。米原から北へ向かって北国《ほっこく》街道が分岐して延びている。通信使一行は中山道を進んで大垣に泊し、揖斐、長良、木曾の三川を渡る。橋は船三百隻余りを横につないで並べた船橋である。献上隊は一日前に無事通過していた。

名古屋に泊し、名古屋からは、一日行程ほぼ十一里（四十四キロ）で、東海道を進んだ。

岡崎では、前例となっていた将軍上使（慰問使）の出迎えがないことで、安易な儀式の改変に対して朝鮮側から厳重な抗議がなされた。新井白石の聘礼改革による儀礼・待遇簡素化のあらわれの一つだったが、この抗議のため一行の出発は一日遅れることになる。

天竜川も船橋である。大井川の手前で、一行は東の空に、冠雪を頂いた富士の姿を捉えた。

　大井川は深いところでも腰のあたりまでだが、流れが速いため船橋は架けられず、人足千人を動員して、一行は馬と轎《かご》に乗ったまま渡河した。

　富士川は船橋で渡る。

　十月十四日、三島に到着。晴れた日は、これまでずっと左手前方から真横へと展開していた富士のパノラマが後方に回って、ふり返らなければ捉えられなくなった。

「見返り富士も悪くないわね」

　とリョンハンがテウンにいった。

　箱根越えののち、十五日夜、小田原着。翌朝、日が昇らないうちに出発し、酒匂川《さかわ》を船橋で渡る。大磯で昼食、馬入川《ばにゅう》（相模川）もやはり船橋。これまで木曾三川、矢作《やはぎ》川、天竜川、安倍川、富士川、酒匂川、馬入川の船橋はすべて、今回の朝鮮通信使通行用に特別に設けられたものである。

　藤沢に泊して、十七日、川崎驛《えき》に到着した。驛頭には、幕府を代表して新井白石が待っていて、一行を出迎えた。このことは三使臣ばかりでなく、対馬守や雨森芳洲をも驚かせた。

　白石と雨森は、書簡のやりとりはあったが、木門で別れて以来、ほぼ二十年ぶりの再会である。それぞれが波乱の時を経て、いまここにいる。互いにぎごちなく久闊《きゅうかつ》を叙した。

夕方から天気が崩れだし、翌十八日は大雨となった。六郷江（多摩川）には橋がなく、幕府が用意した大型の渡し船に分乗する。先頭の一船に、白石、三使臣、製述官、雨森、松浦らが同乗した。このとき、趙泰億が、雨森を介して『詩草』を贈られたことの礼を白石に述べるとともに、その作品を絶賛した。任や洪もやはり賛辞を並べる。川崎驛でまみえて以来、ずっと謹厳で、やや尊大な態度を持したままだった白石の口許も、さすがにほころびかけようとするが、またきっと結ばれる。

川面は篠突く雨にたたかれて、水滴が炒り豆のように跳びはね、岸は霧に隠れている。洪が一枚の紙片を取り出してみつめる。何ですか？　と雨森がのぞき込んだとき、舳先が桟橋の杭にコツンと突き当たって岸に着いた。

雨を突いて、夕刻、品川に到着。もう江戸である。時の鐘が鳴っている。申刻（午後四時）だ、と誰やらの声が鮮明にひびいた。すると、洪が再び紙片を取り出して、
「京を発って……、これこれで十八日目申刻。あの大坂の会所守の予測はぴったりじゃないか！」

と思わず大声を上げた。

第三章　逐　電

1

江戸の町は二十九年ぶりに迎える朝鮮通信使に沸き立った。八百八町、凡《およ》そ五十万の人口の大半が渦を巻くように集まってきて、連日、一行の滞在する浅草・東本願寺を取り巻いた。

十一月一日は進見《しんけん》の儀、つまり国書奉呈と将軍謁見の日で、三使臣は金冠、朝服に身を正し、笏《しやく》を手に、朝鮮から搬送してきた特別専用轎《かご》に乗る。国書の入った竜亭は、正使が捧持している。

他の上官、軍官幹部らは金の鞍の馬にまたがった。軍官は佩剣《はいけん》している。旗を掲げた楽隊が先頭に立ち、江戸城に向けて浅草を出発した。

沿道には見物人がひしめき、大店の並ぶ日本橋通りでは、白木屋、越後屋などが桟敷を設けて得意先を招き、料理や酒をふるまった。

大手門外で馬の者はみな降り、軍官は佩剣を解く。中御門外では使臣たちも轎を降りて徒歩で進み、いくつもの門をくぐり橋を渡って、本丸玄関に到着する。本丸には、かつて緑色に輝く銅瓦葺きの屋根を持つ五層の天守閣がそびえていたが、明暦《めいれき》の大火（一六五七年）で焼失、いまだ再建はなっていなかった。

玄関で対馬守が出迎え、彼らを大広間へと案内する。三使臣は四拝ののち、備えられた卓上に、竜亭より取り出した国書を南向きに安置した。

克人《クギン》が覆面をして「銀の道」を駆け、国王号の復号をなしとげた朝鮮国王の国書が、こうして遂に日本国王、六代将軍家宣に届けられたのである。そのために払われた犠牲——克人の肩の深手と栗毛の死は、歴史に残ることはないが……。

庭には、献上品の数々、馬、鷹、人参の桐箱などが並べられている。その脇に、儀仗兵として柳成一以下二十名の朝鮮人軍官が控えていた。

柳は、遠くから、大広間で進行する儀式のもようを身じろぎひとつせずみつめる。はるか奥まったところで、一度だけちらっと一角烏帽子《えぼし》と青い束帯がみえたが、あれが将軍だろう。……祖父調永《しげなが》によれば、国書改竄一件の審理はこの大広間で行われた。曾祖父調興《しげおき》は、たぶんあの広縁に着座して、主君宗義成と対決した。将軍家光のお裁きは、宗は無罪、曾祖父は津軽流罪だった。対馬と対馬藩の生き残りをかけ、必要に迫られて行った国書改竄の責めを一身に負わされ、遠い北の国へ流された曾祖父の無念はいかばかりであったか……。そのような感慨に耽りつつ、柳成一は進見の儀の進行を見守っていた。

江戸城における通信使聘礼《へいれい》の儀は、三儀が通例となっていた。即ち、進見の儀、つづいて賜宴《しえん》の儀、そして辞見《じけん》の儀である。

一行が到着の翌日、日朝双方の協議において、このたびの使節団の江戸滞在は十二日間と決められた。これは、従来に較べかなりの短縮になる。これも新井白石による簡素化・倹約を旨とする聘礼改革に伴う措置のひとつである。

滞在期間が短縮されたことで、朝鮮側も、接待に携わる日本側も多忙をきわめることになる。

克人の一連の隠密活動を、取り返しがつかなくなる前に、何とか止めさせるべく対馬藩江戸家老平田真賢に進言しようとする雨森の心積りは、真文役という彼自身の役目に追われてなかなか実行に移せなかった。克人の姿をみることもない。かてて加えて、当の平田の多忙ぶりも尋常でなく、ほとんど江戸城に詰めて、老中・朝鮮御用土屋政直をはじめとする幕閣たちとの打ち合わせに忙殺され、下谷の江戸屋敷に帰ることもままならなかった。

十一月三日、賜宴の儀が取り行われたが、このとき、問題が生じた。前例では、進見の儀のあと、その場で将軍主催による宴席に移る。饗応役として、水戸、尾張、紀州の御三家が陪席する。これを三家相伴という。ところが、今回、賜宴の儀の日が改められただけでなく、会場が内殿に変更されるとともに、御三家が出席せず、井伊家と老中が饗応役を務めることに変更された。

江戸に来る道中においても、種々旧例と異なる扱いに不満を募らせていた朝鮮側は納得せず、正使の趙泰億自らが立ち上がって強く抗議した。

新井白石は、従来の三家相伴の儀を廃するについて、その理由を、一、朝鮮通信使賜宴においては、もともと三家相伴はなかったこと、二、朝鮮国においても、日本の使節が饗されるとき、そのような儀はないことを挙げて説得に努めた。

さらに、こう述べた。——日朝外交は、和平・簡素・対等に基本を置くべきである。今回の改変はその基本に則ってのものであり、充分優待慰安の意を尽くしているはずだから譲ることはできない、もし不承知ならば賜宴の儀は取り止める、とまで言い切った。理屈、筋は通っている。それよりも白石の剣幕に押され、結局、朝鮮側が譲歩して、宴ははじまった。

宴が半ばまで進んだとき、朝鮮側が驚く趣向が用意されていた。

いつのまにか前方中央に四間四方の舞台がしつらえられ、それぞれ五人の楽人、舞人が登場して、管弦の調べに合わせ、舞踊がはじまった。

白石は趙泰億の隣に席を移して、筆談で音楽と舞いの説明をする。三使臣たちは舞台に注目しつつ、白石が紙に書く文字を追う。素早い筆さばき、かつ能筆だ。そのうち、趙たちにこの歓待に対する感謝と賛嘆の念がこみあげてきた。

目の前でくり広げられているのは、すでに朝鮮では楽譜が失われて、演じることも奏することもできなくなっていた高麗楽《こまがく》だったのである。三家相伴廃止によって生じた朝鮮人たちのわだかまりも、次第に解けていった。

白石は、前年上京の折、雅楽宗家狛《こま》家《け》を訪れ、高麗楽のことを聞き及び、これを朝鮮の使節団に披露して、長旅の無聊《ぶりよう》を慰めようと思いついた。狛家に依頼して、高麗楽を復元、楽人、舞人に稽古を積ませたうえで江戸に呼び、この日のために待機させていたのだった。

明けて四日には、田安門内の馬場で曲馬上覧が行われた。馬上才の姜らは、六頭の清馬を駆使して、立乗り、倒立、乗り下り鐙《あぶみの》乗り、逆乗りなどの技を次々と披露して、将軍を喜ばせた。

浅草寺本道裏の奥山では、リョンハンやテウンたち広大《クアンデ》による舞踊と綱渡り仮面劇《チュルタギタルチュム》が上演されて、喝采を浴びていた。

疾風怒濤の日々の中、幕府内で最も多忙をきわめているはずの新井白石は、進見の儀が行われる数日前、十月二十八日夜、木門の儒者七人と語らって、お忍びで三使臣の客館を訪れ、詩文を唱和した。

七人とは、木下菊潭、深見玄岱、三宅観瀾、室鳩巣、服部寛斎、土肥新川、祇園南海。まず日本側から律詩（八行詩）あるいは絶詩（四行詩）が贈られる。

贈られた通信使側は、日本側の詩の韻脚に次韻してこたえる。これを互いにリレー式につづけてゆく。興に乗じて唱和は深更にまで及んだ。

朝鮮曲馬が上覧に供されたのが十一月四日、その翌日の五日に江戸に初雪が舞った。しかし、この雪をついて、夜、白石と木門の儒者七人が再び東本願寺客館を訪れ、飽かず唱和し、唱和のあいまにしきりに筆談を行った。

このとき、白石と趙泰億との間で交わされた会談は、話題が海外情報、中華文明について、日朝外交の根本方針と問題点など、多岐にわたった。

白石の海外に関する知識は豊富で、朝鮮第一級の知識人趙泰億とて太刀打ちできなかった。

彼はすでに当時最新のヨアン・ブラウの手になる世界地図（オランダ版）をみており、ヨーロッパの地理と政治事情にも通じていた。利瑪竇（マテオ・リッチ）が中国語で書いた『天主実義（キリスト教が説く神の真実）』も読んだことがある。特に二年前、取調べを担当したイタリア人宣教師シドチとの対話は、白石をして世界へと目を開かせるに充分な経験だった。

白石は翌日、ブラウの地図の縮刷版を趙に送り届けた。

二度目ということもあり、その夜の唱和はより打ち解け、なごやかな雰囲気のうちにつづいていたが、李礥の応唱で一瞬、さざ波が立った。

富士山を誇らしげに詠んだ日本側の詩に対して、李礥が次韻したときである。

休誇千丈白　（誇ること休《やめ》よ　千丈の白）
争似四時青　（争《いか》でか似ん　四時の青に）

「千丈白」は富士山を、「四時青」は白頭山を中心とする朝鮮半島の山々を指している。富士、富士といいかげんにしろ、白頭山にかなうわけがないではないか、と冷水を浴びせかけたのだ。

趙泰億が、横座りしている李礩をじろりとにらむ。座に沈黙が流れ、居心地が悪くなった李礩は体勢を変えるが、尻の痛みは増すばかり。

「たしかにそうかもしれない。富士を誇らず、富士を隠して、富士を詠む心が大切だ」

と白石が執りなして、座は再び活気を取りもどした。

「雪はもう止んだだろうか」

室鳩巣が立ち上がって窓辺に寄り、障子を細目に開ける。

「これは止みそうにないな。ずいぶん積った」

行灯の灯りが微妙に揺れた。室が障子を閉める。そろそろ暇《いとま》を、と白石が立ち上がりかけると、趙が手で制し、あらたまった調子で、

「お頼みしたい儀があるのですが……」

白石はうなずいてすわり直した。

「わが国には、漢唐にならって、諱法《きほう》があって、これを犯す者には厳罰が下されます」

諱《いみな》とは死者の生前の名、実名。半島には、高位の人物が死ぬと、生前の名を呼ぶことを忌み、諡《おくりな》をつける慣習があり、法によって制度化されている。

国書における諱の問題は、朝鮮使節にとって最大の関心事だった。以前、持ち帰った

国書に不備があったため処罰された使臣の例がある。文言の中に李朝朝鮮歴代の王の諱が一字たりともまぎれ込んでいたりすれば取り返しのつかない失態で、帰国後どのようなお咎めを蒙《こうむ》るやもしれぬ。

今回、朝鮮国王から将軍にあてた国書の日本の国王号復号については、朝鮮側が譲歩して受け容れることにした。問題は、通信使が持ち帰る日本国王から朝鮮国王への国書回答（復書）である。もしこの中に不備があったら……、例えば誤って、国諱の法を犯すような文字がまぎれ込んでいたりしたならば……、というのが帰国を目前にした趙泰億が抱いている不安なのだった。

「おそれ入りますが、復書の草稿を事前にみせてもらえないでしょうか」

白石は首を振って、

「私は、辞命の事には与らない身ですから」

とそっけなく応じた。辞命、即ち国書における言葉づかいのことを指すが、このとき、白石は、復書の起草に自分は関わっていないといったのである。しかし、趙はそれを素直には受け取れなかった。国王号復号を雨森らの反対にもかかわらず押し切った新井が、その復書の内容に関わっていないはずはないのだが……。

白石の厳しい表情をみて、趙は臆した。そして、こう自らに言い聞かせた。……華夷秩序の中で、諱法がどれほど重要な位置を占めているか、優れた儒者として将軍に召し抱えられている新井に分かっていないはずはない。ここは無理押しを止めて、彼を信頼することにしよう。

三使臣の見送りを受けて、白石たち八人が暇を告げる。外は一面の雪化粧で、通信使滞在中は明け方まで火を点しつづけることになっている石灯籠が参道を白く、明るく照らしだしていた。雪は小降りになり、雲の切れ目から三日月が顔をのぞかせる。

山門脇の番所で、待機していた供の下士、二人が白石に従う。新井宅は雉子橋門外にあるからかなりの道のりになる。供の者が提灯を持って、白石の前後の道を照らした。

「何だか、芝居の世界に入り込んだようだな」

誰にともなく白石はひとりごちた。

蔵前の道を南下して右に折れると、鳥越神社だ。鳥居のあたりに数人の人影があり、言い争うような低い声が聞こえた。

白石の供の二人は身構えて、慎重な足取りになった。近づいてゆくと、奉行所同心と目明しが、二人の不審者を呼び止めて尋問中らしいことが分かった。すべての町木戸の閉まったこんな雪の晩にうろついていれば、見咎められるのは当然だが、その受け答えの様子といでたちから、これは通信使の一員かもしれないと白石は推測して、

「失礼。通りすがりの者だが、みるところ朝鮮からの賓客のようだ。どうしたのか？」

とたずねた。同心は、白石の身なりをみて、上位の侍と察して、丁重な言葉づかいで答えた。

「この二人、このたびの朝鮮通信使の一員だと申しているのですが、では、なぜこんな

時間、宿舎から遠く離れた場所にいるのか、訊ねても理由をいわないのです。……あなたさまは？」

「まず貴殿のほうから名乗るのがよろしいかと」

と脇から供の一人が注意をうながした。

すると、同心はひとつ生唾をのみ込んだあと、やや口ごもる体で、

「失礼致しました。……私は南町奉行所雪見廻り同心三谷一馬と申す者です」

「こちらは、将軍様侍講、新井君美《きんみ》様であるぞ」

は、と三谷は一歩下がり、深く膝を折って頭を垂れた。むろん彼は、「生類憐みの令」の停止や、新しい「武家諸法度」の発布などの建策の中心に、将軍家宣の側近、新井君美こと白石がいることを知っている。

「どうしましたか？」

白石が二人の朝鮮人に向かって問いかける。

老いてはいないが、ひどく背中の曲がった小柄な男は、ただおどおどするばかりだ。

いっぽう若くて背が高く、骨張った男はさきほどからずっと不遜な態度を持したままで、答えない。

白石が高下駄で雪を踏んで、男のほうへ一歩、二歩近づいて、

「私は、たったいま、あなたがたの正使と会ってきたところなのだが、彼もこの外出を承知しているのですか？」

すると、急に男は畏《かしこ》まった様子で、雪の中にひびき渡る声で答えた。

「理由は申し上げられません。しかし、いずれにせよ貴国にご迷惑をお掛けするようなことでは絶対にありませんから、このままお見逃し下さい」

背の曲がった男がたどたどしい日本語で通訳する。

白石は、若いほうの男をすでに思い出していた。

「あなたはたしか……、進見の儀のとき、内庭にいて、儀仗兵を指揮していた……」

とまでいって言葉を切ると、白石は三谷に、

「行かせてあげなさい。この方はれっきとした朝鮮使節団の軍官だ」

三谷が低頭して、

「かしこまりました。……あなたたち、早くお帰りなさい。新井様、では私はこれで」

と目明しを促して、御徒町《おかちまち》のほうへ遠ざかる。

若い男が白石に向かって軽く頭を下げながら、

「ありがとうございました。東本願寺へはどの道を行ったらよいでしょうか？」

「この先を左に曲がりなさい。私たちが来た道だ。きっと足跡が付いている。それに従って、北へまっすぐ半里ほどです」

二人の朝鮮人を見送ったあと、

「また降ってきた。さあ、われわれも急ごう」

といって白石は歩きだす。

下士の一人が提灯で足許を照らしながら、

「新井様、さきほどの同心、雪見廻りといっておりました。たしか奉行所には風烈《ふうれつ》廻り同心というのはありますが、雪見廻り同心とは……」

「町奉行所に雪見廻りなどという役はない。あれはたぶん隠密廻り同心だよ。訊かれて、とっさにそう答えたのさ。なかなか当意即妙の応対だ。隠密同心が自らそうと明かすわけがない」

「さきほどの朝鮮人は？」

「背の高い、きりっとしたほうの男は、通信使同行の軍官司令……、名前は知らない」

……しかし、あの二人、と白石はつぶやく。なぜ、こんな時間に、こんな雪の中をうろついていたんだろう？　答えられない理由とは何か。

雪はあらゆる物音を消してしまう。白石と二人の下士は、その静寂に何か胸を締めつけられ、追い立てられているような気がして、お城の方角をさして足を速めた。

柳成一と朴秀実は反対の方角に、東本願寺へと向かっている。

「早く歩け！」

柳が朴をふり返って、押し殺した声を投げつけた。朴は、柳に斬られることを覚悟していた。二本の足で立って歩くのもやっとといった意気悄沈ぶりで、奉行所を出てから何度となく、このまま逃げようという考えにつかまり、ついに決心して駆け出そうとしたとき、夜廻りの役人に呼び止められたのだった。

しかし、こうして柳成一の背中をみながら歩いていると、この男からは到底逃げ切ることはできない、と朴秀実は観念せざるを得ない。朴に剣の心得はないが、柳の姿にはどこからみても隙がないように思える。よしたとえ、柳から逃げ切れたとして、いったいどうやってこの国で生きてゆけるだろう……、だめだ、とてもだめだ。

——この日夕刻、東本願寺客館を中町奉行所与力塩井修次と名乗る男が訪れ、朝鮮通信使側の警備と内部規律を担当する責任者に会いたいと申し入れた。たまたま応対に出たのが軍官通訳の申であったため、柳成一に速やかに取り次がれた。

塩井は前置きを省き、すぐ用件に入った。

「ただいま、わが中町奉行所は、朴秀実という朝鮮人の身柄を預っております。その者は、なかなか身許を明かさなかったのですが、ようやくこちらの一員であると……」

「朴がいったいどのような事情でそちらに?」

「いえ、それはご同行いただいたうえで……」

「われわれは朝鮮政府を代表する外交使節団です。朴がどのような容疑で身柄を拘束されているか分かりませんが、彼はわが使節団の一員ですから、場合によっては外交問題に発展しかねませんよ」

「そのことはよく承知しておりますゆえ、奉行とも相談の上、伺ったわけです。どなたか責任ある方に出頭願って、事情を詳《つまび》らかにしたうえでお引き取り願うことにしたい、と……」

「分かりました。まいりましょう」

このとき、軍官通訳の申は当然のことのように通訳として同行しようとしたが、柳が無用と押しとどめ、ひとりで中町奉行所に出頭したのである。

この頃、江戸には北町、南町、中町奉行所があって、月番で江戸の警察業務を担った。十一月は中町が月番で、奉行所は鍛冶橋と呉服橋の中間にあり、奉行は丹羽遠江守《とおとうみのかみ》長守だった。

次のようなことが明らかになった。

朴は駿河町の両替店那波屋《なはや》に銀千匁を持ち込み、これを金《きん》に両替しようとした。はじめ番頭が応対していたが、個人の両替としては金額が大きいのと、客の言葉遣いに奇妙な訛《なまり》があったことから主人の九郎左衛門を呼んだ。九郎左衛門がそれとなく探りを入れて質問するうち、これは日本人でなく朝鮮人、しかもいま滞在中の通信使の一員ではないかと当たりをつけ、安易に両替してはあとでお咎めを蒙ることになる。早速、番頭を奉行所にやって注進に及ぶと、筆頭与力が駆けつけた。

銀の出所《でどこ》を尋ねても、朴はのらりくらりとたどたどしい日本語ではぐらかしながら、朝鮮人が銀千匁を所持していてどこがおかしいと居直る。……たしかにこの銀貨は日本の慶長銀だが、朝鮮人が所持していて何のふしぎがあろう。もし将軍への献上品のいっさいを司る押物官たる私を逮捕するとなれば、大きな外交問題に発展し、かの豊臣秀吉の時のように国交断絶という大事を招くことになろう……。

といったようなことを朴は弁じているつもりだったが、日本語がたどたどしいうえ、筋道立ててしゃべるのが苦手なため、ほとんどが塩井たちにはちんぷんかんぷんだった。

そもそも朴が大坂で献上品の人参に手をつけたのは、前の通信使の一員として日本に行った男から聞いた、有名な江戸の遊廓吉原で、思いっきりぜいたくをしたいという魂胆からだった。柳の木のある大門《おおもん》とかいう入口をくぐれば、そこはもう酒池肉林の不夜城で、遊女の数は三千人とも四千人とも。天国、極楽とはこのことで、歓楽の限りを尽くしたのちは、ありがたいことに生きてこの世にもどってこられる。

罪をリョンハンになすりつけて懐にした銀千匁は、大切に彼の二重底の行李に納められ、東海道を旅して江戸に着いた。ところが、彼は日本の貨幣制度について不案内だった。

幕府は、「大坂の銀遣い」、「江戸の金《きん》遣い」と呼ばれる金銀複本位制を取っていた。これに全国に流通していた銭（銅）貨を含めて三貨制度と呼ばれる。

朴が命がけで懐にした銀《かね》だが、そのままでは江戸で使えないことが分かって、両替店を捜し、那波屋を訪ねたところを御用となった。

柳成一は大坂で、献上用人参の盗難が明らかになったとき、草の根を分けても犯人を捜し出し、処罰すると宣言した。しかし、無事使命を果たすことしか念頭にない趙泰億に弱味を握られ、止むなく捜査を中断していた。阿比留克人は間違いなく真犯人を知っているが、鵙屋《もずや》を連れて来て首実検させることには二の足を踏んだ。それはそうだろう、証言台に立てば、鵙屋自身、故買《こばい》容疑でお縄になるかもしれないからだ。阿比留にとっては、リョンハンの濡れ衣さえ晴らせばそれで目的を達したことになるわけだから、逆に柳があくまで首実検を要求したら、困った立場に立たされることになったはずだ。

柳成一は江戸でついに人参泥棒の犯人を捕えた。意外ではない。疾《と》っくに朴が怪しいとにらんでいたし、そのように一部でもささやかれていた。それが思いがけない方面から立証された。

柳が中町奉行所に着いて、招じ入れられたのは、玄関脇の使者の間と呼ばれる土間で、隅に朴秀実が体を縮めるようにしてすわっていた。

角卓をはさんで、与力の塩井と向かい合った柳は、塩井が質問を発する前に口を開いて、朴が所持していた銀は通信使軍官部門の金庫から江戸での費用の一部として持ち出されたもので、朴に両替を指示したのは自分であると説明した。

うな垂れて聞いていた朴が、いきなり顔を上げ、鳩が豆鉄砲をくらったような表情で柳をみた。朴は耳を疑った。柳が流暢な日本語をしゃべっている。これまで一度だって……、いや、鞆ノ浦の鶏泥棒のとき、農家の男に片言の日本語を使うのを聞いたことはあったが……。通信使一行の中でいちばん日本語のうまいのは上判事の全斗文だが、彼とて柳ほど流暢ではない。日本人が話すのと変わりないではないか。いったいこの男は何者なのだ?

与力の塩井も驚きを隠さなかった。それは朝鮮人の中にも日本人と変わらないくらい日本語のできる人間がいる、という賛嘆の念から生じたものだった。

朴はじっと柳の顔に視線を注いだ。その酷薄そうな口許の歪みと眼光をみて、柳の思惑をさとった。柳成一は朴の身柄をできるだけ速やかに引き取って、自らの手で処断するつもりなのだ。笞打たれているリョンハンを思い出した。リョンハンは濡れ衣が晴れてあれで納まったが、俺の場合は、笞打ちのあときっと両腕を斬り落とされる。それならいっそ首を刎《は》ねてもらったほうがましなくらいだ。

塩井は柳の説明を信じた、いや、信じることにして、奥に控えた奉行丹羽長守と相談の上、朴を釈放した。

奉行所より朴秀実の身柄を貰い受けて雪の中を帰ってきた柳は——途中で思わぬ人物と出くわしたが——、朴を自室に引き入れた。館内はしんと寝静まっている。すでに朴は覚悟を決めていた。国に残した妻子の顔が瞼に浮かぶ。女房が、俺のみじめな死にざまをみないですむのは何よりだ。しかし、大坂で手に入れた銀は、柳の手から遺族に渡してもらえないだろうかと、虫のいいことも考えた。

行灯の灯りが、どこからか吹き入る隙間風にひっきりなしに揺れている。剣を手にした柳成一の大きな影が、天井にまで伸び上がる。

「そこへ直れ」

柳の声がひびく。朴は目を閉じ、最期に臨んで、漢詩のひとつでも唱えようとするが、何ひとつ浮かんでこない。少年の頃から科挙をめざして、あれほど打ち込み、研鑽を積んできた何千、何万韻という漢詩の列の中から、ただの一韻も！　ばかな！　欧陽脩も李白も陶淵明も、結局おれには無縁の代物だったのか……。

朴は、何だか自分が、生まれてはじめて目をあけた赤ん坊のような気がした。そのとき、頭の空洞の中で、ひびきはじめた調べがあった。

「……月はさやけく　風さむく　夕《ゆうべ》と朝《あした》が相《あい》まみゆ　あれに羽ばたくやもめの雁《かり》よ　わが言《こと》の葉《は》が届かぬものか　旅路にわが背見かけなば　いとしきわが背見かけなば　伝えてよ　死ぬるまで別れはせじと……」

小さい頃、村にやってきたパンソリの詞《うた》なのだ。耳の奥に、ムルソリ（水の音）、ヤソリ（鳥の鳴き声）、パラムソリ（風の音）が嫋々《じょうじょう》と……。

ああ、と朴はやぶにらみの目から大粒の涙を流して、床に突っ伏した。

ドサッと重い物が彼の前に落ちる音がした。はっと顔を上げる。あの銀千匁の入った袋だ。

「三途の川の渡し賃だ。取っておけ。……朴、死にたくないか？」

はい、と再び床に突っ伏す。

「顔を上げろ。もっと近くへ寄れ」

朴が床を這いずって一間の距離まで接近する。

「……おまえは、阿比留の周囲をうろついているな。どうしてか私は知っているぞ。あいつは、人参泥棒が誰かを知っている。そのことに勘付いたおまえは、事が露顕するのを怖れて、四六時中、あいつを見張っているのだろう。だが、心配するな、阿比留は決して他言はしない。これから私がいうことをようく聞け、いいか」

柳成一は厳しい口調でつづけた。

「帰国したら、おまえは厳罰に処せられるだろう。両腕を斬られるか、鼻を殺《そ》がれるか……」

朴は断末魔を思わせる呻きをもらした。

「しかし、私が何とかしてやる」

朴が恐る恐る顔を上げる。

「その代わり、よいか、これからはいままで以上に阿比留から目を離すな。毎日、彼の行動の逐一を報告するのだ」

朴の眇《すがめ》は、急に輝きと本来のすばしっこい動きを取り戻して、

「あの優《や》さ男、何か悪さをしそうな気がしてならなかったんですが、やっぱり！　死んでも目を離すもんですか」

朴に打ってつけの役が割り振られた。しかも、それで命拾いができるというのだから一石二鳥。朴は思わずつぶやく。……おまけに一千匁の銀は晴れて俺の物、禍福は糾《あざな》える縄の如し。

「阿比留の同僚に椎名という男がいるだろう。同様に彼も見張れ。それから鳩だ」

「鳩……、ですか？」

「そうだ、鳩だ。椎名は鳩を飼っている」

「ええ、それは知っていますが……」

「その鳩からも目を離すな。いいか」

はい、といって朴はひたいを床に擦り付けて恭順の意を表した。


翌日はからりと晴れ上がった。一面、まばゆいばかりの雪化粧である。おお、雪の肌が痛いくらい目にしみるぜ、などと気障《きざ》な台詞を吐きながら男たちが行き交う。

江戸は朝鮮通信使一色ではなかった。官許の江戸歌舞伎四座、中村座、市村座、山村座、森田座の顔見世《かおみせ》興行がはじまって、武家町人を問わず、老若男女ともに浮足立っていた。

江戸の歌舞伎は、元禄期に初代市川團十郎が出て、英雄や神仙の超人的活躍を演じる「荒事《あらごと》」が人気を呼んで隆盛を迎えた。同じ頃、京・大坂では初代坂田藤十郎が、当代の世帯、人情、風俗を背景に男女の恋を描く「和事《わごと》」の芸を生み、一世を風靡する。

元禄十七年（一七〇四）、初代團十郎が人気絶頂の四十五歳で、役者の生島半六《いくしまはんろく》に刺殺された。跡目を継いだのが長男の九蔵で、十七歳のとき。江戸中が初代の不慮の死を悲しんだが、二代目團十郎がみごとに父の「荒事」を継承して、初代をしのぐ人気者となった。

江戸歌舞伎の一年は十一月（旧暦）にはじまる。十一月といえば顔見世、そこへ朝鮮通信使の来聘が重なった。

十一月は、その年への回顧と新しい年へ向けての期待とが重なる月。そういう時期に合わせて、中村座、市村座、山村座、森田座の四座が、それぞれ新年度の座組《ざぐみ》を披露する顔見世興行を打つ。一足早い歌舞伎界の正月である。

顔見世には雪がつきもの。舞台では、大太鼓をドン、ドン、ドンとゆっくり軽く打つ。すると雪にみたてた紙吹雪が舞い落ちてくる。観客は、ああ、雪だ、とつぶやく。ほんものの雪は音もなくしんしんと降るが、舞台ではドンドンドンと音をたてて、観客の胸の中に降る。

朝鮮通信使がやってきたこの年の顔見世四日目には、前日からほんものの雪が降り積って、芝居小屋の外をすっかり銀世界に変えてしまった。顔見世気分はいやがうえにも盛り上がる。

克人は江戸で、家老平田真賢から新たな指示を受けることになっていたが、呼び出しはまだなかった。日々、警備と通訳業務、それに絶えまのない日本人と朝鮮人との間に起きるいざこざの処理に追われる中、椎名から顔見世のことを聞いて、この顔見世をリョンハンたちにもみせてやりたいと思うようになった。女形《おやま》をみたらびっくりするだろう。椎名に相談する。椎名は、四年ほど江戸詰の経験があり、当時歌舞伎に夢中だった。今回の通信使随行を好機到来とみて、歌舞伎見物を目論んでいたので、克人からの相談は渡りに舟である。彼のお勧めは、何といっても山村座顔見世狂言、二代目團十郎による「助六」。しかし、人気沸騰でなかなか席が取れない。椎名はかつての江戸の遊び仲間たちのあいだを奔走して、ようやく四人分の平土間席を確保した。

いっぽう克人は、半日の休暇を取るために然るべき部処と掛け合ったが、なかなか埒《らち》があかない。この忙しいさなかに、とみな渋い顔をする。

そこで、こんな論陣を張ってみた。——朝鮮の芸人たちに日本の歌舞伎をみせることは、漢詩の唱酬による交流ほどではないが、日朝交流の裾野を広げ、彼らに日本の芸能侮り難しと思わせるよい機会になる。

克人の説得が功を奏した。問題は朝鮮側だった。芸能団の管轄責任者は楽手司令ということになっているが、押物官の朴秀実がしばしば介入して、いつのまにか彼が団を牛耳るようになっていた。

朴が、リョンハンにやぶにらみの視線を向けながら、

「いったい誰が、おまえたちをその歌舞伎とやらに連れてゆこうというのだ？」

案内人が克人と椎名だと聞くと、朴はしばらく考え込むふりをしたあと、急に猫撫で声を出した。

「あの二人なら安心だ。おめかしして行っておいで。おまえたちはわが朝鮮を代表する広大なんだから、やつらの稚拙な芸を笑ってきてやりな」

克人、椎名、リョンハンにテウンの四人が、晴れ渡った雪景色の中に、勢いよく足を踏み出したのは、朝四つ半（午前十一時）の頃だった。

リョンハンは色鮮やかな臙脂《えんじ》のチマで着飾っていたから、その姿は雪の白とのみごとなコントラストをなして、道行く人々の目を奪った。

蔵前、柳橋と南下して、浅草橋を渡ると両国橋西詰である。西詰は江戸一番の盛り場で、そのにぎやかさにリョンハンもテウンも落ち着きを失い、群衆がひしめきあうさまに気圧され、瞠目して立ち尽くす。

小さな芝居小屋、見世物小屋とその櫓、水茶屋、楊弓場、髪結床《かみゆいどこ》、茶店など数百軒が橋の西たもとに蝟集《いしゅう》して、迷宮のような世界をつくりだしている。その向こうに視線をあげれば、虹のように隅田川に架かった両国橋があった。

両国橋は隅田川に架けられた二番目の橋で、万治《まんじ》三年（一六六〇）に完成した。長さ九十六間（約百七十四・五メートル）、幅四間（約七・三メートル）の木橋である。その下を無数の屋形船、屋根船、猪牙船《ちょきぶね》、材木や瀬戸物、炭を運ぶ輸送船が行き交っている。

「急ごう。『助六』に間に合わなくなる」

と椎名がみんなを急き立てた。

四座の上演は、日の出にはじまり日の入りで終わる。夜間の上演は禁じられていた。冬であれば、日照時間のせいで、当然、芝居は短くなる。しかし、江戸の人々は冬こそ芝居を愛し、たのしんだ。

目指す山村座は木挽町《こびきちょう》五丁目だから、まだ半里ほど行かなければならない。

木挽町には、山村座と森田座の二座があった。

この日も、夜も明けぬうちから櫓太鼓が打ちはじめられ、太鼓の音は雪の中でいつもより高く、より勇壮にひびき渡った。あけぼのの光が雪を薄紅色に染め上げたかと思う間もなく、山村座の左右二つの鼠木戸《ねずみきど》が開く。

「へい、いらっしゃい！」

と木戸番の小気味よい声が響きわたる。だが、客の姿はまだ数えるほどしかない。鼠木戸はひと二人くらいがやっと通れるほどの、わざと小さく切った入口で、劇場という異界へ人を誘い込む役割を果たす。木戸銭は七人詰で一席、桟敷が三十五匁、平土間が二十五匁といったところ。

櫓下の正面には、「顔見世狂言　二代目市川團十郎」と大名題《おおなだい》看板が掛かっている。一階屋根と二階庇のあいだには、勘亭《かんてい》流の役割・小名題《こなだい》看板、鳥居《とりい》派の絵看板がずらりと並ぶ。山村座は四座の中で、いま最も人気を集めている芝居小屋だ。しかし、この顔見世より三年後、絵島生島《えじまいくしま》事件に連座して幕府より取りつぶしの処分を受け、消滅する運命にある。

まだ仄暗い光しか入らない舞台では、下っ端役者たちによる〈序開き〉がはじまっている。相撲でいう〈序の口〉。たしかに客の姿はちらほらだが、櫓太鼓の打ち出しから、日がな一日じっくり腰を据えてこそ相撲見物の醍醐味というのなら、歌舞伎見物にもまた同じ喜びがある。

舞台は〈序開き〉から二建目《ふたたてめ》、三建目《みたてめ》と進んで、「曾我対面《そがのたいめん》」、曾我兄弟の仇《あだ》討ちの物語へ。太陽は、深川の火見櫓の半分くらいの高さまで昇った。

いつのまにか場内は平土間、下桟敷、上桟敷ともに満員になっている。

幕が閉じ、やがて柝《き》が入って、窓に暗幕がいっせいに降ろされると、ドン、ドン、ドンと雪音が響いて、暗くなった舞台に雪が舞い落ちてくる。

場内がドッと沸く。團十郎、立女形《たておやま》の中村七三郎ら主な役者連中が降りしきる雪の中で、無言のまま手探りし、あっちへ行ったりこっちへ来たり、奇妙な動作をつづける。

「お目見得だんまり」。いわば今日の一座の役者披露、口上がわりの演出である。

さっと窓の暗幕が引き上げられ、舞台では黒幕が振り落とされる。囃子方《はやしかた》の三味線、長唄がいっせいにひびきわたると、花道から次々と踊子が繰り出してきた。

そのとき、リョンハンたちがたっつけ袴の出方《でかた》の老人に案内されて、花道に近い後方の平土間に現れた。ところが、厚かましい連中が席を勝手に占領して、酒を飲んでいる。お武家など屁とも思わない遊び人たちだが、リョンハンの美貌ときらびやかなチマの出立《いでたち》にしばらくみとれて、

「これは朝鮮からのお客さんに、とんだご無礼、野暮をいたしまして……」

といいながら席は譲らない。

「そこはおぬしらの席か」

克人が厳しい口調でいうと、

「おい、おい、居丈高なものいいのお侍だな」

しかし、克人の眼光に気圧され、リョンハンに向かって秋波を送りながら引き揚げていった。

「おい、朝鮮の別嬪《べっぴん》が芝居見物だぜ」

「いや、朝鮮通信使には女はいないはずだよ」

「そうと決まったもんでもないだろう。しかし、素敵に白い襟足だ、ぞくぞくするぜ」

観客同士が肘でこづき合う。上桟敷の一枡《ひとます》を占領した派手な衣裳《なり》の少年少女たちが、上半身を乗り出してリョンハンに手を振ると、彼もそれに応える。

「リョンハンが男だと知ったら、驚くだろうな」

椎名が克人にささやく。舞台では、若女形《わかおやま》数人が次々と衣裳を変えて踊りながら狂乱してゆく。

もはやリョンハンの目は、彼の美貌にうっとりする観客になど向けられてはいない。一心不乱に舞台に視線を据え付けていた。

「あれ、何ていったかしら？」

「オヤマ」

「オヤマね……」

感に堪えないようすでつぶやく。

幕間で、椎名が花道やセリ、幕の種類とその使い方、黒子の役割などを克人の通訳で解説する。やがてはじまる「助六」の粗筋もざっと。

――場面は吉原の大青楼三浦屋の前、吉原一の遊女揚巻《あげまき》と花川戸《はなかわど》助六は相思相愛の仲。横恋慕するのが大尽髭《だいじんひげ》の意休《いきゅう》という老人。助六、じつは曾我五郎時致《そがのごろうときむね》で、父の仇を討つために名刀友切丸《ともきりまる》を捜している。遊び人に身をやつし、派手なたんかを切ったり喧嘩をふっかけるのは、相手に刀を抜かせるためだ。その友切丸を持っている男こそ髭の意休であった……。

「どうだい、克人、気がついたかい？　演目表をみてごらん。打ち出しからはじまった〈序開き〉はさておいて、ほら、二建目に『曾我対面』が来てるだろう。ここでは、曾我五郎と兄の十郎が父の仇工藤祐経《すけつね》と富士の裾野の巻狩で対決するようすが描かれる」

「しかし、友切丸は、そこでみつかったのじゃなかったのか？」

「そこは変幻自在、融通無碍《ゆうずうむげ》の歌舞伎狂言さ。再び行方が分からなくなって、江戸へ舞台を移す。それも吉原ときた」

そのとき、柝《き》が入って、幕が開いた。

花道から順々にきらびやかに着飾った遊女たちが登場して、三浦屋の大格子の前に並んだ。正面には吉原の仲の町と同じような桜の並木を作り、花道の揚幕《あげまく》は大門の見立て、桟敷にも大青楼の屋号を染め抜いた色とりどりののれんと青簾《あおすだれ》が掛かる。観客を含めて、劇場そのものが吉原という趣向である。

中村七三郎扮する揚巻が花道から酔態で登場する。リョンハンは花道をふり返り、揚巻の姿にうっとりしてため息をもらした。そのとき、後方の立見席の人ごみに、朴秀実の姿をみかけたような気がした。

目を凝らして、もう一度ふり返ると消えている。……わたしは遠目がきくからまちがいないわ。たしかに朴よ。でも、あいつがどうして？

しかし、リョンハンはたちまち舞台の展開に引き込まれ、朴のことはどこかに消し飛んでしまい、克人に伝えるのを忘れてしまった。

花道の揚幕の鉄輪《かなわ》が鳴って、助六が登場する。喝采と、大向うからの「成田屋！」の掛け声。

江戸紫の喧嘩《けんか》鉢巻《はちまき》、黒ちりめんの着付《きつけ》、赤い襦袢《じゆばん》と下《さが》り、たまご色の足袋、散る花びらを避けるため蛇の目傘を差してさっそうと……。

朴は、克人を尾行して山村座まで来た。しかし、今は柳成一の命令はそっちのけに、舞台に展開する吉原の風俗と光景に釘付けになっている。

……そうか、これが吉原か。彼は、まるでほんものの吉原にいるかのように陶然となった。両替店で御用となって、果たせなかった夢をこうして芝居小屋で間に合わせているわけだが、それでも朴は満足だった。

その頃、東本願寺境内にある日本人警固隊の仮設宿舎を雨森芳洲が訪れていた。彼もようやく半日、真文役の重責から解放されて、この時を逃さず克人と会い、克人からこれまでの活動の経過を詳しく聴取して、状況を把握し、柳成一が動いていること、克人と李順之に危険が迫っていることを伝え、今度こそ隠密活動を止めさせなければならない、と断固たる決意でやってきた。

克人の指揮官と思われる江戸家老平田直右衛門真賢は、今夕、江戸城から対馬藩江戸屋敷に十日ぶりに戻ってくると聞いたから、克人との談判のあと、明朝、平田に隠密活動の中止を願い出る。このことは決して日朝双方に益をもたらさない。

ところが、当の克人が朝鮮人芸人を連れて歌舞伎見物だという。何たることか！

雨森は、自分からどんどん離れて、手の届かないところへ行ってしまいそうな克人の言動にいらだちを募らせた。

一時《いっとき》半待った。寛永寺の時の鐘が暮れ六つ（午後六時）を知らせている。雨森はとうとう痺れを切らして立ち上がった。

克人たちが東本願寺に帰り着いたのは、雨森とほとんど入れ違いである。克人に平田の呼び出しが待っていた。

克人は雪解けのぬかるんだ道を、下谷の江戸屋敷を指して急いだ。崖道に近づくにつれ、提灯ひとつの灯りのもとでも、目に映る土塀や白壁の連なりから、まだ父が生きていて、江戸屋敷内に住んでいた少年時の記憶が走馬灯のように次々と甦り、なつかしさが込み上げた。時々、庇や松の枝から雪のかたまりが落ちてきた。

対馬藩江戸屋敷は、通信使滞在中は夜明けまで門灯を消さなかった。克人は、自らの立てる砂利の軋り音を聞きながら玄関を入り、名乗って、式台に両手をつき、中からの応答を待った。やがて女中が湯の入った盥《たらい》と手拭いを持って現れる。執務室に通ると、平田は何かの書類に目を通していたが、ゆっくり顔を上げ、克人に向き直った。

「遅いではないか」

歌舞伎見物に出かけていたとはいえない。平身低頭するばかりだ。

平田は鷹揚《おうよう》にうなずいて背後をふり向き、

「阿比留がまいりました」

奥座敷の襖が開いて、初老とはいえ精悍な風貌の男がゆっくりと歩み寄ってきた。

「新井さまだ」

と平田が告げる。

「阿比留克人にござります」

平田の横、一間ほどの距離にすわった新井は、克人に向かってうなずき、じっと顔をみつめ、微笑みながらいった。

「父上とあまり似ておらぬな」

克人は、なぜかそういわれたことがうれしくてならなかった。父を敬愛し、父に近づこうとしているからだ。それが道半ばであることも新井の言葉は暗示している。新井が社交辞令をもっぱらとする人間ならこういったはずだ。よく似ておるな。

新井白石が克人の父、阿比留泰人と江戸で親交を結んだのはもう二十六年前のことになる。

克人は、まさかここで将軍侍講にお目にかかれるとは夢にも思わなかった。新井白石は、平田から対朝鮮隠密活動に従事している人間が、かつての学友阿比留泰人の一子ときいて、是非会ってみたくなった。むろん、それだけではなく、重要な新しい指示を直接伝えたほうがよいと判断したからなのだが。平田にもまだその内容については話していなかった。

「人参の人工栽培についてだが……、その後、何か新しい事実をつかんだか？」

と平田が克人をうながす。

「は。ご指示があったあと、平地栽培の有無など出来るかぎり探っておりますが、これといった確かな情報はいまだ得られておりません」

しかし、克人は、丹陽で肩の傷の治療を受けたとき、洪舜明の随行医崔白淳から、開城で人工平地栽培に成功したという話を聞き及んでいる。肩の傷は、その人工栽培の人参を主成分に調合した薬によって治ったのだ。李順之の言葉が甦る。……その医師はきっと、口を滑らせたことを後悔していますよ。なぜなら、それは国家機密に属する事柄だからです。

間者の職分は、常に、より機密度の高い情報を獲得しようとするところにある。そのため、あらゆる策と手段を弄することも厭わないし、裏切りもためらわない。

克人が、崔白淳から得た情報を伝えなかったのは、人工平地栽培が事実かどうか、確認できていなかったからである。

突然、新井白石の声がひびいた。

「人参の人工栽培についての情報収集活動は不要となった」

「新井さま、もう少し詳しくご説明願えませぬか」

平田が戸惑いの表情を浮かべていった。新井は平田のほうに顔を向けると、

「以前、土屋殿の屋敷で話したことと重複するが、わが国がこれまで鋳造した慶長銀は百二十万貫目（四千五百トン）だが、国内で貨幣として流通したのはその一割にもみたない。九割が国外へ流出している。しかも、銀の産出量は減少の一途をたどっているため、私は将来、銀を全面輸出禁止すべきだと考えている。なぜならば、金銀こそが万国共通の宝貨であり、これなくしては国の礎《いしずえ》が築けないからだ。さて、わが国の銀の大半は対馬を通じて朝鮮へ流出している。うち八割が白糸と絹織物の輸入代金に、二割が人参に当てられている。阿比留、念のため、分かりきったことをたずねるが、白糸・絹織物はどこの産か？」

克人は答える。

「すべて清国産です」

「ということは、朝鮮政府はいったん清国から白糸を購入し、日本に輸出しているということだね。では、朝鮮は清からの白糸の購入代金に何を当てているのか？」

「はい。慶長銀です」

「つまり、わが国の銀の大半は清国に流れているというわけだ。……私は、人参の人工

栽培は無理だと思う。もともと高麗の山中にしか自生しないものを平地で、しかも土壌、気象条件の大いに違う日本で栽培するのには、時間と経費がかかりすぎる。しかし、白糸はどうか。日本にも古くから養蚕はある。蚕や桑の木も清国のものと変わらないだろう。問題は技術だ。昔、やきものにおいて同じことが言われたものだ。土も火も窯もある。問題は技術だ、と。太閤秀吉は大勢の朝鮮人陶工を日本に連れてきた。いまでは伊万里をはじめ、本場をしのぐほどのできではないか。……もし、中国の養蚕と紡織技術を導入することができれば、計り知れない利益を生むことになる」

平田の頬が小刻みに震え、口角が歪む。……白糸が国産化されたりすれば、対朝鮮貿易によってしか生きる道のない対馬藩の財政はどうなる？

新井は、平田の考えを見透かしたかのように、

「対馬はこれまで通り人参と白糸の輸入をつづけるいっぽうで、白糸の養蚕・紡織技術の導入に全力を挙げる。そして、いずれ対馬を白糸の島にするのだ。そうすれば安定した豊かさを実現できるだろう。藩の財政を貿易だけに頼るのは危険だ。かの国書改竄事件を思い起こしてみようではないか。藩主宗義成殿はお咎めなし、宗家重臣中の重臣柳川調興は津軽流罪。あたら有能な人間を失ったのみならず、柳川の家臣の二人は死罪に処せられている。それもこれも、藩の台所を外交と貿易に委ねてしまっているからだと思う。幕府よりの融通金も、これは主に通信使来聘用としてだが、五万両に達している。対馬藩にとって喫緊の要事は、島内で新たな産業を興すことではないか。実現すれば、

国内の白糸市場を一手に握ることになる」

克人からは先程までの臆する気持が消えてゆき、入れ替わるようにして将軍侍講の慧《けい》眼《がん》に対する敬服の念がわき上がってきた。

「清国の白糸の主要産地を存じておるか？」

矢のように質問が飛んで来る。

新井の問いに克人が答える。

「はい。繭と生糸の生産、紡織は広範囲に行われておりますが、やはり伝統的に南京、蘇州、杭州のものが上質です。それぞれが南京牌《はい》、蘇州牌、杭州牌と呼ばれて、値段も高く、西陣へはこの三つの牌の白糸が納められております。これらはいったん揚州の港に集められ、大運河で北京まで運ばれたあと、北京から陸路で漢城、釜山へと……」

新井白石は膝を乗り出すようにして、

「南京、蘇州、杭州から、腕のいい職人を五、六人連れて来れぬか。あるいは日本人を五、六人派遣できぬだろうか？」

新井の提案を聞いて、克人が素早く頭に思い浮かべたのは、「暦咨行《れきしこう》」と「冬至使《とうじし》」という二つの朝鮮政府の使節団のことだった。

朝鮮は、中国を中心とする伝統的な冊封《さくほう》体制下にあって、年二回、定期的に朝貢使節団を北京に送っている。

「暦咨行」は、中国の暦を受け取るために派遣される使節で、八月に漢城を出発して十一月に帰国する。「冬至使」は、十二月に発ち、元旦朝賀や様々の冊封のための儀式を済ませて翌年の四月に帰国する。これらは貿易使節をも兼ねていて、日本の慶長銀はこのとき、大量に北京に運ばれる。漢城から北京へ向かうときは「銀の道」を、北京から漢城への復路は「白糸・絹の道」を通る。

だが、この道は漢城で尽きるものではない。人参や白糸の決済に使用される慶長銀は、おおむね京都・三条、高瀬川ぞいにある対馬藩邸で調達され、高瀬舟に積まれて高瀬川、宇治川、淀川、瀬戸内海を経て、いったん対馬で荷改めののち、「お銀船」で倭館へ運ばれるのである。

倭館で、慶長銀によって調達された白糸・絹織物は同一のルートを逆にたどって、京都・西陣に運ばれる。いわば、京都と北京は「銀の道・絹の道」で結ばれていた。

新井白石の低い声がひびいた。

「まさか朝鮮政府にこのことでおおっぴらに協力を要請するわけにはゆかぬだろう」

新井の言葉に相槌を打ちながら、克人は、自ら「冬至使」の一員となって北京まで行き、大運河を下って南京、蘇州に潜入するという計画を思いめぐらしていた。もちろん、李順之の協力なくして叶うことではない。

「何か妙案はないか？」

新井は穏やかな口調でたずねる。

「通常、外国人が朝鮮から中国へ入るのは不可能ですが……、年に二度、朝貢使節団が漢城から北京に派遣されます」

克人の応答に、新井が興味深げに身を乗り出してきた。そこで、克人は、「暦咨行」と「冬至使」について簡略に説明する。聞き終えると、白石は小さくうなずいて、

「なるほど、妙案ではあるが、危険な仕事でもある。現地に潜入したあとどうするのだ?」

克人は素早く頭の中で、この任務を拝命した場合、その成功の可能性を思案していた。

「冬至使」の一員になりすまして北京へ、北京からは漢人に化けて大運河を下り、南京、蘇州、杭州に潜入し、養蚕・紡織にすぐれた人々のいる村か鎮《ちん》をみつける。そして新井さまがいうように、日本人をその村に派遣して技術を習得させる、しかしその実現性はほぼ零に近いだろう。清国政府や県の役人が訓練生の受け入れを認めるなんてことはありえない。日本人を漢人のふりして潜り込ませてもすぐにばれて、殺されてしまうだろう。

実行するとすれば、優れた養蚕技術者と腕のいい機織女《はたおりめ》をまとめて日本へ連れて来る方法以外にない。昔から密航してでも日本へ渡ろうとする漢人は多い。寧波《ニンポー》あたりの漁師と渡りを付け、東シナ海を船で越えて……。

ここまで自問自答を重ねたとき、

「現地に潜入したあと、どうする? とたずねておるのだが」

先の問いをくり返す新井のややいらだたしげな声がひびいて、克人はまるで夢から覚

めたかのように顔を上げた。

「どうなのだ？」

だが、克人は口ごもって、すぐに答えられない。まさに問われていることについて考えていたのだが、何だか夢想の領域を出ない、具体性に乏しく、破天荒な計画のように思えたからだ。

「いま、暫くのご猶予をお願い申し上げます」

「それはそうだな。そう簡単に答のみつかるような問題ではない。しかし、通信使出発までには素案を聞いておきたい。今夜は、『冬至使』を利用するというところまでを了解した。平田殿……」

とようやく江戸家老のほうへ向き直った。

「……平田殿、白糸の国産化がなるまでの投資は幕府が負担します。しかし、この計画はあくまで極秘裡に進める。幕府内にも藩内にも、反対する者どもが決して少なくないことでしょうから。宜しいか？」

「御意」

新井が立ち上がる。

「平田殿は良いご家来をお持ちだ」

つづいて克人も帰路についた。道々、思案をめぐらす。……「冬至使」に加わるための工作を李順之に依頼しなければならない。しかし、李順之が要求している日本銀についての最新の情報提供をあと回しにしておいて、面倒な頼みごとばかりでは虫がよすぎはしないか。特に、半年前の克人の丹陽入りに関しては、自らの身を危うくしかねない事態を招くほどの犠牲を彼に強いていた。

通信使は間もなく帰国の途につく。唐金屋はすでに銀情報の収集を終えただろうか。克人は宿舎に帰り着くと、即刻大坂の唐金屋にあてて、例のこと、大坂に到着次第接受致し度候、と書状をしたため、翌朝の早飛脚に托した。

彼の目論見はこうだ。――「冬至使」と銀情報、この二つについての李順之宛ての文を阿比留文にして、大坂から対馬に向けて伝書鳩を飛ばす。

「椎名、いよいよきみの鳩の出番がきたよ」

「よし、きた。よほど重要な案件なんだな。どこから飛ばす？　江戸か」

「いや、大坂に着いたらすぐだ」

「分かった。君は同じものを二通作るんだよ」

克人がけげんな顔をすると、

「途中で、鳩が鷲や鷹に襲われたり、事故に遭遇した場合を考えて、二羽を同時に飛ばすがいい」

「ありがとう。利根への文も書きたまえ。ずいぶん我慢させてしまったからね」

「いや、今回はやめておくよ」

克人は、利根とは対馬出発前に次のような手筈を整えていた。李順之宛ての阿比留文はいったん利根が受け取ったあと、新しい封筒に入れ替えて倭館裁判補阿比留克人様と表書きし、対馬と倭館を結ぶ藩の行嚢船《こうのう》に積む。克人の部屋付き用人には、不在中に届く克人宛の書状の中に差出人が利根となっているものは、急ぎのやきものの注文表であるから、ただちに窯場の李順之に届けるよう指示してあった。

また克人は、倭館を発つ直前、李順之をたずねて大事なものを渡しておいた。阿比留文字と諺文《おんもん》の対照表である。日本にいる克人から李順之へ連絡するとき、阿比留文で書き送り、その対照表をもとにすれば、ほぼ解読できるはずだ。

克人と会えずに東本願寺から一ツ橋の真文役宿舎にもどってきた雨森は翌日、鬱々とした気持の晴れないまま、江戸屋敷に家老の平田をたずねるため宿舎を出ようとしたところ、藩主から緊急召集の使いが来た。

駆けつけると、辞見の儀、即ち国書回答（将軍復書）と送別の宴を明日、東本願寺本殿奥書院で取り行うこと、及び通信使本隊の出立が明々後日と決した旨、幕府より沙汰があったと藩主は告げた。東本願寺では喜びの声が雄叫びのように上がった。こうして、雨森が、平田に、克人の対朝鮮隠密活動の中止を願い出る件は、怒濤のような帰国準備の渦の中に巻き込まれ、消えてしまった。

東本願寺本殿奥書院において、辞見の儀が行われた。

朝鮮御用・老中土屋政直ほか三人の幕閣、宗対馬守義方らがそれぞれ常磐《ときわ》（緑）、萌《もえ》黄《ぎ》、鬱金《うこん》、臙脂色などの直垂上下《ひたたれかみしも》姿で居並ぶ。朝鮮の上位官服で着飾った趙泰億ら三使、製述官李礥、上々官がそれに向かい合う。互いにねぎらいの言葉を万感こめて交換しあうなか、将軍から朝鮮国王、三使らに贈られる礼物の目録が朝鮮側に渡される。江戸滞在中すべての儀式の掉尾《とうび》を飾るのが、日本国王（将軍）より朝鮮国王への返書奉呈の式である。

返書は、宗対馬守によって、正使趙泰億に手渡された。趙はいったん控えの間に下がって、返書を改めることの許しを乞うた。土屋はこれを諾《うべな》う。

彼らが下がって、しばらくすると、控えの間が騒《ざわ》めきはじめた。

襖が開いて、長身痩軀の趙が背をかがめ、左手に返書をのせてとび出してきた。うしろに洪舜明、任守幹、李礥らがぴったり寄りそい合い、ひとかたまりになって進んで来る。

「やはり恐れていたことが起きました。この返書の中に懌《エキ》の字があります！」

と左掌の上の返書を右手で指さす。指も唇もわなわなと震えている。

趙泰億が大声を上げて訴える。

「懌は、我が朝鮮中興の祖、朝鮮国王中宗の諱《いみな》でござる。これは国王名を犯すことになります。国辱です。どうか書き改めて下さい」

諱法についてさほど深い認識を持たない土屋たち老中は、何を大仰な！　と高《たか》を括《くく》ってなだめにかかるが、三使の興奮は高まるばかりだ。宗義方のうしろに控えていた真文役雨森芳洲が、事態の容易ならざることを、宗を介して土屋に伝える。

「彼らは決して大仰に騒ぎ立てているのではありません。返書の文中にかつての朝鮮国王の諱がまじっていて、それをそのまま受け取って帰ったなら、三使ともども生死にかかわる処断を受けかねないからです」

土屋は驚いて、ただちに使者を江戸城にやり、その旨を新井白石に伝えて、いかに対処すべきかを問うた。

新井から折り返し次のような回答が来た。

「確かに今回の返書中に朝鮮国王中宗の諱の『懌』があるが、これは、この度の通信使来朝を我が国こぞって懌《よろこ》び迎えるという意味を込めて認《したた》めたものである。その一字をもって、犯諱《はんき》として改書を要求するならば、我が方もまた次のことを問題にしたい。今回の朝鮮側の国書をみるに、三代将軍家光様の『光』の字を犯している。我々がそれを問題にしなかったのは、友好を優先させたためである。従って返書を変更する必要はない」

三使はこの回答に怒りの声を上げた。趙泰億が顔をまっ赤にして、

「数日前、このことを恐れて、事前に返書をみせていただけないかと頼んだとき、新井氏は辞命の事には与らないと断った。不実なり！」

土屋政直はようやく彼らが置かれている困難な立場を理解した。再び使者が立てられた。

「『礼記《らいき》』に諱は五世までとあり、中宗は七世前の国王であるから犯諱とならず、しかるに家光様は現将軍の祖父にあたる。犯諱をいうなら、先に朝鮮側が国書を改めれば、日本の復書も改めることとし、その交換の場を対馬とする」

しかし、三使は復書が改められないまま帰国することはできない。朝鮮国王の書については帰国後、政府に報告して、改書して送ることとする。これ以外に方策はなく、認められるまでわれわれは出発しない、と製述官李礥が憤りを込めて書いた抗議書を提出した。抗議書は、三度《みたび》使者を立てて江戸城へ届けられた。

回答はただの一行、前案通り、対馬で改書を交換する、であった。

土屋は、妥協を知らない新井白石の対応にいらだちを強めていった。三使たちの苦衷にも、現場に臨んでいる土屋や対馬守らの努力にも配慮しない新井の頑なさを憎んだ。白石の父は土屋の本家である土屋利直に仕えていた。白石の言説は将軍の同意を得ているのだろうが、家来筋に当たる人間の子に従わざるを得ないもどかしさ、悔しさが、思わず、新井め、斬り捨ててやる、という物騒なつぶやきとなって土屋の口からもれた。

やはり折れて出たのは朝鮮側である。

「……致し方ありません。私たちは明日、帰国の途につかねばなりません。急いでわが政府に書状を遣《や》って、諱の『光』を改めた国書を対馬まで送らせます。あなたたちも改めた復書を対馬に送って下さい。そこで交換することにしましょう」

こうして、三使は返却された国書を持ち、日本国王よりの返書を持参しないという異例の状態で帰国の途についた。

　新井白石が妥協をよしとしなかったのは、国書交換が国交における最も重要な儀式と認識していたからである。その基底には、一にも二にも両国は対等という考えがあった。はじめの国王号復号問題も、終わりの犯諱の問題もすべてそのことに帰一する。白石らしい対処であったが、そのことを理解する者はあまりいなかった。雨森芳洲にしても、あくまで対馬藩という枠の中で、国王号も犯諱問題も捉えていたから、白石の原理原則・厳格主義を疎ましく感ぜざるを得なかった。

　朝鮮通信使の江戸からの復路は、往路と違い、まさに帰心箭《きしんや》の如く、東海道を駆け抜けた。

　意外だったのは、彼らが大坂に到着するより前に、素早く、書き改められた日本側の国書（返書）が大坂奉行経由で北御堂客館に届いていたことだ。

　国書交換は翌年二月十二日、対馬・桟原城において行われた。朝鮮側は「光」を「克」に、日本側は「懌」を「戢《シュウ》」に改めていた。「戢」は、おさめる、やわらげる、戢兵―戦争をやめること、戢翼―鳥が翼をつぼめて休むこと。

　克人は、白石から諮《はか》られた白糸国産化計画素案を通信使一行と共に江戸を発つ直前、家老平田直右衛門真賢に託した。それは直ちに将軍侍講に届けられ、白石は確かに目を通したが、計画はついに実行されることはなかった。大坂で、克人の身に深刻な事態が生じたからである。

大坂で克人に何が起きたかを語る前に、朝鮮通信使のその後を簡単に述べておきたい。一行が漢城に帰り着いたのは三月九日である。一年間に及ぶ長い旅ののち、復命を果たしたのだが、三使を待ち受けていたのは厳しい処断だった。

三使、製述官、上々官らは直ちに逮捕され、牢に繋がれた。「辱国の罪」を問われたのである。

日本側の犯諱を指摘したのは、当然なすべきことをなしたに過ぎない。それより、日本国の無礼を問うこともせず、復書を持たずに江戸を離れたこと、自国政府に改書を乞うたことなど、君命と国体を蔑《ないがし》ろにした行為である、重罪に値する、と。

厳しい尋問が行われた。趙泰億ら三使は、日本側に強く抗議し、妥協の案は決して君命・国体を損なうものではないと弁明したが、容れられなかった。

一人、製述官李礥は、日本側の暴挙に死をもって争うべきだと進言したが、正使には聞き入れられなかった、と述べた。正使は新井某という将軍侍講と親しく交わりすぎて、最後は老練な政治家に翻弄されたのだ、と弾劾《だんがい》した。

義禁府は審理を終えると、国王の上裁を請うた。粛宗はこれを諸大臣に諮問したうえで、三使に、「削奪官爵」「門外黜放《チユツホウ》」を命じた。官位を剝奪され、都から追放されたのである。

李礥には、「削奪官爵・家財没収・門外黜放」と三使、上々官より重い処断が下った。彼の正使弾劾が諸大臣の心証を悪くしたと囁かれた。

李礩は尾羽打ち枯らし、天を恨み、人を恨みつつ、家族と、悪化の一途をたどる痔疾を抱えて郷里霊光《ヨングァン》に逼塞《ひっそく》したが、あるとき、ぱたりと恨《ハン》することをやめ、それまで李王朝の文人たちが、賤民芸能として蔑視していたパンソリの研究をはじめ、その唱本の作製に取り組んだ。『春香伝』『沈晴歌』など六篇がはじめて文字となって記録された。その著『パラムソリ（風の音）パンソリ考』の冒頭に、李礩は、「パンソリは、朝鮮民族の恨の表出の総体現象である」と記した。

唐金屋は簡にして要を得た、きわめて情報価値の高い銀資料を準備して克人を待っていた。

克人はそれを急いで阿比留文に翻訳したうえで、薄い小さな紙に米粒ほどの小さな文字で書き写した。

「冬至使」の件と唐金屋の銀情報はこうして二部作成され、椎名に渡された。阿比留文字であるかぎり、万が一事故が起きて、藩や対馬に潜行している対州表《たいしゅうおもて》（幕府隠密）、あるいは朝鮮側の手に渡ったとしても、解読できるのは世界中でたった二人、克人と利根しかいないのだから、最悪の事態だけは避けられる。

椎名は、克人から通信文を預ると、それをぎりぎりまで小さく巻いて錫管《すずかん》に嵌《は》め込み、ロ号とホ号の脚にしっかりと結わえ付けた。明朝放つ。

2

広大な北御堂客館に、千人以上もの人間を賄うための炊飯の煙とにおいがたち込める夕方、椎名が青ざめた顔をして克人の部屋に駆け込んできた。

「鳩を籠ごと盗まれた！　金子隊長に呼ばれて、ほんのわずか、籠を置いたまま中庭を離れたら、まるで魔法にかけられたみたいにかげもかたちもなくなっていた」

と椎名は歯嚙《はが》みした。

「前々からロ号とホ号をみて、舌なめずりする連中を何人かみかけたことがある。日本人は鳩を食べないが、朝鮮人は大好物ときいた。盗んだ奴は分からないが、まわりの連中に聞くと、半時ほど前に、みなれない眇の僧侶が大帚《おおぼうき》で中庭を掃いていたという。その僧侶なら私も、金子隊長に呼ばれて、鳩の籠を離れる直前にみかけたような気がする。だけど、寺に帚を持った坊主がいるのは当り前だから、別段、気にも止めなかった」

「朴だ、そいつは押物官の朴秀実だよ」

と克人はいった。……人参泥棒の次は鳩泥棒か。

「食べるために盗んだのか？」

椎名の自問するような問いかけに、克人は視線を空に放って、

「それならいいんだけど……、おそらく違う。朴の狙いは鳩じゃなくて……。行こう、とにかく朴をつかまえなくては」

二人は部屋から走り出て、中庭を突っ切った。

だが、朝鮮人宿舎に朴の姿はなかった。

リョンハンとテウンが走り寄って、馬上才の二人が鳩を照り焼きにして食べている、と告げた。

リョンハンがいうには、馬上才の二人が食べているのは、きっと椎名が大切にしていた鳩に違いない、と。

「馬上才の厳と呉にどうして鳩を手に入れたのかきいてみたのよ。すると、誰かが窓から放り込んでいったというの。でも、おかしなことがある……」

克人が目で話の先を強くうながす。

「二羽とも脚をすっぱり切り取られていた。鳥は、脚の皮と水掻きがうまいんだがなあ、と残念がってたわ」

「克人……」

と椎名が呻くような声で呼びかけた。

「朴のやつに通信文を盗られた。しかし、朴がなぜ？」

椎名の問いかけに克人は答えず、リョンハンとテウンに向かって、

「朴はどこにいる？」

「あの野郎、ずっと椎名さんの鳩に目をつけていたんだな。脚を切り取るなんて！　捕えて、袋叩きにしてやる」

テウンがいきり立って駆け出して行った。

「克人、江戸で歌舞伎をみたでしょう。あのとき、うしろの立見に朴がいたの。わたし、すっかり女形にみとれてしまって……」

克人は、これまで朴が自分の周囲をうろついているのは人参泥棒がばれるのを怖れて戦々競々としているためだと考えていたが、誤りをさとった。朴は何者かの指示によって、全く別の目的で克人を見張っていたのだ。

誰か？　備辺司局監察御史柳成一。彼以外に考えられない。彼は果たして克人の活動をどこまで把握しているだろうか。いずれにせよ、柳は椎名が飼っているのが伝書鳩《つかいばと》であるということを知り、朴に対して克人だけでなく、椎名と鳩をも見張るよう命じていたのだ。そして、椎名が鳩に通信文を付けるのを見届けるや、ただちに奪った。

いまや通信文は柳成一の手中にある。もうじたばたしてもはじまらない。克人は、怒りに逸《はや》る椎名とリョンハンをなだめるようにいった。

「二羽はかわいそうだが、成仏してもらうしかない。それより、いいかい、ここは落ち着いて、何事もなかったかのようにふるまおう。われわれが慌てれば慌てるほど敵の思う壺にはまることになる。何しろ鳩の脚、つまり通信文は彼らの手に渡っているんだからね。だが、大丈夫だよ、椎名。あれは誰にも読めない暗号文で書かれているんだから」

「阿比留文字だね？」

　克人がうなずく。

「とにかく、あたしは朴のやつが許せないわ」

「朴は人参泥棒の濡れ衣をリョンハンに着せた張本人だしね。懲《こ》らしめてやる必要がある。朴を捜してくれ。私は他にやるべきことがあるから、ここで別れる」

　伝書鳩に代わる他の手段で李順之に連絡しなければならない。克人は部屋に引き返すと、唐金屋による銀情報をもう一度阿比留文に翻訳したうえで、もとの資料を燃やした。「冬至使」随行の件ももう一度阿比留文で書き起こして、明朝、対馬藩京都藩邸と府中を直接結ぶ専用飛脚《ひきやく》嚢《のう》に託すことにする。しかし、利根が受け取るまでに早くて七日間は要するだろうから、李順之の工作は大幅に遅れ、冬至使の出発には間に合わないかもしれない。克人は唇を噛んだ。

　そのとき、思いがけず小百合への想いが彼の胸中にうねりとなって込み上げてきた。それを和文の手紙に認《したた》める。

　椎名たちは広大な北御堂内をしらみつぶしに当たってみたが、どうしても朴秀実をみつけることができなかった。

　朴は、柳成一の部屋の隅で息をひそめてすわっていた。

阿比留克人は鳩が盗まれたことで朴を捜そうとするだろう。朴が、脚を切り取られた鳩を馬上才にやったのは全く余計な挑発行為だ。土の中にでも埋めておけばよいものを……。

柳はいらだちを募らせていた。なぜなら、やっと阿比留の尻尾を摑んだと思ったら、手に入ったのは訳の分からない暗号文だったからだ。

細長い紙をびっしり埋め尽くしたものは、文字とも、何かの記号ともみえる。いったい何が書かれ、誰にあてたものなのだ？

柳は燭台の灯りの下で、もう一時半《いっときはん》近く、じっと細長い紙片をにらんでいる。灯りが隙間風で揺らいだ。おや、と柳は思った。ゆらめく灯の下で、四、五個の文字か記号が、蟻のように動いた気がした。

諺文《オンムン》に似ているぞ、と柳はつぶやいた。

朝鮮で話される言葉はむろん朝鮮語である。十五世紀頃、朝鮮語を音で表記する文字体系が誕生した。〈訓民正音〉あるいは〈正音〉と呼ばれ、この物語の時代には〈諺文〉という呼称も用いられたが、のちに「偉大なる文字」を意味する〈ハングル〉が正式な呼称となった。

柳は小さい頃から漢語を学び、漢語で読み書きできるようになる一方、祖父の調永《しげなが》からは日本語を習った。そのとき、日本語の漢字のよみには音と訓があること、漢字からつくりだされた平仮名や片仮名という表音文字を、漢字と組み合わせて使用することを知った。

長じて、自分に日本人の血が流れていることを隠して武科の試験に挑み、合格すると備辺司局付属学院に入り、卒業後、監察御史部に配属された。そのときの直属の上司が姜九英である。姜は粗暴で、尊敬できる上司ではなかったが、ふしぎとウマが合った。だが、彼は五衛府暗行部の男に殺された。何でも妻の仇討ちだったという。姜の身になら起こりそうなことだ。

柳は目を凝らして、さっき動いたような気がした小さな謎めいた文様のひとつひとつを大きめの紙に拡大して書き写し、その横に形の似た諺文文字を置こうとする。しかし、なかなかうまく並ばない。錯覚だったのか。……いや、錯覚ではないぞ……。

「軍官司令、何をされてるんですか?」

朴の問いかけも耳に入らない。

「たしかに符合する。諺文と照応しているぞ!」

柳が叫んだ。ひとつが対応すると、他のいくつかの文様がまるで磁石に吸い寄せられるように諺文文字のまわりに集まってくる。

柳が立ち上がって、朴を手招きする。

「対馬藩警固隊長補佐の阿比留にこれをみせて、即刻、私のところへ来るようにいうのだ」

柳が手渡したのは、短冊大の紙を三つ折りにしたもので、朴がけげんな顔をして開いてみようとする。

「みなくてよい。おまえは何でもみたがり、聞きたがる性分だな」

「はい、それが私の取得。……ところで、この文様は何なんですか?」

と紙片をのぞき込みながら眇を剝いた。

「朴、早く行って、おまえが案内してこい。しかし、斬られるかもしれんぞ。なにしろおまえは大事な鳩を盗んだ泥棒だからな。あいつは滅法腕が立つ」

朴は首をすくめると部屋を出て、廊下を摺り足で、中庭の石畳道は飛ぶように駆け、日本側警固隊宿舎の入口に着く。克人の部屋がどこにあるか、朴はよく知っている。扉の隙間から一条の灯りがもれていた。

朴はその灯りに唇を押し当てるようにして、小声で呼びかけた。

克人は、小百合への手紙を書き終えたところだった。ふと、朝鮮語で名を呼ばれたような気がして、扉口をふり返る。空耳かもしれない。動かずに次を待つ。やはり呼んでいる。

立ち上がり、誰何《すいか》もせずに、いきなり扉を開けた。朴だと分かると、無言のまま右手で左腕をねじり上げ、中に引きずり込んで、左手で扉を閉める。

「これを!」

朴が痛みをこらえながら紙を差し出した。

「軍官司令がこれをみせろ、と……」

克人は紙を開き、行灯の近くにかざした。目を疑う。凍り付いたように立ち尽くした。

紙には、柳によって書き写された阿比留文字とその読みに対応する諺文文字、漢字が記されている。例えば「銀」、そして「ヒ、フ、ミ、ヨ」とかぞえられる数字の羅列。

これは、柳成一が阿比留文字を解読したことを意味するのか？　……いや、まさか、と克人はつぶやく。柳に阿比留文字が分かるわけがない。解読できるのは、私と利根の二人だけなのだから。

克人の声が微妙に震える。

「柳は、私にこれをみせろといっただけか？」

「いいえ、それをみたら、即刻、ご足労ねがいたい、と。私がご案内することになっています」

朴は克人の動揺を見抜いて、落ち着きを取り戻した。……こいつは面白い場面が見物できそうだぞ。紙切れひとつで、あんなに顔色が変わるんだからな、とつぶやきながら、朴はわざと顔を斜めに傾けて、やぶにらみの視線を克人に向けた。

「ああそうだ、その紙はお返し下さい」

柳から指示されていたわけではないが、朴はとっさの思いつきでそういった。紙に書かれていた文様が気になった。いつも乙に澄ましている阿比留の顔色を変えさせるほどの力がある。これはもらっておこう、と戻ってきた紙片を懐に入れる。

よろしければ参りましょうか、と朴がいう。

克人はうなずき、佩刀《はいとう》一本を腰に帯び、何かし残したことはないかと室内を見回した。机には明日、藩の飛脚嚢に托すつもりの二通の封書が載っている。ひとつは利根あてのもの——中身は李順之へだが——、そしてひとつは篠原小百合へ。

克人はそれを置いてゆくことにする。斬り合いになったとき、懐中の封書が邪魔になるだろう。それに、とりあえずは、柳の手中にある通信文を取り返さなければならない。

「では、案内しろ」

暗い曲がりくねった回廊といくつもの中庭を、朴の手燭に照らされて進むうちに、克人の心の動揺は静まってゆく。

前をゆく朴の背中をみつめていると、朴が斬られるのではとびくびくしているのが分かる。……すべてはこいつからはじまったんだ、と克人はつぶやく。しかし、いまさらこの男を斬ったところでどうなるものでもない。柳成一とは、いずれこうしたときを迎える運命《さだめ》だったのだ。

「押物官……」

呼びかけたとたん、朴は舌をのみ込んだような声を出して跳び上がった。

「心配するな、斬りはしない。それより、江戸でみた歌舞伎はたのしめたか?」

一瞬、朴はきょとんとし、それからほっとした表情でふり返り、何かいおうと口を開きかけたとき、二人はすでに軍官宿舎の前に立っていた。

大きな燭台が柳の円卓を照らしている。克人が入ると柳は立ち上がって、彼にすわるべき位置を手で示した。まるい花茣蓙《はなござ》が敷いてある。

「私は立ったままで。まず、用件をうかがおう」

と朝鮮語で応じた。

「おすわりなさい。ここは喧嘩の場所ではない。話し合いの場所だ」

克人は驚きの目を柳に向ける。柳が流暢な日本語で語りかけたのだ。

「どうだい、日本人のきみが朝鮮語で、朝鮮人の私が日本語で話し合うというのは？」

克人はうなずき、刀を腰から抜いて花茣蓙の上にあぐらをかく。刀は左脇に置いた。

柳とは円卓を挟んで、真正面ではなく、やや斜めに向かい合うかっこうになる。ふと視線を柳の背後にやると、床の間に小さな行灯《タル》が置かれ、左側の書院棚を照らし出していた。そこに黒漆塗りの遠眼鏡と赤い仮面が飾ってある。

柳成一が克人の視線を捉えていった。

「あの戦いのときからずいぶんたったな」

「そうだ、あのとき、きみの仮面はまっぷたつに割れたはずだが……」

といいながら、克人は柳の刀がどこにあるかさぐろうと、微妙に視線を動かした。

「やってくれたな、あのときは」

柳はひたいの傷跡に手をやる。

「仮面なんていくらでもあるさ。遠眼鏡は日本製だ。……さて、本題に入ろう。おや、朴、まだいたのか。気がきかないやつだな。外せ。どこへなりとと失せろ」

朴の足音が廊下を遠ざかる。

柳が円卓の手箱から、克人が鳩に托そうとした通信文と、それを拡大して書き写した紙を取り出した。克人は表情を変えない。

柳がさぐるような視線を克人に向けて、

「読み解いたぞ。まさか私が、と思うだろう。きみの顔にそう書いてある。この記号を何と呼ぶかは知らないが、昔、諺文をやっておいてよかった」

「馬鹿なことを。諺文とはまるで関係ない。きみが拡大して書いた記号は、ヒトツバタゴと読むんだ」

克人は、わざと苦笑とも嘲笑ともつかない笑みを浮かべた。だが、内心は薄氷を踏む思いである。

柳が読み解いたというのは真実ではないが、諺文を念頭において阿比留文字をみつめていると、形が似ていることと語順が同じであるため、ごく一部だが類推可能である。なかでも固有名詞と思われる文字と数詞に、柳は注目した。一通目では、いくつもの品詞のうちから、ひとつをイワミと読んだ。さらに数字らしきものの羅列がある。二通目では、ソウル、ベイジンの音が拾えた。漢城、北京だ。再び数字の羅列。

この暗号文は、銀の産出量や白糸、絹織物の輸入量を表しているのではないだろうか……。

「しらばっくれても無駄だ」

抑制されているがかん高い柳の声がひびいた。

「このくだりは日本の銀情報だな。誰にこれを渡そうとしているかというと、……そいつは、きみが暗行御史に化けて『銀の道』を走った、そのお膳立をした朝鮮人、もちろん暗行部内の人間だ」

柳の言葉はいつのまにか朝鮮語に戻っている。

「この通信文には宛先、宛名はないが、どこかにそいつの名前が潜んでいるはずだ」

と大きいほうの紙を円卓の上に広げた。

柳が追い求めているのは、克人の対朝鮮工作の中身よりも、工作の協力者の名前なのだ。

「これは冬至使という意味だろう?」

克人はぎくりとする。通信文にはたしかに宛名を省いてあるが、いま柳が冬至使と読み解いたくだりの二行先に、阿比留文字に翻訳した李順之の名前が出てくる。

骨張った柳の指が、阿比留文字の行の上を滑ってゆく。つっかえつつ、諺文のつぶやきが唇からもれる。やがてつぶやきも消え、唇が微かに震えるだけになる。

息詰まるような沈黙が流れたのち、柳の指が、李順之を表記する阿比留文字のかたまりまで来たとき、

「イ、スン、ジ」

耳に届いた柳の声が、どれほど空耳であってほしいと克人は願ったことか。

「イ、スン、ジ、朝鮮人の名前だ。イスンジ……、待てよ、どこかで聞いたことがあるぞ。漢字ではどう書く……」

克人は目をつむった。徐《おもむろ》に左手を刀の鯉口《こいぐち》のほうへ伸ばしてゆく。肩はぴくりとも動かない。

「イスンジ。……ひょっとしたら姜九英を殺《や》った男じゃないのか？　たしかに五衛府暗行部の人間だと聞いた。そいつがなぜきみと……」

柳のなかで、まだ姜九英殺害者と倭館陶工李順之は結びついていない。彼が東萊府に赴任して日も浅いうえ、監察御史の主たる任務は東萊府を中心とする自国政府役人の監視と不正摘発にあり、倭館は管轄外であるからだ。

「姜を殺したイスンジがいま暗行部のどこにいて、どんな任務についているか、本国に問い合わせればすぐに分かることだ。いよいよ年貢の納め時だな、阿比留……、そして、このイスンジという男も」

柳の指先は、通信文の中のイスンジを押さえている。すでに捕えたとでもいうように。

克人の左手も、すでに刀の鯉口を押さえている。……しかし、柳の刀はどこだ？　克人は、視線を円卓の縁にさ迷わせたまま、柳の剣のありかを思案する。円卓の下か……。

柳の声がひびく。

「だが、私はそう短兵急に事を運ぼうとは思っていない。阿比留、助かる道はあるぞ。これは、イスンジときみの情報の交換だな。イは日本の銀の情報がほしい。そりゃそうだ、朝鮮は日本の銀を清国に売ることで国の財政の基盤を築いているのだから。しかし、きみのほうがほしい情報は何なのだ。冬至使、とあるが、北京に行こうというのか。狙いは？　その意図、目的は何なのだ？　この工作は対馬藩の指令によるものか、それとも幕府か？　これらを明かしてくれれば、イスンジの命だけは助けてやる」

……柳成一、何てやつだと、克人はつぶやいた。この通信文を証拠として、李順之は処刑される。いま、柳の言を真に受けて、清国潜入の目的を明かしたとしても、李は助からない。

敵側の機密情報の持主は、往々にして有能な間者《かんじゃ》である。味方においても同じことがいえる。敵味方はこうして接近し、互いに、どちらの国に忠誠を誓っているのか、曖昧になってしまうような、奇妙な交換関係が成立する。克人と李順之の場合がまさにそれである。もしこの関係が明るみに出れば、李順之は二重間者という汚名を着ることになる。売国奴と蔑まれ、罪状は国家叛逆罪《はんぎゃくざい》。この判決が下れば本人はむろん、妻子とも死罪。親族にも重罪が科せられる。

当然、克人も国外退去、倭館追放となるが、それにとどまらない。朝鮮政府は倭館閉鎖の挙に出るだろう。それは日朝の国交断絶を意味する。幕府はその責任を対馬藩に取らせて、藩はお取り潰し。克人は死罪。そして、二重間者の汚名は克人もまた同じである。母、利根、……小百合様は？　結納を交わしていた場合、咎《とが》は及ぶのだろうか。

……そうだ、小百合様への手紙は破り捨てよう。

克人はこうした絶望的な考えをどこまでも推し進める一方で、自らの心と身体を闘いの準備へと整えはじめていた。だが、視線は、あくまで茫洋として定まらないふうを装っている。

「私の問いに答えてもらおう」

柳は傲然として、しかも全身、寸分の隙もない。「銀の道」での出会いと対決にはじまって、ついに決着のときを迎えた。もし、この男がかつての対馬藩重臣、柳川調興《しげおき》を曾祖父に持つと知ったなら、克人は何を思っただろう。

およそ百二十年の昔、文禄・慶長の役で断絶していた日朝関係を改善し、国書を改竄《かいざん》してまで通信使来聘を実現させた立役者が調興であり、克人はその人物の曾孫と、いままさに通信使客館の一室で、向かい合っている。

柳成一の冷たく、勝ち誇った声がひびいた。

「分かったぞ。その男の名はこう書く……」

筆を執ると、「李順之」と大書した。

「東萊府の秘密名簿にこの名があったのをたったいま思い出した」

蠟燭《ろうそく》に照らされた克人の顔が苦悶にゆがむ。

立ち上がりながら刀を抜いたのは、双方ほとんど同時だった。柳の刀は克人の推測どおり円卓の下、というより裏板に、素早く片手で抜き放つことができるよう鞘《さや》を固定してあった。

円卓を離れ、一間半の距離で向かい合う。柳は正眼のかまえ、克人はトンボのかまえ。例によって、子供が打つぞといって右手に棒を振り上げ、これに左手を添えた姿勢である。

妙なかまえだ、と柳は一瞬思った。一の太刀で決めるつもりか。

克人に薩南示現流の手ほどきをした僧は、一の太刀を疑わず、二の太刀は負け、と教えた。トンボにかまえて、そのまま一挙に切り下ろす。

薩南示現流とのたたかいでは、第一撃をまともに受けてはならないというのが鉄則である。第一撃は手段を尽くして避けるべし。

偶然にも、柳の剣の極意も一の太刀にあった。

彼は祖父の調永から手ほどきを受けた。小野派一刀流。開祖は伊藤一刀斎景久《いとういっとうさいかげひさ》というが、生涯仕官することなく流浪の日々を送った。その極意を「一の太刀切落し」と呼ぶ。下段に構え、相手が振り下ろした第一撃をかわし、下段から上段へ、そしていっきに直線に切り下ろす。

一刀斎は流儀を高弟の小野次郎右衛門忠明に継がせると何処へともなく去って、再び姿を現さなかった。一刀流は小野によってさらに磨きがかかり、やがて二代将軍秀忠の兵法指南役に就く。柳生新陰流と並んで将軍家御家流《おいえりゅう》となる。

五代目小野忠一のとき、津軽藩にもその道統が伝えられた。

柳成一の曾祖父、柳川調興が津軽流罪になった顚末《てんまつ》はすでに述べた。流罪とはいえ、津軽藩主津軽信義に預けられた調興には、弘前城下に広大な屋敷が与えられ、賓客同様の待遇だった。一子調永は、藩道場に通って一刀流の免許皆伝となった。

鎬《しのぎ》――刀身の峰から刃へ移る境界部に鎬と呼ばれる稜を高くした部分がある――、この鎬を削るほど激しく斬り合う。

小野派の奥義には、双方が敵の正面めがけて上段から斬り結び、鎬同士がすれ合う瞬間、鎬の厚みを利用して、瞬時に敵の軌道を微妙に中心からそらし、そのまま切り下ろす、とある。

克人と柳成一は、ともに一の太刀にすべてを賭けて睨み合う。

こっそり戻ってきた朴秀実が、扉の節穴から固唾《かたず》をのんで見守っていた。

克人、柳ともに勝負は一の太刀、動くとすれば同時だ。二人は息を鎮めて、呼吸を合わせにかかった。

「どっちが死んでも惜しい」

節穴から覗きながら朴秀実はつぶやく。

「相打ちとなればなおさら惜しい。アッ……」

斬り込んだ。鎬と鎬がすれ合って、チンと風鈴の音のように涼やかな音をたてた。二人の足の踏み込みの強さで、床は抜けんばかりにたわんだ。

刀は渾身《こんしん》の力をこめて振りおろされ、二人は切っ尖《きさき》を床に向けたまま、じっとみつめ合った。

突然、柳の顔にふしぎな笑みが浮かんだ。それをみた克人は、かつて経験したことのないようななつかしさを覚えて、戸惑った。

過《あやま》たず正中線を切り下ろしたのは克人の剣だった。

双方の太刀が正面めがけて激しい勢いで切り結び、鎬同士が風鈴のような音を上げてすれ合った瞬間、克人の鎬に微妙な、だが計りがたい力が加わった。その力で、柳の刀は一寸ほど中心線をそれた。いっぽう克人は中心を取ってそのまま敵を切り下ろした。一の太刀同士のたたかいでは、たとえ一分《いちぶ》でも中心をそれた太刀は無力と化す。

柳は顔から胸、腹へ縦真一文字に切り裂かれた。だが、柳は倒れずに立っていた。

克人と柳の腕は文字通り互角だった。なぜ克人の完勝に終わったのか。

鎬がこすれ合ったとき、微妙に働いた克人の力は、立木打《たてぎう》ちから生まれたものだった。

朝に千、夕に三千、ユスノキで作った木刀でホルトの木を打ちつづけた。ホルトは常緑喬木、ユスノキの枝は強靭で、粘りがある。二つとも対馬に多く自生する。

鬱陵島《ウルルンド》には森もなければ動物もいない。命をつないでいるのは海猫と僅かの住民、岩崖に伏すようにはえる伽羅木《きゃらぼく》ばかり。柳成一に立木打ちの稽古の機会は与えられなかったのだ。

対馬と鬱陵島。好敵手のたたかいの雌雄を決したのは、二つの島の自然だった。

柳は膝から頽《くずお》れ、突っ伏した。

克人は刀を鞘に収め、片膝ついて柳の手首を取り、事切れたことを確かめて合掌した。

柳の血が床を染めてゆく。

急いで円卓の上の通信文など、紙類のいっさいをまとめて折りたたみ、懐に入れ、他に何か為残《しのこ》したことはないかと室内を見回した。

ふと書院棚の赤い仮面に目を止めた克人は、歩み寄り、それを手に取った。

……はじめて人を殺《あや》めた。勝ったという喜びなど微塵もなかった。斬られたわけでもないのに、体のどこかにひりつくような痛みがあった。柳の顔に浮かんだふしぎな笑みを思い出す。あのとき覚えたなつかしさはいったい何だったのか？　いまは、それが哀しみの感情に変じている。敵の命を惜しんでいるのでないことだけはたしかなのだが……。

克人はこうした感慨をいっさい振り捨てるように全身を震わせると、手にしていた赤い仮面を顔に当ててみた。

扉を引き開けたとたん、朴秀実と鉢合わせした。

朴はうしろに跳び退《すさ》った。克人が柳の仮面をつけていることに驚愕のまなざしを向ける。

節穴からたたかいの一部始終をみていなかったら、朴は目の前にいる男を柳成一と見間違えたかもしれない。それほど二人の男の体形は似ていた。

克人と朴は無言でじっとみつめあう。

「……歌舞伎、堪能しました。中村七三郎、艶《あで》やかでしたなァ」

朴はわざと高調子な、少し震える声でいった。最前、案内してきたときの克人の問いに答えたのである。

克人はうなずき、足早に遠ざかる。

中庭を横切って、いったん自室にもどると、急いで室内を片付け、机上に置いた新たな通信文と小百合への手紙を手にした。

3

北御堂の門はすべて閉まっている。高い築地塀《ついじべい》を乗り越え、寝静まった大坂のまちを駆けた。

平野町の御霊社の黒々とした森全体が、巨大な一本の木のように風に騒めいている。

克人は仮面をかぶっていることを忘れていた。

唐金屋の裏木戸を敲く。足音が近づき、

「どなたさんで？」

「阿比留、対馬藩士阿比留克人と申します。こんな夜更けに誠に申し訳ありませんが、火急の用件でご主人にお目にかかりたい」

枢《くるる》を外す音がして、扉がゆっくり半分ほど引き開けられる。手燭をかかげた手代が悲鳴を上げた。

克人はあわてて面をはずす。手代は腰を抜かして、敷居際にへたり込んでしまった。

「驚かせてすまん」

番頭が出てきた。

「何事でございます？」

「どうかご主人にお取次ぎを願いたい。阿比留克人がまいったと」

番頭が奥へと消える。

一時ほどのち、克人は、奥座敷で唐金屋と向かい合っていた。かつて洪舜明と堂島米会所を訪れたとき、同席して、虎屋の饅頭のもてなしを受けた部屋である。克人はそのときのことをなつかしく思い出した。……夢のようだ。

お茶が運ばれると、唐金屋は人払いをした。御霊社の森で梟《ふくろう》が啼いている。

「風もおさまったようですな。……何があったんでございますか」

——克人は、ここ数年の倭館における対朝鮮隠密活動について余すところなく打ち明けた。そして、朝鮮側の対日工作者李順之についても。

「この度、江戸屋敷で平田さまから新たな指令がありました。このとき、どなたが同席されたと思いますか」

「新井さまでしょう」

唐金屋がこともなげにその名を口にした。

「そのことよりも、今宵、何があったのかをお話し下さい」

克人は、柳成一を斬るまでの顚末を、「銀の道」での出会いから順を追って語った。柳成一に、伝書鳩に托した通信文を奪われ、李順之の名前をつきとめられてしまったこと。

「李順之という名前を知っているのは、柳成一だけですか？」

と唐金屋はたずねた。克人はうなずき、柳から取り返した通信文を唐金屋の前に置く。

「対馬藩警固隊長補佐によって、朝鮮通信使軍官司令が殺害されたのですから、朝鮮側はこれを許さないでしょう。処理を誤れば、再び国交断絶は必定。私は自首します。あとのことを唐金屋さん、あなたにお願いしようとしてまいりました」

目を閉じ、腕組みして耳を傾けていた唐金屋が徐《おもむろ》に口を開いた。

「天龍院さまのいわれたことをご存知ですか？」

天龍院、即ち第二十一代対馬藩主宗義真、宗家中興の祖、対馬の黄金時代を築いたといわれる。

克人は首を小さく振った。

「……通信使とのかかわりで、もし朝鮮側に非がありながら打擲《ちょうちゃく》などされた場合、その場で相手を討ち捨てるくらいの気概がなければ外交官はつとまらぬ。恥辱を受けながらそのまま捨ておくのは対馬藩士の名折れ、国元へ帰ること相ならぬ、と」

「そのことなら知っています。藩校で先生がくり返しいわれたことですから」

唐金屋は大きくうなずいて、

「天龍院さまのお言葉は、藩の掟のようなもの。……さて、そこでです。釜山出発以来、旅の途上で、朝鮮人軍官司令は、日本側警固隊長補佐たるあなたをしばしば侮辱し、かつ対馬及び日本国をないがしろにする言動を取った。あなたは、通信使の無事復命を願って、堪え難きを堪え、忍び難きを忍んできたが、ついに今夕に及んで、我慢の限界を超える事態が生じ……」

克人は、唐金屋が言わんとするところを察し、不満と反発の気持を押さえて最後まで聞く。

「……阿比留さま、いま申し述べたような内容をさらに具体的にした口上書をお書き下さい。大坂町奉行所宛てがよろしいでしょう。軍官司令を殺害したのは、藩の掟に従ったことになります。裁判と処罰の権限はあくまで日本にありますから、対馬藩の掟にそったあなたの行為には正当性が認められるはずです」

「とんでもありません！」

克人は我を忘れ、語気鋭くいった。

「柳成一は一度も、私や対馬、日本を侮辱したことはない。殺害したうえ、さらに死者を嘘で汚すくらいなら、この場で腹を切ります」

唐金屋は冷静である。苦笑して、

「阿比留さま、私が申し上げている口上書の中身は、あなたが柳成一を殺害した本当の動機を隠し通すためのものなんです。ただし、その理屈は朝鮮側には通用しませんから、結果として、藩の掟の理非をこえた政治的判断が、幕府によって下されることになりましょう。それを百も承知の上で、いわば偽の口上書を作成しておく必要があります。……それにしても、あなたが取った行動は称賛に値します。李順之という男を救ったばかりでなく、われわれの対朝鮮隠密活動の秘密を守り切ったわけですから……」

「われわれ？　唐金屋さん、いま、われわれといわれましたか？」

……そうだ、さきほど、江戸屋敷で平田さまとお目にかかったといったとき、唐金屋は、そこに将軍侍講が同席していたことを瞬時に言い当てた。このことは平田さまと私以外、知るはずもないことなのに……。そうか！　唐金屋と平田さま、そして新井さまがこの隠密活動の推進者なのだ。

そのとき、唐金屋は、克人が思いもよらない言葉を口にした。

「お逃げなさい。私がすべて按配いたします」

「逃げる？」

唐金屋は悠揚迫らぬ態度でうなずく。

「そんな馬鹿なことを。逃げきれるわけはないし、私にそんな気持は毛頭ありません」

「いいえ、逃げるのです。逃げなければなりません。その理由はこれからご説明いたします」

克人は、唐金屋の意外な言葉に耳を傾けた。

「――今後、幕府にとって最も都合のいいなりゆきは、あなたが口上書を書いて自らの正しさを主張したうえで自刃《じじん》すること、あるいは口上書を持参して自首する、そして打ち首になることではないでしょうか。朝鮮側に対して申し訳が立つし、隠密活動もなかったことにできる。文字どおり〝死人に口なし〟です。もう一方の当事者はすでに死んでいますし。しかし、あなたの死によって利益を得るのは幕府のみ。対馬藩も、ご親族の方々も小百合さまも、すべての関係者が不幸になります。

ここで飛躍するとお考えになるかもしれませんが、もしあなたが逐電《ちくでん》したなら、事態はどう推移するでしょう。幕府はとにかくあなたを捕えて処刑したい。対馬藩は、いわば藩命に従って柳成一を斬ったのだから、本音のところでは助けたい。双方が討っ手を放っても、その思惑は異なります。

あなたがどこかに隠れひそんで、時が経過する。すると、下手人を挙げなければ面子《メンツ》がたたない幕府は、どうにも対処しようがない袋小路に追い込まれます。通信使の一行は、あなたの処罰を確認しなければ出発することができないが、それが一体いつになるのか目処《めど》が立たない。それでなくてもいま現在、三日ほど予定より遅れているはず。

私が按配して、あなたをお守りするとします。討っ手がむなしく捜索をつづけるうちに、幕府も通信使一行も焦れて、事態を打開する窮余の一策を編み出さなければならなくなる。それを待つのが最上の策ではないか、と」

「待つ、のですか？」

克人の声に力はなかった。

「私のいう待つとは、じっとしているという意味ではありません」

唐金屋の言葉が終わらないうちから、克人は道に迷った人間のように尋ねる。

「逃げるといっても、いったいどこへ？」

「もちろん、国内はだめです。捜査の手は全国津々浦々、あまねくいきわたるでしょうからね。対馬にも隠れる場所はありません」

そして、克人はもう一度、唐金屋の言葉に驚かされねばならなかった。

「逃亡先は朝鮮です」

「冗談はやめて下さい。ひょっとしたら私を担ぐつもりでは……」

「冗談ではありません。あなたは朝鮮へ逃げるのです。しかも、安全確実な方法で。あなたの朝鮮語は完璧ですから、向こうではしばらく、例えば朝鮮人金某《キムなにがし》として暮らして下さい。それには多分、李順之が力を貸してくれるでしょう。やがてほとぼりが冷めた頃、帰国できるよう取り計らいましょう」

「唐金屋さん、あなたの正体は……」

「阿比留さま、潜商のことはご存知でしょう」

日朝間の貿易には三つのルートがあった。藩営による公貿易と、「六十人組」と呼ばれる鑑札を持った商人集団による私貿易、そして潜商（密貿易）である。唐金屋は「六十人組」の中心的存在だが、もう一つ別の顔を持っていた。直接手を染めているわけではないが、倭館を通さない密貿易商人団に対しても強い力を揮《ふる》うことができた。

主要潜商ルートのひとつが、大坂、京都、琵琶湖、敦賀から隠岐を中継点として、朝鮮半島浦項《ポハン》へと至るもので、京都で調達された銀はこうして漢城へともたらされる。銀のみならず、銅、北前船が運んでくるさまざまな産物も含まれる。帰りの船には白糸が積まれていた。

ちなみに敦賀、隠岐島、浦項は北緯三十六度線上に一直線に並んでいる。古《いにしえ》より、日本海では、この線上をたどれば、船が最も安全に、速く走れるといわれた。

「阿比留さま、数日中に大量の荷が大坂から出ます。荷嵩《にがさ》に隠れて出発されるといい。いわば、あなた自身が密輸銀となるのです」

行灯のかげから唐金屋は真情のこもったまなざしを向けた。

「……これはどうすればよいでしょう?」

と克人は、通信文を指さした。

「焼き捨てましょう」

克人は、ひとつ残った小百合への手紙を右手に握りしめた。持て余したように左手へ、また右手へと手紙は往ったり来たりする。

手紙を書いたときといまとのあいだには、目もくらむような深い裂け目があった。小百合様への想いは変わらないのに、もう同じ言葉でそれを表現することはできない。書き直すべきではないだろうか……。

「小百合さまへの手紙ですね。私がお預かりして、必ずお届けします」

あっというまに唐金屋の手に移っていた。

「とにかく、あとのことは私に任せて、いまはぐっすりお眠り下さい。それが何よりです。そうだ、口上書のことはお忘れなく。硯と筆を用意させます。私が雨森さまにお渡ししましょう」

といって唐金屋は克人を離れの一室に案内し、小間使に湯を張った盥《たらい》や着替えなどを持って来させた。克人は体を洗い、清潔な寝衣をつけ、机に向かった。唐金屋の示唆《じくじ》にもとづき、天龍院さまの掟に従って、柳成一を討ち果たした旨の偽りの口上書を忸怩《じくじ》たる思いでしたためた。

その頃、唐金屋の別の戸口から三番番頭がそっと出てきて、西へ五筋《いつすじ》走って淡路町二丁目にある飛脚屋亀屋にとび込んだ。亀屋は終夜営業で、夜通し灯りが点いている。三番番頭が受付に一通の封書を差し出して、三日便でお願いします、といった。

大坂―江戸間の飛脚便は通常四日から十二日間を要したが、特速便を使うと、夜通し走り継いで、三日間で届けることができた。三日便ともいう。

封書の宛名は、対馬藩江戸家老平田直右衛門真賢である。唐金屋は書状の中で、阿比留克人の事件の概要と、その阿比留本人がすでに逐電し、幕府、藩の捜査の手の及ばない異国に向かっていると断定的に告げていた。――このことを前提に解決を計るより他なく、それについて当方に一計あり、として、それについて述べた上で、この段何卒△様とご相談賜り度……云々。△様とは新井白石のことである。これが先に、唐金屋が克人に話した「事態を打開する窮余の一策」のことだった。

床に入っても克人には眠りはやって来なかった。御霊社の森の梟が啼いている。……誰かの声に似ているな、と思った。

誰の声だろう。

「……歌舞伎、堪能しました。中村七三郎、艶やかでしたなァ」

朴だ、朴の声だ！

克人はふとんをはねのけて起き上がった。

朴は、克人と柳成一のやりとりの一部始終を盗み見、盗み聞きしていたのだ。李順之の名もきっと耳に届いている。……しかも、あの柳成一が書いた呼び出しの紙片を持っている。

抜かったぞ。鉢合わせしたとき、斬るべきだった。

……ああ、もうひとり斬らねばならぬとは！

克人は赤い仮面をかぶって、こっそり唐金屋の裏木戸をくぐり出た。三日月が西に傾いている。暁七つ半（午前五時）頃か。先刻駆けた道をそっくり逆にたどる。梟は啼きやんだ。

だが、御霊社ぞいの道を西へ向かうのは克人一人ではなかった。彼から二十間（三六・三六メートル）ばかりうしろを背中の曲がった男が尾《つ》いてゆく。

朴秀実は、柳の部屋の扉口で克人と鉢合わせしたあと、彼を尾行して唐金屋まで来た。

……立派な店構えだ。あの男はきっと同じ木戸から出てくる、と朴にふしぎな勘がはたらいて、ものかげに隠れて待機する。しかし、なかなか現れない。しおどきかな、と引き揚げかけたとき、裏木戸がそっと内から開けられて、克人が出てきた。

……また柳の仮面をかぶっていやがる。取れなくなったのか……。

朴は、いまなお柳の命令に呪縛され、克人から目を離そうとしないのだろうか。

柳の命令は、たしかに朴の中でまだ生きていたが、いま彼を克人のもとへ赴かせているのは、衝撃的な出来事の結末を見届けずにはおかないという強い好奇心と、この事件から何か大きな利益が引き出せるかもしれないという打算がはたらいているからだった。

……待てよ、この道はそっくりさっき来た道と同じじゃないか、と朴は考えた。

やがて、暁闇《ぎょうあん》の中に、ぼんやりと北御堂の石段と山門が、その向こうに本堂の巨大な瓦屋根が浮かび上がってくる。

……逃げるのかと思っていたら、わざわざ捕まるかもしれない現場に戻ろうとするなんて、一体どういう了見、風の吹き回しだ。何か為残したことでもあるのか？

あとを尾けていた朴秀実は、克人の目的に気づいていきなり跳び上がった。一瞬、声を上げそうになる。

克人が客館に戻ろうとしているのは、とりもなおさず朴秀実本人を斬るためだ！

……わしはたしかにこの目と耳で、あそこで起きたことの一部始終を見届けた。それも上っ面だけではなくて、何が原因で、この旅のあいだじゅう二人が対立し、ついに殺し合いに至ったかを知っている。それは、一人の男をめぐっての争いだ。その男の名はイスンジ。この耳でしかと聞いた。それにわしは、あの奇妙な記号と数字を書いた紙片を持っている。とっさの機転で、あいつの手から取り返した。

……あいつはわしのことを忘れていた。無理もない。あいつにしてみれば、しょっ中、自分の近くにわしの姿をみかけて、慣れ切ってしまっている。わしの影も薄くなろうというもの。果てはまるで目に入らなくなっただろう。そこがわしの付け目だが、あいつは柳成一のことばかり念頭において、わしのことをすっかり失念してしまった。あれほどの修羅場で鉢合わせしているにもかかわらず、わしのことを見逃してしまった。

だが、ついに気づいてしまったのだ。わしがこの耳で聞いて記憶しているイスンジという名と、いまもこの懐にある紙片が、やつの企てを何もかも台無しにしかねないことを。そこで慌ててとび出してきたというわけだ。

お気の毒、と前方を行く克人の姿をみやりながら朴はにんまりする。……こうしてあいつのうしろにいるかぎり、わしの身は安全至極。

一方、朴が背後で、こんなふうに嘯《うそぶ》いているなどと露思わない克人は、ひたすら前方をみつめて御堂筋を横切り、北御堂北側にそった小路から築地塀《ついじべい》を乗り越えて境内に潜入し、朝鮮人随員宿舎棟へと向かう。

そこここで、早起きの連中が、眠気を払えないまま、朝餉《あさげ》の支度をはじめる物音が聞こえる。克人の足もとはまだ闇に沈んだままだ。

早く朴をみつけださなければ、と克人は焦る。軍官宿舎の前を走り抜ける。朴の宿舎棟はさらに三棟先だ。

一陣の寒風が、克人の全身を巻いて通り過ぎた。

何としても朴を探し出し、斬らねばならない。そうでなければ、柳成一殺害が無益、徒労と化す。堪え難いことだ。何のために人を殺めたのか？

克人は朴の宿舎へ忍び込む。すでに多くの随員が起き出して活動をはじめていたが、仮面をかぶった克人を怪しむようすはない。ここには押物官や医官、写字官らの他に馬上才や芸人などもいて、中には四六時中仮面をかぶりっぱなしの者もめずらしくなかった。監察御史が「銀の道」を走るときの赤い仮面も、もとをたどれば安東の仮面劇に行き着くのだからふしぎはない。

克人は、仮面ごしのくぐもった声で朴の所在を尋ねて回る。みんな一様に首をかしげ、昨日の昼過ぎごろ、日本の僧のかっこうをして出かけたまま、宿舎には戻っていないと答えた。

……そうか、彼はまだ柳のところにいるのかもしれない。

克人が軍官宿舎に引き返そうとして、玄関先まで来たとき、中から大きな叫びが上がった。激しく扉を開《あ》け閉《た》てする音、廊下を走り回る音がする。

「司令が殺《や》られた！　起きろ、みんな起きろ！」

克人は、とび出してきた軍官の張と鉢合わせした。鶏泥棒の一件で、柳に厳しく叱責された男だ。

しばらくにらみ合う。

「おい、おまえ、その面は何だ？　……風体からすると、日本人だな、何の用だ？」

「火急の用があって、朴秀実押物官を捜しております。こちらに、とうかがったものですから」

克人は仮面をつけたまま、冷静にいってのけた。

「朴秀実がどうした？　そんな者、ここにはおらん。それどころじゃない」

張がかん高い声を放った。

軍官が四、五人、奥から走ってきた。手燭をぐいと克人のほうへ突き出して、

「や、その仮面《タル》は？」

と叫んだ。

「おい、張一清、司令の部屋にいつも赤い仮面が飾ってあっただろう。その仮面が消えている。こいつがかぶっているのは、司令の面じゃないか！」

「さては、おまえか、司令を殺ったのは？　みてみろ、こいつの身なり。日本人に違いない。ひっ捕えろ」

克人は踵を返すと、中庭の砂利を蹴立てて走った。軍官たちが式台から跳びおり、裸足で追いかけてくる。

軍官たちと斬り合うことは何としても避けなければ、と克人は考えた。朴さえ斬れば、その場で切腹して果てる覚悟だった。

克人が朴を斬り、自刃すれば、口上書だけが残る。その結果、柳と克人は遺恨の末、決闘に及び、先ず柳が死に、ついで巻き添えをくって朴が、最後に克人が腹を切るという筋書きが完成する。これなら、幕府と対馬藩、それに朝鮮側も、共に一件落着したとみなすだろう。誰にも累は及ばない。

朝鮮人たちが騒ぎに気づいて、灯りを持ってそれぞれの宿舎の軒下に集まってきた。何が起きたのか、見当もつかないまま、仮面の男と軍官たちの追いかけっこを面白そうに眺めている。

克人はいくつもの塔頭《たっちゅう》のあいだを駆けて、軍官たちの視界から外へ外へ出ようと動き回る。同時に、朴をみつけるまでは、朝鮮人宿舎棟から遠ざかるまいと工夫しつつ。だが、克人の執念は空回りするしかなかった。なぜなら、朴はつねに彼の背後へ背後へと回り込んでいるからだ。

軍官たち総出の捜査網はいよいよ狭められてきた。克人は、中庭のはずれにある築山を囲む生垣の中に潜む。三人の軍官が生垣の向こうにいる。三間《さんげん》と離れていない。克人は刀の柄に手をかけた。

別の方角から呼ぶ声がして、三人の軍官がいったん遠ざかる。

朴はいったいどこにいるんだ？　克人は仮面をはずして、生垣の隙間から、血走った目で灯りを持って集まった朝鮮人たちを凝視する。

朴を取り逃してしまったら……。克人は激しい焦燥感に襲われた。いっそとびだして、朴秀実、出てこい！　と叫んでみるか。誰かが、朴の居場所を指さして教えてくれるかもしれない。

そうだ、どうせ死ぬのなら、思い切って動いたほうがいい。……よし、行こう。

そのとき、背後に人の気配がして、ふり返るいとまもなく、耳許で、

「克人、だめよ、動いちゃ」

耳朶《みみたぶ》に熱い息がかかる。

「とうとう柳を殺ったのね」

リョンハンは、克人の腰に回した両腕に力を込める。克人は息が詰まりそうになって、かつて丹陽近郊で、栗毛の弔いのため葦毛を駆ったときのことを思い出した。あのときはリョンハンの腕力に驚かされたが、いまもうしろへ引きもどそうとする膂力《りよりよく》に抗うことはできない。

「逃げて、克人！」

耳から注ぎ込まれたリョンハンの声は、か細いささやきなのに、克人の頭の中で、大《だい》伽藍《がらん》にひびきわたるほどの音となってこだました。

「彼らは、柳の仇討ちのためだけでなく、これまでの積り積った日本人への不満と憎悪を、爆発させようとしているのよ。克人は申し開きもさせてもらえないまま、メッタ斬

りにされる。もうすぐ夜が明けるから、逃げるのはいまのうち」

「私は逃げるわけにはゆかないんだ」

「ここで斬り合って死ぬつもり？　あの人たちを何人斬ったところで、どうにもならないよ」

「朴秀実はどこにいる？　朴を斬らなければ、ここを立ち去ることができないんだ」

「朴を！　……分かった、あいつに弱味を握られているのね。朴は必ずあたしが始末してあげる。ずいぶんいじめられたから。だから、逃げて」

あたりに夜明けを告げる灰色の靄《もや》が漂いはじめた。人々は灯りを吹き消した。リョンハンはじっと克人の顔をのぞき込む。

「待っているひとがいるんでしょう？」

克人は首を横に振る。

「うそ。そういったじゃないの。この旅が終わったら祝言を挙げるつもりだって」

克人は絞り出すような声でいった。

「あのとき、きみは、今度の旅は終わらないような気がする、といったね。……私もいま、そんな気がしてならない。おや、震えているね」

「寒いの。その上衣を貸してくれないかしら」

克人はすぐ羽織を脱いで、リョンハンの肩に掛けてやる。

「ありがとう。もう会えないかもしれないわね」

といってリョンハンが克人のうなじに手を伸ばしてきた。指が襟を掻き分けて肩の傷跡に触れ、盛り上がった硬い肉を撫でる。

「ありがとう、克人。たのしかったわ。歌舞伎もみせてもらったし」

再び軍官たちの足音が近づいてきた。日はまだ昇っていないが、闇は払われようとしていた。

「おい、みんな、築山の中を虱《しらみ》つぶしだ」

張の声がひびく。リョンハンが低く、厳しい命令口調で克人の耳許でささやく。

「いい、わたしが左へとびだす。ひと呼吸おいて克人は右へ」

このときもまだ克人はリョンハンの意図に気づいていなかった。リョンハンが赤い仮面をかぶり、羽織の袖に腕を通してしっかり紐を結んだとき、克人はようやく彼の目論見に気づいて、リョンハンの肩を摑もうとした。

しかし、一瞬早く、リョンハンは奇声を発して生垣の中からとびだすと左の方へと走った。

いたぞ！　いっせいに声が上がる。

「ひっ捕えろ！　抵抗したら斬って捨てろ」

槍を持った副司令格の張が命令を発した。

リョンハンは狼のようなうなり声を上げて中庭を駆けめぐった。二十段の石段を駆け下り、廊下を走るかと思えば、高床の下を抜けて反対側に出て、追っ手を翻弄する。

他の軍官たちも合流して、張の指示で幾手にも分かれて、リョンハンを追い詰めてゆく。

羽織の左右の袖は切り落とされてなくなっている。リョンハンは再び築山のほうへ戻ろうとして、三人の軍官に囲まれた。

「斬れっ」

一人が大きく一足踏み出すと、振りかざした白刃《しらは》が頭上で円弧を描いた。リョンハンはその円弧との距離を正確に測ったつもりで、左に跳んだ。しかし、地面は綱渡りの綱のようには反動をつけてくれなかった。

次の瞬間、右腕に刺すような痛みを覚えた。血潮が肩から吹き上がった。

リョンハンは左手で右肩を押さえたまま築山の中へ駆け込む。

「克人、克人！」

と叫ぶ。どこからも応答はない。

築山に克人がいないことを確かめると、リョンハンはほっとしたような微笑《えみ》をもらして、再び生垣からとびだしてゆく。待ち構えていたように張の槍が繰り出される。リョンハンは反射的に槍の穂先を避けたが、そのとき踏んばった右足の下で拳大《こぶしだい》の石が回転した。平衡を失ったリョンハンは、前方によろめく。風を切って、左脇から横ざまに払われた抜身がリョンハンの腰をえぐった。軍官の中で最も腕の立つ男の太刀だった。

リョンハンは、自分が綱の上で宙返りしているような気がした。頭の中でけたたましく音楽が鳴りひびき、やがて腰部に激痛が走り、目を開いたまま何もみえなくなってゆく。

走ろうとするが、下半身は逆らって、地にめり込んでゆくようだ。両膝ががくんと折れた。みえない前方に両手を伸ばしかけたとき、上段からリョンハンの顔に向かって、さっきの男の太刀が振りおろされた。赤い仮面がまっぷたつに割れ、引き裂かれたひたいから鮮血がほとばしった。

リョンハンは砂利の中に突っ伏した。

「やったぞ!」

「止《とど》めを刺せ!」

「仇を討ったぞ!」

口々に叫びながら、数人の軍官が足でリョンハンを仰向けにする。切り裂かれた顔は血まみれで、相貌《そうぼう》はしかと見分けられない。

遠巻きにしていた朝鮮人の中から一人の男が何か叫びながら駆けて来る。テウンだ。彼は、現場からはずれたところにある芸人宿舎の前で、仮面をかぶった男を軍官たちが追いかけているようすを、広大たちと面白半分に見物していた。隣にいたリョンハンがいなくなったことにも気づかなかった。

仮面の男はいったんみえなくなり、しばらくして築山の生垣からとびだしてきて、軍官たちと渡り合う。

だが、じきにテウンは、おかしいと思いはじめていた。仮面の男が丸腰であることに気づいたのだ。いつどこで、刀をなくしたのか？　それに、先程までと違う、まるで軍官たちをからかうような軽快な動きも気になった。

リョンハンがいない。テウンは叫びを上げた。

……頼む、どうか無事でいてくれよ、リョンハン。克人は心の中で叫びながら道を急いだ。

唐金屋に朴秀実のことを打ち明けるしかない。それを受けて、彼がどのような判断を下すか。当然、克人の逃亡計画は御破算になる。秘密を握るのが柳成一ひとりであるということを前提に考えられた策だったからだ。

克人が択《と》るべき道は？　自刃《じじん》か。しかし、朴秀実が生きている限り、李順之と対馬の危機はつづく。朴は摑んだ情報をいつ、どのように利用しようとするだろうか？

泥のような体を引きずって、克人は唐金屋の裏木戸をくぐる。体よりもっと重い心を抱いて。

すでに店は営業を開始していた。土間で茫然と佇んでいる克人に一番番頭が駆け寄ってきて、旦那さまがすぐ奥座敷へお越し下さいとのことです、と耳打ちした。まるで克人がこっそり抜け出したことを承知しているかのような口ぶりだ。

奥座敷では、鼻メガネを掛けた唐金屋が、机上に広げたぶ厚い帳面を前に算盤をおい

ていた。鼻メガネのままふり向き、

「ゆっくりお休みになりましたか？」

「はい。……いえ、じつはその……」

とまでいって、克人に強いためらいが生じる。

……いまさら、打ち明けてどうなる？　なぜ朴を始末しないまま戻って来たんだ。あの中庭で、朴秀実を捜し出し、斬るまで踏みとどまるべきだったのでは、という悔いが沸々と湧き起こった。

思い切って口を開く。

「……伝書鳩に托した通信文を、柳成一の命令で盗んだのは押物官朴秀実という男なのですが、じつは彼は、私と柳成一のやりとりの一部始終を盗み聞きしていたのです。昨夜、李順之の名前を知っているのは、柳だけか、とあなたに訊かれたとき、嘘をついたわけではありませんが……」

唐金屋は別段驚いたようすもなくうなずいた。

「眠りにつこうとして、朴のことを思い出し……」

「その男を斬るため、北御堂に戻られたわけですね」

「はい、しかも、斬るだけではなく、取り返さなければならないものがありました。柳の私に対する呼び出し状ですが、その紙片には通信文から写した阿比留文字が書かれている。それを朴が持っているのです。やつはきっと紙片を利用しようとするでしょう」

「その紙片というのは、これのことですか」

それはまぎれもなく柳から克人への呼び出し状だった。

「いったいこれがどうして、ここに？」

「その朴がやってきたんです。彼は、昨晩、見たこと聞いたことをしゃべりましたよ。あなたから聞いたこととおおむね符合していました。しかも勘所をはずさない。なかなか頭のいい御仁《ごじん》だ。朴念仁《ぼくねんじん》じゃありませんな。例の献上人参を鵙屋さんに売りに来た男ですね。眇で分かりました」

「そうです。……朴秀実の目的は？」

「むろん、カネですよ。イスンジの名前を忘れることと、この紙片とをあわせて、銀二十貫で買い取ってもらえないかと」

——克人のあとを尾けてゆくうちに、思いがけない計画が朴の頭に浮かんできた。唐金屋から金《かね》を引き出せるかもしれない……。

克人は、追い求める朴がつねに自分の前方にいるものと考え、うしろにいるなどと露思っていないのだから、朴がしばらく彼から目を離しても身の安全が脅かされることはない。いまのうちだ。朴はくるりと回れ右をすると、唐金屋へと韋駄天《いだてん》走りで舞いもどって、主人との面談を乞うた。朝鮮通信使筆頭押物官朴秀実が正使の使いとしてまかりこした、とお取次ぎ下さい。

——唐金屋は、朴との談判のもようを報告する。

「……たしかに銀二十貫とは高額すぎます。しかし、考えようによっては、朴がとび込んできたことはもっけの幸いといってもいい。阿比留さまは、秘密を守るために朴を斬ろうとして北御堂へもどられたわけですが、私は逆に、この男は使えるかもしれない、生かしておいたほうが得策だと判断したのです。

先ず私は、紙片を銀十貫で買い取ることにしました。いわば前金です。イスンジの名前については、朴の頭の中にあるのですから買うことはできません。私が、半島の哥老《かろう》会《かい》という密貿易組織と深いつながりを持っている、後日、イスンジの身に異変が起きた場合は哥老会が黙っていないと脅して、口封じの約束をさせました。そして残りの銀十貫を支払う条件はこうです。彼にあることを実行させる、それが成功したなら支払う、一、二貫のいろをつけてもよい。と、まあこういう取引きをしたわけです。彼は喜んで当方の条件をのみましたよ。そりゃそうです、銀二十貫といえば金《きん》にしておよそ三百四十両、朝鮮でならひとつの郡を買えるほどの金額ですからね」

克人が問う。

「朴に、あることをさせるとは？」

「まだしかと定まってはおりません。しかし、おおよその輪郭は浮かび上がっておりますよ」

「……事態を打開する窮余の一策といわれた、そのことと関連するのですか？」

唐金屋はうなずいて、

「あなたの逐電は予定どおりです」

——対馬藩警固隊が事件の通報に接したのは辰の刻、午前八時であった。ただちに金子隊長以下、椎名ら十人の警固隊士が軍官宿舎に入って、通信使軍官たちと共同検分を行った。

「阿比留はどうした、なぜ来ない?」

金子はいらだたしげな声を何度も発した。椎名は、朝鮮側からの通報があったとき、すぐ克人の部屋へ走ったが、彼の姿はない。事があればまず一隊を率いて現場に駆けつけるのが克人の役目で、鞆ノ浦の鶏泥棒の件ではまさにそうだった。それが、肝心なときにどこへ行ったのか……。

柳成一は一太刀のもとに頭部から一直線に切り下ろされて、ほぼ即死に近い状態である。薩南示現流……、と椎名はつぶやく。

彼は七、八年前、一度だけ藩の道場で克人と木刀で手合わせしたことがあった。そのときの木刀のめざましい動きを思い出しながら、椎名の顔は青ざめてゆく。——伝書鳩通信文が柳の手に落ちたところまでは知っているが、そのあと何か忽《ゆるが》せにできない事態が出来したのだ。しかし、まだ誰も克人が有力容疑者だと勘付いてはいない。

死体は一つではなかった。築山の近くにもう一つの死体があり、はじめ朝鮮側は、これが柳成一を殺害した犯人で、軍官たちが逮捕しようとしたところ、激しく抵抗して逃げようとしたため、止むをえず斬り捨てたものだと説明した。

犯人は死んでいる。一体何者なのか？　顔はひたいから下へ深く切り裂かれているうえ、相貌が分からないほどの無数の切創と刺創があった。

ほどなく対馬藩からの連絡で、大坂町奉行所の筆頭与力と配下の同心三人が駆けつける。与力は朝鮮側の説明をそのまま受け入れ、犯人はすでに軍官たちによって殺害されているとして、詮議は、どのような理由でこの凶事《まがごと》が起きたのか、その動機は何かという点に絞られた。何よりもまず死体となって横たわっている犯人の身許を明らかにしなければならない。双方の通訳を介しながらであるから、取調べはなかなか進まない。

椎名だけひとり、捜査陣の輪を離れ、そばの石灯籠にもたれかかっている。……犯人は克人だ、しかし、ここに横たわっている死体が克人であるはずがない。

正使によってただちに軍官司令代行に任ぜられた張一清の前に、軍官の一人が進み出て、

「広大《クアンデ》がひとり、どうしても聞いてもらいたいことがあるとうるさいのですが」

「何だ、広大だと！」

張が舌打ちをする。

「あとにしろ」

だが、すでにテウンは軍官たちを押しのけて、張の前に跪《ひざまず》いていた。

「聞いて下さい。あそこに横たわっているめった斬りにされた死体は、おれの相棒のリ

ヨンハンに違いない。あんなにきれいだった顔がよお……、哀号《アイゴー》！」

　拳で地面を打って慟哭《どうこく》する。

「何！　あのおとこおんなのリョンハンだと？」

「その証拠は背中の傷だ。リョンハンは小さい頃に売られて、背中には卍《まんじ》の焼《や》き鏝《ごて》のあとがある」

　――こうして軍官たちが犯人として血祭りに上げたのが、綱渡りのリョンハンであることが判明した。テウンは、リョンハンにすがりついて号泣し、軍官司令代行の張一清は、陰鬱な声で以下のことを日本側役人に向かって要請した。

　――柳成一の部屋にあった仮面をかぶって現れた男は、まぎれもなく日本人であったから、われわれは日本側にすみやかに犯人を割り出し、逮捕し、処刑することを要求する。

　……しかし、あの男はなぜリョンハンにすり替わったのか、と張は自問する。俺達は一度、中庭で男の姿を見失ったが、しばらくして、いきなり築山の生垣の中からとび出してきた。そうだ、生垣の中で二人がすり替わったのか。しかし、なぜリョンハンが日本人の身替りに？

　張は突然、男が玄関先でこうたずねたことを思い出した。

「火急の用があって、朴秀実押物官を捜しております。こちらに、とうかがったものですから」

だが、張はこのことは黙っておいて、日本側にいったんこの場の解散を告げたあと、部下を通じて、朴秀実に軍官事務室への出頭を命じた。……どうやら鍵を握っているのは朴らしい。

張は朴の出頭をじりじりして待った。しかし、朴はなかなか現れない。

張一清は、館内に軍官を遣《や》って朴を捜させたが、彼の姿をみかけた者は一人もいなかった。

ようやく昼過ぎになって、朴が恭しく罷《まか》り出た。

張の厳しい尋問がはじまる。

「なぜすぐ出頭しない？」

「押物官には、他の方々には想像もつかない雑用があります。日本側の御馳走奉行の手下たちと日用品の調達について打ち合わせたり、町へそれらの買物に出かけたりもします。ところで、おめでとうございます。司令に昇進とうかがいました」

「まだ正式ではない。いまのところ代行だ」

「その昇進祝いの酒は、どこの誰が調達するとお思いですか。私ですよ、私が北浜の酒問屋まで足を運んで……」

「もうよい、多忙は分かった。われわれが柳司令殺害容疑者と目している男が、司令の部屋から盗んだ赤い仮面をかぶって、玄関でわしと鉢合わせした。その折、男は当方の誰何《すいか》に対して、朴秀実を捜していると答えた。お前、その男に心当りがあるだろう？」

小さくうなずくと、朴は何かに脅えているかのように周囲を見回した。

「何をこわがっている？」

朴は急いで張に近寄り、耳許で、

「私は一部始終をみていたのです。司令の部屋で、柳成一と警固隊長補佐の日本人が斬り合うのを、扉の脇にある節穴から。この目でしかと」

「……待て、お前はなぜそこにいた？」

朴は、ひと呼吸置いてから平然と答える。

「神出鬼没は私の得意技。じつはね、柳司令とあの対馬の男・阿比留克人とは丹陽以来、仇敵同士でした。柳司令があいつのことを侮って、馬鹿にする言動が重なるにつれ、あいつの中に怒りが鬱積《うっせき》していた。

昨夜、軍官司令が私に、話をつけたいから阿比留を呼び出せと言いつけた。私が案内してあいつが部屋に入るや、二人の間には険悪な雰囲気が生じ、まさに一触即発。退《さ》がれといわれたが、気になって、節穴からようすをみてました。そりゃ凄惨な斬り合いでしたよ。これは大変、知らせなきゃと扉を離れようとしたとたん、出てきたあいつと鉢合わせ。騒ぎたてられると困るから、私を殺そうとして、追いかけて来る。私は逃げ足が速い。あいつは館の庭をぐるぐる回って、再び軍官宿舎に舞いもどったところを、今度は張司令代行、あなたさまと鉢合わせしたという次第……」

「そうか！」

と張は声を上げた。

「それで、あいつはお前のことを捜しておったのか。では、あの男と広大が入れ替わったのは？」

「これは地獄耳の私だけが知っている事実ですから、決して表沙汰にはなさらぬようくれぐれもご内分に。あのおとこおんなは警固隊長補佐の慰み者でした」

朴は張の驚く顔をみて、密かにほくそ笑んだ。

「愛する男の身替わりに……、泣かせる話じゃありませんか」

「阿比留はどうした？」

「もう大坂にはいないでしょうね」

朴は、目撃した二人の斬り合いの模様は張一清に詳細に話したが、二人がなぜ対決するに至ったか、その経緯について、つまりイスンジ問題についても、そして呼び出し状の紙片のことにもいっさい触れなかった。唐金屋との約束にもとづいて、というより、そのことが残りの銀貨にありつく前提条件であることを重々承知している。

唐金屋が口にした哥老会の名が、めでたく銀二十貫を手にして帰国した朴を拘束し、死ぬまで彼の口を封じるだろう。

自らの言動に関して、朴は張一清ばかりでなく、上司である正使、副使、従事官の三使、つまり政府に対しても、何の痛痒《つうよう》も感じていなかった。三使にとって大切なのは、真実よりも大義名分が立つことだけだと朴は考えていたからだ。朴の場合、真実とは秘密と同義で、人が隠したがることであり、その秘密にこっそり忍び寄って、中身を知ることこそ彼に喜びをもたらし、同時に利益を生むのだと確信している。科挙失敗者の歪んだ心性とばかりはいいきれない。

朴の供述を得て、犯人は阿比留克人と特定された。張は急いで三使に報告し、協議の上、大坂城代と大坂町奉行宛ての書簡を作成した。書簡は、対馬藩を通して城代と奉行に届けられることになる。対馬藩は翻訳作業に一日は要するだろう。書簡の中で、朝鮮側は、柳成一殺害犯を阿比留克人と断定し、日本側がすみやかに阿比留の身柄を朝鮮側に引き渡すことを要求していた。それまで我々は帰国のための上船を延期する。

同じ頃、日本側にも慌しい動きがあった。雨森芳洲に唐金屋の使いが来て、彼のもとへ案内した。そこで雨森はすべての事情の説明を受けたうえで、克人からの書状を渡された。

この書状を……、と唐金屋はいった。

「阿比留様の机に残されていたものとして、町奉行に差し出されるのがよいかと思います。もちろん、阿比留様ご本人の手になるものでございます」

表書きは、雨森芳洲先生としたためられていた。

「どうか、開封はご帰館後に」

と唐金屋はいった。

帰館した雨森が開封すると、中に二通あり、ひとつは雨森本人宛てで、故あって朝鮮通信使軍官司令柳成一と立合うことになり、殺害した旨が報告されていた。文面は素っ気ない。しかし、この素っ気ない文章を綴るために、克人がどれだけの思いを抑制しなければならなかったかを忖度《そんたく》して、雨森の胸に込み上げるものがあった。

さらにもう一通。表には、宗対馬守義方様とある。これが、唐金屋の指示でしたためた克人の口上書である。――柳成一殺害に至る事情が順を追って述べられているが、基調は、柳が日本及び日本人を東夷と蔑《さげす》み、対馬を野蛮、貧なる島と事あるごとに罵《ののし》ったことに対する憤りで貫かれている。だが、文章からは、そのような熱や怒りを少しも感じ取ることができない。

……そして遂に昨夕、と綴られている。昨夕、柳が対馬藩雇用の運搬夫にあらぬ疑いをかけ、激しく打擲《ちょうちゃく》したことが直接の引金となった。このまま黙視しては対馬藩士の名折れ、天龍院様の命《めい》に反する。天龍院様の命は藩法。藩法に従って柳を成敗した、と自らの行為を正当化していた。

朝鮮の役人が日本人の人足に泥棒の疑いをかけて打擲したことはあったが、それは「昨夕」のことではないし、柳は関わっていない。口上書がすべて空事《そらごと》であり、真実を隠すための方便、イスンジと対馬を守るための偽証であることは明白だった。

三使より、柳殺害についての書簡が訳文を添えて、対馬藩の手で大坂城代と大坂町奉行に提出される。前後して、やはり対馬藩より克人の口上書が差し出された。これを受けて、大坂とその近郊一帯に、阿比留克人捕縛のため、臨時の関所が設置された。城代はただちに江戸表《おもて》に早馬を遣《つか》わせる。さらに、通信使の大坂上船が正式に延期された。

翌早朝、北浜八軒家浜《はちけんやはま》からいつにない大型の貨物が、二十艘の三十石舟に積み込まれ、伏見へと向かった。淀川を溯《さかのぼ》り、伏見でいったん陸揚げされたあと、大津まで陸送、大津で再び船に積み換えられ、琵琶湖を北へ航行して敦賀へと向かう。

大坂町奉行が設けた臨時の関所は、市中・近郊から山城、大和、丹波、和泉、河内、播磨へと拡大され、宿所・寺改めも開始された。

柳成一の遺体には殮襲《れんしゅう》（死体を洗って新しい服を着せ、白い布で覆う）が施され、楠でできた棺に納められて、正式な埋葬の段取りが進められた。これとは逆に、無縁墓地の片隅に、無造作に埋められようとしたリョンハンの遺骸にも殮襲を施してくれるようテウンは懇請したが、殮襲は両班《ヤンバン》にのみ許されるものとして受け入れられなかった。しかし、椎名の奔走で、対馬藩が費用を負担し、手厚く葬られることとなった。

二人の棺は、通信使一行全員、対馬藩と御馳走人大名方（岸和田藩）の役人が見守るなか、北御堂を出て、寝屋川河口にある小さな寺に安置されたのち、翌払暁、川辺で草《そう》殯《ひん》が行われた。

リョンハン殺害について、三使は、軍官へのお咎めはなしとし、リョンハンが日本人警固隊士とすり替わった件についても不問に付す決定を下した。

テウンの嘆きは深い。リョンハンの真情を知っていた彼は、リョンハンが埋葬されて以後はいっさい口をきかなくなり、パンソリのつぶやきをもらすのみとなった。

二人の埋葬の日の午後、江戸表より老中目付橘幸次郎が到着した。橘は対馬藩主宗義方を大坂城に呼び、天龍院の藩法なるものは存在するか、その有無を問い糺《ただ》した。

「ございます。ただし、それは不文律として、口頭で伝えられるもの。阿比留克人の所業は、藩法に照らして無罪と思料致します」

「なるほど。しかし、外交上、それは通るまい。老中の詮議の結論を伝えよう。阿比留克人を朝鮮通信使殺害の容疑で速やかに捕え、死罪とするが妥当」

宗は黙って引き下がった。

一方、朝鮮側は、朴秀実の証言を全面的に採用して、この事件を柳と対馬藩士との私怨による決闘とみなし、日本側に速やかな犯人逮捕と処刑場での立会いを要求し、それが叶えられれば上船し、帰国の途につくということで、趙泰億、任守幹、洪舜明の三使は一致した。しかし、これに強硬に異を唱えたのが製述官李礥である。

――以前より風説によると、柳成一が前例を破って備辺司局から軍官司令として派遣された背景には……、と李礥は弁じた。

「……柳成一が軍官司令として派遣された背景には、使節団の警護とは別の意図が隠されているのではないか。通信使と行《こう》を共にする対馬藩朝鮮方の中に、数年前から倭館をねじろに隠密活動を行っている者がいるらしい。その男を見張り、証拠をつかみ、摘発することが柳の本来の任務である、と。もしこの噂が本当なら……」

ここで李礥は痔の痛みに堪えかねて、顔を激しく歪めながら茣蓙《ござ》の上に横になった。

正使の趙泰億が苦虫を嚙みつぶしたような表情を浮かべて、

「製述官、われわれはすでに充分話し合って、先程の結論を出したのだから、蒸し返すような言は慎んでもらいましょう」

「何をおっしゃいますか！　あなたがただってこの噂を耳にしているじゃありませんか。日本側の卑劣な隠密が誰か突き止めようとしていた柳が、阿比留克人の手によって殺害されたのなら、その隠密の正体は火をみるより明らかでしょう。従って、この事件は私怨による決闘などではありません。われわれは日本政府に断固抗議し、命を賭して真相の全容解明に取り組むべきです」

　帰国後の昇進を望んで、趙の覚えをよくしておこうと、江戸では犯諱《はんき》問題のときですら大人しくふるまっていた李礥だが、ぶり返した痔の痛みとともに持前の厳格主義《リゴリズム》が復活した。

　洪舜明が反論する。

「製述官、よしんば君の推理が当たっているとしても、それはわれわれの力ではどうにもならないことですよ。問題がより複雑になって、収拾がつかなくなるおそれがある。第一、阿比留が隠密だという証拠は何もないじゃないか」

　李礥は黙り込む。趙泰億は、四日前、柳成一の死の報を耳にして、かつて彼について抱いた不吉な予感が的中したと思った。不謹慎と知りつつ、奇妙な満足感が込み上げるのを覚えた。いま、そのことを思い出すと同時に、何かというと原理原則を楯にして、事を複雑にしたがる李礩への疎ましさと反感が、いっそう募ってくるのを抑制できなくなった。

「柳の死を惜しむ必要はない。彼の祖父は日本人だが、それを隠していた。帰国すれば系祖詐称罪で捕まっただろう。やはり我が国では、血筋がよくないと、まともな人生は送れないのかも……」

趙の言葉に李礩の闘争心は萎え、彼自身庶子であるという引け目が内攻して、心の痛みと痔の痛みが区別できなくなった。

大坂町奉行は二名。月番制で、東町と西町に分かれている。両奉行所は大坂城外天満橋南詰東にある。東町奉行は桑山甲斐守一慶、西町奉行は北条安房守氏英。去る八月、通信使一行が往路、大坂に滞在した折の当番奉行は東町の桑山甲斐守だったが、復路もまた同じ巡り合わせとなった。

事件発生から八日たった。いまだ犯人捕縛の報は届かない。通信使一行、三使に焦りといらだち、日本側の対応への怒りが募ってゆく。

その夕刻、江戸から護送されてきた囚人が東町奉行所に到着し、所内の仮牢に入った。

翌日正午、東町奉行桑山から宗対馬守義方に犯人逮捕の報《しら》せがあった。北御堂内対馬藩宿舎は騒然となった。

「克人が捕まった！」

椎名は雨森のもとに駆けつけた。

通信使三使には宗義方が直接出向いて、報告した。雨森が同行する。三使は、先に奉行と城代宛てに提出していた書簡の内容をあらためて確認することを要求した。犯人の身柄の引き渡しである。

宗は、身柄の引き渡しはできない、と毅然として答えた。事件は日本国内で起きたものであり、あくまで日本の国内法によって裁かれなければならない。

三使は不承不承それを受け入れたうえで、裁判の傍聴と処刑の立会いを要求した。宗は、対馬藩は事件の一方の当事者でもあり、軽々に答えることはできないと述べ、奉行に然るべく伝えることを約して辞した。

宗より報告を受けた町奉行は、老中目付橘幸次郎に諮る。橘は即座に、裁判の傍聴も処刑立会いも認められない、といい切った。この拒否回答はただちに真文役雨森によって三使にもたらされる。三使、上々官らは怒りもあらわに、朝鮮と対馬との間では、例えば東萊府と倭館との間では、双方の役人が立会って処刑を見届けることになっている、と反論する。

日朝間の話し合いがつかないうちに、大坂町奉行所では、朝鮮通信使軍官殺害事件の審理が内詮議所で進められていた。被告は仮牢に入れられたままで、白洲には引き出されない。内詮議に加わるのは、目付橘幸次郎、城代土岐伊予守、東町奉行桑山甲斐守、非番だが重要詮議のときは出席することになっている西町奉行北条安房守、与力支配平賀次孝の五名である。

橘が発言する。

「この度の事件については、上様の上聞《じょうぶん》に達している。慎重かつ果断に、日朝の友好関係を損なわぬよう解決をはかること、すべて侍講の指示にもとづいて行え、との仰せです」

「侍講とは、新井君美《きんみ》殿のことですね？」

土岐が念を押すようにいった。橘がうなずく。

内詮議所において、阿比留克人に対する判決が下された。被告人尋問はいっさい行われない。

――死罪、処刑方法は斬首《ざんしゅ》。これが十二月二十一日のことで、事件発生から十日目である。二十三日に、奉行所内の牢屋敷で執行される。江戸表にも朝鮮側にもただちに伝達された。

「先生、面会も許されないんですか？」

椎名が、悔し涙を流して雨森にくい下がる。

「どうして先生はそんなに冷静でいられるんですか？　克人は私怨で立合ったのではありません。彼は藩のために働いたのです。私がうっかりして鳩から離れさえしなければ……」

「落ち着きなさい。これはもう運命として受け容れるしかない。克人も従容《しょうよう》として死に就こうとしている。いずれ、私たちにも幕府から何らかのお咎めがあるだろう」

「せめて処刑場の立会いだけでも……、克人の最期をこの目でしかと見届けて……、ああ、利根さんや小百合さまに何と報告すればいいんだろう！」

判決を聞いた朝鮮側は、対馬藩を通してでは埒が明かないと、直接、三使、上々官が町奉行所に赴いて、奉行に面会を申し入れた。異例の直接行動である。製述官李礩は、持病の悪化を理由に同行を断った。

奉行所では桑山甲斐守が三使と応対する。

立会いを認めない日本側に対し、朝鮮側はこう述べた。――自分たちが処刑の現場に立会わなければ、本国への報告書の書きようがない。もし立会わないまま帰国すれば、必ずや重いお咎めを蒙ることになるうえ、礼にも悖《もと》る日本側の対応を国王はご不快に思われるに違いない。

しかし、桑山は首を縦に振らない。わが国では、邦人の処刑に外国人を立会わせるという前例がないし、認められてもいない。それに、江戸表からわざわざ目付が出向いて来ているのだから、処刑の実施に疑いを挟む余地はあるまい。

ここで三使は、これまで抱いていた重大な疑念を口にした。日本側は犯人を逃しておいて、身替りを処刑しようとしているのではないか。

町奉行の額に青筋が立ち、頰が引きつる。

「何を根拠にそのようなことを。柳成一殺害の下手人として召し捕えた男が阿比留克人でなければ処刑は延期、今後、阿比留の行方を捜索し直さなければならぬが、それでよろしいか?」

朝鮮の通詞が訳し終わるより先に、三使は桑山のけんまくに気圧されて、前言を撤回した。桑山はいったん座をはずして奥に引き下がる。そこには目付がいて、桑山は橋としばらく小声で話し合ったあと、客間にもどると三使に向かって、

「それではこうしましょう。あなたがたも帰国をこれ以上引きのばすことはできない。立会うことを認めます。ただし一名のみ。聞くところによると、この事件には目撃証人がいる。阿比留克人を軍官司令の部屋に呼び出す役を務めたうえ、柳殺害の一部始終をその目でみ、かつ犯行直後、部屋から出てきた犯人と鉢合わせしている。阿比留の名を特定することができたのは、この男の証言のおかげです。この男……」

「朴秀実です。押物官の朴秀実」

と趙は早口で答える。

「朴秀実、その者こそ証人として処刑立会いに相応《ふさわ》しいのではないか」

三使は回答を保留して席を立った。彼らにすれば予想外の展開である。北御堂までの道すがら、誰ひとり口をきこうともしない。帰館後、正使の部屋に集まって鳩首凝議をめぐらすこととなった。これほどの重要な事件の立会い証人を、上官に属するとはいえ、押物官ごときに委ねて、果たして本国政府は了とするだろうか。

そこへふらりと李礩が入ってきて、失礼、と莫蓙に横になると、三使たちの協議に黙って耳を傾けた。洪舜明が声をかける。

「製述官、あなたの考えは如何《いかが》かな？」

誰もが、李礥は再び原理原則論を振りかざして、日本側の対応をなじり、返す刀で三使に向かって、なぜそのような理不尽な提案を即座に一蹴しなかったのか、と口角泡を飛ばすだろうと予想した。

「応じればいいじゃないですか。外国人の処刑立会いの前例はない、しかし特例として、唯一の目撃証人である朴秀実一名に限って認めよう、という日本案はじつに筋が通っている。通信使側で、阿比留の顔立ちと人となりを誰よりもよく見知っているのは、朴ではありませんか」

意表をつかれて、三使は互いに驚きの視線を交わした。

李礥の意見が通った。ただちに上々官の金始南が使いに立って、奉行所に応諾の意を伝えた。

「それにしてもやぶにらみが立会うとはな」

と李礥が起き上がりながらつぶやく。

阿比留克人の処刑は予定通り執行された。立会い席にすわった朴秀実は、十間ほどの距離から、引き出されてきた囚人を目にして、阿比留ではないとすぐ気づいた。……そうか、この茶番は唐金屋の差し金だな。おれさまの首実検の結果に対して、残りの銀《かね》が支払われるという仕掛けか。

客館にもどると、待ち構えていた三使に、朴は、阿比留克人の処刑をまちがいなくこの目で見届けた、対馬藩士らしい立派な最期だった、首級も検分した、と厳かに報告した。

雨森芳洲も立会いを許された。

通信使の上船は十二月二十八日と決まった。

同行の対馬藩士たちの動揺は大きい。何しろ次代の藩を担う若侍の一人が朝鮮人と決闘のすえ、殺人の罪で斬首刑に処せられたのだから。

今回の事件には何か隠された事情と理由《わけ》がある。朝鮮との関係で、藩、幕府の体制を揺るがしかねないような何か……、克人はその何かに殉じたのだ、というささやきが藩士たちのあいだで交わされた。

克人に代わって警固隊長補佐に任ぜられた椎名は、淡々と業務をこなしていた。

国元では、早くも処分が下った。

風説として伝わっていた事件の内容が、正式に対馬に伝えられると、藩庁から阿比留の留守宅に対し、家内の者を「町預り」、「家内闕所《けつしょ》（財召し上げ）」にするとの命が下され、克人の母と妹利根の二人は、住みなれた府中の家を出て、鰐浦の母の実家へ「御預け」となった。

対馬の正月は、例年華やかな松飾りと五色の幟に彩られるが、明けて正徳二年のこの年はそれもなく、参賀の客でにぎわうはずの城の大門も締め切られたままだった。

一月末、朝鮮通信使は静まり返った府中に到着した。桟原城大広間で、朝鮮側は諱《いみな》の

「光」を「克」に、日本側は「懌《エキ》」を「戢《シユウ》」に改めた国書の交換が行われ、一行はついに帰国の途に着いた。

通信使が漢城に帰着、復命の報せを受けて、幕府は今回の事件関係者、対馬藩に対する処分を発表した。それは、帰国後、三使たちが処罰されたのに対応するかのように、予想を超える厳しいものだった。

（下巻へつづく）

作中の詩は、金鍾漢（一九一四―一九四四）『たらちねのうた』（『金鍾漢全集』緑蔭書房）中の「古井戸のある風景」を一部改変して使わせていただきました。

『陶庵夢憶』と『折たく柴の記』の引用は、以下の文献に拠りました。

『陶庵夢憶』（張岱著、松枝茂夫訳、岩波文庫）

『戴恩記　折たく柴の記　蘭東事始』（日本古典文学大系95、岩波書店）